DU MÊME AUTEUR

Aux Éditions Gallimard

SOURIRES DE LOUP

Du monde entier

ZADIE SMITH

L'HOMME À L'AUTOGRAPHE

roman

Traduit de l'anglais
par Jamila et Serge Chauvin

nrf

GALLIMARD

Je vais vous dire un truc : je suis juif. Count Basie est juif. Ray Charles est juif. Eddie Cantor est goy. Le B'nai B'rith, c'est goy ; la Hadassah, c'est juif.

Si vous habitez New York, ou n'importe quelle autre grande ville, vous êtes juif. Peu importe que vous soyez catholique ; si vous habitez New York, vous êtes juif. Si vous habitez Butte, dans le Montana, vous allez être goy même si vous êtes juif.

Le Tang, c'est goy. Le lait condensé, c'est goy, même si ce sont les Juifs qui l'ont inventé. Le chocolat, c'est juif, le caramel c'est goy. La salade de fruits, c'est juif. La gelée de citron vert, c'est goy. Le soda au citron vert, c'est *très* goy.

Tous les biscuits Drake's Cakes sont goy. Le pain de seigle, c'est juif, et, comme vous le savez, le pain blanc, c'est très goy. Les patates en flocons, c'est goy. Le soda à la cerise noire, c'est très juif, et les macarons, c'est *très* juif.

Les Noirs sont tous des Juifs, les Italiens sont tous des Juifs. Les Irlandais qui ont renié leur religion sont juifs. La bouche, c'est juif. Et les seins aussi. Les bâtons de majorette, c'est goy.

La lingerie, c'est franchement goy. Les couilles, c'est goy. Les nichons, c'est juif.

Fêter, c'est un mot goy. Observer, c'est un mot juif. M. et Mme Walsh *fêtent* Noël avec le commandant de l'Armée de l'air (en retraite) Thomas Moreland, tandis que M. et Mme Bromberg ont *observé* Hannoukah avec Goldie et Arthur Schindler, de Kiamesha (État de New York).

Lenny Bruce

À mes frères, les extraordinaires Ben et Luke,
Et pour mon ami Adam Andrusier, qui sait distinguer ce qui est rigolo de ce qui est vraiment drôle

Bien sûr, dans la réalité, les choses ne peuvent pas s'imbriquer aussi parfaitement que les preuves apportées dans ma lettre ; la vie n'est pas un simple casse-tête chinois.

Franz Kafka
Lettre au père

Je jouais à être la fille de Clark Gable.

Marilyn Monroe

Remerciements

Comme toujours, j'exprime toute ma gratitude à Yvonne Bailey-Smith et à Harvey Smith pour leur soutien et leur patience sans faille. Merci à Adam Andrusier et à Rachel Miller pour le genre de données qu'on ne trouve pas en bibliothèque, et à mes premiers lecteurs, si précieux : Michal Shavit, Toby Litt, Adam (encore lui), Tamara Barnett-Herrin, Nick Laird et Paul Hilder. Merci à Jessica Frazier et à Lee Klein, qui partagent la faculté de faire de la philosophie une chose toute simple. Merci à Alex Adamson de tout rendre plus facile.

J'ai pu profiter de deux résidences pour écrivains, et je remercie à la fois ces institutions et les femmes remarquables qui les dirigent : Drew Heinz à Hawthornden et Beatrice Monti à Santa Maddelena. Et je dois beaucoup à Georgia Garrett, Simon Prosser et Ann Godoff, qui font exister les livres et m'empêchent de perdre la tête.

PROLOGUE

Le Zohar
Le combat de catch

Il a le don de s'imaginer en simple détail de la vie d'autrui. Ça n'a rien d'abstrait. Alex-Li Tandem ne saurait pas trop ce que vous entendez par « abstrait » : il a douze ans. Il ne sait qu'une chose : s'il s'imagine en train de nager dans la mer, eh bien, alors que les autres enfants penseront tout de suite au requin de cinéma qui rôde au-dessous d'eux, Alex, mentalement, est avec le maître nageur. Il se voit comme une simple tache à l'horizon, dont on prend la tête pour une bouée, dont les bras frénétiques sont masqués par le roulement des vagues. Il voit le maître nageur, un Américain bronzé et indolent, debout sur le sable, les bras croisés, décréter qu'il n'y a rien à l'horizon. Alex voit le maître nageur s'éloigner le long de la plage, en quête des deux Allemandes d'hier à moitié nues et d'une boisson fraîche. Le maître nageur achète un coca à un vendeur ambulant. Le requin tranche net le mollet droit d'Alex. Le maître nageur se glisse auprès de Tanya, la plus jolie. Le requin entraîne Alex à travers les eaux en un demi-cercle sanglant. Le maître nageur s'adresse gentiment à la copine moche, toute plate de poitrine : une bonne action, ça peut pas faire de mal. Les vertèbres craquent. *Vous avez vu ? Un phoque !* dit Tanya, qui prend la main paniquée d'Alex pour la courbe luisante d'une nageoire. Et puis plus rien. Est-ce que c'est un oiseau ? Un avion ? Un phoque ? Superman ? Non, c'est juste moi, en train de me noyer. Ça se passe comme ça avec Alex-Li. Il vit les choses en condensé. Dans la version télé. Il fait partie de cette génération qui se regarde vivre.

Pour l'heure, il est de sortie, dans la voiture de son père. Un avion les survole, si bas qu'on s'inquiète pour les toits de tôle d'un complexe industriel sur la gauche. Ils se trouvent sur une route secondaire, dans un embouteillage, près de l'aéroport. À sa droite, son père, Li-Jin, qui est aussi son *meilleur-ami*. De la banquette arrière, deux garçons lui balancent un élastique à la tête, sans raison. Voilà qu'il se penche en avant, hors de leur portée, et qu'il passe par la vitre ouverte son bras potelé : est-ce qu'on peut vraiment l'apercevoir de là-haut ? Ohé ! De part et d'autre de la route, les arbres de février anorexiques lui tendent les bras. En retour, il présente une main ouverte pour laisser le vent lui filer entre les doigts. Il attrape une feuille d'arbre toute luisante qui s'enroule autour de son pouce comme un pansement. Beurk beurk. Beurk*issimo*. Ils vont voir un combat de catch. C'est rare. Alex n'est pas très sociable. Il passe son temps libre soit devant la télé, soit dans le cabinet de son père. Il se satisfait très bien de rôder autour des patients dans la salle d'attente, en essayant de deviner qui a quoi, pendant que le Dr Tandem fait ses petites affaires dans la petite pièce à la porte blanche. Alex apporte toujours des mots croisés ou une BD, on le laisse tranquille et c'est tant mieux. Des champignons de la voûte plantaire, une angine, la peste : il assigne ces maladies bon gré mal gré aux humbles bronchiteux et autres ménopausées avachis dans les fauteuils en plastique taille enfant. Personne ne fait jamais attention à lui. Ce n'est qu'un gamin, qui regarde. Comme devant la télé. Sauf que depuis un an il ne passe plus inaperçu. Il a grandi, il s'est étoffé, il a désormais un petit ventre mou, des hanches de femme et le teint brouillé. Ses nouvelles lunettes grossissent les croissants de ses yeux : est-ce qu'il a l'air plus chinois ? Son enfance lui échappe. Les gens commencent à l'asticoter. Les vieux passent leur temps à le prendre par l'épaule et à lui poser des questions idiotes. D'un seul coup, quand vous avez douze ans, tout le monde a un avis sur vous, vous et le grand air, vous et un bon match de foot, vous comparé aux garçons sportifs et rubiconds d'un lointain passé qui remonte à

Mathusalem. Un consensus se fait jour : il devrait sortir davantage. Alex sentait qu'une sortie quelconque, pas forcément celle-ci, était inévitable.

Une discussion entre ses parents, à laquelle il n'a pas assisté, s'est déroulée trois nuits plus tôt, tandis qu'Alex dormait dans une chambre voisine, tout au bord de son lit, en rêvant de falaises et d'eau. Sa mère, Sarah, s'est redressée sur un coude, toute somnolente, a attendu que le bourdonnement d'un avion s'estompe, et puis a dit : « Tu sais, Li, peut-être que samedi on pourrait faire un truc différent avec Al, au lieu, tu vois, qu'il *traînasse* bêtement avec *toi* tout le temps — enfin, c'est pas ce que je veux dire... »

Et cette phrase inachevée dissimulait un vieil antagonisme, car dans ce duo d'adoration mutuelle entre père et fils il n'y a pas toujours eu assez de place pour Sarah. Maintenant qu'il a douze ans, sa mère aimerait voir Alex, selon ses propres termes, « s'*ouvrir* au monde, s'y aventurer, tu vois, s'y *mesurer*, si tu veux, avoir cette *interaction* dont il a besoin... »

Li-Jin ouvre les yeux et pousse un grognement. Qu'est-ce qu'elle a encore lu pour lui débiter ainsi sa psychologie de bazar en plein milieu de la nuit ? Il a mal au crâne. Il est deux heures du matin. En temps normal, il se serait déjà rué dans le couloir en hurlant et en caleçon, direction la chambre d'amis. En temps normal. Mais il n'a plus le temps pour tout ça. Les disputes de couple, les batailles de rue, les rixes de bar : voilà qui lui paraît à présent le grand luxe de la vie moderne. Il faut du temps pour ces trucs, pour se battre, pour se rabibocher. Et, même s'il n'en a parlé à personne, Li-Jin n'a plus ce luxe. Il ne peut pas risquer une escalade. Il n'a tout bonnement plus le *temps*. Et il a découvert, à sa grande surprise, que, quand on soustrait les disputes, ce qui reste, c'est l'amour, une énorme quantité d'amour, qui sort de vous par tous les pores. Et le voilà qui raffermit un oreiller et se rapproche de sa femme, en signe d'acceptation. Comme une offrande. Mais attendez, ça ne s'arrête pas là : il lui embrasse le bout des doigts et pose sa tête bourdonnante sur les mains de Sarah.

Donc, un avion les survole, et Alex-Li s'imagine vu d'une hauteur de 3000 mètres. Il est en route pour un combat de catch avec son père et deux vagues copains, Mark Rubinfine et Adam Jacobs. Rubinfine (quinze ans), que tout le monde, jusqu'à sa propre mère, appelle Rubinfine, est le fils de Rubinfine, le comptable de Li-Jin. C'est un garçon grand et malin, avec un grain de beauté sur la joue et l'air perpétuellement blasé : un homme excrétant de l'or ne suffirait pas à l'impressionner. Li-Jin n'est pas vraiment sûr que ce garçon lui plaise. Mais quand l'idée d'aller voir le combat a été soulevée lors d'un dîner, Rubinfine était là avec son père, et du coup il est toujours là. L'autre, Adam (treize ans), est un gentil garçon affecté d'un léger problème de poids, ce qui est peut-être (ou pas) la cause profonde de sa gentillesse. Il est noir comme de la suie, les cheveux crépus collés au crâne, et les yeux si sombres que la pupille se confond avec l'iris. Bien que ces trois garçons se connaissent depuis des années, ils ne vont pas à la même école, et ne sont pas amis intimes. Leur lien, c'est le heder, qu'ils fréquentent ensemble dans un centre communautaire financé par la synagogue. Li-Jin s'inquiétait que cette sortie paraisse un peu artificielle, mais ils ont l'air à l'aise, ils n'arrêtent pas de parler. Mais de *quoi* ils parlent ? Il est question de séries télé qu'il n'a jamais vues, de chansons qu'il n'a jamais entendues, de films qui sont sortis (et repartis) sans qu'il les ait vus passer. À croire qu'il y a dans la vie quotidienne de son fils une fréquence d'ultrasons que Li-Jin ne perçoit qu'une fois par an, à Noël, quand on lui dit d'aller acheter les objets en plastique clinquants qui accompagnent ces mystérieux divertissements.

« Mais non, écoute, supplie Alex en martelant la boîte à gants, moi je te parle de l'épisode "Le Retour", là où Kellas découvre ses... tu sais, quoi, son machin, ses pouvoirs *bioniques*.

— Mais c'est pas "Le Retour", ça, dit Adam. C'est un autre épisode, ça n'a rien à voir, l'histoire du truc bionique.

— Arrête de taper sur la boîte à gants, dit Li-Jin.

— Une fois encore, soupire Rubinfine en tripotant son cérumen d'un doigt tordu, vous parlez tous par le mauvais trou. »

L'air chaud et factice embue les vitres. Li-Jin allume la radio et récolte des parasites, la parfaite bande-son pour sa migraine. Du bout du doigt, Alex se met à dessiner des triangles dans la buée. Les cuisses potelées et dénudées d'Adam collent au plastique de la banquette. Rubinfine sent poindre une de ces érections arbitraires qui persistent alors qu'elles n'ont aucune raison d'être, nulle part où aller. Il rajuste légèrement sa position.

YHVH

Un exode est en cours; on quitte le salon, on se risque dans le vaste monde : les pères et leurs fils ont pris la route. Alex a repéré d'autres voitures où des gamins plaquent contre les vitres leurs posters plastifiés du match (grands, rouges, en lettres d'or, comme des bibles). Parfois Rubinfine mime une clef au cou et le gamin de la voiture d'à côté fait mine de s'étouffer. C'est sans précédent. D'ordinaire, rien ne les ferait bouger de leur télé un samedi matin, mais alors rien du tout. Sans déconner. Il faudrait que la télé s'arrache de sa prise murale et demande à Adam et à Rubinfine et à Alex de la suivre tout de suite, TOUT DE SUITE, BANDE DE PETITS MERDOUILLARDS (il faudrait qu'elle les insulte), C'EST TOUT DE SUITE MAINTENANT QUE J'AI BESOIN DE VOUS, LES TANTOUZETTES, et qu'elle sorte au grand air en se dandinant maladroitement sur ses jambes de bois. Et bien sûr, c'est effectivement ce qui s'est passé. Ce qui les attire irrésistiblement vers le Royal Albert Hall, c'est un colosse surgi de la télé. Il s'appelle Big Daddy, et à cet instant c'est le plus célèbre catcheur d'Angleterre. Un dieu, pour ainsi dire. Il est gras et rose, il vient du Nord et il est totalement dénué du moindre glamour. Il a la cinquantaine, les cheveux blancs, et il porte un Babygro rouge. En réalité, il s'appelle Shirley. Et pourtant, même ce détail n'arrive pas à entamer son prestige. Tout le monde l'aime, et c'est justement ça, ce *tout le monde*, qui est si important pour Li-Jin. Il ne veut pas qu'Alex « fasse tache dans la foule ». Il sait que bientôt son garçon va avoir la vie difficile, et il espère en un salut par la norme. Donc, il veut qu'Alex soit prêt, qu'il soit normal. Il veut qu'il fasse partie de ce *tout le monde*. Mais on ne saurait parer à toutes les éventualités. Ainsi son fils est-il sans doute le seul garçon sur le point d'assister au match Big Daddy-La Meule géante que son père essaie de convaincre de ne pas assister à sa propre bar-mitsva.

Li-Jin dit : *Tu es vraiment sûr que tu veux la faire ?*

Alex-Li dit : *Pa-paaa !*

À l'arrière, Rubinfine expérimente le refrain « il a des loches » sur Adam, qui commence à être sujet à la susceptibilité des gros, tandis qu'à l'avant Li-Jin essaie d'influencer Alex-Li selon la méthode exacte qu'il a promis à Sarah d'éviter.

« *Alex*, je t'ai posé une question.

— Je sais. J'ai dit oui, non ? Bon, d'accord. *Oui*. J'crois.

— Mais est-ce que tu es sûr que tu *veux* ? demande vainement Li-Jin. Ou est-ce que ça n'est pas plutôt ta mère qui veut ? »

Alex fait le Signe Universel de la gerbe.

« Alors, c'est ça ou pas ?

— Tu sais très bien que c'est maman qui veut. Donc ça joue, forcément, non ?

— Mais toi aussi, tu veux.

— J'crois. *Bon Dieu*, papa, arrête avec ça, *s'il te plaît*. »

Rubinfine fait le Signe Universel de la branlette. Alex balance une dernière chiquenaude au loquet de la boîte à gants, puis consacre toute son attention à ouvrir et fermer le cendrier. Ils s'arrêtent à un feu rouge. Li-Jin se tourne pour regarder Alex bien en face, se lèche le pouce et essuie une vague traînée sur la joue de son fils.

« Allez, arrête de bouder. Écoute. Tu vas la faire ou pas ? C'est pas si terrible comme question, quand même. Je me demande juste si tu comptes porter les étuis. Comment ça s'appelle, déjà ?

— Les tephillin. Tu les attaches, c'est tout. Sur la tête, tu vois. Et un peu sur les bras. »

Li-Jin se sent accablé. Il relâche le frein à main. Il est allergique à l'idée de ces trucs attachés. C'est un dérapage trop étrange, trop brutal par rapport au judaïsme normal, paisible, presque *imperceptible* qu'il a rejoint par mariage. Qu'est-ce que c'est que ces machins ? Est-ce que c'était dans le contrat, écrit en tout petit ? Et elles sont serrées, ces courroies ?

« Bien. Des étuis, donc. Comme Rubinfine.

— *Bon Dieu*, papa. Quelle importance ? Je la fais une bonne fois et on n'en parle plus.

— Le record, dit Adam, de séjour en apnée est détenu par "Big" Tony Kikaroo, originaire de Nuku'alofa, dans les îles Tonga, qui a retenu son souffle pendant 19 minutes et 12 secondes dans les eaux vert pomme de la baie.

— Pourquoi on parle de moi, là ? » dit Rubinfine.

À un carrefour, ils se taisent tous en même temps, et le silence traîne, comme si quelqu'un avait craché sur le pare-brise et qu'ils regardaient glisser la bave. Mountjoy défile lentement, tout en palais pavillonnaires trapus et en arbres taillés. C'est là qu'ils habitent, et la circulation témoigne que le samedi, à la première occasion, quiconque habite Mountjoy cherche à s'en échapper. Ils font valoir leurs droits de propriétaires. Ils n'ont pas oublié le jeune homme ambitieux à fine moustache et cravate en acrylique qui leur avait fait visiter leur futur domaine en parlant de trafic aérien réduit et de lambris et de déco personnalisée et en leur faisant miroiter cet argument magique (et parfaitement fictif, ont-ils découvert) : le centre-ville serait à une demi-heure de voiture. Personne ne s'en offusque. Si quelqu'un attendait autre chose de Mountjoy, nourrissait la moindre illusion sur son système à sens unique, eh bien, ce quelqu'un n'habiterait pas Mountjoy. Les habitants de Mountjoy ont bâti leur vie sur le compromis, et chaque soir ils accueillent les boules Quiès et les migraines et les douleurs musculaires liées au stress qui sont le prix d'un logement bon marché situé dans l'axe exact d'un aéroport international. Ce n'est pas la Terre promise. C'est un village banlieusard, abordable, construit dans les années cinquante, avec chauffage central et serrures aux normes et des écoles pour les enfants, à l'extrême pointe nord de la ville de Londres. Li-Jin s'y trouve bien, puisqu'il n'a pas de problèmes pour se garer et que son cabinet a toujours été ici. En plus, il connaît tout le monde. Il y a une forte communauté juive, ce qui ravit Sarah. Alex s'y trouve bien : il se trouverait bien n'importe où. Quant à Adam, le seul gamin noir à des kilomètres à la ronde — et peut-être le seul Juif noir du monde et de la galaxie —, il déteste cet endroit, c'est pas possible comme il le déteste, genre *viscéralement*, et s'il regardait le mot dans le dictionnaire il dirait oui, c'est bien là que je le déteste, dans mes organes, dans mes tripes. Et pour ce qui est de Rubinfine, si Mountjoy était un homme il lui arracherait la tête, lui pisserait dans les orbites et lui chierait dans la gorge.

YHVH

Détail intéressant : le père de Rubinfine, Rubinfine, veut que Rubinfine devienne rabbin quand il sera grand. Chaque fois que Rubinfine en parle à Li-Jin, de son vœu le plus cher pour Rubinfine junior, Li-Jin ne sait plus où se mettre. La première fois que Rubinfine y a fait allusion, ils mangeaient des spaghettis bolognaise pendant un déjeuner de travail (au programme : l'optimisation des dépenses), et Li-Jin a été tellement pris au dépourvu qu'il a dû filer aux toilettes extirper les spaghettis de son nez.

YHVH

Rubinfine : « Beû beû beû. Putain, j'ai chaud. Eh, mon pote, tu peux pas couper le chauffage ? Ça y est, on y est ? On y est ? Onyestonyestonyest ? »

Imitation d'un môme de film américain qui en a marre de rouler. Non, je ne vais pas le tuer, se dit Li-Jin. Il a mal au crâne.

« Non, je ne vais pas te tuer », dit-il en fixant Rubinfine dans le rétroviseur.

Rubinfine rentre les joues comme un poisson. « Mmm. Tiens donc. Ben voyons. C'est ça. Vous pourriez jamais, même en *quarante millions d'années*. »

Une évaluation assez exacte de la situation, somme toute : Li-Jin fait tout juste 1,68 m sur la pointe des pieds, alors que le jeune Rubinfine est un monstre, un géant, un colosse.

« Il fut un temps où tu étais plus petit, dit Li-Jin.

— Ah ouais ?

— Eh oui. À moins que ma mémoire ne me joue des tours. Pas plus gentil, je n'ai pas dit ça, mais en tout cas plus petit.

— Le record de survie, dit Adam, est détenu par Rodrigues

Jesus Monti, originaire de Tampa, en Floride, qui a passé 46 jours enterré dans le désert de l'Arizona en respirant par une paille extra-longue.

— Et on *peut* savoir où t'as vu ça, au juste ? demande Rubinfine, furieux. Sur quelle *chaîne* ? Dans quelle *émission* ?

— C'était pas à la télé. C'est dans un livre. Un livre de records. Je l'ai lu.

— Dans ce cas, ferme ta *gueule*. »

Levant une main du volant, Li-Jin se pince la peau près de sa tempe et se met à la frotter entre le pouce et l'index. Avant, il conseillait à ses patients de se représenter le centre de la douleur comme une boule de pâte à modeler qu'on peut pétrir jusqu'à la réduire à un simple fil facile à casser. C'était un mensonge.

« Pitié ! hurle Rubinfine. Moi et Ads, on commence. Le vainqueur rencontrera Alex. »

Rubinfine et Adam entrelacent leurs doigts. C'est un jeu, apparemment. Ils veulent que Li-Jin compte jusqu'à trois. Mais Li-Jin a la tête ailleurs, perdue dans sa migraine. Il regarde deux gamins de six ans qui agitent la main dans une voiture voisine, brouillés par la vitre striée de pluie, telle une aquarelle sentimentale. Il tente de se rappeler un temps où tous les enfants avaient l'air menu et mal assuré. Mais non, même à six ans Rubinfine était déjà ce tyran des banlieues, quoique avec des tactiques différentes. À l'époque, ce n'était que hurlements, morve et grèves de la faim. Rubinfine aurait mis le feu à ses propres vêtements rien que pour voir la tête que ferait sa mère. Quant à Adam, si la mémoire de Li-Jin est bonne, il a changé du tout au tout. À six ans, c'était un Américain. Et en plus il n'avait pas de parents. Un vrai personnage de roman. Un jour d'hiver, ils sont tous apparus dans le cabinet de Li-Jin : le grand-père bleu-noir, un nommé Isaac Jacobs, Adam et sa petite sœur… comment elle s'appelait, déjà ? Bref, ils venaient pour elle. Une petite fille aux yeux en amande et au cœur fragile, qui avait bien besoin de la couverture médicale gratuite offerte par le Royaume-Uni. Tous des Juifs noirs de Harlem, se réclamant de la tribu de Juda. Vêtus comme des rois d'Éthiopie ! Il a fallu du temps aux adultes de Mountjoy pour admettre l'existence d'Isaac Jacobs. Adam n'a pas eu ce problème. Du premier jour, Adam a régné sur les cours de récré. Li-Jin sourit au souvenir d'Alex rentrant de l'école en parlant d'un « garçon sorti d'un film », comme si Adam avait surgi de l'écran pour faire irruption dans leur banlieue. Une créature de film, de celles qui ne meurent jamais. Mais, dans le cas d'Adam, cela ne pouvait pas durer. Son accent a fondu, son corps a grandi. Sept ans ont passé, et Adam Jacobs n'a pas fini d'expier sa première apparition, ce simulacre de magie.

Esther : la petite fille s'appelait Esther. Les cheveux tressés comme un puzzle. Ils lui ont posé un pacemaker.

Et voilà que Rubinfine, fatigué d'attendre la permission, vient de tordre les mains d'Adam. Ce dernier hurle, mais Rubinfine est inflexible.

« Le mot, c'est *pitié*, dit-il froidement en lâchant Adam qui pleure et souffle sur ses phalanges. C'est pourtant *simple*.

— On s'arrête ici, dit Li-Jin en se garant brusquement devant une pharmacie. Quelqu'un a une objection ? »

Et Rubinfine : « Euh, oui... Qui a pété ? »

YHVH

Lorsque Alex avait onze ans, et lorsque Li-Jin a ressenti ses premières migraines, un médecin chinois de Soho a diagnostiqué une influence négative d'Alex-Li, qui entravait le *qi* de son père. Ledit docteur a expliqué à Li-Jin qu'il aimait trop son fils, tel un veuf dont l'enfant serait le dernier vestige de sa femme. Li-Jin aimait Alex d'une manière féminine plutôt que masculine. Son excès de *mu qi* (air maternel) obstruait ses *qi-men* (les voies de l'air). Telle était la raison de ses troubles. *N'importe quoi*. Li-Jin s'en voulait d'avoir ainsi succombé aux superstitions de son enfance pékinoise ; jamais il ne retourna voir cet homme ni aucun autre médecin chinois. Les voies de l'air ? Tout le monde à Mountjoy avait la migraine. Le bruit des avions, la pollution, le stress. La satanique trinité de la vie à Mountjoy. Pure vanité, assurément, que de se croire élu par un mal spécial, une tumeur rare, un virus orphelin. Vanité ! Pourquoi donc y aurait-il autre chose ? Pendant toute l'année qui suivit cette consultation, notre brillant médecin se dit que ça n'était rien, qu'il réagissait comme un de ses idiots de patients. Pas d'examens, une douleur perpétuelle, et tant bien que mal il faisait aller. Même si, au fond de lui, il savait. Il avait toujours su.

La clochette fait ding-ding-dong. Ding-ding-dong !

« Beau temps pour les grenouilles ! » dit la jeune fille à la caisse. Li-Jin essuie quelques gouttes de pluie et secoue sa chevelure noire, parfaitement raide, qui se mouille si facilement. Apparemment, rien qu'en entrant dans la pharmacie, il l'a fait rire. Elle a des traits d'oiseau, et des pans de cheveux blond paille, droits comme des baguettes, en couches successives ; Li-Jin a déjà vu ça au cinéma (mais ça doit faire quelques années, non ?). Une immense tache de vin lui enserre la gorge de ses cinq tentacules, telle l'ombre d'une main d'homme.

« C'est plus des cordes, c'est des hallebardes », suggère Li-Jin en s'avançant vers la caisse à grands pas assurés. Il écarte légèrement les jambes et pose ses petites mains sur le comptoir. Dans le village recroquevillé au pied de son pensionnat anglais, il a appris tout ce qu'il fallait savoir de ce sujet de conversation et de son bon déroulement. Avant que la télé n'envahisse tout, avant les slogans, on apprenait les proverbes et les sermons.

« Cela dit », poursuit-il, se préparant à inventer derrière sa maison un endroit imaginaire, et inimaginable vu la conjoncture immobilière, « c'est pas mon jardin qui va s'en plaindre. Avec le froid sec qu'il y a eu le mois dernier… »

Mais la jeune fille a choisi l'indignation. « Moi, ça ne me gênerait pas, sauf qu'il a déjà flotté toute la semaine dernière, bon Dieu ! Franchement, y a plus de saisons… »

Li-Jin s'incline en opinant du chef, convenant bien volontiers que lui non plus ne sait pas s'il y a encore des saisons, où va le monde, quand on voit tout ce qui se passe ; il sourit, il opine ; il attend patiemment que la jeune fille en vienne à leur transaction commerciale. Elle parle trop. Mais peut-être qu'elle attend là depuis longtemps, debout, sa hanche osseuse appuyée au comptoir, un œil sur la porte, oubliant sa tache de vin puis se remémorant cruellement sa présence ; et tout cela depuis plusieurs heures, seule. Elle pourrait très bien mourir ici, et personne ne s'en apercevrait jusqu'à ce que l'odeur les amène à se pencher avec un rictus par-dessus le comptoir. Ding-ding-dong !

Dans ce silence resurgit la clochette, et Alex fait son entrée, traverse la boutique en clopinant et se plante juste derrière son père, regardant d'un air inquiet la pieuvre violette.

« Une minute.

— Soixante éléphants, cinquante-neuf éléphants, cinquante-huit éléphants, cinquante-sept éléphants, cinquante-six éléphants...

— *C'est bon*. Cinq minutes. Qu'est-ce que tu fais là au lieu d'être dans la voiture ?

— Je me demande si Adam Jacobs ne souffre pas de problèmes affectifs et familiaux. Il dit que le record du monde du plus long baiser s'élève à neuf jours et sept heures, et qu'il est détenu par Katie et George Brumpton de Madison, Wisconsin. Avec des pauses repas. Qu'est-ce que... », commence-t-il en levant la main pour désigner le cou de la jeune fille, mais Li-Jin lui saisit le poignet.

« On est de sortie, explique Li-Jin. Mon fils, ses amis. Très bruyants. Les garçons, vous savez. D'où la migraine.

— Je vois, dit la jeune fille. Vous voulez une marque en particulier ? Ils font des tas de trucs différents, maintenant, suivant les douleurs, vous savez. Pas la peine de prendre, par exemple, quelque chose pour les migraines frontales, mettons, si vous avez... vous voyez... un autre genre de douleur.

— Papa, dit Alex en lui tirant sur la manche, on n'a pas le *temps*. »

Enfin, enfin il lui donne de l'argent et elle lui tend un flacon de paracétamol tout ce qu'il y a de plus ordinaire, dont Li-Jin se saisit et avec lequel il commence à se débattre. Il continue à se débattre dans la rue, sous la pluie, alors même qu'il n'y a rien dans ce flacon qui puisse l'aider, et qu'il le sait.

« Oh, *allez* ! tu peux pas attendre qu'on soit dans la voiture ?

— Non, Alex. J'ai mal à la tête *maintenant*. Tu n'as qu'à monter dans la voiture, si ça te gêne d'être avec moi.

— Papa, je te *jure* que Rubinfine m'a tout l'air d'être un...

comment ça s'appelle ?... un paranoïaque schizophrène. Enfermés avec lui dans une voiture, nous ne sommes pas en sécurité.

— Alex, *s'il te plaît*. Quelle saloperie !

— Quinze ans, c'est l'âge, chez les garçons. C'est à quinze ans que ça se déclare. Tu crois que la fille de la pharmacie avait un cancer de la peau ?

— C'est juste une tache de naissance.

— T'avais pas envie de la voir grandir et lui couvrir toute la figure ? »

Ils montent en voiture.

« Mais son *pied*, énonce Rubinfine très lentement, comme s'il parlait à un débile, qui était dans sa *chaussure*, il l'a balancé sur la *gueule* de Big Daddy. Tu as compris ? *Sur sa gueule. Chaussure. Gueule. Chaussure. Gueule.* Tu piges ? Toi y en a parler ma langue ? Ça peut pas être truqué, une *chaussure* qu'on balance sur une *gueule*. »

Adam, qui est convaincu d'avoir raison, entame le murmure des vaincus que seul Dieu entend : « Eh bien moi, *je dis quand même*... »

« *Saloperie* de couvercle de sécurité... », dit Li-Jin.

Rubinfine, l'aîné des enfants présents, se penche vers l'avant, saisit le flacon, et avec un dédain et une pitié infinis le débouche et le lui tend.

YHVH

Ils demeurent à l'arrêt tandis que Li-Jin traque un thermos de thé sur le plancher de la voiture. Tout le monde a son mot à dire sur la célébrité, mesurable selon une échelle allant de un à dix, où 10 = Michael Jackson et 1 = disons, la femme noire peinte en vert, avec deux trompes au sommet du crâne, qui jouait l'alien Kolig dans le film *La Bataille pour la planète Mars*. Soit : dans ce cas, sur cette échelle, où se situe le catcheur Meule géante ?

« Trois, dit Rubinfine.

— Six, dit Li-Jin, sous les risées et les sarcasmes.

— Trois et demi, dit Adam.

— Deux virgule un, dit Alex-Li.

— Tu vas pas faire le naze toute ta vie, Alex.

— Non, sérieusement, c'est pas absurde. Il y a à peu près dix millions de gens qui regardent le sport tous les dimanches. Je *crois* que c'est à peu près ça. Et il y a environ 49 millions de gens qui vivent en Angleterre. Ça fait 21 %. Donc, deux virgule un. Et encore, de toute façon on ne peut dire ça qu'en oubliant que l'Amérique existe.

— Alex-Li Tandem, vous venez de remporter le Prix de l'Imbécile le plus chiant de l'année. Venez recevoir votre trophée. Et ensuite cassez-vous.

— Mais vous savez combien il pèse, non ? dit Li-Jin en tendant le bras derrière lui pour empêcher Rubinfine de décerner sa bourrade. Vous savez qu'on va avoir affaire à un vrai combat. C'est un monstre, vous vous *rendez compte* comme il est costaud ? »

Adam se penche vers l'avant, le front faussement sévère, une merveilleuse imitation que Li-Jin a également remarquée chez ses jeunes patients lorsqu'il s'approche d'eux avec une seringue. Un front plissé, mais où les rides ne sont que temporaires : c'est de la magie.

« La Meule géante.

— *Papa*. Ne dis pas de conneries. Tout ça, c'est truqué. Ils se donnent peut-être des vrais coups, ou des vrais-faux coups, mais le résultat est truqué. *Tout le monde* sait ça. Même si c'est une baraque, il ne gagnera pas. Il ne peut *pas* gagner.

— Deux cent vingt-cinq kilos. Deux cent vingt-cinq. Deux. Cent. Vingt. Cinq. Et maintenant, regardez bien cet argent. »

Li-Jin, gloussant dans sa barbe, tire de sa poche de chemise un stylo et trois billets d'une livre, qu'il pose sur le tableau de bord. « Je vais écrire vos trois noms sur ces trois billets. Et si la Meule géante perd le match, je vous donnerai à chacun votre billet.

— Et qu'est-ce qu'on doit vous donner s'il gagne ? demande Rubinfine.

— Vous devez promettre d'être sages toute la vie.

— Super ! Beurk, beurk.

— JE VEUX APPRENDRE À VOLER !

— Fulgurobeurk ! »

Soigneusement, Li-Jin écrit leurs noms sur les billets et les brandit avec lenteur et une extrême solennité, comme s'il avait toute la putain de vie devant lui.

« Je prends le mien tout de suite, alors, dit son fils en tendant la main vers un billet. BIG DADDY, T'ES LE CHAMPION ! »

Les enfants ne parlent plus qu'en slogans publicitaires. Li-Jin a grandi parmi les clichés. À côté des slogans, les clichés ont l'air bien innocents.

« Tu le prendras *si* et *seulement si* tu le gagnes, dit Li-Jin avec le plus grand sérieux, en cachant l'argent dans sa paume. Albert Hall, nous voilà. »

Car ça a beau être de la magie, il y a des règles.

Et maintenant, quelques données factuelles. Lorsque la reine Victoria a fait la connaissance d'Albert, elle n'est pas tombée à la renverse. Elle avait seize ans. C'était son cousin. Ils s'entendaient bien, mais ce n'était pas ce qu'on appellerait un coup de foudre avec feux d'artifice. Et pourtant, trois ans plus tard, c'était devenu son type. Un coup de foudre à mèche lente. Elle était déjà reine. Difficile d'évaluer l'importance de ce fait dans l'histoire de *Comment Victoria est tombée amoureuse d'Albert la Deuxième Fois qu'elle l'a rencontré plutôt que la Première comme la plupart des gens lorsqu'ils ont envie d'avoir le coup de foudre*. Ce qu'on peut affirmer, en tout cas, c'est qu'après cette deuxième visite Victoria décrit Albert dans son journal comme « excessivement beau, de si beaux yeux [...] j'ai le cœur qui bat *vraiment* », avant de le demander en mariage, ce qui nous paraît assez osé au regard de notre conception des Victoriens et de leur caractère peu osant. Pour le coup, ils ont eu neuf enfants, ce qui *dépasse* carrément l'osé. Pour assimiler cette idée des neuf enfants, il faut bien imaginer Victoria oser au lit, ce qui exige quelque effort. Mais les faits sont les faits. Et en voilà un autre après la mort d'Albert, Victoria continue à faire apporter chaque matin dans leur chambre son rasoir et son bol de rasage — rempli d'eau chaude à ras bord — comme s'il était encore en état de redevenir glabre. Elle porte le deuil pendant quarante ans. De nos jours, il y a sûrement un nom pour ce genre de comportement. Genre : Syndrome de Chagrin Excessif (SCE). Mais à la fin du dix-neuvième siècle, à quelques exceptions près, la plupart des gens n'hésitaient pas à appeler ça de l'amour. « Ah, comme elle l'aimait », se disent-ils en hochant la tête et en achetant des pâquerettes à deux sous, à Covent Garden ou ailleurs. Beaucoup de choses qui sont devenues des syndromes portaient des noms plus simples à l'époque. L'époque était plus simple. C'est pour ça que certains l'appellent le bon vieux temps.

Encore quelques données factuelles. Sur la superbe mosaïque qui ceint l'Albert Hall, on peut voir l'inscription suivante :

CET ÉDIFICE A ÉTÉ ÉRIGÉ POUR PROMOUVOIR
LES ARTS ET LES SCIENCES,
ET LES ŒUVRES INDUSTRIELLES DE TOUTES LES NATIONS,
CONFORMÉMENT AU VŒU D'ALBERT, PRINCE CONSORT

Il est déjà mort, vous comprenez, lors de l'inauguration en 1871, donc la conformité de l'édifice à son vœu demeure sujette à caution. Manifestement, Victoria estime le résultat suffisamment conforme, car elle l'inaugure elle-même et fait l'éloge de cette énorme ellipse rouge qui présente malheureusement un problème d'écho ; elle s'y rend régulièrement jusqu'à la fin de sa vie. On peut même l'imaginer le parcourant toute seule, ou peut-être avec une dame de compagnie, effleurant du bout des doigts le velours rouge des sièges de plus en plus usé, ravagée par le SCE, pensant à son défunt mari et à son vœu exaucé. Elle est fermement convaincue, notre Victoria, de savoir exactement, en toutes circonstances, ce qu'était ou ce qu'aurait été le vœu d'Albert en ce qui concerne telle ou telle chose : il y a des femmes comme ça. Elle sème cette mort et ce deuil dans tout le pays, laissant un douloureux sillage de statues et de noms de rues, de musées et de galeries. Le vœu d'Albert avait toujours été de devenir un caïd en Angleterre. Une célébrité. Pas simplement cet Allemand moustachu, maladroit, un peu enveloppé, à qui on doit le sapin de Noël, mais une créature populaire et bien-aimée. Victoria y veille. À chaque nouvelle statue, à chaque nouvel édifice, quelqu'un commente : « Ah, comme elle l'aimait », dans un froufrou de jupons, en tapotant la tête d'un petit ramoneur, à Whitechapel ou ailleurs. Elle fait son deuil en public, notre Victoria, et tout le monde fait le deuil avec elle. C'est aussi pour ça qu'on parle du bon vieux temps. À l'époque, les gens ressentaient les choses à l'unisson, tel le refrain qui jaillit d'une église de campagne lorsque le chœur se met à chanter.

Derniers faits : on pourrait, si l'envie nous en prenait, dater la souplesse que revêt aujourd'hui l'expression « les arts et les sciences » de l'inauguration par Victoria de son Albert Hall. Il fut un temps où les Arts et les Sciences, ça voulait dire la Peinture, les Trucs comme ça, les Éprouvettes, les Trucs comme ça. C'était une expression plutôt spécifique et rigide, et qui ne laissait pas beaucoup de place. L'Albert Hall (pourrait-on arguer, si l'on s'y sentait disposé) a contribué à changer tout ça. Dès le départ, on allait voir des choses assez curieuses sous cet énorme dôme en ellipse à l'acoustique déplorable qui rendait audible le moindre murmure dans le public. En 1872, par exemple, on pouvait y voir une démonstration de Morse [Gladys, rang M, siège 72, à sa voisine Mary : Q. *Qu'est-ce qu'il fait, Mary, dis-moi ?* R. *Il tape quelque chose, je dirais, Gladys*]. En 1879, c'est la première présentation au public de l'éclairage électrique [M. P. Saunders, rang T, siège 111, à son neveu Tom : *Fantastique. Bon Dieu, c'est fantastique*]. En 1883, c'est une exposition de vélocipèdes [Claire Royston, rang H, siège 21 : *Je vois pas l'intérêt, et toi, Elsie ?*] et en 1891 l'édifice est recensé comme lieu de culte. On convient que désormais les gens peuvent y prier s'ils veulent. Et en 1909 on y court le marathon.

Vas-y !

Il est foutu ! Il a plus de jambes.

Allez, mon gars !

Oh, allez, Georgie, allez — fais-le pour nous, Georgie ! Vas-y !

Donnez-lui de l'eau, à ce garçon !

Ils se contentent de courir autour de la scène jusqu'à l'arrivée. En voilà un art. Et une science. On continue : des meetings de suffragettes, le Concert du souvenir de l'orchestre du *Titanic*, la représentation intégrale de *Hiawatha*, la célèbre saga de Coleridge-Taylor, l'exposition automobile de Ford, Yehudi Menuhin (à treize ans), FERMÉ POUR CAUSE DE GUERRE, le discours télévisé de Churchill, des matchs de boxe organisés par les frères Kray, des foires-expositions, les Beatles, les Stones, Dylan, le festival des Proms, une acoustique grandement améliorée par l'installation de diffuseurs en fibre de verre — mieux connus sous le nom de « champignons ». Vas-y, crie ! Tu vois ? L'éch (Oh, Oh, Oh).

Est considérable (Ment Ment Ment).

Réduit. C'est chouette, non ?

On se rapproche : Muhammad Ali, Sinatra, du patinage artistique et Liza Minnelli, des tournois de tennis, le Bolchoï, le Kirov, les prouesses guitaristiques de Mark Knopfler, et de Clapton, et de B. B. King. Des acrobates, des contorsionnistes, des magiciens, des politiciens. Des poètes. Toutes sortes de fêtes. Que de distractions. Albert voulait des arts et des sciences, et Victoria les a dispensés année après année, et lorsqu'elle a quitté ce monde quelqu'un d'autre les a dispensés année après année, avant de se retirer à son tour et de confier la tâche à un autre. Et ainsi de suite. Il est bien des façons d'honorer les morts. L'une d'entre elles consiste à laisser Tracy Baldock, une danseuse écossaise légèrement trop grosse et qui a connu des jours meilleurs, réaliser son rêve : de la danse contemporaine au sein d'une troupe européenne de prestige, déguisée en souris. On peut donc avoir Tracy déguisée en souris de dessin animé pour le spectacle Disney de *Holiday on Ice*, et la faire patiner sur les traces de cette absence qui fut un être humain. C'est une première façon. On peut aussi laisser le pauvre Mark Knopfler combler son public en jouant « Money for Nothing » pour la énième et ixième fois, même s'il en a horreur, même si au fond de lui il en crève : que Mark chante son couplet sur la télé et qu'Albert l'entende, où qu'il puisse être.

Li-Jin et son fils ignorent qu'en passant sous l'arche de l'entrée, frétillant d'impatience, ils sont sur le point de participer au dernier épisode en date d'une très longue veillée funèbre. Mais tous deux sont assez fins pour remarquer le décalage entre les mots pompeusement gravés et le spectacle qu'ils vont voir. En réponse à la question de son fils : *Eh bien, Alex... j'imagine que c'est un art. La beauté du mouvement. La grâce dans la violence, ce genre de choses. Mais c'est aussi assez scientifique : les prises, les clefs, les crocs-en-jambe. Il faut savoir les synchroniser, ce qui est une sorte de science, pas vrai ?*

N'importe quoi. Alex-Li fronce le nez en signe d'insatisfaction. *Alors ? c'est l'un ou c'est l'autre, gros malin ?*

Li-Jin se fige sur le seuil, espérant capter une meilleure réponse.

Ni l'un ni l'autre. C'est de la télé.

Ce qui bien sûr est la bonne réponse.

YHVH

La salle dégage le même potentiel révolutionnaire que les fêtes foraines et les parcs d'attractions : les enfants se retrouvent aux commandes, les adultes se découvrent purement fonctionnels. Les pères, l'air *sonné* et harassé, suivent leurs fils comme des petits chiens à peine visibles et portent ce qu'on leur a confié ou qu'on a laissé tomber tout près d'eux. Les pères se taisent. Les fils poursuivent une conversation de 4000 interlocuteurs. Elle résonne parmi les rangées de sièges, en fait le tour en suivant l'écho et redescend dans un rugissement, et Li-Jin est au cœur de la tempête, cherchant leurs sièges, traînant derrière lui trois garçons dépareillés telle une écharpe universitaire bien criarde.

C'est une lutte sans merci, mais Li-Jin parvient enfin à asseoir les garçons à leur place. Il baisse les yeux vers la scène, ce carré vide et triste qui emprisonne un pur espace, trois fois ligoté par des cordes. Il a l'impression d'avoir retenu son souffle pendant une demi-heure. Il se dispose à respirer enfin lorsque son énorme voisin se tourne vers lui et, sans le moindre encouragement de sa part, se met à lui agiter dix livres dans la figure en braillant : « Ça vous dirait, une petite mise ? »

Li-Jin lui retourne sa phrase sans la comprendre. Son anglais ne saurait être plus parfait, mais certains pièges de l'idiome (« Et v'là-t-y pas que j'me dis... », « vous n'êtes pas sans savoir », « parti en eau de boudin ») persistent à lui poser problème. Le gros bonhomme manifeste son mépris. « Oh, allez, fait-il en roulant le billet pour s'en gratter le menton. Y a pas de quoi choper une crise cardiaque. Je disais juste : Ça. Vous. Dirait. Une. Petite. Mise. » Il est tellement laid. Un nez d'alcoolique, aux veines éclatées, une surabondance de points noirs. Et, en dessous, une moustache broussailleuse et sale. Et il insiste.

« Juste un petit pari, explique-t-il. Vous comprenez... pour donner un peu de piquant. »

Li-Jin dit non merci, se hâtant d'expliquer qu'il a déjà « une petite mise, comme vous dites » avec son fils, et il exécute sur son siège une brève, machinale et indubitablement chinoise courbette, ce qui d'ordinaire ferait grimacer ledit fils, sauf que ce dernier, penché par-dessus la balustrade avec Rubinfine et Adam, est trop occupé à cracher sur la tête des gens.

Le gros fronce les sourcils, déroule le billet de dix livres et le fait rentrer de force dans sa poche de pantalon, une manœuvre difficile vu son gabarit.

« Faites comme vous voulez. »

Un peu gêné, Li-Jin entreprend donc de faire comme il veut. Il se détourne pour regarder la scène. Il mordille l'ongle de son pouce droit. Il en arrache le bout. Qu'est-ce que c'est que cette histoire ? Ça l'a rendu nerveux, sans raison aucune. Il regarde la scène. Et ça aussi, ça le chiffonne. On s'y affaire à préparer rien du tout. Qu'est-ce qu'ils font donc, tous ces gens ? Pourquoi tout ce remue-ménage ? Qu'est-ce qu'il y a à faire, à part laisser deux hommes monter sur scène, jeter leur cape, rentrer la tête et s'empoigner l'un l'autre ? Et pourtant des petits bonshommes en casquette de base-ball courent d'un bout à l'autre de la scène en hurlant des ordres. On soulève d'énormes haut-parleurs, et puis on les repose. Un homme aux cheveux blancs, en survêtement, passe son temps à faire le tour du ring en tirant sur les cordes avec un air d'absolue concentration. Un jeune garçon pose un seau dans un coin et crache dedans. Pourquoi ? Au bout d'un moment, le regard de Li-Jin s'égare involontairement vers la gauche. Fatale erreur. Il arrive juste à point pour voir les lèvres énormes de son voisin dessiner un horrible sourire. Les lèvres s'ourlent trop près du nez, la moustache se soulève ; de grandes dents inégales se dévoilent — Li-Jin est incapable de cacher son dégoût — et voilà que l'homme brandit la main en disant « Klein. Herman Klein » d'une voix bien trop forte, en ricanant comme une gargouille. Li-Jin complète poliment les présentations, mais sans que son corps n'exprime rien, comme il se doit. Pour ne pas l'encourager à la conversation. Mais ce Klein est une véritable présence physique qui viole l'espace de Li-Jin sans même s'en rendre compte et, avant que Li-Jin n'ait son mot à dire, il a déjà plongé en avant pour offrir une double poignée de main dans laquelle celle de Li-Jin, si menue en comparaison, est complètement engloutie et dont elle ressort aplatie et humide, comme passée au fer. Klein le libère, pousse un grognement et rajuste sa masse sur son siège, écartant les jambes et croisant les bras sur son ventre, comblé, comme s'il venait tacitement de remporter une compétition. Il y a bien longtemps que Li-Jin n'a pas été aussi rapidement et aussi complètement intimidé par un autre homme.

« Alors ! dit Klein en levant les yeux vers le paradis où des gamins téméraires se penchent par-dessus le balcon pour mieux voir, vous venez de loin ? Nous, on est de Shepperton et maintenant... voilà ! On est là. Voilà, voilà, voilà. Regardez-moi tout ça ! Alors, vous venez d'où, monsieur Tandem ? »

Li-Jin perçoit un accent — pas anglais, certainement européen : il ne saurait dire de quelle origine. En son temps, Klein est venu de plus loin que Shepperton, pas de doute là-dessus, de même que Li-Jin est venu de plus loin que Mountjoy, mais ces conversations requièrent un certain code. Li-Jin décrit leur voyage, qui à la vérité n'a pas été si terrible, une fois libérés de Mountjoy, même si dans son récit il le rend plus long et plus pénible. Il a découvert qu'en Angleterre c'est ce que les hommes aiment entendre. La circulation, le périphérique, les bouchons et le reste. Mais, tout en parlant, il apparaît à Li-Jin que ce Klein ne respectera pas les règles simples qui régissent une telle conversation : *Deux hommes, sans lien de parenté, assistant à un match en Angleterre*, conversation qui, dans ses racines étymologiques, est cousine de *Deux hommes, sans lien de parenté, attendant dans une boutique de vêtements que leurs femmes émergent des cabines d'essayage.* De simples signes de tête ; pour chaque anecdote, une autre anecdote. Mais Klein n'a aucune réaction. Ce n'est que lorsque Li-Jin se sent la langue gonflée et engourdie que Klein, brusquement, se ranime.

« Ça vous plaît, une bonne bagarre, hein, Tandem ? Pas vrai ? Zêtes déjà venu ? C'est ça le truc, avec le catch : c'est physique. Le reste, on s'en fout. La castagne. Le muscle. La sueur. Des Titans ! »

Ce dernier mot est prononcé si fort que Li-Jin approuve malgré lui : sa tête opine en se balançant mollement comme un pendule. Au même moment, la tête de ce Klein bascule sans prévenir, et ses gros yeux troubles se posent sur sa boucle de ceinture. Li-Jin se demande s'il va bien, au sens *médical*, vous comprenez, s'il va bien *dans sa tête*. Peut-être qu'il devrait mentionner ses compétences professionnelles. Mais Klein fait son retour, tel un animal qui fouaillait le sol et qui rapporte ce qu'il cherchait.

« Moi, pour ma part, je travaille dans les produits de luxe. Les cadeaux. Les cuirs. La maroquinerie. La bijouterie. Des petites gâteries pour dames à des prix très avantageux. Je vais vous apprendre un fait scientifique : 80 % des choses qui se vendent dans ce vaste monde, ce sont les dames qui les achètent, vous le saviez ? Eh oui, mon ami. Ce sont elles, le moteur qui fait tourner la machine. Mon père était boucher, et il n'a jamais compris comment on se faisait vraiment de l'argent, mais moi, je vous le dis, Tandem, moi j'ai compris. J'ai une boutique dans Knightsbridge. On a une clientèle plus huppée : si je vous donnais des noms, vous les reconnaîtriez ! Des célébrités ! Mais bref. Et voici Klein junior », dit Klein senior et, pour la première fois depuis le début de la conversation, Li-Jin remarque, à deux sièges d'écart, le balancement d'un petit pied chaussé d'un soulier noir verni. Klein pose la main dans le dos de ce minuscule enfant et le pousse en pleine lumière, par-delà l'ombre de son respectable estomac.

« Mon fils, Joseph. Et voici, en un mot, pourquoi on est ici. Il faut que le petit Joseph voie des Titans. Trop de hobbies, pas assez d'exercice physique. Que ces hommes soient un exemple pour lui ! Parce qu'à mon avis, le petit Joseph, c'est vraiment un gringalet. »

Li-Jin ouvre la bouche pour protester mais

« Gringalet ! C'est un gringalet ! Un petit gringaleeeet... »

Le tout d'une voix de fausset assez malsaine, les pupilles enfouies quelque part au fond du crâne, les paupières grasses papillonnantes, tout en pianotant dans l'air, les mains écartées, comme s'il jouait de deux claviers invisibles à la fois. Li-Jin est horrifié. Il voit Alex, qui vient de repérer Klein, se recroqueviller sur son siège. Au mépris de ses instincts les plus nobles, il a envie que cet homme soit à un million de kilomètres de lui, d'Alex et des garçons, loin de tout ce qu'il est susceptible de souiller — sans parler de cet enfant aux yeux tristes, Joseph Klein.

« Pour être grand, dit Klein en laissant retomber ses mains, il faut voir la grandeur. Y être exposé. L'approcher. Celui qui se couche parmi les chiens se relève avec des puces !

— Oui. Oui, j'imagine que vous avez raison », dit lentement Li-Jin. Il se fait un point d'honneur de regarder gentiment le garçon, dont la terreur se peint sur ses traits délicats et pincés. En toute justice, un tel enfant devrait être blond, mais Joseph est un petit brun, aux cheveux noirs comme ceux d'un Indien, aux grands yeux plus sombres encore. Il a les oreilles en pointe. Li-Jin lui adresse un sourire insistant et pose la main sur le genou de son propre fils.

« Joseph, je te présente mon Alex. Il est ici avec des amis. Vous devriez vous asseoir tous ensemble, entre garçons. Vous vous trouverez peut-être des choses en commun. »

Le garçon a l'air terrorisé. Li-Jin tente de faire machine arrière.

« Enfin... bien sûr, je crois qu'Alex est un *petit* peu plus grand que toi. Et Ru... euh, Mark aussi, bien sûr. Mark, arrête. De cracher. Arrête.

— QUEL ÂGE ? » Klein l'ancien veut savoir. Il plonge encore une fois vers Alex, l'index dressé, pris de tremblements. Alex hausse les épaules et lui dit qu'il a douze ans, genre où est le problème, mais Klein éclate de rire, et les larmes lui jaillissent au coin des yeux. Il donne à son fils quelques bourrades dans les côtes, et Li-Jin se dit que ça doit faire très mal.

« Ha ! Douze ans ! Joseph en a *treize* ! Je vous avais pas dit que c'était un gringalet ? Il était petit quand il est sorti du ventre, et il est resté petit depuis. À l'époque, j'avais dit à sa mère : je pourrais le déchiqueter comme un poulet ! Renvoyez-moi ça ! Apportez-en un autre ! Ha ! Vous savez quoi ? Il mâche sa nourriture vingt fois par bouchée, en croyant que ça va le fortifier ! Il a lu ça quelque part ! Putain, il peut toujours courir ! Ha ha ! Hé, toi, là-bas ! »

Klein a repéré un marchand de glaces deux rangs plus bas et, se hissant hors de son fauteuil, il se penche jusqu'à ce que la barrière métallique qui entoure leurs sièges lui empale le ventre.

« Hé, toi, là-bas ! T'as pas envie de savoir ce que je veux ? »

« Je collectionne des choses, dit Joseph Klein d'une voix fluette.

— Comment ? » demande Li-Jin en se penchant vers lui. Il n'est pas sûr d'avoir bien entendu, et voilà que Klein l'ancien souffle comme un phoque dans son effort pour s'extirper de son siège puis pour les longer, l'un après l'autre, à grand-peine (« Franchement, ces sièges, ils sont prévus pour qui ? Les nains de Blanche-Neige ? »), afin de parvenir au bout de la rangée et d'accéder enfin aux glaces. D'un mouvement agile, Joseph bondit hors de son fauteuil pour occuper celui que son père vient de libérer.

« Des choses, des trucs, quelquefois des autographes », dit-il d'un ton précipité. Comme s'il avait beaucoup à dire et très peu de temps. « Je collectionne des trucs sur les choses que j'aime et puis je les garde. Dans des albums. Je les classe. Je trouve ça extrêmement gratifiant. »

Oh bon Dieu. Alex sourit ouvertement, mais Rubinfine, et c'est tout à son honneur, s'abstient de se retourner vers Adam la bouche ouverte, de visser son index dans sa tempe ou de répéter la dernière phrase prononcée en simulant un défaut de langue, alors que ce serait la procédure à suivre selon le Code de Quand on a Quinze Ans et qu'il serait tout à fait dans son droit, eu égard à la gravité (*extrêmement gratifiant* !?) du délit. Or, il se contente d'ouvrir et de refermer la bouche, en partie parce que Li-Jin lui lance un regard qui veut dire *non, pas aujourd'hui*, et puis, même pour Rubinfine, il n'y a aucun plaisir à piétiner une bestiole aussi minuscule.

« Ça a l'air... *chouette*, dit Li-Jin.

— Et... tu collectionnes n'importe quoi ? demande Alex, qui fait de son mieux, ou bien... ? Des *genres* de trucs précis ? »

Li-Jin sourit. Voilà qui est *mieux*. D'ordinaire, si Alex n'aime pas le fils des voisins, parce qu'il louche, mettons, ou qu'il a un défaut de langue, ou s'il a peur du diablotin, avec ses taches de rousseur et ses coups de soleil, campé en face de lui sur le court de tennis, et qui se balance d'un pied sur l'autre d'un air menaçant, d'ordinaire donc Li-Jin n'intervient pas. Ils ont pratiquement les mêmes goûts en matière de garçons, lui et Alex. Les sportifs fous, ça n'est pas pour eux. Et ni l'un ni l'autre n'a vraiment d'affinités avec les rouquins joufflus, morveux et boutonneux. Ils ont horreur des frimeurs. Mais parfois leurs tripes réagissent différemment, et c'est ce qui est en train de se passer. Les tripes de Li-Jin lui disent *oui, on l'aime bien*, alors que celles d'Alex sont partagées, si cela a un sens pour des tripes.

« Alors comme ça, euh..., dit-il dans une moue, en écartant de son visage sa frange rebelle, tu collectionnes les programmes, ce genre de trucs ? »

Et Joseph ouvre la bouche pour s'expliquer, mais d'abord il se redresse sur son siège, bien digne, croise ses petites jambes et raidit le dos. « Que des trucs célèbres, dit-il d'un ton pénétré, en pesant également chaque mot. C'est pour ça que je suis ici. J'aime le catch. Je suis fan de catch. »

Li-Jin a déjà vu ça. Des gosses de riches de Hong Kong, engoncés dans leur costume, convoqués au bout de la table des adultes et sommés de se résumer devant les invités : leurs goûts, leurs performances, leurs espoirs pour l'avenir. Joseph est pareil. Il n'y a chez lui aucun naturel.

« L'une de mes collections, dit-il, s'appelle *Catcheurs européens*, sauf que maintenant il y a Kurutawa, donc je vais peut-être devoir changer le nom.

— Bien, dit Li-Jin, c'est très intéressant. Alex, c'est intéressant, pas vrai ? »

Et, dès qu'il l'a dit, ils se taisent tous les cinq, bien trop longtemps.

« Il a commencé par le sumo, Kurutawa, finit par dire Adam pour arranger la situation. Il est japonais. »

Le visage de Joseph rayonne de gratitude. « Oui, il est du Japon ! Ça fait six mois qu'il est dans le Yorkshire et il n'aime pas beaucoup la nourriture. Et dans le magazine ils disaient *C'est pas étonnant !* Vous comprenez, parce que… parce que… on mange vraiment très mal dans le Yorkshire, apparemment. Mais il n'a plus besoin de manger, de toute façon, puisque c'est une *montagne humaine*. Il vient de Tokyo. J'ai une photo dédicacée. Bien sûr, s'il y en avait d'autres à part lui, ce serait mieux. Je pourrais faire un album et l'appeler *Catcheurs japonais*. Mais c'est un peu agaçant. Qu'il n'y ait que lui.

— Mais alors t'as qui d'autre, bon Dieu ? »

Rubinfine, bien sûr, qui a tout le temps envie de se battre ces temps-ci, qu'il en ait vraiment envie ou pas : question d'hormones.

« Eh bien, ça dépend dans quel domaine.

— Tu dis quoi, là ?

— *Quoi, là.* » Et Joseph a un petit sourire sournois. La blague est nulle, mais c'est quand même une blague, et donc un bon signe. Alex rigole, et du coup Joseph paraît se détendre. Il se lance dans un discours.

« J'ai un classeur de politiciens anglais, un classeur de dignitaires étrangers — mon domaine de prédilection —, et puis les champions olympiques, les inventeurs, les vedettes de la télé, de la météo, les prix Nobel, les écrivains, les lépidoptéristes, les entomologistes, les acteurs, les scientifiques, les assassins et leurs victimes, les chanteurs — opéra *et* chanson —, les compositeurs… »

Rubinfine lève la main : « Attends, attends, est-ce qu'on t'a demandé de raconter ta vie ? »

Li-Jin lui rabat la main d'une claque sèche. C'était au temps où on pouvait encore gifler les enfants des autres.

« O.K., O.K. : qui tu as, comme acteurs ?

— Cary Grant.

— Qui ça ?

— Et Betty Grable.

— Qui ça *bis* ? »

Li-Jin tente de s'interposer par un bref historique du cinéma américain des années quarante, mais Rubinfine le fait taire en hurlant :

« Non, non, non : je te parle de *vrais* acteurs.

— Mark Hamill ? »

Ce qui lui cloue le bec, à Rubinfine.

« Mais ce n'est pas vraiment le point fort de ma collection, les acteurs, reprend prudemment Joseph, qui s'adresse à présent à Li-Jin. La plupart d'entre eux, quand on leur écrit, se contentent de vous envoyer une signature secrétaire ou des préimprimés ou un Autopen, et c'est très dur d'avoir du personnalisé.

— Je vois, dit Li-Jin, qui ne sait absolument pas de quoi il parle. C'est intéressant.

— AAAH, BÂILLEMENT, dit Rubinfine en bâillant.

— Et en plus ils ne valent pas autant que ce qu'on pourrait croire.

— Tu te fais de l'argent ? » demande Adam, les yeux écarquillés. Si on se fait de l'argent et qu'on a moins de seize ans, aux yeux d'Adam on est quasiment une divinité.

Et sur ce, le gamin répond : « Oh, oui... c'est très lucratif, la philographie. »

Alex : « La phila quoi ?

— C'est le mot qui désigne le fait de collectionner les autographes », dit Joseph, et visiblement ce n'est pas pour épater la galerie. Non, il a juste envie d'en parler à quelqu'un. Malgré tout, c'est difficilement pardonnable, et jamais Rubinfine ne le lui pardonnera. Il laisse entendre que les possessions de Joseph doivent valoir un total de quatre pence. Il va jusqu'à parier lesdits quatre pence que sa collection vaut en fait *moins* de quatre pence. Là-dessus, Joseph, sans méchanceté apparente, explique qu'il possède un Albert Einstein qui vaut trois mille livres.

Ce qui lui cloue le bec, à Rubinfine.

Alex : « Sérieusement ? Einstein ?

— Mon oncle Tobias l'a rencontré en Amérique, donc c'est personnalisé, et signé sur la partie la plus claire de la photo, et *en plus* il a eu la gentillesse d'écrire à côté son équation archicélèbre, et c'est ça qui vaut de l'argent, tu comprends : le contenu. Mais je ne le vendrais pour rien au monde : ce serait comme de vendre mon bras.

— Einstein, Proutstein, on s'en fout-stein, dit Rubinfine. Alors, il commence, ce match ? Y en a marre de glandouiller. »

Mais Alex veut savoir. Pourquoi ? Pourquoi quelqu'un ne voudrait pas vendre quelque chose qui vaut trois mille livres ? Enfin, à moins d'être dingue ?

« Parce qu'il est dans mon album le plus précieux.

— Et c'est lequel ? » demande Li-Jin, puisqu'il faut tout lui soutirer, à ce gamin.

« Mes Judaïca.

— Tes quoi ?

— Mon album de trucs juifs.

— Nous, on est juifs ! » gazouille Adam sur ce ton joyeux qu'il perdra d'ici trois ans. Privilège de l'enfance : cet âge où on ressent l'héritage génétique/culturel comme un truc bizarre mais cool qui nous est tombé dessus par hasard, comme une chaussure supplémentaire. Hé, tu sais quoi, Tom ? Je suis eurasien ! Super, je suis maori ! Regarde, j'y arrive sans les mains !

« Moi, je suis juif, et Rubinfine aussi, et puis Alex. On va au heder ensemble. »

Mais Alex refuse d'être entraîné dans cette digression. « Et qu'est-ce qu'il y a d'autre dedans ? Dans l'album juif ?

— Rien, rien. »

Mais ça ne veut pas dire rien, ça veut dire *Voilà mon père*, ce qu'Alex saisit aussitôt, mais qui échappe complètement à Li-Jin.

« Allez, Joseph, ne sois pas timide. Il doit bien y avoir autre chose. Un seul autographe, ça ne suffit pas à faire un album, hein ?

— IL VOUS EMMERDE, PAS VRAI ? »

Li-Jin se lève pour ne pas lui bloquer le passage, et se retrouve debout sur les sièges avec les garçons, faisant une haie d'honneur à Klein et à sa bedaine.

« Non, non, en fait, pas du tout. On parlait de la collection de Joseph... de ses Judaïca. Je trouve ça très intéressant. Vous savez, mon fils est juif. »

Klein lèche sa glace et sourit. Sans la moindre trace d'amabilité ni de bienveillance. Li-Jin comprend qu'il vient à son insu de lui fournir matière — de quel ordre, il l'ignore — à construire un nouveau missile dirigé contre son fils.

« Oh, ses *Judaïca*. C'est donc ça ? C'est donc à ça que tu travailles toute la nuit dans le noir, Joseph, à te bousiller les yeux... Et moi qui le croyais occupé à gribouiller des conneries d'adolescent, des cochonneries nauséabondes, comme tous les garçons... mais non. Comme c'est intéressant, Joseph. Il n'arrive jamais à finir ses devoirs, mais il a le temps de classer ses *Judaïca*. Bien. Qu'est-ce qu'on dit, en pareil cas ? Ah, oui : on en apprend tous les jours. Bien, bien. »

Joseph s'est recroquevillé au fond de son siège, invisible à côté de son père, mais il y a trop de bruit pour que le silence qui règne sur les six personnages devienne pénible. Une musique dramatique fournit le fond sonore. Les commentaires télévisés d'avant match résonnent dans toute la salle. En fait, les deux experts sont là, assis sur leur banquette et parlant dans leur micro, tous deux chauves, quelques rares cheveux plaqués sur le crâne, là-bas, au tout premier rang.

Alex sort un bic de son jean, pose le pied gauche sur le genou droit et entreprend de déloger une sombre matière coincée dans les rainures de sa basket. Mais il ne pense qu'à Joseph. Li-Jin se penche nonchalamment, et ses doigts, au lieu de reposer simplement sur le froid métal de la balustrade, l'agrippent : lui aussi ne pense qu'à Joseph. Il se sent très triste. Joseph a lancé à Alex un bien précieux et Alex l'a relancé à Li-Jin, et Li-Jin, au lieu de le protéger, a laissé ce grand singe le fracasser sous leurs yeux. Cela s'est-il vraiment passé ainsi ? Le combat va commencer. Tout ça ne devrait pas avoir d'importance. Mais ces temps-ci, dès que passe un jeune garçon, Li-Jin ne peut s'empêcher de se demander si c'est lui qui téléphonera à Alex quand ce sera arrivé, qui le poussera à sortir, qui lui changera les idées, qui fera la course avec lui, qui l'éclaboussera au bord d'une mer inconnue, lors de futures vacances.

Alors les deux catcheurs apparaissent, et aussitôt c'est le pandémonium. Le héros est à droite, et reçoit gracieusement le tonnerre d'acclamations. Le méchant est à gauche, et siffle quiconque le siffle. Des écrans TV sont suspendus au-dessus du public. De temps à autre, un panoramique sur la foule apparaît à l'écran, et les gens s'exclament et se montrent du doigt et regardent avec ravissement leurs gestes et leurs exclamations immédiatement réfléchis, comme une lumière renvoyée par un miroir. À sa connaissance, jamais Li-Jin n'a été capté sur film. Il aimerait tellement. En termes de pérennité, les photos ne sauraient lui suffire.

La cloche retentit !

« Eh bien, dit Li-Jin, qui se rajuste sur son siège, croisant les bras sur l'estomac et tentant de retrouver la sensation de l'événement, c'est parti ! »

YHVH

C'est parti. En novembre, quand les soupçons de Li-Jin sont confirmés, quand le mal est correctement diagnostiqué, il est contraint de se découvrir malade comme un être humain, et non comme un médecin. Au début, il réagit en médecin : il examine les clichés avec un autre médecin, désigne calmement la masse sombre ; il dédaigne, avec toute l'impatience d'une longue familiarité, les différentes possibilités de traitement. Mais quelques jours plus tard la réalité le pénètre, terriblement réelle, terriblement humaine, puis lui échappe, en pleine nuit, sous la forme d'un petit jappement forcé que Sarah attribue au chat. Il agrippe la couette et enfonce les genoux au creux des genoux de Sarah, comme si elle pouvait le retenir, par simple proximité, par la seule magie de son éclatante bonne santé. À la question évidente, il répond *brûlures d'estomac*, puis détourne les yeux vers le mur et regarde les arcs de lumière des voitures qui passent escalader la fenêtre jusqu'au plafond avant de s'approcher d'eux comme une succession d'étreintes. Sarah se rendort. Il contemple les lumières une vingtaine de minutes. Alors, toujours agité, il se lève et s'aventure dans le couloir, à pas de loup, jusqu'à la chambre d'Alex, y jette un rapide coup d'œil puis continue vers la cuisine, où il dispose deux tranches de poulet reconstitué sur une seule tranche de pain, sans beurre, en guise de sandwich ; il allume la télé. Debout au milieu de la cuisine, à moitié nu (la moitié inférieure), il parvient à regarder pendant trois minutes un interlude à la BBC. Une petite fille. Une poupée de chiffon. Et puis il pleure, le sandwich contre la bouche pour étouffer le bruit, ravalant ses sanglots comme un animal. Ce coup mortel, cette gifle de l'infini, le frappe de plein fouet, il s'effondre sur un tabouret et doit s'agripper au bord de l'évier pour ne pas basculer. Il a trente-six ans.

Le lendemain matin, il passe en revue les possibilités. Lui, le malheureux patient, il se remémore les paroles du brave docteur, identiques à celles que lui, un brave docteur, a offertes en son temps à d'autres malheureux patients. Mais, vu son statut privilégié, les paroles s'accompagnent cette fois d'un hideux cortège de notes, où chaque appendice est introduit par *mais*. Il pourrait se soumettre à six mois de radiothérapie *mais*. Il pourrait subir une opération pour retirer la tumeur *mais*. Li-Jin est au fait des précédents médicaux. Il sait que dans le combat de catch entre *peut-être* et *sans doute* qui se déroule dans chaque pinéoblastome, c'est *sans doute* qui gagne neuf fois sur dix. Peut-être qu'après une si longue latence la tumeur ne se développera pas davantage. Mais Li-Jin est suffisamment bon médecin pour savoir qu'elle va sans doute le tuer. *Bombe à retardement. Compte à rebours. Roulette russe.* Toutes les expressions qu'il dissuade ses patients d'employer lui reviennent à présent avec la puissance dévastatrice d'un cliché vengeur. Et malgré tout il trouve ça presque impossible à croire. Un jour, il se retrouve pétrifié sur le trottoir, dans une rue bondée, frappé de stupeur, interdit, au vieux sens du terme. Il va mourir et ça reste absurde et pourtant ça va arriver. Il est si jeune ! Comment est-ce possible ?

Il y a des années, Sarah avait décrit son unique grossesse comme une locomotive *emballée*, sensation intime que seules les femmes peuvent éprouver. Mais voici qu'elle approche, sa mort, inexorable dans sa marche en avant, poursuivant son chemin malgré les personnes figées sur les rails. Elle arrive. Inévitable, inconcevable, si près, si loin — est-ce de cela qu'il s'agit lorsqu'on évoque son règne ? Li-Jin découvre la double nature de sa mort : elle paraît être à la fois partout et nulle part. Il va mourir, et pourtant quand Alex lui demande de soulever l'armoire pour remettre la main sur une bille en fuite, il le fait aisément, sans effort. Il va mourir, et pourtant quand la présidence de l'Association de surveillance du voisinage devient vacante il veut désespérément le poste et mène une campagne farouche pour l'obtenir. Même si sa mort est toujours là à l'attendre, il ne ressent sa présence que ponctuellement, et dans les moments les plus incongrus. Il ne la perçoit pas en regardant *Love story* ou *Le Champion*, par exemple, mais plutôt en plein milieu d'une pub pour du thé, dans les gestes frénétiques d'un chimpanzé ventriloque. Il doit alors chasser Alex de son giron et filer dans la buanderie, où il sanglote et respire dans un sac en papier jusqu'à ce qu'il se calme. Sa mort est semblable au duvet soyeux qui pousse au dos de la main : il passe inaperçu dans la plus énergique des poignées de main, mais la brise la plus légère suffit à hérisser le moindre de ces misérables poils.

YHVH

La cloche retentit ! C'est parti ! Et d'emblée, toutes les personnes présentes comprennent que ça n'avait pas de sens de parier. Comme l'a dit un jour un petit malin, le catch n'est pas un sport, c'est un spectacle, et on ne peut pas parier dessus, pas plus qu'on ne peut parier sur le dénouement d'une représentation d'*Œdipe roi*. Bien sûr que Big Daddy va gagner. Comment pourrait-il en être autrement ? Regardez-le ! Il porte un Babygro rouge, il est rubicond, il a les cheveux blancs, il est plus *célèbre*. Non que la Meule géante doive perdre : lui aussi va gagner, rien qu'en jouant son rôle à la perfection. Plus il est salaud, plus l'audience aime ça. Lorsqu'il poursuit Big Daddy dans les cordes pour se venger indûment d'une prise réussie, lorsqu'il administre un coup d'avant-bras après le coup de sifflet et dans le dos de l'arbitre (mais sous les yeux de la moitié du public), c'est avec délice qu'ils le huent. Lorsqu'il lève les bras, rugit et rejette la tête en arrière comme une bête — le Signe Universel de *Bande de sombres crétins, vous pensiez que j'allais jouer le jeu ?* —, tout l'Albert Hall frémit et trépigne. Autant il est vicieux et sournois et tricheur, autant Big Daddy est honnête et droit et martyr. Lorsque l'arbitre aide Big Daddy à se relever, et que ce dernier, secouant la tête et tendant les bras vers les spectateurs du premier rang, les supplie de prendre note de l'injustice criante qu'il y a à se faire piétiner la tête, la Meule géante s'avance vers ce même premier rang et montre le poing : *Justice ! Vous parlez de justice ? Je ne suis que le miroir de ce monde, et le fait est que le monde est méchant ! Les gens sont cruels et la mort vous attend tous ! Vous n'aimez pas me regarder parce que je suis laid, mais je suis la terrible VÉRITÉ !* Tout cela dans un poing dressé ! Chaque mouvement est excessif. Big Daddy ne frappe pas, il *assène*. La Meule géante ne tombe pas à genoux, il *s'écroule*. Ce n'est pas de la boxe, et il n'y a aucun héroïsme à dissimuler sa souffrance. *Regardez-moi ! Regardez comme je souffre !* dit la Meule géante de tout son corps. *Se pourrait-il que le Bien triomphe malgré ma puissance du Mal ?* Big Daddy le fait trébucher et l'immobilise, et le minuscule arbitre, en impeccable costume blanc, sautille sur les lieux et se met à compter... mais l'heure n'est pas encore venue de voir le Bien triompher du Mal, pas tout à fait. Tout le monde a payé ses quatre livres quatre-vingt-dix-neuf pence et demi, ne l'oublions pas.

Ils regagnent donc leur coin en se dandinant, se claquent le ventre et puis recommencent lentement à tourner l'un autour de l'autre. C'est une digression dans l'action principale, qui donne l'occasion au public de les considérer à nouveau comme des masses de chair distinctes plutôt que comme une même montagne. On remarque aussitôt que si tous deux sont obscènement gros, ils ne sont pas gros de la même façon. Big Daddy est gros comme un ballon gonflé, sans un poil sur le corps, sans parties génitales pendouillantes ni même visibles. Il est gros comme un Zeus jovial, rebondi et bondissant, qui effleure les nuages, un dieu circulaire. Mais la Meule géante est gros comme un gros typique, un vrai gros, recouvert d'une enveloppe de viande crue qui ondule et qui frétille et sûrement qui pue, et il a les cheveux noirs et une barbe hirsute et une tenue immonde, une salopette bleue et une chemise rouge à carreaux, comme le fou qui vit dans les bois près de chez vous. À l'inverse, la combinaison grenouillère-survêtement-lingerie Babygro de BD a quelque chose d'élémentaire, d'*originel*, et suggère un homme si pur, si peu apprêté que, s'il pouvait, il combattrait nu ; seule la décence l'a poussé à se confectionner cette petite tenue. Ah, au fait, il y a marqué BIG DADDY en grosses lettres au dos. La Meule géante n'a pas l'équivalent.

D'un seul coup ils s'élancent à nouveau l'un contre l'autre, et si vous avez une meilleure expression que *comme des éléphants en furie* insérez-la ici [ ]. La Meule flanque une beigne à Big Daddy en plein dans la hanche, lui fait un croche-patte et puis lui piétine le visage *avec les pieds, les deux pieds* (« Tu vois ! » se disent mutuellement en chœur Rubinfine et Adam), sur quoi Big Daddy attend que l'arbitre compte jusqu'à deux avant de « s'arracher au sol » (et c'est pour ces clichés *fondamentaux* que le catch a été inventé), de se relever et de secouer la tête comme s'il venait de boire quelque chose qui l'avait envapé. Comme pour dire : *Ben mon vieux, je l'ai senti passer*.

Et bien sûr que c'est ridicule, mais le truc, c'est qu'ils ne sont pas là pour exprimer des sentiments authentiques, ni pour les simuler et leur donner du *naturel* comme à la télé : ils sont là pour démontrer des *actions*. Et tous les gamins le *savent*. Le premier imbécile venu peut raconter une histoire — pas vrai ? — mais combien de gens peuvent en *démontrer* une, par ex. *Voilà ce que c'est qu'une histoire, mon pote, quand on la dépouille de tout le sentiment*. Et cet après-midi, ces deux masses humaines sont là pour démontrer la Justice. Celle que M. Gerry Bowen [rang M, siège 117] n'arrive pas à obtenir des tribunaux en réparation de l'accident de son fils ; celle que Jake [rang T, siège 59] n'obtiendra pas à l'école, qu'il décide ou non de cafter ces salopards ; celle que Finn [rang B, siège 10] se voit refuser par les filles, même en changeant sa garde-robe, sa collection de disques et ses habitudes d'hygiène ; celle que Li-Jin [rang K, siège 75] ne parvient pas à obtenir de Dieu.

Et puis, lorsque assez de temps s'est écoulé, Justice est rendue et Big Daddy triomphe, et c'était inévitable, mais personne ne lui en veut de cette modeste victoire sur l'injustice de la vie, et surtout pas Li-Jin, qui distribue les trois billets d'une livre et en paraphe un quatrième pour Joseph, au nom de la justice.

Herman Klein a pour frère le comptable du mari de la sœur de Big Daddy. Fort de cette parenté, il compte se rendre en coulisses et « se faire présenter ». M. Tandem et ses trois enfants peuvent l'accompagner, s'ils veulent. Joseph a dans son sac une enveloppe de photos couleurs de Big Daddy, format 12×16, sur papier glacé, qu'il veut lui faire signer, mais c'est plus qu'il ne lui en faut, sérieusement, et il se dit que les trois autres peuvent en avoir chacun une, s'ils veulent.

« Sérieux ? demande Alex. Pour de vrai ? »

Li-Jin, un peu gêné par l'enthousiasme de son fils, compte tenu de la froideur de ses propres rapports avec Klein, exprime les remontrances parentales d'usage sur *abuser* et *exagérer*, mais il espère très fort que Klein n'en tiendra aucun compte. Les coulisses ! Des autographes ! Et, de fait, Klein n'en tient aucun compte, non par un *oh, allez, ne dites pas de bêtises* ni par un *vraiment, ça ne pose pas de problème*, mais par un grognement sonore et un geste leur intimant à tous l'ordre de le suivre dans la mêlée. Tel un officier signalant à ses troupes qu'il est temps de monter à l'assaut de la butte. Les garçons réagissent au quart de tour, et c'est à Li-Jin qu'il revient de farfouiller sous les sièges pour récupérer les écharpes, les gants, l'appareil photo de Rubinfine, leur criant de l'attendre.

C'est le chaos. Pour rester ensemble, ils doivent faire la chenille derrière Klein. Alex et Joseph sont devant, bavardant comme de vieux amis ; suivis d'Adam, qui serre contre sa poitrine la photo que lui a donnée Joseph ; suivi de Rubinfine, qui marche sur les talons des tennis d'Adam ; suivi enfin par Li-Jin. Ils sont pressés de tous côtés par des centaines de gens à qui Klein meugle de s'écarter de son chemin, et auprès de qui Li-Jin s'excuse quand il se heurte à des pères et à des fils. *On ne pourrait pas ralentir un peu ?* crie-t-il vers la tête de la chenille, mais Klein ne l'entend pas, et d'ailleurs il est peu probable qu'il ralentirait. Malgré sa stature, il est puissant, agile et fonceur comme un sanglier, et il a les mêmes pieds minuscules. *Dépêche-toi, l'escargot*, dit Alex, et Li-Jin s'aperçoit que sa migraine est si terrible qu'il a du mal à entendre, ou qu'il entend à retardement, car la voix d'Alex est pathétiquement désynchronisée avec le mouvement de ses lèvres, comme dans un film, quand une séquence d'action est tournée au ralenti et qu'on sait donc qu'il va se passer quelque chose de tragique. *Dépêche-toi, papa !* Il arrive, il arrive, papa fait de son mieux avec son mal au crâne mais aussi cette faille béante dans sa poitrine, parce que c'est un jeune père et qu'il n'a qu'un gosse et qu'il vient d'être frappé, pour la quarante millionième fois, par la beauté de ce garçon. *J'arrive !* Mais quand est-ce qu'ils seront rendus ? Quelle distance peut bien séparer le rang K de la scène et de ses coulisses ? Et puis, alors même qu'ils semblent toucher au but, un énorme mouvement de foule les rejette en arrière comme si on venait de tirer un coup de feu sur scène. Ce n'est que l'effet de la gloire : Big Daddy s'est matérialisé, il vient d'apparaître à l'embouchure d'une des sorties de scène, royal dans sa cape, et il signe des autographes. Klein hurle quelque chose d'absurde que Li-Jin n'arrive pas à distinguer — sans doute quelque chose du genre *Amis personnels ! Laissez-nous passer, Amis personnels !* — mais, quels que soient les mots, ils ont l'air efficaces, car les six anneaux de la chenille se tortillent en direction de la star avec plus d'aisance qu'auparavant. Mais, chaque fois qu'ils progressent de dix centimètres, l'espace se referme derrière Li-Jin, les gens le poussent, s'accrochent à lui pour garder l'équilibre, battus par des courants contraires.

Klein est le premier à L'atteindre, suivi de Rubinfine qui a joué des coudes, et puis Joseph et Alex — Li-Jin n'arrive pas à repérer Adam — et puis la voie se referme devant lui telle la mer Rouge et Li-Jin ne peut plus avancer. Il se dit de ne pas s'inquiéter pour Adam et préfère se hisser sur la pointe des pieds, juste à temps pour Le voir ébouriffer la chevelure d'Alex, lui donner une bourrade amicale sur l'épaule et lui prendre sa photo pour la signer. Dès que le nom est inscrit, Alex fait volte-face, fou de joie, et il sautille à la recherche de Li-Jin pour pouvoir lui montrer, et Li-Jin sautille à son tour et tente d'agiter le bras, mais il est trop petit pour surplomber une telle foule et la vision fugitive du front plissé d'Alex est la dernière chose qu'il aperçoit avant que ses genoux se dérobent et que sa tête heurte le sol. Mais, une fois sur le dos, ses yeux se rouvrent quelques secondes. Il voit la salle ploufer, et puis plifer. Des sons gloupsent. La lumière s'étiole. Il voit des gens. Beaucoup, beaucoup de gens. Mais personne de célèbre. Personne de familier ni d'amical. Personne pour l'aider. Personne qu'il connaisse.

LIVRE PREMIER

MOUNTJOY

La Kabbale d'Alex-Li Tandem

Conduisez-moi au centre du monde.

La célèbre chanteuse populaire
Madonna à un chauffeur de taxi
lors de son arrivée à New York

L' unique apparition d'un lointain,
si proche soit-il.

Définition de l'« aura » proposée
par le célèbre petit malin
Walter Benjamin

CHAPITRE PREMIER

Shechinah

Présence — Alex-Li Tandem était juif — Un arc-en-ciel au-dessus de Mountjoy — Empreinte de main — Superstar — La princesse Grace — Marvin est agent laitier — Le côté goy et féminin d'Alex — Ne pas parler de la voiture, 1er épisode — Communion avec un escargot

1

Soit tu es avec moi, soit tu es contre moi, pensa Alex-Li Tandem, en référence à la lumière du jour et, plus généralement, au jour. Il s'étira de tout son long et forma deux poings. Il était pleinement décidé à rester couché sans bouger jusqu'à ce qu'on lui donne quelque chose à faire, quelque chose de noble, quelque chose de *bien*. Il ne voyait pas l'utilité de quitter son lit pour un jour immanquablement *contre* lui depuis le coup d'envoi. Il avait déjà essayé : ça ne pouvait rien donner de bon.

Quelques instants plus tard, il fut surpris de ressentir une bouffée de lumière tiède lui moucheter le corps, filtrée par un store. Une lumière non-violente. C'était encourageant. À comparer et à opposer à la lumière d'hier matin, d'un fascisme mesquin, aussi cruelle qu'un néon d'hôpital. Ou du matin d'*avant* hier matin, lorsqu'il avait gardé les yeux fermés tout du long, effrayé par ce qui pouvait causer cette sinistre pulsation rouge derrière ses paupières. Ou du matin d'avant la *chose*, le matin de l'Apocalypse, dont personne n'aurait pu prévoir qu'elle allait durer soixante-douze heures.

Et puis Alex l'optimiste saisit le zigouigoui qu'il fallait tordre pour ouvrir les stores. Mais il avait les doigts trop moites. Il remonta le lit en rampant, se sécha la main gauche contre le mur, agrippa et tira. La pluie était venue dans la nuit. On aurait dit que le Déluge était passé par Mountjoy et l'avait récuré pour de bon. La ville tout entière semblait avoir vécu un épisode de restauration accidentelle. Il voyait des briques fraîchement rougies et traversées de sillons, comme après une bonne crise de larmes, des balcons arborant leur moisson immaculée de chaussettes, de chemises et de draps blancs et humides. Des antennes noires scintillantes. Oh, que c'était beau. L'eau de pluie avait transformé chaque caniveau, chaque creux du trottoir en flaque de prismes. Il y avait des *arcs-en-ciel* partout.

Alex se donna une minute pour admirer le soleil bienveillant qui conservait sa douceur tout en échappant à un banc de nuages gris. Au loin, un clocher d'église maigrelet avait été gravé par un enfant au-dessus d'un horizon parfaitement bleu et platement colorié. Posé à sa gauche, le dôme enflé d'une mosquée, décrit d'une main plus habile. Ainsi donc les gens étaient en route pour voir Dieu, ce matin. Tout cela arrivait encore. Alex sourit, faiblement. Ses vœux les accompagnaient.

Dans la salle de bains, Alex faillit succomber à la découverte d'une succession de mini-tragédies. L'odeur était atroce. Plusieurs cibles avaient été manquées. Des trucs n'étaient pas là où les trucs devraient être. Enjambant des trucs, ignorant des trucs, Alex le stoïque se tourna vers le miroir de courtoisie. Il le tira violemment vers lui en l'empoignant par son cou de métal jusqu'à ce que les carrés deviennent des losanges, des parallélogrammes, une unique ligne d'acier. Il avait vieilli, terriblement. Le levier de son visage, celui qui maintenait les choses en place, avait été abaissé. Mais depuis combien de temps n'était-il plus un enfant ? Quelques jours ? Un an ? Une décennie ? Et maintenant, *ça* ?

Il dévoila ses dents au miroir. Elles étaient jaunes. Mais le bon côté de la chose, c'est qu'elles étaient là. Il ouvrit ses yeux d'Accidental (un néologisme de Rubinfine : à mi-chemin entre oriental et occidental) aussi grands qu'il put et toucha la glace froide du bout du nez. Quels étaient les dégâts ? Ses yeux étaient en état de marche. La lumière ne faisait pas mal. Avaler paraissait facile, élémentaire. Il ne tremblait pas. Il ne ressentait ni paranoïa tétanisante ni contractions musculaires. Il se prit le pénis.

Il se pinça les fesses. Toujours là. Normal. Tout était à la place prévue par les manuels d'anatomie. Il semblait peu probable qu'il vomisse, disons, dans les quatre heures à venir, et il y avait bien longtemps qu'il n'avait pas été capable de le prévoir avec la moindre certitude. Autant de nouvelles merveilleuses, vraiment merveilleuses. En soufflant bruyamment, Alex rasa une barbe de trois jours (ça faisait donc *trois jours* ?). En terminant, il s'aperçut qu'il s'était coupé deux fois, et appliqua donc les tristes lambeaux de papier toilette.

Les dents expédiées, Alex se souvint de la caution qu'il avait versée au propriétaire et regagna la chambre en traînant les pieds. Il lui fallait un torchon, mais la cuisine était au-delà des frontières. Il se contenta d'une taie d'oreiller, en trempa un coin dans un verre d'eau et se mit à frotter l'empreinte de main sur le mur. Peut-être que c'était de l'art ? Peut-être que ça avait une certaine présence ? Il recula d'un pas et l'étudia, contempla ce contour jaunâtre. Et il se remit à frotter. Ça n'était pas de l'art. C'était comme si quelqu'un était mort dans cette chambre. Alex s'assit au coin du lit et appuya les pouces sur ses yeux pour retenir deux larmes prêtes à couler. Un petit sanglot lui échappa. Et le plus étonnant, se dit-il, le plus extraordinaire, c'est bien *ça* : à quel point la chose était *minuscule* en elle-même. La chose qui a failli me détruire. Il y a deux, non, trois jours peut-être, il avait placé une pilule sur sa langue, telle une minuscule hostie. Il l'y avait laissée dix secondes, conformément aux recommandations, avant de l'avaler. Il n'avait jamais rien pris de comparable. Rien n'aurait pu l'y préparer ! Des lunes s'étaient levées, des soleils s'étaient couchés, pendant des jours, pendant des nuits, et il n'avait rien remarqué !

Nom officiel : Microdot. Nom de code : Superstar. Pendant quelque temps, elle s'était rendue célèbre dans tout son corps. Et maintenant c'était fini.

2

Sur le palier, Alex rencontra Grace. Elle était campée sur la deuxième marche, l'air vengeur. La queue en l'air, le visage souillé de sang d'oiseau. De sa bouche émergeait presque toute une aile. Et ça n'était pas un vulgaire moineau, Alex le voyait bien, mais une espèce bariolée, bleu rosé, le genre d'oiseau qui aurait pu l'attendrir, pour qui il aurait pu bâtir une mangeoire en forme de maison, avec un paillasson *Bienvenue* miniature comme les affectionnaient tous les veufs et veuves de Mountjoy. Mais il arrivait trop tard. Lorsqu'on la poussait à bout (elle n'avait pas été nourrie), Grace se métamorphosait en terroriste des jardins, et ne faisait pas de distinctions sentimentales entre les espèces d'un même genre animal. Pour elle, un écureuil valait bien une souris, une perruche équivalait à un pigeon. En la prenant dans ses bras, Alex lui pardonna, déposa un baiser sur sa tête plate, lui tira sur la queue et la fit glisser le long de la rampe. En retour, elle laissa une belle traînée rouge, comme un ornement au pinceau, sur tout le bois de pin, ponctuée par de petits monticules de tripes d'oiseau. Et *malgré tout* il ne vomit pas. Ha ! Alex considéra cet exploit comme son Triomphe Personnel de la Matinée n° 3. Le deuxième, c'était de marcher. Le premier, d'être conscient.

3

« Ça fait vaguement mal, *ici* », dit Alex à son agent laitier, Marvin, qui se tenait sur le seuil. Marvin tendit une main noire, ce qui fit remonter sa manchette blanche. Alex ne put s'empêcher de penser à Bill Robinson prenant la main de Shirley Temple. On se serait cru dans une comédie musicale aujourd'hui, dans la rue glaciale. Si éclatante, si incroyable.

« Où ça ?

— Vers le rein. »

Marvin palpa ladite zone. Il avait de longs doigts qu'il enfonça vigoureusement.

« Attention...

— Qu'est-ce que je dois chercher ? Une grosseur ?

— Tu crois que ça pourrait *provoquer* une grosseur ? »

Marvin haussa les épaules. « C'est très peu probable, mon

frère. Pas en si peu de temps, en tout cas — enfiiin... ça dépend de ce qu'ils mettent dedans, tu me suis ? »

Alex tira sur sa veste de pyjama et fronça les sourcils. « J'ai aucune idée de ce qu'ils mettent dedans, Marvin. C'est pas exactement contrôlé, ce genre de trucs. Y avait pas de liste des ingrédients. Pas d'informations pour les consomm... »

Marvin lui agita les mains sous le nez pour lui faire signe d'arrêter. Le sarcasme lui était étranger. Il possédait ce qu'Alex imaginait être la profonde sincérité de l'homme noir urbain à l'existence difficile.

« Ouais, ouais, *ouais*. T'as pas la tête qui te démange dans ton crâne ? » demanda-t-il en reculant d'un pas et en prenant Alex par le menton, d'un geste exploratoire. Alex se sentit déprimé. Visiblement, l'expertise de Marvin dépassait de loin la sienne. C'était déprimant d'être ainsi diminué dans son expertise si tôt le matin.

« Des démangeaisons ?

— Alors pas de problème. Elle était peut-être forte, mais elle a l'air pure. Des fois, ils mettent de la Floxine dedans. Et après, t'as la tête qui te démange dans ton crâne pendant un petit moment.

— De la Floxine ?

— Tu veux des yaourts, alors ? Putain, ça caille ici », dit Marvin en se tournant vers son camion de lait et en mettant la main en visière contre le soleil d'hiver. Il se balança sur la pointe des pieds, en arrière, en avant. Dans sa main gauche, aux longs doigts habiles, il fit passer son petit calepin du premier au dernier doigt et retour, comme une carte à jouer. Marvin s'ennuyait.

« Non, pas vraiment.

— Tu peux répéter ? » dit Marvin d'un ton menaçant.

Voilà trois mois que Marvin occupait cet emploi créé et financé par l'État. Avant cela, il avait brièvement été gardien de parking. Et avant cela, il avait été dealer. À présent, il suivait une thérapie pour toxicomanes, et le jargon déteignait parfois sur ses tournées de laitier. Dès que Marvin avait commencé ses livraisons à Mountjoy, on avait constaté un accroissement de la demande en yaourts et en milk-shakes haut de gamme, en proportion exacte de la peur qu'il inspirait. Alex lui-même, au début, avait acheté quantité de fromages frais en parts individuelles, de mousses, de bombes de Chantilly, etc. Mais désormais il voulait *redéfinir le cadre de leur relation*. Désormais il voulait que Marvin et lui *partent sur de nouvelles bases*.

« J'ai déjà fait le plein de yaourts, en fait.

— Eh bien, tant pis pour toi », dit Marvin d'un ton aigre. Il glissa son calepin dans sa banane. Il tendit de nouveau la main et tira sur les paupières d'Alex.

« Comment ça s'appelait, déjà, cette petite bêtise ?

— Je crois que c'était de la Superstar ? »

Marvin battit des mains, éclata de rire et agita la tête selon une gestuelle appelée — si Alex devait lui donner un nom — *la Danse du Railleur*.

« Et c'est *toi* l'intellectuel.

— Et c'est moi l'intellectuel.

— Et alors... quoi ? demanda Marvin. Ça a donné quoi, Tandem ? Est-ce qu'au moins tu as semé la joie avant de récolter la douleur ? »

Alex tripota la braguette de son pantalon de pyjama. Vu d'ici, son pénis avait l'air plus petit qu'il n'avait jamais semblé. Il était tout enroulé sur lui-même comme un mollusque, mais où était la coquille solide qui le protégerait ? Où était son foyer ? Son rempart contre la vie !

« Tu faisais quoi ? Genre... t'étais en boîte, en chill-out ? Je connais des gens, médita Marvin, qui se font des trips *salon*. La télé les absorbe. Ils communient avec la télé, tu vois ? Et le trip les emmène d'une chaîne à l'autre. À la bourgeoooise. »

Alex était resté au lit à peu près trois jours : ça, au moins, il en était sûr. Pendant lesquels il avait survécu grâce aux emballages resplendissants des chocolats de Noël qui occupaient sa table de chevet. Il se souvenait d'une heure de lucidité pendant laquelle il avait empilé les oreillers derrière lui, décroché le téléphone et appelé un talk-show à la radio qui abordait la question de la ménopause précoce. Il se souvenait de son sommeil. Profond, rembourré. Mais la nuit d'avant, la fameuse nuit, était une porte fermée au bois gondolé par un feu invisible, par où s'insinuait la fumée. Il ne pouvait pas l'ouvrir. Il n'osait pas.

« Marvin, finit-il par dire, je n'ai aucun souvenir. Toute la semaine passée est comme un... »

Marvin acquiesça et inscrivit dans l'air un grand cercle vide de néant. À travers le cercle, Alex voyait, en lettres brodées, MARVIN KEPPS, AGENT LAITIER DE MOUNTJOY, et, au-delà, une minuscule faille pâle entre les boutons, où le tire-bouchon des poils du torse lui suggérait quelque chose d'effrayant, une vélocité latente du ressort.

« Ce sont des choses qui arrivent », dit Marvin en posant doucement les mains sur les épaules d'Alex. « Tandem, reprit-il, je vais t'expliquer le topo : dans la colonne des avantages, on a l'accroissement des perceptions sensorielles, l'expérience visionnaire et tout le reste. Pas besoin de te faire un dessin. Chaque note de musique, chaque brin d'herbe, etc. Mais là, dans les inconvénients, on a un *effondrement* de la mémoire immédiate. Dans le temps, on l'appelait le Poisson rouge. Pour la raison citée plus haut. »

Pour la deuxième fois ce matin-là, Alex sentit les larmes perler. Le spectre d'une *lésion neurologique irréversible*, numéro quatre au Top 5 d'Alex —

1. Cancer
2. SIDA
3. Empoisonnement des Conduites d'Eau/Attentat au Gaz dans le Métro de Londres
4. Lésion Neurologique Irréversible (dans son jeune âge, à la suite d'une mésaventure)
5. Maladie cérébrale dégénérative, Alzheimer, Parkinson, etc. (dans sa vieillesse)

—, lui saisit le centre des haut-le-cœur, et il pivota vers un buisson près de la clôture. Marvin le prit par le coude, le serra contre lui et le redressa.

« Pas de ça, *s'il te plaît*, dit Marvin affectueusement en lui massant le sommet du crâne avec une phalange. C'est ça le problème avec ces machins, et moi j'ai au moins appris une chose : c'est soi-disant un raccourci vers le... le truc, le niveau suprême, appelle ça comme tu voudras, d'accord ? Soi-disant : voilà trente livres, mettons, et maintenant amène-moi à un niveau supérieur de conscience. Mais ça ne marche pas comme ça, mon frère. T'as pas droit à l'ensemble des prestations. Il faut que tu commences par escalader le tronc, autrement dit, c'est une allégorie, tu ne peux pas t'envoler directement jusqu'aux branches. Tu vois ce que je veux dire ?

— T'as raison.

— Je sais que j'ai raison. Alors. Monsieur Je-travaille-au-lit. Tu vas sortir aujourd'hui ?

— Je me tâte encore, Marvin.

— Tâte-toi bien.

— Promis.

— Promis », répéta Marvin de la voix efféminée qu'il adoptait souvent pour imiter Alex. Naguère, Alex s'est demandé s'il paraissait efféminé aux hommes noirs en général ou juste à Marvin en particulier. Il y a quelques mois, à la Piscine municipale de Mountjoy, Alex-Li Tandem, émergeant de l'eau après un plongeon arrière tout à fait honorable, a posé la question à son ami Adam, qui a ôté sa pince nasale et répondu : « Non… Je ne crois pas, non, je ne te trouve pas particulièrement efféminé. D'abord, t'es trop baraqué. Et poilu. D'ailleurs, à moi aussi, il me fait le coup. Et moi je suis noir.

— Oui, dit Alex d'un ton joyeux, en éclaboussant avec les pieds des enfants qui l'avaient eux-mêmes éclaboussé. Tu es même le Noir de service.

— Oui, je suis le Noir de service. Je suis sûr de mourir avant la fin du film. Bref. Je ne sais pas. Je crois que c'est plutôt une question de classe sociale. »

L'eau gouttait du nez d'Adam, accompagnée d'une matière plus visqueuse. Il devrait y avoir des lois. Alex prit une respiration de nageur olympique et fila vers le fond carrelé et rêche du bassin, effectua un vague retourné et se lança en poussant du pied contre le bord avant de faire deux tiers de longueur sous l'eau, son record personnel. Il avait grossi, et il fumait. À son retour, il s'empara de quatre flotteurs et les plaça sous son corps de façon à pouvoir rester assis dans l'eau, bien droit, et à onduler sur les vagues tel le Roi des sirènes.

« Qu'est-ce que tu racontes, une question de *classe* ? On n'est pas des bourges. »

Là-dessus, Adam s'interrompit pour faire quelques étirements bizarres. À les voir, Alex avait toujours l'impression que son ami venait à la piscine pour exécuter un programme d'exercices complexe, bénéfique, spirituel peut-être, et assurément confidentiel, tandis qu'Alex se contentait de laisser pisser (souvent au sens littéral du terme), et d'étudier les jeunes femmes et l'incroyable potentiel de variations dans la courbe de leurs os pubiens. Adam passa la cheville autour du garde-fou. Près d'Alex, un pansement flottant se retourna et révéla une petite concentration circulaire de sang. Là encore, se dit Alex, il devrait y avoir des lois. Adam bâilla et parut se prendre les bras, les retourner vers l'arrière et forcer ses mains à prier derrière son dos. L'étirement était impressionnant, et les femmes le regardaient. Ces temps-ci, il était tout sauf gros, et il ne fumait pas, sauf de l'herbe. Son estomac n'était qu'un tambour tendu à l'extrême, ondulant, d'un noir de jais.

Il dit : « Non, c'est vrai, mais on est quand même plus bourges que *Marvin*. C'est l'élément clef. Mais c'est plus subtil que ça, tu sais, comment dire, la voix que prend Marvin, c'est comme la voix que tu prends quand tu imites Lenny Bruce imitant un goy...

— Et alors ? Qu'est-ce que tu essaies de me dire ?

— Eh bien, monsieur le surdoué, je dis que *peut-être*, par rapport à lui et à son vécu de dealer issu de la classe ouvrière etc., *on est tous des goys*.

— Et *lui*, c'est le Juif ?

— Et lui, c'est le Juif.

— C'est un raisonnement complètement... », dit Alex, mais il n'arrivait pas à trouver le mot.

« Ouais... mais pour le coup ça me *plaît* assez. Tu devrais le mettre dans ton livre — ça mérite un nouveau sous-chapitre. »

Sur quoi Adam partit seul vers le plongeoir, tandis qu'Alex, battant furieusement des pieds, fulminait intérieurement contre une bonne femme immonde en maillot fluo. Elle avait une tête ignoble vissée sur son cou gras. Et la bouche énorme. Elle riait de la mésaventure fécale de son fils dans le petit bain. Il devrait y avoir des lois et encore des lois, avec force commentaires du législateur.

C'est alors que Marvin — qui avait tourné le dos à Alex pour regarder vers la maison d'en face — poussa un petit jappement soudain. Il se dressa sur ses talons, Signe Universel de la surprise. Il brandit un bras en l'air. On aurait dit Charlot.

« Eh, mon pote, c'est pas ta *bagnole* ? Regarde-moi ça ! Oh *punaise. Sacré bon Dieu.* »

Stationnée deux places plus loin que d'habitude, Alex vit Greta, sa MG de collection, désespérément hissée sur le trottoir pour échapper à la mort. Le pare-chocs avant avait été brutalement arraché du corps et ne tenait plus qu'à un fil métallique, la porte avait été enfoncée par un géant. Le pare-brise avait reçu la visite d'une araignée de verre.

« Et *aussi* la vitre de gauche ! » hurla Marvin en désignant la vitre de gauche.

Le flanc de Greta était éraflé des pieds à la queue, son toit de toile tristement gondolé et compressé, tel un accordéon exsangue. En fait, l'ensemble de la voiture avait raccourci de quinze centimètres.

« Frérot, c'est *toi* qui as fait ça ? »

Alex se coula le long du chambranle comme Lauren Bacall. Il n'était que 8 h 30, mais déjà il était temps de jeter l'éponge. La journée avait semblé prometteuse. La journée avait menti. Il sentait qu'il ne pouvait rien contre des journées pareilles. Il croyait fermement qu'il existe des journées où vous découvrez que quelqu'un, pour son seul plaisir, a écrit une histoire sadique dont vous êtes le héros. Il croyait aussi qu'en de telles journées il n'y a plus qu'à suivre, bêtement, les mains rasant le sol. En ce sens, à tout le moins, il était profondément croyant.

« J'en reviens pas, man ! Regarde-moi ça ! » dit Marvin avec un grand sourire. Marvin prenait son pied.

Alex écarta les mains, lentement, renonçant à tout le reste. « Qu'est-ce que tu veux que je te dise, Marvin ? »

Marvin pinça le nez. « Pas de malentendus : moi je m'en fous, je suis juste l'agent laitier — je me demandais simplement si c'était toi qui avais fait ça à ta voiture. Pour le reste… » Son sourire s'élargit encore.

Cette fois, Alex laissa le visage de Marvin disparaître de sa vue, plia les jambes et se recroquevilla sur le seuil. Sur la marche, la marche de béton, il rencontra un énorme escargot frémissant qui portait sa coquille très loin dans son dos, comme un post-scriptum. Alex le décolla et le garda un instant au creux de sa paume. Puis il le lança dans l'herbe, mais même ce geste s'accompagna de la triste vision de nouvelles possibilités en réserve pour lui-même comme pour l'escargot : la contrée noire et cirée de la chaussure de Marvin, la Laponie fraîche et plate du rebord de fenêtre, l'Arizona stérile de l'allée qui conduit à la route et finalement à la mort.

« Écoute. Sérieusement. T'es déprimé ? Je veux dire, en général ? demanda Marvin avec une sincère curiosité.

— Oui, dit Alex, agacé. Oui, je crois.

— Tu *crois* ?

— Marvin, j'ai pas envie d'en parler, à vrai dire.

— Et tu ne sais pas *quand* tu as fait ça à ta voiture ?

— Marvin, je n'ai aucun souvenir. »

Marvin poussa un *Ha !* comme une première sonnerie de clairon. Il sauta élégamment deux marches et descendit l'allée d'un pas nonchalant de cow-boy. L'escargot se trouvait quelque part dans un endroit exaspérant de familiarité, humide et vert, un endroit où des choses terribles, généralement tournantes et tranchantes, pouvaient arriver, sans prévenir, de nulle part. Alex loucha. Claqua des talons, trois fois. Ferma sa porte à Mountjoy.

CHAPITRE DEUX

Yesod

Fondation — Phrases célèbres n° 1 — Muhammad Ali était juif
Boules de stress contre entonnoirs — Le pacte et les billets d'une livre — Phrases célèbres n° 2 — Dieu et Garbo — L'autographe de Kitty Alexander — Joseph explique l'attitude juive envers la transsubstantiation

1

De retour dans son appartement, Alex-Li le vaillant examina à bout de bras une succession de vêtements indistincts ; dès qu'un vêtement ne puait pas, il l'enfilait. Il ne se donnait pas grand-peine, car le résultat était toujours le même, quel que soit l'effort. Tout ce qu'il mettait donnait l'impression de lui avoir été balancé à la figure dans un couloir par une petite amie furieuse ; un fouillis de choses qu'il se rappelait avoir portées la veille au soir, mêlées à d'autres qu'il ne reconnaissait pas.

Ayant enfilé une chaussette, il traversa la pièce à cloche-pied, prit sur le bureau le Calendrier de l'Association autographique et le fixa du regard. 12 février. En dessous, une photo de Sandra Dee. Elle souriait et révélait deux données factuelles :

Mon vrai nom est Alexandra Zuck !
J'ai débuté comme mannequin à treize ans !

Alex arracha le 16 février (Dolores Del Rio) et le 17 (Peter Lawford) et décida que le 18, un mercredi, était la date d'aujourd'hui. Archibald Leach, impeccablement vêtu, se préparait à lancer une balle de golf en pointant vers l'objectif son menton divin. Presque trop beau pour être vu. Il disait, entre guillemets :

Tout le monde voudrait être Cary Grant. Même moi, je voudrais être Cary Grant.

En dessous, il y avait quelque chose d'écrit, de la main d'Alex :

Vente aux enchères — 12 H. Memorabilia rock et cinéma.
15 H Hollywood âge d'or

Il avait donc du travail aujourd'hui.

Le téléphone se mit à sonner. Alex, qui se sentait toujours vaguement agressé par le téléphone si celui-ci était hors de vue, se hâta de trouver ses lunettes et de les mettre, en remodelant les branches métalliques aberrantes jusqu'à ce qu'elles se calment et qu'elles s'accrochent derrière ses oreilles.

« Oui ? Oui, allô ?

— Tandem, dit une voix de fille, je vois que tu décroches *enfin*. T'as une belle voix de téléphone, en plus. Ça mérite un Oscar. Au fait, je suis encore vivante ? »

Alex ouvrit la bouche, mais il n'y avait plus personne en ligne.

« *Esther ?* » dit Alex dans le vide. Aussitôt, il essaya de la rappeler à chacun de ses numéros. Que ce soit accidentel ou délibéré, tous l'accueillaient immédiatement par un message enregistré, puis par le terrible bip. Ces bips continuaient à lui donner le trac. Apparemment, il était le seul homme à toujours réagir ainsi. Il méprisait le côté cabotin de la chose. Quiconque est capable de laisser un message digne de ce nom sur un répondeur est, à sa manière, un acteur. Chez Esther, Alex laissa du silence. Sur son portable, il dit : « Mais non, écoute, le problème c'est qu'il faut vraiment que j'aille bosser. » Mais il se contentait de penser tout haut.

Alex exhuma du bas de son armoire sa grande musette en cuir. Il était Autographiste. Le métier recouvrait trois activités. Collection. Courtage. Authentification. Les deux premiers allaient sans dire, quant au troisième, il devait parfois l'expliciter pour des gens rencontrés dans des soirées. Maintes fois il avait été humilié par la jolie fille saoule toujours présente en pareil cas, qui, appuyée au frigo, évalue froidement la validité de votre vie pendant que les gens dansent comme des fous au salon. Ce qui l'impressionne, ce sont les métiers au nom simple : avocat, médecin, journaliste, pompier même. Mais *Consultant Adjoint en Interfaces Informationnelles, Vice-Administrateur Technique*, ce genre de boulot, c'est pas son truc. Pas plus que les métiers excentriques, simples hobbies gonflés en plans de carrière. Du coup, va la convaincre que toi, Alex-Li Tandem, tu es celui que les gens paient pour feuilleter un florilège de papiers jaunis et donner ton avis sur ce qui est vrai et ce qui est faux dans leur collection. Peu lui importe que ce soit une science et un art. C'est une science que de savoir distinguer la signature secrétaire, tristement célèbre, de Sydney Greenstreet (un faux dû à la main experte de son assistante Betty) des boucles et arabesques de l'original. C'est une science que de faire la différence entre le griffonnement robotique d'un Autopen de Kennedy et l'authentique signature présidentielle. Et savoir quand mentir à ce sujet, et jusqu'à quel point, c'est un art. Mais va donc lui expliquer ça. Alex-Li est Autographiste. C'est un peu comme être Munchkin, ou bonne fée, ou singe volant, ou rabbin. Ça ne veut pas dire grand-chose si on n'a pas la foi.

Alex fait l'essentiel de son travail à domicile, mais lorsqu'il est amené à quitter la maison il prend sa musette. Et à présent il la pose sur le bureau, l'ouvre et, dans les innombrables poches et replis, glisse des Elizabeth Taylor et des Veronica Lake, des Gene Tierney et des James Mason, des Rosemary Clooney et des Jules Munshin, dos à dos, séparés par des étuis plastifiés. Aujourd'hui, en plus des suspects habituels, il y fourre un catalogue d'enchères, des photos coquines (Betty Page, Marilyn, Jayne Mansfield, diverses Playmates — pour un collectionneur privé qu'il espère voir à la vente), un album de lettres personnelles de David Ben Gourion à son tailleur, une banane, un roman russe compliqué qu'il ne compte pas lire et un magazine autographique qu'il compte bien lire.

Le téléphone sonna.

« Bien évidemment, dit Adam d'un ton furieux, tu n'as plus droit à mon amitié, ni à celle de quiconque, d'ailleurs. Tu as fini par te disqualifier. Voilà ce que c'est, un comportement antisocial, Alex, voilà à quoi ça aboutit.

— Adam ? *Adam !* » dit Alex. Il était ravi d'entendre son ami.

Dans le grand livre de la vie, la voix d'Adam avait indéniablement sa place dans la colonne des bons côtés.

« Non, dit Adam, écoute. Je suis sérieux. Deux faits : elle a un doigt cassé, l'index. Et elle a aussi la nuque froissée. La *nuque*, Alex. Comment tu crois que j'ai réagi ? C'est ta copine, d'accord. Mais c'est aussi ma sœur.

— Attends : Esther ? Elle n'a rien dit.

— C'est sûrement parce qu'elle refuse de te parler. Contrairement à moi, va savoir pourquoi.

— C'est bien généreux de ta part.

— Ouais, je trouve aussi. *Et*, en échange, voilà ce que je veux. Premièrement, tu dois me rendre *La Fille de Pékin*. Ça fait deux semaines que t'aurais dû le rendre. Il faut que tu *t'achètes la cassette*. Et si par hasard quelqu'un d'autre avait envie de l'emprunter ? Deuxièmement, il faut que tu appelles Esther *immédiatement* et que tu te mettes à faire je sais pas quoi. À pleurnicher. Et troisièmement, je veux que t'ailles voir un docteur, parce que ce qui t'est arrivé, Tandem, c'était un genre de réaction allergique, c'était pas normal. Et je te parle d'un *vrai* docteur, pas d'un charlatan de Chinatown. *Alex*, soupira Adam, tu m'as laissé tomber. Cette soirée, c'était censé être... une expérience religieuse. Et grâce à toi, ça a viré au cirque Tandem. Dans le monde, toutes les choses ne sont pas obligées de virer au cirque Tandem. Le monde ne se résume pas à toi. Il y a d'autres gens dans ce film qu'on appelle la vie. Alex ? Alex ?

— Je suis là. Je t'écoute.

— Tu m'as foutu les *boules*, mon pote. Joseph a dit que quand il était passé chez toi plus tard t'étais vraiment bizarre, tu parlais en langues pour ainsi dire. Hein ? Alex ? »

Alex conserva ce qu'il espérait être un silence digne. Il en avait entendu parler dans les romans ; c'était sa première tentative.

« Allô ? *Allô ?* Tu veux qu'on parle de la voiture ? »

Alex sentit son estomac faire des nœuds ; il se mit à gémir. Adam avait payé la moitié de la voiture.

« *Eurk*. Pas vraiment.

— Tant mieux. Moi non plus.

— Eu-eurk. *Euurk*. »

Adam émit un sifflement. « Oh, Alex. Je sais, je sais. T'inquiète pas, je t'aime encore. Même si je suis bien le seul en ce moment, mon pote. Le seul membre du fan-club. Passe à la boutique tout à l'heure. C'est promis, hein ? Maintenant, il faut que tu sortes, je crois. C'est promis ? Tu le jures sur ton billet ? »

Alex poussa un grognement. Il avait horreur de ce genre de promesses. Leur solennité était une contrainte. Il était de règle entre eux de n'invoquer les billets de son père qu'avec d'infinies précautions. Il fallait mériter le droit d'en parler. Joseph ne les mentionnait que très rarement. Et Rubinfine se gardait bien d'y faire la moindre allusion.

« Bien. On sera ouvert toute la journée. Esther ne viendra pas. Ce qui vaut mieux, sans doute, vu le climat. Il y a quelque chose dont on doit discuter sérieusement. Tu sais quel jour on est, hein ? »

Plus rien sur la ligne. Alex hissa sa besace sur son épaule et toucha, dans l'ordre, les choses qu'il touchait toujours avant de quitter sa chambre : un petit Bouddha ébréché posé sur son bureau, un poster signé de Muhammad Ali et le vieux billet d'une livre, collé à la gomme sur le haut du chambranle.

2

Parvenu à la cuisine, il claqua des talons et s'inclina devant Grace, qui se tenait debout sur l'évier, littéralement debout, soit occupée à s'étirer, soit dans un dernier effort pour évoluer. Alex mit la bouilloire à bouillir et sortit une flasque du placard. Il défit un petit sac plastique d'herbes à l'odeur amère et Grace battit en retraite. Alex vida les herbes dans la flasque. Il ajouta de l'eau chaude. Ça s'appelait du *Chia i*, le Thé du Printemps, soi-disant, mais noir comme l'enfer. Ça sentait mauvais, ça avait l'air mauvais. Oh, à propos, ça avait vraiment un goût dégueulasse. Mais c'était destiné à *élargir et disperser* le poids dans les poumons, d'après son Dr Huang de Soho. Les poumons d'Alex lui pesaient. Tout lui pesait. Il revissa le bouchon et glissa la flasque dans la poche de son sac.

En ouvrant la porte du salon, il se rappela très nettement que, sous l'influence prolongée d'un hallucinogène, il avait donné un brusque coup de volant en direction d'un arrêt de bus alors que sa petite amie Esther était assise à côté de lui. Il n'y avait pas de mots pour exprimer à quel point il en était désolé. Ni personne à qui les dire. Il n'était pas catholique. Il vivait seul. Il eut le sentiment, désormais familier, qu'il manquait d'exutoires. Au lieu d'avoir une vie en forme d'entonnoir, à travers lequel les choses passeraient et peut-être s'affineraient, elle ressemblait à… comment on appelle ces trucs ? Des boules de stress ? Entièrement faites d'élastiques, et chaque jour on en ajoute un. Chaque jour plus serrée. Plus grosse. Plus inextricable. Voilà comment était sa vie. Alors que celle d'un catholique, il l'imaginait un peu comme un entonnoir. Pauvre Esther.

Il traversa la pièce et s'agenouilla devant la télé. Il sortit *La Fille de Pékin* du magnétoscope. Il la rangea dans son boîtier et ressentit un frémissement de bonheur et de réconfort. Causé par la beauté. Sur la jaquette, il y avait les deux beaux visages de son actrice préférée, la star de comédies musicales Kitty Alexander. Sur la première image, à droite, elle était habillée en Pékinoise, les yeux scotchés en une approximation de l'épicanthus d'Alex, arborant chapeau de coolie et cheongsam. Elle était perdue dans les rues du Broadway des années cinquante. Et puis, à gauche, la même jeune fille, mais réinventée, vêtue en coqueluche d'Hollywood, robe de bal en forme de champignon, petits gants blancs, chaussons roses de princesse, la torsade de cheveux noirs lustrés comme un clin d'œil par-dessus l'épaule. L'histoire du film, pour l'essentiel, c'était le passage de la photo de droite à la photo de gauche. Il fallait lire la jaquette à l'envers, comme de l'hébreu.

Il y avait une fente dans le plastique protecteur. Alex y glissa le doigt et se mit à palper, touchant d'abord une Kitty puis l'autre. *Citizen Kane. Le Cuirassé Potemkine. Autant en emporte le vent. La Strada*. Il était stupéfait que tant de gens, ou même, pour être exact, *la plupart des gens*, ignorent que la comédie musicale produite en 1952 par Celebration Pictures, *La Fille de Pékin*, avec Jules Munshin dans le rôle de Joey Kay et Kitty Alexander dans celui de May-Ling Han, était en fait le plus grand film de l'histoire du cinéma. Soigneusement, il lui fit une place dans un repli de sa besace.

Dans le couloir, il décrocha du portemanteau son imper ciré et l'enfila. Il s'y sentait tout petit aujourd'hui. Il avait vingt-sept ans. Il était affectivement immature, se disait-il, comme la plupart des gamins d'Occident. Et probablement en pleine dénégation de la mort. Et assurément méfiant envers toute révélation. Et, par-dessus tout, il aimait les distractions. Il avait l'habitude d'énumérer ainsi pour lui-même ses traits de caractère en mettant son manteau — et il soupçonnait les petits paysans et les gens du tiers monde de ne jamais en faire autant, d'être moins égocentriques. Il était encore *encore* légèrement excité de recevoir du courrier adressé à lui personnellement et non à sa mère. Il se baissa vers le paillasson pour en récolter une brassée et passa rapidement en revue des factures, des factures, une pub de pizza, un relevé de compte, des enveloppes expédiées d'Amérique et renfermant des présidents et des stars de cinéma, un prospectus sur les troubles de l'érection, une dose gratuite de fond de teint pour une femme blanche imaginaire avec qui il ne couchait pas.

3

De temps à autre, il allait voir des médecins occidentaux. Ils lui prescrivaient des choses pour le détendre (le hideux néologisme en vigueur était *dé-stresser*), qui allaient du grand air aux sports collectifs en passant par de petites pilules colorées. L'année précédente, il avait visité la Pologne et s'était promené sur les places impassibles de Cracovie, dopé jusqu'aux yeux et ressentant une sorte de communion, retenant son souffle lorsque les cloches sonnaient, chantant dans les cafés la complainte d'une douleur sans limites qu'il ne parvenait pas à nommer. Les pilules avaient des effets secondaires priapiques. Chaque paire de jambes féminines cisaillant l'air le mettait au supplice. Il éprouvait une sensation des plus étranges : le besoin d'engrosser la totalité du pays. En passant par une rue près d'Oświęcim, il s'était heurté à un énorme nuage de pollen — du moins, il avait présumé que c'était du pollen — et l'avait traversé allégrement ;

en fait, c'était un essaim de guêpes. En bon jeune homme de Mountjoy, en jeune homme jouissant de tout le confort moderne et de toutes les perspectives de sécurité, personnelle et nationale, jamais il n'aurait pu imaginer que le sombre nuage où il avait pénétré pouvait être dangereux. Il avait écrit un poème sur tout ça, son second poème en vingt-sept ans. C'était nul. Mais qui sait ce qu'il aurait pu être en 1750, sur l'une de ces places polonaises, en bottes et chapeau, jouissant de toutes les promesses du siècle des Lumières et d'une impressionnante boucle de ceinture en or ? Et Rubinfine ? Et Adam ? Et Joseph ? *J'ai vu les meilleurs esprits de ma génération / Accepter des boulots aux marges de l'industrie du spectacle.*

Le téléphone sonna. Comme le poste du rez-de-chaussée était sans fil, Alex le prit et se mit à faire des allées et venues dans le couloir, tenant le téléphone comme un jeune père son premier-né agité, espérant soit que la chose changerait de bruit, soit qu'elle se tairait. Ni l'un ni l'autre. À la troisième venue, il se heurta à sa porte d'entrée et s'immobilisa. Il regarda la porte. Il s'en détourna, puis réessaya de la regarder. Il suivit des doigts le sillon de pin naturel, dans un sens puis dans l'autre. Le téléphone continuait de sonner.

4

Le fait de collectionner les autographes, comme Alex n'est pas le premier à le remarquer, a beaucoup en commun avec celui de courir les femmes ou de craindre Dieu. Une femme qui livre son trésor trop fréquemment n'excite pas la convoitise des hommes. De même pour un dieu à la présence manifeste, aux lois transparentes : un tel dieu n'est pas populaire. De même, une Ginger Rogers ne vaut pas autant qu'on pourrait l'imaginer. Car elle signait tout ce qu'elle touchait. Une fille facile. Un peu pute. Elle donnait trop volontiers ce qu'elle avait. Et maintenant elle est commune, au sens le plus pur du mot. Et sa valeur est estimée en conséquence.

Greta Garbo n'était pas une fille facile. Si tant est qu'elle couchât quoi que ce soit sur le papier, Garbo avait tendance à utiliser un pseudonyme, Harriet Brown. Garbo exigeait que sa banque traque et localise le moindre chèque écrit de sa main et non encaissé. Elle refusait de se dessaisir de son nom, même sur un reçu. Un autographe de Garbo, même de médiocre qualité, vaut encore dans les six mille livres. Kitty Alexander signait encore moins que Garbo. Kitty était aussi gauche et invisible que Jéhovah. Elle était distante. Le public la détestait pour ça. Et elle finit par tomber dans l'oubli, car le public n'aime pas être dédaigné. Mais les Autographistes tendent à être plus masochistes que le public (le public est avant tout sadique), le mépris les fait *jouir*. Jamais les Autographistes n'ont oublié Kitty. Ce sont les mêmes qui font leur profit des morts prématurées, des assassinats, des meurtres en série, et des ratés haut de gamme. Le premier mari de Marilyn, le troisième homme sur la lune, le Cinquième Beatle. Ils ont des goûts très spéciaux. Depuis bien longtemps, l'autographe de Kitty Alexander est l'un des gribouillis les plus recherchés de ce monde très spécial. La plupart des Autographistes en ont fait leur deuil. Mais pas Alex. Chaque semaine depuis l'âge de quatorze ans, Alex envoie une lettre à Kitty, à une adresse à Manhattan, l'adresse de son fan-club. Pas une fois il n'a reçu de réponse. Pas une fois. Juste un plein tiroir de lettres toutes faites, signées par le président du fan-club. Et donc, *donc*, il faut à Alex un bon moment, donc, pour se rappeler pourquoi, comment, *par quelles voies* une carte postale sans autre inscription que l'autographe de Kitty, parfaitement lisible, se retrouve épinglée, telles les thèses de Luther, au dos de sa propre porte d'entrée. Avec mille précautions, il le détache et l'examine à la lumière. Il est exquis. C'est un vrai. Ou il ne s'appelle plus Alex-Li Tandem. Il appuie sur le bouton du téléphone.

« Alex, dit Joseph de sa voix douce, écoute-moi encore une fois. Tu ne l'as pas reçu de Dieu. Et tu ne l'as pas reçu par la poste. C'est un faux. Et tu l'as fabriqué toi-même, Alex. Tu faisais un mauvais trip. Comme tout le monde. Écoute-moi. Ce n'est pas un vrai, ce ne sera jamais un vrai, et les choses ne deviennent pas vraies simplement parce qu'on en a envie. »

CHAPITRE TROIS

Netsah

Éternité — Trois rabbins — Le problème de la bibliothèque — Le monde est brisé — Alex et son livre secret — Rebecca et ses nabots — Rubinfine et ses goûts de goy — Bette Davis était juive

Les arbres, d'un noir vif sur le ciel bleu, étaient des ormes. Les boîtes folles, contenant chacune un homme plein de regrets, étaient des Ford Mondeo. Les oiseaux, pour la plupart, étaient des pies. Et le grand jeune homme aux traits orientaux, qui ralentissait délibérément le pas en descendant Mountjoy Road, n'était autre qu'Alex-Li Tandem. Il s'était aperçu qu'il se dirigeait droit sur trois hommes fixant un coffre de voiture ouvert, et ça ne lui plaisait pas du tout. Il n'avait pas encore été repéré, mais ça n'allait pas tarder. L'un de ces hommes était un rabbin qu'il connaissait bien. Où se cacher ? D'ici, il voyait le vidéoclub d'Adam, Hollywood Alphabet, comme une grotte ouverte sur le trottoir d'en face. Et plus près, l'une de ces sanisettes tout équipées de portes automatiques et de légendes urbaines. Mais il était trop tard pour chercher refuge. Il n'y avait plus d'issue. Plus rien à faire.

« *Alex !*

— B'jour, Rubinfine.

— Alex, Alex, *Alex*. Quelle belle journée, hein ? Quel don du ciel, cette journée ! »

Avec une lucidité sinistre, Alex remarqua que le sourire de Rubinfine ce matin n'était qu'une grimace à l'envers. Il avait le pied droit appuyé contre la face *JUSTICE* du Monument aux morts de Mountjoy, un énorme monolithe de pierre où étaient gravées quatre valeurs — *JUSTICE, COURAGE, HONNEUR* et, allez savoir pourquoi, *PATIENCE* — commémorant fièrement les sacrifices consentis par Mountjoy pendant la guerre, même si Mountjoy n'a vu le jour qu'en 1952. Deux autres hommes, inconnus d'Alex, se tenaient au coin de *COURAGE* et de *PATIENCE*.

« Et pourtant, dit solennellement Rubinfine, même par une journée pareille, nous sommes confrontés à un problème. »

Il mit les mains sur les hanches, dans l'un de ces gestes étrangement féminins qu'il avait quelquefois, et regarda dans le vide. Devant lui, une Citroën garée, le coffre ouvert, lui rendit son regard vide. Alex commença bientôt à paniquer. Il était déjà dehors, mais il se mit à regarder autour de lui comme un homme cherchant la sortie.

« Écoute, Mark, dit-il, je veux dire, *Rabbi* Rubinfine... tu sais quoi ? Je peux vraiment pas m'attarder. J'ai un métro à prendre. Il y a une vente aux enchères ce matin, tu sais ce que c'est. Des choses à faire, des gens à acheter. Donc, si ça ne te dérange pas, en fait, je vais peut-être...

— *Alex-Li* », dit Rubinfine. Le grain de beauté sur sa jour frémit et, dans le mouvement, sa moustache toute neuve et très désagréable fit un saut vers la droite. Il prit le visage d'Alex entre ses mains. Il portait un pull en V couleur saumon, associé à un pantalon de velours côtelé, un long manteau pied-de-poule et une paire de tennis noires.

« Quand un homme se dépêche, dit Rubinfine sur un ton qui se voulait talmudique, les premières choses qu'il oublie sont sa brosse à dents et son Dieu. »

Ce genre de chose exaspérait Alex. À ses yeux, Rubinfine était trop jeune pour concocter des aphorismes. Il n'avait que trois ans de plus qu'Alex. Il avait trente ans. Seulement trente ans. À trente ans, on peut citer autant qu'on veut, mais ça s'arrête là.

« Pour l'heure, et toutes choses égales par ailleurs, je voudrais te présenter des amis. Voici le rabbin Darvick, et le rabbin Green. Le rabbin Darvick est venu nous rendre visite, il est de Brooklyn, New York. Quant au rabbin Green, tu l'as déjà rencontré, en fait. Il est de Mountjoy. On assiste à un congrès rabbinique — tu sais, à Grantam Park ? Ça dure une semaine. On échange des idées, on apprend la tolérance », dit Rubinfine en lançant un sourire sardonique à Green, qui semblait avoir du mal à le tolérer. « Viens dire bonjour. »

Darvick était petit, rondouillard et en pantalon de toile,

impossible à différencier d'un laïc : un Ultra-Progressiste comme Rubinfine. Green était orthodoxe, beaucoup plus grand et doté des papillotes en tire-bouchon, la peau pâle et les cheveux de feu, en costume impeccable et talleth.

« Oui. Bien sûr. Je ne voulais pas être impoli. Rabbi Darvick, dit Alex en sortant la main de sa poche, enchanté de faire votre connaissance. Rabbi Green. Je ne suis pas sûr de vous... vraiment ? Si, si, certainement, j'imagine... À moins que... ? »

Le rabbin Darvick émit un bruit, comme s'il avait eu quelque chose de coincé dans la gorge, qu'il s'en était débarrassé et qu'il était bien content. Le rabbin Green émit un bruit de salutation dont Alex, en jeune homme désabusé, reconnut la vraie nature : un grognement.

« Alex-Li, dit Rubinfine, nous avons un problème. Pour lequel peut-être tu pourrais nous aider ? »

Rubinfine pencha la tête et sourit.

« Pourquoi tu es si pressé ? Un bouleversement cosmique ? Est-ce que quelqu'un met en vente un Kitty machinchose ? »

Le pauvre Alex serra le poing dans sa poche. « Kitty *Alexander*. Et la réponse est non, d'accord ? Simplement, c'est une vente importante, et je suis déjà en retard.

— Mais *Alex-Li...* »

Furieux, Alex esquissa un pas de danse vers la gauche, mais Rubinfine le contra. Alex repartit vers la droite, et se heurta de nouveau au rabbin. Au-dessus de leurs têtes, deux pies voletaient noires et bleues d'un arbre dénudé à celui d'en face, sans rien tenir de brillant dans leur bec, ni pierres précieuses ni verre, car c'est rare chez les pies. Comprenant que la bataille était perdue, Alex saisit sa flasque, la déboucha et prit une rasade.

« Hmm, ça sent *bon*, dit Rubinfine en prenant Alex par le coude et en le conduisant vers le coffre de la voiture. Bien. Tu vois ça ? »

C'était une bibliothèque en acajou, majestueuse, de style géorgien. En largeur, elle faisait vingt centimètres de plus que le coffre. Elle était couchée sur le flanc à même le trottoir. Alex pouvait dire d'ores et déjà que la bibliothèque ne rentrerait pas dans le coffre.

« Rabbi, dit-il d'une voix égale, c'est trop grand. Je veux dire, c'est *trop grand*. »

Green haussa les sourcils comme s'il apprenait la nouvelle. Sur un geste de Darvick, il forma un cadre avec les doigts, comme un chef opérateur, et scruta la bibliothèque. Rubinfine se pencha et passa un doigt sur une étagère.

« Je *suppose* qu'il faudra la pousser sur la banquette arrière... peut-être même jusqu'au siège avant ! Ou bien... attends une minute, attends... et dans *ta* voiture ? »

Alex enfouit les mains dans le puits sans fond des poches de son imper. Ainsi donc, c'était un guet-apens. « Oui, c'est ça. Bien joué. L'enveloppe est décachetée : Oscar du Meilleur Acteur. »

Il fit mine de s'en aller, mais Rubinfine le retint par le poignet.

« Oui, Alex, bien sûr que je suis au courant pour mardi. Et loin de moi l'idée de te dire que je t'avais prévenu, mais... Bien : quels sont mes deux préceptes ? Premièrement, dit-il en levant un pouce, le mysticisme et la théosophie quels qu'ils soient doivent être évités à tout prix. À la poubelle ! Et deuxièmement : les substances illégales ne peuvent aider personne à se rapprocher de Dieu. Je passe ma vie à expliquer ça à Adam. Vrai ou pas ? Et voilà le résultat.

— Alors pourquoi c'est à *moi* que tu fais le sermon ? demanda Alex d'un ton boudeur. Fais-le à Adam. C'est *son* truc.

— Je l'ai déjà dit, psalmodia Rubinfine, hochant la tête en direction du sol. Au mieux, c'est un faux du treizième siècle, Alex, au *mieux*. Les lettres, les lumières, l'*écriture mystique*. Le Zohar n'est qu'un sacré bon roman, ni plus ni moins. Et il a onze cents ans de moins qu'on ne le prétend, tu savais ça ? Relis Scholem, mon ami. *Oui*. Fondamentalement, c'est une supercherie. À mettre dans le même sac que Sabbatai Zevi, le Loch Ness, le yéti... »

Pendant ce discours, le visage allongé de Green avait pris un air pensif, tel le masque triste du Keaton des films muets. Il s'agenouilla et posa les mains sur la bibliothèque. Darvick s'agitait, tapotant du pied droit contre le monument, regardant Rubinfine en fronçant les sourcils.

« Rabbi, avec tout le respect etc. etc., dit Darvick d'un ton brusque, la Kabbale est le centre du mystère. Le problème, c'est plutôt qu'elle est réservée aux hommes vraiment instruits, aux grosses légumes.

— HaShem a *besoin* de nous, murmura Green, sans nous Il est incomplet. Le monde est *brisé*. Voilà le fond de la Kabbale, Rabbi. On ne peut pas souffler dessus comme sur une flamme, ou plutôt, ajouta-t-il en souriant de son jeu de mots inattendu, elle est *le souffle et la flamme*. La Kabbale est la lumière cachée à l'*intérieur* de la Torah.

— Woah, woaaah... c'est bon, on arrête, maintenant », dit Rubinfine la boule de nerfs, en riant et en essayant de donner simultanément aux deux rabbins des claques dans le dos. « On se calme, maintenant. Est-ce que je suis idiot ? Hein ? Visiblement, je ne me suis pas fait comprendre. Essaye encore. Ce que je *voulais dire*, c'est que les gens ne devraient pas s'aventurer dans ce qu'ils ne comprennent pas. Faites-moi confiance, Rabbi, vous pouvez me croire. Si le monde est brisé, ce n'est pas Alex-Li Tandem qui va le réparer. » Rubinfine se remit à rire et encouragea les autres à en faire autant.

« En tout cas, une chose est sûre, dit Darvick à haute voix, c'est que manifestement il ne peut rien pour nous. »

Darvick bouscula Alex et se pencha sur la bibliothèque : il ouvrit la paume et produisit un mètre ruban sur lequel il se mit à tirer.

« Pour moi, en tout cas, c'est pas le genre. Il a l'air *schloompy*.

— C'est un *intellectuel*, expliqua Rubinfine, irrité. Ils ont tous cet air-là.

— Au fait, comment va Rebecca ? » s'enquit Alex d'une voix forte et cordiale, en représailles. En repensant à celle qui était son épouse depuis cinq ans, Rubinfine dut lutter contre son visage, et le vainqueur, parmi plusieurs prétendants peu amènes, ressemblait à Lénine après sa deuxième attaque.

« Bien, bien. Très occupée. Elle prépare un gala de charité, je crois. Des bonnes œuvres. Une kermesse... » La voix de Rubinfine s'étiolait. « Pour les nabots. Enfin, à ce qu'on me dit, il ne faut plus les appeler comme ça.

— Les personnes à la croissance contrariée », rugit Darvick avec autorité.

Rubinfine, l'air désespéré, ouvrit la bouche, puis la referma.

Alex eut un sourire chaleureux. « Bien. Alors, embrasse-la de ma part. Je la reconnais bien là : toujours à aider les autres. Sacrée Rebecca. »

Rubinfine fut incapable d'étouffer un frisson, le tremblement de la cible quand une flèche a mis dans le mille.

« Alex, dit-il d'un ton crispé, je voulais te demander... »

Rubinfine n'aimait rien tant que de terminer une phrase avant qu'elle ne soit effectivement achevée. Il trouvait ça opportunément rabbinique. Avec lui, on avait beau prolonger indéfiniment le silence gêné, il ne reprenait pas la parole jusqu'à ce qu'on l'y incite.

« Oui... ?

— De ton livre, là. Ton livre de blasphèmes. Sur la goyitude et tous ces trucs. Je me demandais si ça avait avancé récemment ? À moins que tu n'aies retrouvé ta lucidité ? Que tu n'aies laissé tomber ? »

D'une voix très douce, Alex abreuva Rubinfine d'injures. Rubinfine lui fit le Signe Universel de ne pas dire de gros mots devant des rabbins aux airs de rabbins (les yeux qui louchent, les narines dilatées). Alex lui fit le S. U. de ne jamais faire allusion à son livre, *jamais* (la langue enroulée derrière les incisives inférieures, la bouche ouverte).

« Bien. Autre chose : tu n'aurais pas par hasard un Harrison Ford en ce moment ? Ou peut-être un Carrie Fisher ? »

Alex força son visage à rester neutre. Rubinfine fit signe à Darvick et à Green qu'on pouvait soulever la bibliothèque, et chacun des deux rabbins en prit un coin, tandis qu'un autre coin penchait dangereusement, jusqu'à ce que Rubinfine glisse sa longue cuisse en dessous pour la soutenir.

« À la rigueur un Harrison tardif ? répéta Rubinfine en se redressant et en essuyant de l'intérieur du poignet son front couvert de sueur. « Disons de la période *Witness*. Même un photogramme. Rien qu'un 8×10. »

Alex ressentit une profonde satisfaction à la pensée de la photo couleurs 11×14 de Ford dans le Millennium Falcon de *Star Wars*, excusez du peu, accompagnée, tiens donc, de la dédicace

Pour Mark, qui fait du bon boulot,
Harrison Ford

qui se trouvait justement dans sa serviette ce jour-là, et qu'il n'avait aucune intention de vendre à Mark Rubinfine, même si ce dernier lui offrait vingt mille livres et son foie.

« Je ne crois pas..., commença Alex en se frottant le menton. J'ai du Brando, enfin, un Brando... mais petit, 7×5. Et un peu tardif. Honnêtement, ce n'est pas sa meilleure période, mais je ne crois pas que ce soit vraiment un problème. Je pourrais te le donner pour, mettons, deux cent cinquante. Environ. »

Rubinfine secoua la tête. « C'est pas mon truc. Moi, c'est vraiment Harrison que je veux. Moi, mon truc, c'est Harrison, enfin, Alex-Li, tu sais *bien*. »

Il était difficile de s'habituer aux goûts de Rubinfine en matière d'autographes : des goûts farouchement goy. Pas juste vaguement goy. Goyissimes. Goy tendance Harrison Ford dans un film sur les *Amish*.

« Alors c'est lui l'Autographiste ? demanda le rabbin Green.

— C'est lui l'Autographiste, dit Rubinfine.

— C'est vous l'Autographiste ? demanda Green.

— En punition de mes péchés, dit Alex-Li Tandem.

— Vous collectionnez les autographes ? demanda Green.

— Je ne suis pas collectionneur, dit Alex lentement et fièrement, je suis courtier. Ça n'a rien de vraiment personnel. Je préfère voir ça comme un business. »

Green fronça les sourcils. Le côté gauche de son visage se souleva brusquement comme si un Dieu, parti à la pêche aux rabbins, venait d'en ferrer un gros.

« Vous courez après les gens ? demanda Green en agitant l'index. Vous savez, avec un papier et un crayon ? Les gens ont droit à un peu d'intimité. Ce n'est pas parce qu'on les voit à la télévision qu'ils n'ont pas de sentiments. Vous devriez les laisser tranquilles. »

Alex prit une longue inspiration purificatrice. « Je ne chasse pas. Je ne chasse plus et je ne collectionne pas. Je ne collectionne que pour le *négoce*. J'achète, je vends. Comme n'importe quel commerçant. Je ne fais pas le pied de grue à minuit à la sortie des théâtres. Ça, c'est bon pour les gamins.

— Bien..., dit Darvick en passant sur ses dents une langue musculeuse, puisque vous êtes si malin... est-ce que vous avez ? Bette Davis ? Vous êtes sûrement trop jeune pour vous souvenir de Bette, mais...

— Non, dit Alex d'une voix ferme, en tapotant sa serviette fermée comme pour s'assurer de l'absence de Bette, non... j'avais une des premières photos de *L'Insoumise*, mais c'est parti la semaine dernière. »

Darvick battit des mains. « Il connaît Bette ? Parce que, vous comprenez, j'aimais *beaucoup* Bette. Elle avait quelque chose de spécial. Aujourd'hui, les gens parlent de stars, mais ils ne savent pas ce que c'est. Bien, bien. Un petit gars aussi *schloompy*, on s'attendrait pas à ce qu'il connaisse Bette. Mais il connaît Bette. »

Tandem ferma la bouche, fourra sa main libre dans sa poche de pantalon et se palpa les testicules, geste familier qui plus d'une fois lui avait évité de commettre de graves délits.

« Je connais à peu près tout le monde, répondit-il avec un calme admirable. Voici ma carte. Je vais vous écrire mon nom et mon numéro personnel. Écoutez, Rabbi Darvick, vous n'avez qu'à m'appeler dans quelques semaines. J'ouvrirai l'œil, des fois que Bette refasse surface. On ne peut pas dire que ce soit quelqu'un d'obscur.

— Mon petit pote, dans quelques semaines, je serai plus là. Je suis entre deux avions, dit Darvick en tendant quand même la main pour prendre la carte. Vous appelez ça une signature ? Alex... quoi ? J'arrive pas à lire.

— Li-Tandem. Je croyais l'avoir écrit parf... oh, regardez, c'est marqué là, Rabbi, imprimé, de l'autre côté. Alex-Li Tandem.

— Alex-Li Tandem ? *Tandem Autographes : Plus d'étoiles que dans le système solaire*. De quoi ? Et d'abord, c'est quoi ce nom ? Tandem ? Vous êtes converti ?

— Le père, Li-Jin Tandem — *que son souvenir soit une bénédiction* — était chinois, expliqua Rubinfine, avec tant de solennité bidon qu'Alex fut tenté de lui crever l'œil avec ses clefs. Tan, en fait, à l'origine. Quelqu'un a pensé que Tandem, ça sonnait mieux. Bizarre… Visiblement, c'est pas le cas. Et la mère, Sarah. Qui vit à la campagne maintenant. Grande dame.

— Vrai de vrai ? dit Darvick. Chinois. Vrai de vrai ?

— La vérité vraie, oui, dit Alex-Li. Et maintenant, messieurs, si vous voulez bien m'excuser…

— On vous excuse, on vous excuse, dit le rabbin Darvick d'un ton énervé, en se repenchant et en repassant les doigts sous la bibliothèque. Puisque vous ne nous aidez pas, vous allez nous gêner !

— Puisque vous n'êtes pas avec nous, vous êtes contre nous ! dit le rabbin Green.

— Bon, dit Rubinfine, peut-être que tu vas arrêter de te mêler de choses que tu ne peux pas comprendre ? Peut-être. Et peut-être que je te verrai pour le Shabbat. Il faut qu'on parle sérieusement, Alex. Ça se fera peut-être. Il y a beaucoup de peut-être. Mais "peut-être" est un mot fait pour les hommes, Alex. "Peut-être", c'est bon pour Mountjoy. Mais dans l'esprit de Dieu, aucun homme ne dit "*peut-être*".

— Ouais, dit Alex. O.K.

— "*Peut-être*", dit Rubinfine. Ce mot n'est pas dans Son vocabulaire.

— C'est bon, dit Alex. J'ai compris.

— Et Alex, si par hasard. »

Le stress bloqua un instant la mâchoire d'Alex-Li Tandem, et il lui fallut un effort pour la libérer.

« Si par hasard quoi, Rabbi ?

— Si tu tombes sur un Harrison, pense à moi. »

CHAPITRE QUATRE

Hod

Splendeur — Un seul métro, beaucoup de gens — Pantomime goy — Celle qui voit — Ombres — Judéité et goyitude — John Lennon était juif — Le fameux soir — Supporter tout le monde — La ballade d'Esther Jacobs — La tragédie d'Alex-Li — La goyitude profonde de Leonard Cohen

1

Près des portes, un très vieil homme avait produit une odeur fétide. Mais le wagon faisait contre mauvaise fortune bon cœur, car le vieillard ne pouvait sans doute pas se retenir. Sous l'écriteau INTERDIT DE MANGER, deux écoliers mangeaient. Debout à l'autre extrémité, trois femmes, vêtues à l'identique de polyester éclatant moucheté, soi-disant, de peinture gaiement colorée. Elles racontaient des anecdotes dénuées d'humour sur leur week-end. Elles se répartissaient à intervalles réguliers sur la courbe mélancolique de la maturité sexuelle, et elles le savaient. Elles riaient frénétiquement, pendouillées aux poignées, démontrant à quoi ressemblent *trois femmes qui s'amusent bien*. Elles ne s'aimaient pas, se dit Alex.

En soupirant, il ouvrit sa flasque et prit une bonne rasade. L'odeur lui fit monter les larmes aux yeux. Plutôt que de lui demander de reboucher la flasque, une femme-portant-serre-tête, assise à sa droite, interpréta une pantomime goy très élaborée : vérification de l'heure, prise de conscience d'avoir manqué l'arrêt, petit hoquet, flexion des pieds ; puis elle jaillit de son siège à la station suivante et descendit de la rame. Trente secondes plus tard, Alex la repéra dans le wagon voisin, écrabouillée entre un homme obèse et une bonne sœur, un exemple de karma si parfait qu'il se sentit profondément ému.

Le métro était coincé en plein air entre deux stations lorsque le portable d'Alex sonna. Sans se donner le temps de réfléchir, il répondit.

« Le problème avec les fantasmes, disait Joseph d'un ton un peu suffisant, c'est que si tu les laisses durer, ils prennent de l'ampleur, et alors ça peut devenir *très* grave. »

Alex l'imaginait très bien. Il était déjà allé le voir à son bureau, et l'avait observé dans son alvéole. Et, même dans cette pièce aux cinq cents alvéoles identiques, celle de Joseph se distinguait par son absence totale de personnalisation. Ni photos, ni fanions, ni bonnes blagues. Seulement un package parfaitement assorti : Klein lui-même, ses souliers vernis, son mini-ordinateur, son téléphone mains libres. Toujours le seul homme en costume-cravate. Et l'un des très rares à arriver à neuf heures moins le quart. Penché en avant, les coudes sur la table, les doigts joints imitant un toit d'église. Le front appuyé au clocher.

« Joe. Je suis dans le métro.

— Oui. Et moi je suis au boulot.

— Je suis coincé entre deux stations.

— Alex, il faut que je prenne un appel.

— Joseph, je t'en prie, ne me mets pas en attente. Si tu me mets en attente, je vais choper une tumeur.

— Il faut qu'on parle sérieusement.

— Tout le monde veut me parler sérieusement aujourd'hui.

— Il faut que je réponde : tu vas devoir écouter un peu de musique. Désolé. J'ai un plaignant sur l'autre ligne. Ne quitte pas, s'il te plaît. Allô, Heller Assurances ? »

Joseph travaillait chez Heller depuis qu'il avait quitté la fac, ce qui déprimait Alex plus que Joseph. Dans le monde de Heller tel que le concevait Alex, les principes de la physique heisenbergienne étaient dangereusement ignorés : chez Heller, la certitude régnait. Chez Heller, l'effet était toujours parfaitement rapporté à une cause. Et quelqu'un devait payer. Donc, si un homme trébuchait, par exemple sur un pavé, ou se brûlait avec son café, on l'encourageait à appeler le numéro qui s'inscrivait à la fin de la pub pour que Heller puisse attaquer quelqu'un en justice, selon le principe pas-de-paiement-sans-résultat, principe dont les clauses indiquées en petits caractères prévoyaient bien sûr des frais quel que soit le résultat. Dans l'esprit des employés hellériques, les accidents n'existaient pas. Il y avait toujours intention de blesser. Et par coïncidence, chaque fois que Joseph commençait à parler de son travail, Alex envisageait justement les divers moyens de se faire du mal.

Tell me he's lazy, tell me he's slow, chantait le téléphone.

Dévoré d'ennui, le téléphone lové entre oreille et menton, Alex zyeutait la plus jeune des femmes en polyester, essayant de l'imaginer en lingerie improbable, dans des positions insolites. Malgré lui, son esprit accompagnait le chant du téléphone.

Chanteuse : Ava Gardner (1922-1990)
Chanson : « Can't help lovin' dat man »
Film : *Showboat* (1951)

J'ai été mariée à Mickey Rooney !
Ce mariage représentait la plus grande dénivellation femme-homme d'Hollywood !

Aux yeux d'Alex, le seul bon côté du travail de Joseph chez Heller Assurances, c'est que Joseph ne subirait jamais l'expérience d'être mis en attente par Heller Assurances.

Tandis que la chanson s'achevait et redémarrait, Alex se remémora un sentiment exprimé par son poète préféré (et le seul qu'il connaisse). Pourquoi laisser ce crapaud nommé *travail* trôner sur ta vie ? Joseph aurait dû être Autographiste. C'était dans sa nature. Il était prudent et malin. Mais aussi passionné et fervent. La coalescence parfaite du collectionneur et du courtier. Quand il était enfant, l'enthousiasme de Joseph pour le métier était si fort qu'il en devenait contagieux ; Alex avait chopé le virus et n'avait jamais guéri. À quinze ans, Alex s'était mis sérieusement à la vente, à vingt ans il montait son affaire. Mais Joseph, toujours sous l'emprise de son père, n'avait jamais eu les tripes nécessaires pour faire de son hobby une carrière. Il y avait de la lâcheté à cela, se disait Alex, et il imputait à cet état de fait leurs relations un peu tendues. Alex croyait que Joseph lui en voulait, et Alex en voulait à Joseph de lui en vouloir. Ni l'un ni l'autre n'évoquait ses griefs, réels ou imaginaires. Et tous deux s'en voulaient pour ça. Parmi les recettes pour la lente érosion d'une amitié, celle-ci relevait carrément de la formule mathématique.

« Alex ?

— Je suis toujours là.

— C'est quoi, comme musique, juste par curiosité ? Vivaldi ?

— Non. Des airs de comédies musicales. Les plus nuls. Ne me remets plus en attente, mon pote. J'ai eu ma dose.

— Alex, tu as parlé à Adam ?

— Ce matin. Avant de te parler. À propos de l'accident de voiture. Esther est rentrée dans un arrêt de bus à cause de moi.

— Je suis au courant. Qu'est-ce qu'il a dit ?

— Il a dit qu'il voulait me parler, sérieusement.

— Oui, c'est ce qu'il a dit. »

Alex crut percevoir un sous-entendu et fut hérissé d'imaginer Adam et Joseph discutant en son absence. Rubinfine et Adam, Joseph et Rubinfine : ces combinaisons-là ne le gênaient pas. Il en connaissait la mesure et la profondeur. Mais il comprenait mal la nature du lien entre Joseph et Adam, si ce n'est qu'il était étroit, ce qui lui faisait peur, vaguement. Ils savaient qu'ils partageaient un même intérêt (pratique chez Adam, théorique chez Joseph) pour la mystique juive, et plus précisément la Kabbale. Alex craignait que l'intérêt qu'il partageait avec Adam pour la marijuana et les filles ne constitue pas un lien aussi profond.

« Eh bien, Alex, tu sais, il m'a demandé de te rappeler. »

Alex se mordilla en silence l'intérieur de la joue.

« Il est… On est *tous les deux* un peu inquiets à cause de certains trucs que tu racontais, mardi soir. Surtout à propos de… »

La voix de Joseph s'abandonna encore à une petite expulsion d'air qui, à l'autre bout du fil, ressemblait à un baiser. Alex décida de le tirer d'embarras.

« À propos de Kitty, c'est bien ça ? »

Tout en parlant, Alex extirpa de son sac l'enveloppe plastique et en sortit la carte postale. Il sentit littéralement le sang lui monter à la tête, tel un catholique touchant un reliquaire. Il s'efforça de contrôler sa respiration. La voilà, la voilà. L'encre ressortait en relief du papier granuleux, comme la croûte d'une plaie. Kitty était célèbre pour surmonter son seul *i* d'un petit cœur inversé. Alex l'effleura et ne l'en aima que davantage. Alex croyait dur comme fer qu'elle était la première. La première à ponctuer ainsi ses *i*. Et il croyait en outre que ceux qui créent des clichés participent humblement à la Création du monde. *Le chien* est devenu un cliché. *Les arbres* aussi.

« D'ac-cooord, commença prudemment Joseph, tu t'es un peu laissé aller, et c'est *très bien*, il n'y a pas de quoi avoir *honte*... mais ensuite, quand on se réveille, c'est pas toujours facile de se défaire de ses illusions... il faut le faire en douceur, je crois. Y a *pas* de problème, et personne ne t'en *veut*... on veut juste être sûrs que tu vas bien. On s'inquiète pour toi, c'est tout.

— Ce qui vous inquiète, c'est que je le vende ? » demanda Alex d'une voix méfiante.

Silence au bout du fil.

« Alex ? dit Joseph, après une longue minute. Mais... je ne comprends pas.

— Écoute, Joe, dit sèchement Alex, je voudrais pas être désagréable — enfin, si, je *veux* être désagréable... je vois vraiment pas ce que t'as à voir là-dedans. T'es même plus dans le métier, tu sais ? Même avec la meilleure volonté du monde, pourquoi tu t'en mêles ?

— Attends... le vendre ? Je ne... Alex... c'est purement théorique, hein ?

— Comment ça, théorique ?

— Qu'est-ce que tu veux dire, comment ça ?

— Je veux dire *comment ça* ? »

Joseph poussa un rire semblable à celui de son père, brusque et sans gaieté.

« Qu'est-ce qu'il y a de drôle ? demanda Alex froidement.

— O.K., très bien, admettons, à titre de pure hypothèse, dit Joseph pompeusement, que tu essaies de le vendre, Alex — au sein de la communauté autographiste. Est-ce que ce serait déontologique que je me taise ? Je veux dire, je ne suis peut-être pas, à strictement parler, *dans le métier*, mais je *connais* les courtiers qui seraient prêts à prendre des risques pour un truc pareil, ce sont mes *amis*. Et sachant ce que je sais, sachant que ce n'est pas un *vrai*, je ne vais certainement pas rester sans rien faire et devenir pratiquement un *complice* de ce crime...

— Joseph *Klein*, dit Alex, d'un ton sec et pince-sans-rire, personne ne profère de fausses accusations contre vous. Personne ne va venir vous arrêter. Vous n'avez rien fait de mal.

— Très drôle, vraiment. Écoute, *Alex*...

— Non, écoute, *toi*. Je crois que tout ça, c'est de la jalousie mesquine de ta part. C'est *mon* autographe, compris, c'est à *moi* qu'il a été envoyé... »

Le métro reprit son teuf-teuf. Alex regarda les gros câbles électriques colorés fusionner, et de quatre rubans ne plus faire qu'une seule corde, qui se pressa tendrement contre le mur lorsque le train glissa brièvement dans un tunnel. La réception était tellement bonne qu'il entendait la saccade nerveuse du souffle de Joseph. Pourquoi la communication n'était-elle pas interrompue ? Et d'abord, quelle était la taille réelle de ces satellites ? Gros comme des planètes ? Est-ce qu'ils étaient cancérigènes ? Alex enfonça la tête entre ses genoux.

« Ce n'est pas *vrai*, dit Joseph avec une infinie tristesse. Jamais je ne suis jaloux de toi. Ça me blesse que tu puisses penser ça. »

Et, dans la bouche de Joseph, ce n'étaient pas des paroles en l'air. Sa blessure était sensible, *palpable*. Alex n'avait jamais rencontré quelqu'un d'aussi facilement affecté par les paroles des autres. Pourtant, dans son enfance, il avait eu son lot de blessures concrètes, lui qui était petit et mince et bourge : pas seulement des mots, mais des poings, des coups de pied sournois, des plaies et des bosses. Il avait eu droit à tout. Mais seuls les mots l'atteignaient vraiment. Il continuait à frémir au moindre juron. Récemment encore, Alex l'avait aperçu à l'autre bout de l'avenue et avait crié son nom. Joseph était tombé à la renverse.

« Joseph... écoute, dit Alex tout honteux. Excuse-moi. C'est de la méchanceté gratuite — je voulais pas être méchant. La vérité, c'est que je me sens un peu malade. J'ai la pire gueule de bois de l'histoire de l'humanité. Et je ne comprends *pas* pourquoi tu t'acharnes sur moi.

— Moi, je ne comprends pas, dit Joseph d'une voix douce et inquiète, ce que tu veux dire par *envoyé*.

— Je veux dire *envoyé*. Je l'ai avec moi. Il est bien réel. Je l'ai entre les mains. On me l'a envoyé.

— Soit. Et comment ? Envoyé par la poste ? Envoyé par le ciel ?

— Envoyé, répéta Alex avec conviction. Juste *envoyé*. Écoute... je ne dis pas que je peux l'*expliquer*...

— Mais *bordel*. Alex. *Alex*... »

Joseph continuait à parler. Alex amena Kitty jusque sous son nez pour mieux la voir. Cet exquis *tt*, accompli d'un seul trait de plume, se recourbant sur lui-même, se prolongeant.

« Le problème, disait Joseph quand Alex se rebrancha sur lui, c'est que j'étais *là*. Tu es allé dans la cuisine et tu es revenu avec cet autographe. C'est comme ça que ça s'est passé. Je suis désolé. Mais c'est un fait. »

Par des yeux étroits et furieux, Alex regarda la doyenne des femmes en polyester réarranger son sac à main pour dissimuler un abdomen protubérant. Un homme assis en face de lui enveloppait de ses mains son entrejambe. Les gamins venaient de finir leur repas. Lorsque le train prit de la vitesse, ils firent la grimace et se bouchèrent les oreilles. Personne ne voyage plus nulle part sans imaginer, ne serait-ce qu'une seconde, le moment de l'impact. Et si la seconde cruciale était *celle-ci*, pensa Alex, chacune de ces personnes serait mieux préparée que moi.

« Alex..., je ne veux pas être... mais tu sais quel *jour* on est aujourd'hui ? Enfin, je veux dire, jeudi prochain ? Ta maman l'a dit à Adam et Adam me l'a dit. Tu ne crois pas que ça a peut-être quelque chose à voir ? Mon pote, je crois que tu nous fais une dépression. Allô, Heller Assurances.

— *Quoi ?*

— Ne quitte pas, s'il te plaît. »

Chanteuse : Ann Miller (1919-)
Chanson : « Prehistoric Man »

Film : *Un jour à New York* (1949)

J'ai souffert de rachitisme dans mon enfance !

Avec toute cette place perdue dans mon cerveau, se dit Alex, j'aurais pu apprendre l'hébreu. J'aurais pu être quelqu'un.

La musique s'interrompit.

« Pourquoi, demanda Alex, d'humeur belliqueuse, *pourquoi*, quand Adam a une expérience mystique deux fois par semaine, c'est très bien, parfait, rien à dire, alors que, quand ça m'arrive *enfin* à *moi*, tout le monde me prend pour un fou ? »

Pas de réponse. Alex crut qu'ils avaient été coupés.

« Et toi, Alex, tu n'as pas peur ? » La question posée dans le vide, au moment précis où Alex avançait le pouce pour raccrocher. « D'avoir des hallucinations ? De faire une dépression ? Alex ? »

L'un des talents d'Alex, l'un des seuls qui lui restent, lui qui fut un enfant précoce, est de savoir exactement le temps dont il dispose avant de se mettre à vomir. Timing impeccable, donc : conversation terminée, musette et flasque en main, descente du wagon, traversée du quai vers la correspondance, une lunule de vomi sur les rails vides, et puis l'arrivée de la rame qui va l'emmener au centre de tout. Une destination s'inscrit en lettres de lumière.

2

En remontant à la surface, Alex l'aticketé se blottit contre une mère de famille surchargée et enticketée pour que leurs deux corps n'en fassent qu'un au passage du tourniquet. Cette tactique lui avait toujours réussi ; mais soudain une main s'abattit lourdement sur son épaule et le conduisit au niveau supérieur du châtiment : une femme aux cheveux gris assise derrière une vitre. Elle avait la jambe gauche dans le plâtre, posée sur une pile de livres elle-même en équilibre sur un tabouret. Ses lunettes pendaient à son cou. Un badge en plastique, imprimé dans une police censée simuler l'élan naturel de la plume, disait *Gladys*.

Alex sourit. « Un ticket depuis Mountjoy, s'il vous plaît. »

Gladys mit la main en cornet autour de son oreille, geste théâtral et Signe Universel de *Vous pouvez répéter ?*

« Vous voulez *quoooi* ? Vous allez à Mount*joy* ?

— Non... non. Je viens de...

— Mon garç*on*... par*lez* dans le *truc* ; je vous entends *pas*.

— Je disais que je *viens* de Mountjoy...

— *Alors* vous vou*lez* un ti*cket* pour y *retourner* ?

— Non, je... c'est juste que... la machine à Mountjoy... le métro arrivait, alors j'ai sauté... vous voyez...

— Oh, je *vois*. Vous pou*vez* m'appe*ler* Cas*sandre*, jeune homme, parce que je *vois*, je vois très *bien*.

— Non, écoutez. O.K. Non. On recommence. Ça s'est pas passé comme ça, ça s'est passé comme ceci : j'ai juste... j'avais pas le temps d'acheter... alors j'ai... »

La voix d'Alex se perdit. Gladys tendit la main vers un long truc bricolé — deux crayons attachés par un élastique — et le glissa dans son plâtre. Pour se gratter.

« *Donc*, ce que vous me *dites* — et n'hésitez *pas* à me corri*ger* si par hasard je me *trompe* — c'est que vous avez frau*dé* ; vous avez tout bonnement frau*dé* comme si ça n'avait PAS...

— Ça s'est pas passé comme ça...

— IGNORANT par là *même* les décrets *e*xécutifs et *lé*gislatifs de nos institu*tions*...

— Est-ce que c'est vraiment... ? Je veux dire — si on prend du recul — nécess...

— Sans parler des conditions de trans*port* EXPLICITEMENT promulguées par le Métro de Londres, et facilement *acces*s*ibles* à quiconque a DES YEUX ; et non sans VIOLER le code commun d'*é*quité et d'*ho*nnêteté implicitement respec*té* par les autres usa*gers*...

— Oui, ha ha. Très drôle. Écoutez, je suis déjà en...

— Et dernier point, mais assurément NON DES MOINDRES, en faisant fi de votre propre conscience eu *égard* à un impératif moral qu'on est censé ressentir au plus profond de nos tripes, mais qu'à défaut on trouve exprimé au Livre de l'Exode. Tu. Ne. Voleras. POINT. »

Alex se disait parfois que si l'on mettait bout à bout autour de l'équateur tous les salariés qui reprennent leurs études et qu'on les attachait de manière à ce qu'ils ne puissent plus bouger, ce serait une bonne chose. Pareil pour ceux qui suivent les cours du soir.

« Dix livres, s'il vous plaît, jeune homme. En *plus* du prix du billet. »

Alex n'avait pas dix livres sur lui, donc il tendit sa carte de crédit, sur quoi Gladys fit la grimace, retira sa jambe des *Derniers Jours de Socrate* et partit en boitillant jusqu'au fond de sa cabine pour en rapporter le fer à repasser. Un coup de fer, un passage sous la vitre, une signature, re-passage sous la vitre, elle compara le feuillet et la carte, il sourit. Elle lui lança un regard soupçonneux.

« C'est à *vous*, ça ?

— Pourquoi ? Y a un problème ? »

Elle re-regarda la carte, la signature, la carte, puis la lui rendit. « Je ne sais pas. C'est peut-être *vous* qui avez un pro*blème*. Vous m'avez l'air *bien* ma*lade*. On di*rait* que vous allez tom*ber*.

— Excusez-moi, Gladys, mais vous êtes médecin ? Ou prophète ? En plus de vos nombreux talents ? Ou est-ce que je peux m'en aller maintenant ? »

Elle le foudroya du regard. Et appela la personne suivante. Alex empoigna sa flasque. Et traça jusqu'à la sortie.

Une fois dehors, il bifurqua directement vers la gauche : il comptait descendre la rue tout du long puis tourner encore à gauche pour tomber droit sur l'hôtel des ventes. Mais c'était sans compter sur les soldes. Sur les femmes. Le soleil était assez bas pour leur servir de projecteur, et elles se détachaient parfaitement. Elles rappelaient à Alex les ombres chinoises de l'ancien Théâtre Tang-shan. Elles bougeaient vite, sans rien perdre de leur netteté. Et si belles ! Elles entraient, déclenchaient la clochette, ressortaient, recommençaient. Splendides, vives, sveltes : pour une fois, c'étaient les biches qui menaient la chasse. Un gouffre séparait leur ballet du shopping selon Alex (un plongeon aveugle d'une boutique à l'autre, et uniquement pour les produits de première nécessité, papier toilette, dentifrice). Ces femmes donnaient au désir un air d'efficacité. Il n'y avait rien dans cette rue qu'elles convoitent au point d'en perdre leur gracieuse assurance. Elles étaient extraordinaires.

Mais je suis déjà tellement en retard ! pensa Alex en regardant sa montre. Il avait un pull en mohair et la nuque en sueur. Et pourtant, comment résister ? En prévision, il s'arrêta en pleine rue, ôta son imper et se le noua autour de la taille. Il sortit de sa poche un minuscule calepin qu'il abrita au creux de sa main, prêt à prendre des notes. Et Alex se mit à marcher, lentement, au milieu d'elles, les scindant en deux sur son passage, selon son habitude, pour son passe-temps, sa recherche, son livre. Goy. *Juif*. Goy. Juif. Goy. *Goy*. Juif. *Goy !*

Il ne s'agissait pas d'elles, pas en tant que personnes : ça, ça ne donnait rien de bon. Rien que des guerres. Non, il s'agissait d'autres choses. Un geste du bras. Un type de chaussure. Un bâillement. Une robe. Un air qu'on sifflote.

Il en retirait un plaisir simple. Les autres se demandaient bien pourquoi. Lui préférait ne pas se le demander. Toutes les hypothèses possibles, psychologiques, physiologiques, neurologiques (y compris la théorie du *les gens aux origines métissées voient les choses en double*, celle du *les enfants qui ont perdu leur père cherchent à rétablir une symétrie*, et *surtout* celle du *le cerveau chinois est programmé pour une pensée dualiste du yin et du yang*), lui donnaient envie de s'agrafer les yeux au mur. Il faisait ça comme ça, un point c'est tout. Il avait entamé un manuscrit, encore inachevé, et que quelqu'un publierait peut-être un jour, intitulé *Judéité et Goyitude*, la somme de ses travaux sur le sujet. *Judéité et Goyitude* avait jadis été un texte tout à fait conforme aux normes universitaires. Il comprenait une introduction, des développements théoriques et des explications, des notes en bas de page, des annotations en marge (il l'avait conçu idéalement comme un appendice, ou une *suite* au sens cinématographique, à l'ouvrage écrit par Max Brod en 1921 : *Heidentum, Christentum, Judentum*. Il devait également beaucoup au célèbre comique Lenny Bruce). Il se divisait en de nombreuses rubriques, telles que :

Aliments
Vêtements
Le dix-neuvième siècle
Automobiles
Parties du corps
Chansons de John Lennon
Livres
Pays
Voyages
Médicaments

Chaque rubrique se divisait alors entre éléments juifs et goy y afférents. Dans un spasme superstitieux, il avait décidé très tôt de séparer les chapitres par le Tétragrammaton, les quatre lettres du nom de Dieu :

YHVH

À l'occasion, lorsque le chapitre prêtait tout particulièrement à controverse, il recourait à son incarnation hébraïque, beaucoup plus puissante :

יהוה

Comme si l'invocation du nom sacré pouvait protéger son hérésie.

Il était jeune et naïf quand il avait commencé à l'écrire. À présent, c'était un livre bien différent. Il était encore question de judéité et de goyitude, mais à vrai dire ça ne parlait *plus que* de ça. Aucun développement théorique n'excédait une page. Les nombreuses illustrations restaient sans légende. Une version dépouillée. Plus que quelques notes éparses. Pas de commentaire. Il ne lui restait que le merveilleux noyau de la chose : plus de trois cents pages à ce jour de ce qui n'était finalement qu'une liste à deux colonnes. Les livres juifs (pas toujours écrits par des Juifs, loin de là), les livres goy (pas toujours écrits par des goyim, loin de là), les accessoires de bureau juifs (l'agrafeuse, le porte-stylos), les accessoires de bureau goy (le trombone, le tapis de souris), les arbres juifs (le sycomore, le peuplier, le bouleau), les arbres goy (le chêne, le sitka, le marronnier), les odeurs juives du dix-septième siècle (l'huile de rose, le sésame, le zeste d'orange), les odeurs goy du dix-septième siècle (le bois de santal, les châtaignes, le sous-bois humide). Et à chaque page l'indicible nom de Dieu. Encore et encore. C'était d'une pure beauté. Il ne laissait pas les autres le lire. Et si par hasard on y faisait allusion dans la conversation, Alex s'apercevait qu'on lui parlait soudain comme à un personnage de film. Rubinfine lui disait qu'il *gâchait sa vie*. Adam *s'inquiétait pour sa santé mentale*. Selon Joseph, la simple mention de la chose contribuait à *encourager l'illusion pernicieuse* que ladite chose existait effectivement. Quant à Esther, elle trouvait *tout ça parfaitement révoltant*.

Bon, peut-être que *Judéité et Goyitude* n'était pas fait pour tout le monde. Mais, de toute façon, est-ce que tout le monde n'avait pas déjà *tout* ? Ça ne leur suffisait pas ? Tout sur cette terre est ciblé pour ce *tout le monde*. Tout le monde a droit à toutes les chaînes de télé, et quasiment à tous les films, bon Dieu, et à environ 80 % de toutes les musiques. Puis viennent les modes d'expression secondaires, tels que la peinture et autres arts visuels qui ne bougent pas. Ceux-là sont généralement conçus juste pour *quelqu'un*, et même si on entend toujours des gens se lamenter qu'il n'y en a pas assez, en réalité *quelqu'un* n'est pas à plaindre. Les galeries, les musées, les sous-sols berlinois, les studios, les revues, les murs nus des centres urbains : quelqu'un obtient ce qu'il désire et mérite, pour l'essentiel. Mais où sont les choses que *personne* désire ? De temps à autre, Alex voyait ou entendait quelque chose qui ne semblait fait pour personne, mais qui bientôt se révélait fait pour quelqu'un, et qui, une fois engagés assez de frais publicitaires, exploserait au profit de tout le monde. Alors, qui restait-il pour fabriquer des trucs destinés à personne ? Alex. Et lui seul. *Judéité et Goyitude* était fait pour personne. On aurait pu y voir l'acte de naissance d'un nouveau mouvement artistique, n'était le triste fait que personne ne saurait reconnaître un nouveau mouvement artistique même s'il leur éclatait à la figure. Personne n'attendait *Judéité et Goyitude*. Personne n'en voulait. Et il n'était pas encore achevé. Quand il serait achevé, Alex le saurait.

Depuis quelque temps déjà, son livre était en crise. Déséquilibré. La goyitude, sous toutes ses formes, était devenue pour lui une obsession. Il y avait beaucoup trop de données concernant le papier alu, les housses de canapé, les épingles à tête de couleur, les marque-pages, les vergers. Dans le livre comme dans sa vie, la judéité fuyait goutte à goutte. Trois mois plus tôt, il avait entrepris sa tentative la plus audacieuse : un chapitre visant à démontrer que le judaïsme lui-même était le plus goy des monothéismes. Un échec retentissant. Il avait sombré dans une violente déprime. Il avait appelé sa mère, qui avait interrompu ses activités de poterie en Cornouailles avec Derek (le compagnon) pour revenir à Londres et passer quelques semaines dans son appartement, histoire de garder un œil sur lui. Mais pour Sarah ça n'avait rien de naturel, de le materner ainsi. C'est Li-Jin qui avait joué ce rôle. Son talent à elle, c'était l'amitié, et d'ailleurs Alex n'avait jamais appris à rester au lit en attendant qu'on lui apporte sa soupe et qu'on lui prenne sa température. Cette expérience de vie commune fut maladroite, parfois comique, comme celle de deux adultes voûtés dans une maison de poupée. Et tout ça sans Li-Jin. Cette tristesse terrible, omniprésente. Chaque fois qu'ils se voyaient, ils la ressentaient de nouveau, comme s'ils avaient organisé un pique-nique et qu'Alex était arrivé avec les couverts, Sarah avec les nappes à carreaux : mais il n'y avait rien à manger.

Malgré tout, Alex (qui comme la plupart des jeunes gens restait convaincu que sa mère était d'une beauté exceptionnelle, même si elle commençait à prendre du poids et à grisonner) était sous le charme de sa présence physique, de ses jupes flottantes et de ses écharpes de hippie, de ses mains qui ressemblaient aux siennes, de cette façon très naturelle qu'elle avait de brusquement le serrer contre sa poitrine comme dans une accolade virile sur un terrain de foot. Elle avait des choses à dire.

Elle disait : « Si je dois vraiment me définir, mon chéri, je dirais sans doute que je suis bouddhiste… »

Elle disait : « Tu sais, quand j'ai épousé ton père… »

Elle disait : « Je crois que c'est peut-être important d'*agir* plus, tu vois, et de *penser* un peu moins… »

Elle disait : « Où est-ce que tu ranges tes tasses ? »

Avant de partir, elle lui donna un carton de vieux papiers et de trucs de famille.

« C'est à ça que tu pensais ? » demanda-t-elle en posant le carton sur la table de nuit.

La famille de Sarah Hoffman. Des babioles, des photos, des faits. Portrait de l'arrière-grand-père Hoffman en jeune homme, dans une pose européenne, fier comme Artaban, tenant deux autres jeunes gens par les épaules, tous trois en cravate étroite et les jambes écartées, debout devant un bâtiment, un nouveau projet resté à jamais inachevé. Sur une autre photo, quatre sœurs, très jolies, sont debout dans la neige. Leurs têtes inclinées selon des angles variés et mélancoliques. Seul leur lévrier afghan aux pattes si fines regarde l'objectif, comme s'il connaissait le secret à venir de leurs morts atroces, du lieu et de l'ordre exacts. Ailleurs, une carte postale sépia montre Oncle Saul l'Obèse en petit garçon. C'est un portrait fait en studio, avec palmier et casque colonial : ses jambes en saucisses enfourchent un poney empaillé. C'est ce même Saul qui était convaincu que les Hoffman étaient apparentés aux Kafka de Prague, par mariage. Mais qu'est-ce qu'un mariage ? Alex poursuivit ses fouilles. Un billet de tram pour la ligne disparue d'une ville disparue. Dix zlotys. Une paire de chaussettes avachies, en laine écarlate à motifs jacquard lilas. Les certificats de qualification d'un professeur russe émigré, un lointain cousin. Un chapeau melon, tout écrasé. Mais que quelqu'un d'autre poursuive cette liste funèbre, pensa Alex. Les gens qui gardent ce genre de cartons, ce sont les mêmes qui s'aventurent dans les ténèbres de la cave quand ils entendent des bruits inquiétants, ou qui construisent leur maison sur un cimetière indien. Des gens qu'on ne voit que dans les films. Tout le monde sur ces photos est mort, se dit Alex, accablé. Fatigant, tout ça.

3

Ce soir-là chez Adam, le fameux soir, ce n'était pas la première fois qu'Alex méditait sur les lettres. Il y allait plus souvent ces derniers mois, pensant que ça pourrait l'aider. La procédure était immuable. Ils fumaient. Ils s'asseyaient par terre avec de grands blocs de papier blanc. Le stylo au garde-à-vous. Fixant les murs. Sur le mur du fond, dix ans plus tôt, Adam avait peint un diagramme kabbalistique assez grossier, dix cercles étrangement disposés. C'étaient, selon Adam, les dix sphères sacrées, contenant chacune un attribut divin, l'un des *sephiroth*. Ou bien c'étaient les dix branches de l'Arbre de Vie, montrant chacune un aspect de la puissance divine. Ou encore les dix noms de Dieu, dix façons pour lui de se manifester. C'étaient également les dix parties du corps d'Adam, le premier homme. Les Dix Commandements. Les dix globes de lumière à partir desquels a été créé le monde. Connus également comme étant les dix visages du roi. Ou encore comme la Voie des Sphères :

Fig. a) Mur 1

Les Dix Sephiroth

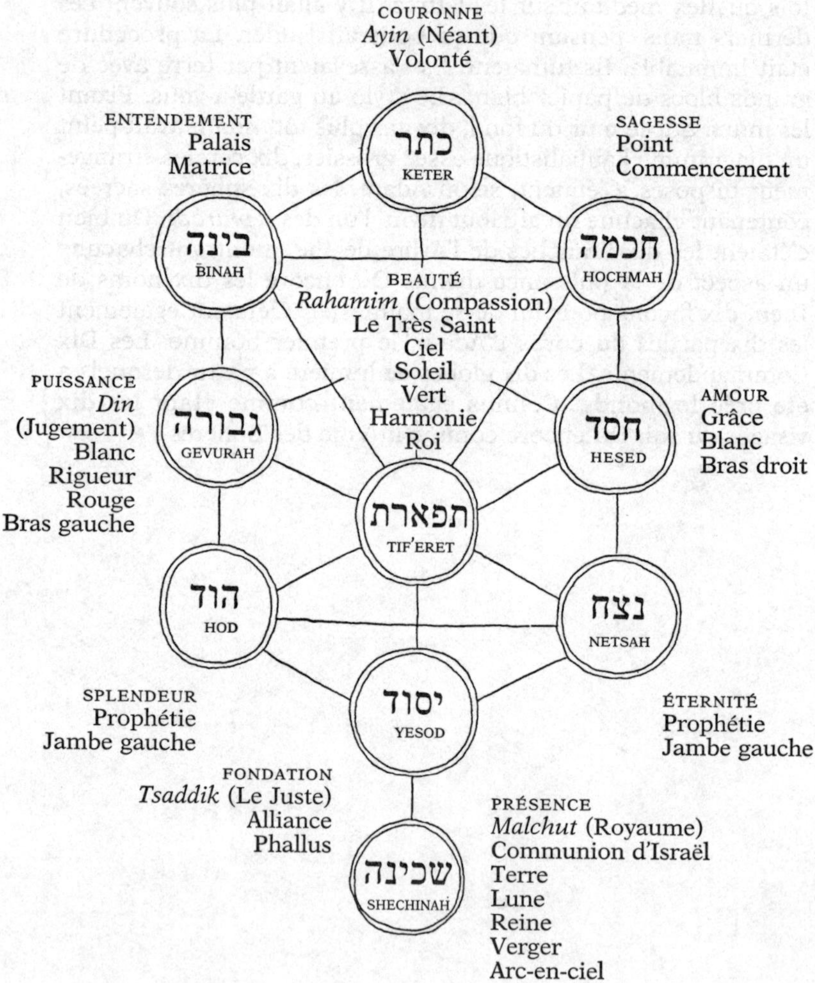

Sur le mur d'en face, Adam avait peint quelque chose de plus simple et, aux yeux d'Alex, de plus beau. Les vingt-deux lettres de l'alphabet hébraïque. La Voie des Lettres.

Fig. b) Mur 2

יהוה

Vingt-deux Lettres de la Fondation

Il les a décrétées, Il les a taillées, Il les a combinées,
Il les a pesées, Il les a interverties. Et avec elles
Il a créé l'ensemble de la création et toute création à venir.

ו	ה	ד	ג	ב	א
VAV	HE	DALET	GIMEL	BET	ALEPH
ל	כ	י	ט	ח	ז
LAMED	KAF	YOD	TET	HET	ZAYIN
צ	פ	ע	ס	נ	מ
TSADI	PE	AYIN	SAMECH	NUN	MEM
		ת	ש	ר	ק
		TAV	SHIN	RESH	KUF

Le monde est brisé

Dans le genre, c'était très bien fait, Adam avait un vrai coup de pinceau. Mais les fixer en silence pendant des heures : ça demande de la conviction. Le Voyage vers Dieu. C'est très long. Et assez ennuyeux. Et régulièrement, à l'instant précis où Alex se sentait prêt à laisser tomber et à allumer la télé, Adam se mettait à visualiser sa colonne vertébrale comme une feuille de palme. Et à partir de là, il dérivait parmi les sphères et perdait toute conscience de soi. Mais pour Alex, il n'y avait ni fusion ni perte de soi. Il ne comprenait pas cette idée de l'unité dans le néant. Ce genre de truc le dépassait. Il ne ressentait aucune magie. Juste les vapeurs épaisses et inutiles de la marijuana, et ces lettres à fixer sans y percevoir grand-chose, sinon de vagues anthropomorphismes : celle-là, on dirait pas un homme qui agite le poing ? Ou bien une couronne. Une demi-menora. Une table. Un fœtus endormi. Un elfe aux longs cheveux.

Pour Adam, c'était différent. Pour lui, les sphères et les lettres faisaient leur grand numéro. En chacune il voyait des mondes, des âmes, des divinités. Évidemment, ça aidait de savoir lire l'hébreu, un tour de magie qu'Alex n'avait jamais réussi à maîtriser. Mais il y avait plus : Adam n'avait jamais perdu sa faculté d'émerveillement. Dans le monde d'Adam, tout n'était que merveille. Il ne lisait qu'une page de la Torah par mois, car chacune de ses lettres, à ses yeux, était un livre en soi. En une seule séance de méditation, Adam était capable de copier les six lettres choisies au moins vingt fois, de les réarranger, de les permuter, de faire des calculs fondés sur leur valeur numérique, ou leur couleur respective, ou les prophètes qu'elles symbolisaient, ou la musique qu'elles produisaient. Parfois son âme s'envolait et se matérialisait en Israël. Du temps de la plus grande gloire du Temple de Jérusalem. Les lettres étaient devenues des gratte-ciel aux mille étages dominant la terre. Il voletait autour d'elles en examinant chaque recoin. Il baignait dans leur lumière. Il se couchait à leurs pieds. Heureux Adam.

« Assieds-toi », avait dit Adam ce mardi soir, lançant à Alex un coussin de velvet. La pièce était telle qu'en elle-même : un cube étriqué, sombre, éclairé par des bougies. Joseph était assis en tailleur à même le sol. Esther était allongée sur le sofa, toute en jambes, trop défoncée pour bouger. Elle regardait une cassette, un de ses films préférés, une comédie romantique ado des années quatre-vingt, le volume baissé. Alex ne s'attendait à rien.

« On va essayer un truc différent, pour changer », dit Adam en ouvrant son coffret de bois. Il tendit à Alex une toute petite pilule. Blanche, inviolée.

Un peu plus tard, dans le film (qui ne changeait jamais, où les gens ne changeaient jamais et gardaient leur beauté et ne mouraient pas), le lycéen s'aperçut que la fille pauvre au physique ingrat avait la beauté et la richesse du cœur. Il s'ensuivit un baiser final et rédempteur sur un parking. Sans prévenir, Alex souleva Esther du sofa, la saisit et l'embrassa.

« Bas les *pattes* », dit-elle.

« Arrête de me bousculer », dit-elle.

« Où est-ce qu'on va ? » dit-elle.

Mais ils étaient déjà dans la voiture. C'est bien ça ? Alex s'immobilisa en plein milieu de cette rue bourgeoise et ferma les yeux, essayant — comme on dit dans les feuilletons judiciaires — de se représenter la scène. Est-ce qu'Esther était avec lui ? Est-ce qu'il avait déjà Kitty ? Est-ce qu'il l'avait fixée au pare-brise comme une contravention ?

Il se rappelait qu'ils s'étaient arrêtés à une station-service pour acheter à manger. Il lui avait semblé que tout le monde dans la station parlait cantonais, jusqu'à ce qu'il les regarde. Alors ils se mettaient à parler anglais. Cantonais, anglais, anglais, cantonais !

Une fois remonté dans la voiture, il se tourna vers Esther. « Tout le monde parle cantonais. De temps à temps », dit-il. Il gloussait. Mais Esther pleurait en regardant ses cuisses. « Je suis une *égoïste* », disait-elle.

Esther avait l'impression que les deux fœtus dont elle avait avorté (l'un d'Alex alors qu'elle n'avait que dix-sept ans, l'autre d'un homme qu'elle avait connu à la fac) se trouvaient chacun dans une de ses cuisses, et qu'elle voyait leurs doigts en train de pousser pour sortir. C'est peu après sans doute qu'un arrêt de bus s'était rué comme un fou sur la chaussée et s'était jeté contre la voiture d'Alex.

À ce souvenir, Alex sentit son visage se mouiller de larmes. Il se livra à une pantomime goy, pour un public inexistant, visant à faire croire qu'il avait une escarbille dans l'œil. Il se servit de sa manche. Il tenta d'employer les techniques de respiration qu'Adam lui avait enseignées pour leurs méditations. En plein milieu du spectacle, il fut accosté par un adolescent français. Alex se hâta de lui fournir un itinéraire fictif vers une destination où ni l'un ni l'autre n'était jamais allé. Le garçon tourna à gauche vers Dieu sait où. Le soleil gravit un échelon d'éclat, conférant à la vieille pierre grise de la cité une blancheur aveuglante, et, pour la première fois depuis un mois de smog, deux palais éloignés purent échanger des clins d'œil, comme deux vieux amis dans une soirée, séparés par une foule de fêtards qui soudain se disperse. Alex essaya de fredonner. Quelques femmes qui faisaient leurs courses lui sourirent, mais d'un sourire tendu, celui qu'on réserve aux personnes âgées, aux infirmes et aux handicapés. Alex s'entêta, fredonnant jusqu'à une borne, jusqu'au coin de la rue. À présent il chantait une chanson célèbre. Il marchait en rythme. La chanson ne cessait de muter. C'était souvent comme ça. Naguère, il avait ainsi composé spontanément « Je vais te traîner en justice », une chanson sur son propriétaire et sur l'air de « I Heard It Through the Grapevine » ; « On s'fait chier » (un tube à la synagogue) sur l'air de « You're So Vain » ; et « Incompétence », une chanson adaptée à diverses situations bureaucratiques et professionnelles, pompée sur « Let's Go Crazy » de Prince. Cette fois, il chantait une version radicalement transformée de « Norwegian Wood » où apparaissait Esther, assise sur le trottoir à côté des vestiges de la voiture. Attendant son heure. Dans la chanson comme dans la vie, elle l'accusait d'aimer Adam plus qu'il ne l'aimait, elle. Mais ce n'était pas vrai. Enfin, si, elle le lui hurlait, mais elle avait tort. Il l'adorait. Simplement, il n'était pas toujours très doué pour le lui montrer. Fondamentalement, le problème était antérieur à l'affaire de la voiture. Alex était négligent, pour les petites choses, celles qui comptent. Son incapacité à retenir le titre de la thèse de doctorat d'Esther (« Modes de je sais plus quoi dans le développement de l'iconographie des bijoux africains en je sais plus quand »). L'état de sa salle de bains. Les livres qu'elle lui conseillait et qu'il ne lisait jamais. Il la portait dans son cœur, mais il ne l'avait pas toujours à l'esprit.

Ils étaient proches depuis l'enfance (il avait tout juste dix-sept ans lorsque Esther, qui en avait quatorze, avait tendu prestement la main vers sa cheville et l'avait entraîné dans un buisson pour l'embrasser), elle lui était aussi familière que Mountjoy. Et il était tout à fait susceptible de penser à elle ainsi : comme à un papier peint qu'on ne remarque plus jusqu'à ce qu'un projecteur soit braqué dessus. Même son pacemaker — dur et carré, sur lequel la peau était tendue à l'extrême — était devenu pour lui un élément du quotidien, vis-à-vis duquel il était passé par toutes les étapes : terreur, crainte respectueuse, affection, érotisation. Il ne l'associait même plus à l'idée qu'Esther était mortelle ; il faut dire qu'elle l'avait encouragé à ne pas en être intimidé. À saisir le pacemaker, à farfouiller en dessous et à joindre le pouce et l'index à travers la peau, à travers l'objet. Il avait toute confiance dans le cœur d'Esther. C'est seulement lorsqu'ils étaient partis dans leurs facs respectives qu'il avait paniqué à l'idée de perdre ce cœur. À la fac, elle avait couché avec d'autres : un homme et une femme. Alex crut devenir fou. Mais il avait fallu ces circonstances extrêmes. Plus récemment, c'est seulement lorsqu'un ami d'Alex issu du monde extérieur — le boulot, la fac — faisait la connaissance d'Esther, et se répandait en éloges sur sa beauté, qu'Alex re-réalisait qu'elle était belle, et ce qu'elle représentait pour lui. Re-réalisait ? Mais quel autre mot employer ?

Il ne croyait pas aux bienfaits d'une thérapie ; il pouvait le faire lui-même. Oui, il imaginait sa bien-aimée sur grand écran pour une projection-test ; il voyait le public la regarder et cocher les cases. Oui, il voulait garder sa bien-aimée à distance, physiquement proche mais aussi, obscurément, inaccessible. La première impression qu'inspirait sa bien-aimée à un étranger — celle d'une princesse africaine, ou du sosie de telle ou telle actrice — lui plaisait davantage que ne le pouvaient les diverses facettes de sa réalité. Il voulait la rencontrer pour la première fois, encore et encore. Il voulait en être toujours au début du film : pas sur le parking, mais dans la classe. Sa beauté lui inspirait une crainte respectueuse, et il ne voulait pas perdre cette crainte. Oui, docteur, oui. Je veux être son fan.

Esther avait la tête rasée comme un garçon. Étendu près d'elle, il se disait qu'il pourrait passer sa vie à tenir entre ses mains cette tête en noix de coco. Elle pouvait le battre au bras de fer, et dans presque toutes les discussions. Elle était plus grande que lui, et plus belle. Mais il était torturé à l'idée qu'elle vieillirait ! Il était conscient qu'en toute logique ce genre de raisonnement le condamnerait à mourir seul, sans personne. Il se racontait une histoire, comme quoi c'était là la grande tragédie de son cœur. La grande tragédie de son cœur, c'est qu'il fallait toujours lui raconter une histoire.

4

Bien inutilement, Alex fit les cent derniers mètres en courant, d'un galop dénué de coordination motrice, tel un animal fraîchement touché au flanc. Et puis il s'arrêta d'un coup. Juste à côté de l'hôtel des ventes, le célèbre musicien Leonard Cohen s'ennuyait devant une vitrine aux côtés d'une femme qui ne s'ennuyait pas. Alex n'était plus un gamin ; il n'avait nullement l'intention d'aller quémander un autographe. Mais Leonard le fit assurément hésiter. Il se surprit à rôder tout autour, discrètement ; à regarder Leonard cracher son chewing-gum sur le trottoir, tapoter l'épaule de la femme puis s'acheminer vers un célèbre coffee shop. « Suzanne ». Voilà une grande chanson. Et le machin de miséricorde, là. « Sisters of Mercy ». Un classique intemporel. Mais il avait près d'une heure de retard pour la vente.

Une minute plus tard, Alex se retrouva dans le coffee shop, contre sa volonté et contre toute raison, debout derrière Leonard, admirant l'éternitude de Leonard, sa nature infinie, le fait que, longtemps après que le Leonard physique aurait digéré les pissenlits, quelque part le Leonard virtuel continuerait à se mouvoir, à chanter et à donner des interviews. Et il se déplumait. C'était incroyable. Il possédait une distance innée. Même à côté de lui, Alex le sentait appartenir à une galaxie lointaine. La célébrité de Leonard serait son salut. Alex sentit monter la rancœur. Pourquoi Leonard ? Il avait l'air d'un mec ordinaire. Qu'est-ce qu'il avait de si spécial ? Et d'abord, qu'est-ce qu'il faisait dans ce coffee shop ? Qu'est-ce que c'est que ces célébrités qui vont dans des coffee shops remplis de gens ordinaires comme Alex ?

Alex était juste derrière lui et l'observait à présent d'un œil furieux. Il lui en voulait de la splendeur de ses mocassins, de son jean, de sa veste chic, il voyait Leonard tambouriner des doigts sur le comptoir, il entendait Leonard dire : « Un moka, c'est possible ? Mais est-ce que vous pouvez ne *pas* mettre de chocolat par-dessus ? Et puis deux tiers de lait, un tiers de crème ? Super. Merci, ouais, c'est parfait. Au fait... ouais, est-ce que vous pourriez le mettre dans un deuxième... ouais, c'est ça, un autre gobelet... c'est *vraiment* chaud, ces... je voudrais pas avoir à vous faire un procès, ha ha ! Ah, super. Fantastique. »

Goy, pensa Alex-Li.

CHAPITRE CINQ

Tif'eret

Beauté — Prière sur le lieu de travail — Entre guillemets — Jimmy Stewart était juif — La Kabbale d'Elvis Presley — Jeux d'ivrognes — Il était une fois en Europe — Brian Duchamp — Dirigez-vous calmement vers la sortie la plus proche

1

Voici la vraie nature de la Salle d'enchères n° 3 : ce n'est pas un lieu réel, mais une sorte de cathédrale ou de synagogue à laquelle Alex se rend tous les quinze jours pour réciter un texte appris par cœur. Il compte les dalles du plafond et pense à Dieu. Il prie, à sa manière (*Au Secours, Mon Dieu ; Bon Dieu Fais-Moi Sortir d'Ici*). Il espère que les enchères par téléphone vont cesser, il espère que quelqu'un le laissera acquérir l'objet qu'il aime. Mais rien ne change. Alex dit ce qu'il a dit la fois d'avant, profère les mêmes malédictions silencieuses, regarde les prix s'envoler hors de sa portée. Le commissaire-priseur, avec sa voix théâtrale de tapette et son marteau, frappe son bloc de bois exactement au même endroit, quel que soit le jour. Et l'Américain, Jason Lovelear, dit : « Leonard Cohen ? Tu déconnes ! Leonard Cohen ? Il est encore en vie ? Il ne va pas venir *ici*, quand même ? Bon Dieu. À une époque, je suis sorti avec sa sœur, Chloe. Chloe Cohen. Grosse. La thyroïde. Enfin, pas quand je l'ai connue. C'est venu plus tard — c'est pour ça que j'ai dû rompre. Leonard en a été très contrarié. Il y a eu pas mal d'animosité entre lui et moi. »

Non, ce n'est pas vrai. Lovelear ne disait pas *toujours* ça. Mais, hormis les changements de noms et de pronoms, il disait toujours quelque chose *comme* ça.

« Alex-Li *Tandem* », dit Lovelear.

Aucune présence physique ne déprimait Alex autant que celle de cet homme. Lovelear avait des cheveux noirs qu'il teignait en blond ou vice versa, et, s'il était doté d'une lèvre supérieure, elle n'était pas visible. Il n'était pas atrocement obèse en termes de poids, mais sa graisse était astucieusement répartie. Il avait des brioches latérales. Le petit fauteuil pliant où il était assis ne suffisait pas à les contenir toutes. L'une des innombrables choses que la télé ne montre pas, c'est le potentiel de variété et d'horreur de la figure humaine. Et rien que pour ça, se disait Alex, on a raison d'en faire l'éloge.

« Salut, Lovelear. Désolé — en retard.

— *En*fin. On t'a gardé une place. Dove, décale-toi, mon vieux. O.K. Alors. T'as vraiment une *sale gueule*. Pourquoi t'es en retard comme ça ? C'est cette fille, hein ? Moi aussi, je serais en retard si j'avais une copine comme elle. » Là-dessus, Lovelear fit un Signe Universel obscène. « *Oui* môssieur. Mais t'es pas venu en voiture ? »

Alex prit place entre Jason Lovelear et Ian Dove, deux hommes qui se considéraient comme ses amis. Il sortit de sa besace le catalogue idoine, l'ouvrit sur ses genoux. Il entoura d'un trait le lot 159, un réveille-matin accompagné d'un certificat d'origine confirmant sa présence à Graceland entre 1965 et 1969. Ian Dove lui tendit une spatule en bois portant le numéro 10.

« Incroyab', hein, comme estimation. Deux mille livres pour un réveil. Doit y avoir une erreur, hein ? » murmura Dove exactement sur le même ton qu'emploierait un homme normal pour dire : *C'est terrible, hein. Et elle n'avait que quarante ans. Quarante ans et elle se fait écraser par un bus. Et on venait de se marier la veille.*

« Ouais, c'est incroyable.

— Tu sais ce que je crois ?

— Non, Ian.

— Je crois qu'il y a un super-fan d'Elvis au téléphone. C'est pour ça que les prix sont aussi délirants.

— Sûrement.

— Et tu sais qui c'est, à ce que je crois ?

— Non, Ian.

— Je crois que c'est Jackson.

— LaToya ? s'enquit Alex, pour varier les plaisirs. Ou bien... attends... pas Jermaine, quand même ! »

Le visage bienveillant de Ian Dove se chiffonna. Il passa les deux mains dans ses cheveux prématurément poivre et sel. Ian Dove faisait les trois huit à l'atelier d'une usine de matières plastiques près de Gatwick. Régulièrement, sa femme le trouvait profondément ivre, endormi dans la réserve, recroquevillé près de la chaudière. Il n'avait pas les moyens d'être autre chose qu'un Autographiste à mi-temps, mais il prenait ces ventes aux enchères très au sérieux, comme il sied à quelqu'un dont c'est le hobby. C'était le seul homme qu'Alex ait jamais rencontré qui soit jaloux de la vie que menait Alex.

« Non, Alex..., je parle de...

— Je sais, Ian, dit Alex avec douceur. Oublie ça. T'as sûrement raison. Je ne suis pas dans mon assiette aujourd'hui. Ne fais pas attention à ce que je dis.

— Autrement dit *ferme ta gueule, Dove, tu nous fais chier*. »

Ian s'enveloppa de ses bras. « Désolé d'avoir parlé.

— *Désolé d'avoir parlé ?* répéta Lovelear, les yeux écarquillés. Ça se dit, ça : *désolé d'avoir parlé* ? »

Lovelear vivait en Angleterre depuis dix ans et s'y plaisait toujours aussi peu. Alex se demandait souvent ce que ça devait faire d'être coincé dans un petit pays qui ressemble à une version rétrécie et parodique de sa patrie, comme Lilliput.

« *Bref*, dit Lovelear en se tournant vers lui, t'as manqué quelques pièces de choix. Et je vais te dire un truc : aujourd'hui, c'est pas pour les amateurs. Ooooh non. Évidemment, John Baguley a dû rafler, genre, je sais pas, 70 % des memorabilia de rock ? Quel connard, celui-là, c'est *incroyable*. Tu sais qu'il vient d'ouvrir une nouvelle boutique ? À Neville Court. Putain, c'est devenu pour ainsi dire le Ronald McDonald des autographes. *Connard*. Et tout le reste est parti par téléphone. Et puis tiens, écoute ça, on en vient aux films des années quatre-vingt et qui est-ce qui surgit ?

— Molly Ringwald, dit Alex.

— Exactement. Et qui est le *loser* insensible, dit Lovelear en se tournant vers Ian, qui me suggère de l'acheter, comme si notre rupture n'avait pas déjà été assez douloureuse comme ça ? Comme si ça me déchirait pas le cœur de revoir son visage. »

Alex, injustement, faisait un certain Signe Universel plein de sous-entendus (langue coincée devant les dents du bas ; long menton invisible chatouillé par les doigts de la main droite). Ian sourit involontairement. Lovelear laissa échapper un explétif en quatre parties. Ça sortait tout droit d'un film. Ian frissonna. Le fait, soupçonnait Alex, de se faire insulter par un Américain dans le cadre très cinématographique d'une vente aux enchères (*La Mort aux trousses*, *Octopussy*) possédait une certaine dimension cathartique pour Ian Dove, qui vivait à Little Marlow, un petit village anglais dans lequel aucun film n'a jamais été tourné ni situé. Alex lui-même se sentait un peu ému. Il avait tellement l'habitude du dialogue entre Lovelear et Dove qu'il n'entendait plus les mots eux-mêmes mais seulement leurs vibrations, leur basse continue. Il savait, par exemple, ce que la femme au regard désapprobateur derrière eux ne savait pas, ne pouvait pas apprécier : que sous les mots, déplaisants et amateurs, se déployait une élégie magnifique et immuable. Chaque conversation entre les deux hommes était en fait la même conversation : des mots différents, un sens identique. Une sorte de Kaddish moderne, une psalmodie religieuse :

LOVELEAR : *Je suis un Américain, dans ce monde et dans l'autre, et tu n'en es pas un et ne le seras jamais.*

DOVE : *Tu es un Américain, dans ce monde et dans l'autre, et je n'en suis pas un et ne le serai jamais.*

« Laisse Ian tranquille, tu veux bien ? dit Alex en éteignant les cierges.

— Ouais, c'est bon, comme tu veux. *Inspire l'univers, expire l'amour* », dit Lovelear en faisant avec les doigts le plus goy de tous les Signes Universels, l'entre guillemets. « C'est ma devise. C'est ce que j'ai fini par dire à Leonard. »

À mesure qu'approchait la pause déjeuner, seul Dove gardait encore les doigts crispés sur sa spatule ; il était hypnotisé par les courbes volontaires d'une jeune dame en bleu qui présentait des accessoires du film *Tommy*. Elle les offrait aux regards du public d'un côté puis de l'autre. Alex s'était avachi dans son fauteuil quelque temps plus tôt. Et voilà que Lovelear l'imitait, balançant par terre sa spatule en râlant.

« À quoi bon », interrompit Alex, se sentant, comparé à Lovelear, serein ; devenant, brièvement, le *Maître Zen*, un rôle qui passait de l'un à l'autre à toutes les ventes aux enchères, dans un but exclusif d'agacement mutuel. « Fallait s'y attendre. C'est la vie. Regarde Baguley. Vingt personnes qui travaillent pour lui. Y a plus de place pour les indépendants. Fini depuis longtemps. Important de l'admettre. Une fois admis, on peut dépasser. Un petit coup et puis s'en va. Tout simple. »

Lovelear enfonça le poing dans le siège vide devant lui. « Y a pas si longtemps, vieux, je venais ici et je pouvais m'acheter un Jennifer Jones à un prix raisonnable, vrai ou pas ? Et pas pour revendre, hein, Al, je parle de me l'offrir pour l'*amour* de la chose. »

Lovelear n'avait jamais rien acheté pour le simple amour de la chose, et il n'y avait pas une seule pièce qu'on ne puisse lui racheter pour peu qu'on y mette le prix. C'est justement pour cela qu'il faisait exception parmi ses pairs : il était dénué de tout élan sentimental. Dans le métier, on disait souvent de lui qu'il serait prêt à échanger sa grand-mère contre deux Jimmy Durante et un faux Hemingway.

« Ce que je veux dire, c'est que je ne suis pas dans ce métier pour l'argent. Je suis un *fan*. Ça vient du *cœur*. Ces choses ont vraiment de la *valeur* pour moi. »

Discrètement, Alex fit le Signe Universel de *Bientôt, avec un peu de chance, toutes choses en ce monde, y compris l'homme à qui je parle en ce moment, seront réduites en poussière* (dents du bas avancées sur celles du haut, lèvre supérieure retroussée au-dessus de la gencive, hochement de tête, yeux clos).

« Oui, dit-il. Pas de doute. Dur pour tout le monde. »

Lovelear foudroya du regard les jeunes gens alertes de la salle des ventes. Ils trônaient sur leur estrade au-dessus de la foule, téléphone en main. En train d'acheter et de vendre à des étrangers les choses américaines que Lovelear désirait mais ne pouvait s'offrir.

« Et après, hein, *qu'est-ce qu'ils vont en faire* ? *Eh bien*, je vais te le dire, mais il faut pas que tu te vexes. La vérité, c'est, genre, oh, je viens de manger des *sushi* et maintenant je reviens dans mon gigantesque bureau de PDG et il y a un Gary Cooper dans mon *couloir* et je ne sais même pas *qui* était Cooper — genre, je ne porte absolument aucun *amour* à Cooper, je suis un connard de loser d'homme d'affaires japonais et j'ai même pas vu *Le train sifflera trois fois*. Je suis juste une petite face de *citron*, même pas capable de prononcer le *nom* de Cooper. Sans vouloir te vexer.

— Je suis chinois.

— Justement, ne te vexe pas.

— Je ne me vexe pas, Lovelear, puisque je suis *chinois*.

— Justement, je voulais pas te vexer. »

Lovelear roula son catalogue et se mit à en flageller les genoux d'Alex. « Le problème, *le problème*, c'est que ça fait *partie de ma culture*. Et c'est *Tout ! Bonnement ! Impossible !* de comprendre la plupart de ces trucs si tu viens pas du même *endroit* que ces trucs ! Et t'auras beau mettre un Jimmy Stewart dans ton bureau de Hung Win Shan Chin ou je sais pas quoi à Tokyo, *jamais — jamais !* — tu ne pourras comprendre ce que *représente* un Jimmy Stewart. J'ai rien contre eux, mais aucune face de citron ne peut véritablement comprendre au plus profond de son cœur ce que représente véritablement un Jimmy Stewart. Sans vouloir vexer personne. Oh, *nom de Dieu*, tu vois ce que je vois ? »

Alex suivit l'index de Lovelear vers le fond de la salle. Une famille de ploucs anglo-Elvisiens (avec bananes et paillettes) se tenaient blottis sur le seuil, tout effarouchés.

« Oh-oh, dit Lovelear. Vise-moi ça. Heartbreak Hotel. »

Un hôtel dont ils étaient résidents permanents. Ils n'avaient pas la moindre chance de récupérer un seul de ces souvenirs haut de gamme d'Elvis. La benjamine, au cheveu rare et aux dents monstrueuses ; les deux garçons, jambes écartées à la manière du King ; le père, tout empreint de la dignité poignante et déplacée de l'homme-trop-gras-en-survêtement-à-capuche ; l'épouse phtisique… tout cela, d'une certaine façon, bouleversait Alex. Cette dévotion inébranlable.

« Laisse-les vivre, Lovelear. Ils viennent en toute bonne foi. C'est des fans, c'est tout. Allez, circulez, y a rien à voir.

— T'es *aveugle* ou quoi ? »

Alex consacrait un chapitre de son livre à la goyitude des fans d'Elvis, et une sous-partie au légendaire Ben D. Goodall, un homme qui avait collectionné les autographes de toutes les personnes ayant jamais eu affaire à Elvis, de la sage-femme au croque-mort (voir Diagramme a)). Aucun ne valait le moindre centime. L'histoire de Goodall fait partie de ces fables édifiantes que se racontent entre eux les Autographistes. Elle vise à horrifier le courtier athée qui achète pour vendre et qui vise à gagner sa vie, car Goodall était profondément croyant, il croyait en la célébrité. Il croyait en l'aura qu'elle produit, en la lumière minable, métallique et indirecte dont elle brille. Il fut un temps où Goodall et son grand œuvre horrifiaient Alex. À présent, il en était profondément ému.

Diagramme a)

Les Dix Sephiroth d'Elvis

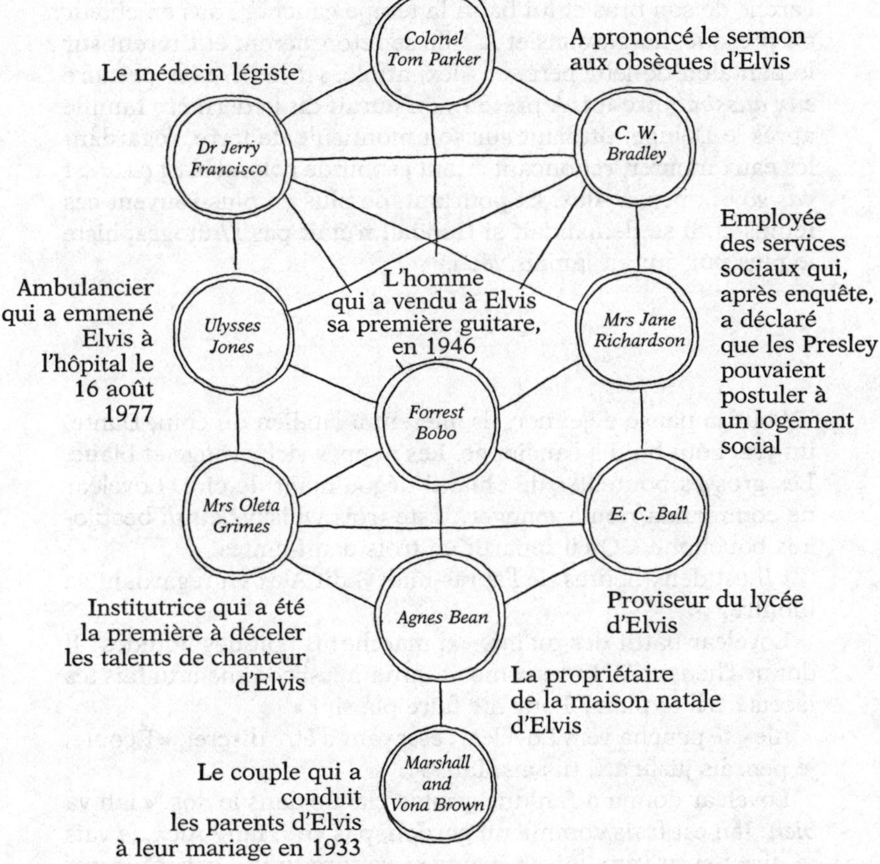

Une chemise de cow-boy, avec incrustations de pierres précieuses sur chaque manchette, trouva preneur. L'épouse soupira. Elle posa la tête sur l'épaule de son mari. Il l'accueillit dans l'arche de son bras et lui baisa la tempe gauche. Tous en chœur ou presque, les garçons et la fille se retournèrent et tirèrent sur le pantalon de leur père, et Alex, affolé, vit le père les prendre *eux aussi* contre lui. À présent, on aurait dit la dernière famille après le Déluge, titubant sur son monticule de terre, regardant les eaux monter, renonçant à tout espoir de colombe. *Si ça, c'est pas goy…*, pensa Alex. Et pourtant, de plus en plus souvent ces temps-ci, il se demandait si Goodall n'était pas l'Autographiste le plus pur qui ait jamais vécu.

2

Pour la pause déjeuner, ils allèrent à l'italien du coin, Dante, un vrai boui-boui à l'ancienne. Les nappes vichy rouge et blanc. Les grosses bouteilles de chianti dégoulinant de cire. Lovelear ne commanda rien à manger, juste trois whiskys et un beaujolais bouchonné. Qu'il répartit en trois demi-pintes.

« Il est deux heures de l'après-midi », dit Alex en regardant sa montre.

Lovelear battit des mains. « Il marche ! Il boit des liquides ! Il donne l'heure ! Al, tu veux me montrer aussi comment tu fais tes lacets ? S'il te plaît ? Pour me faire plaisir ? »

Alex se pencha vers Lovelear, essayant d'être discret. « Écoute, je pensais juste à… tu sais, Ian ? »

Lovelear donna à Ian une grande claque dans le dos. « Ian va *bien*. Ian est frais comme un gardon, pas vrai, Ian ? Alex, je vais te dire : si tu veux faire réparer ta voiture tu vas voir un garagiste, si veux connaître le Christ tu vas voir un catholique, et si tu veux savoir combien d'alcool on peut boire en une demi-heure, tu vas voir un alcoolique. Nous avons le privilège d'avoir avec nous aujourd'hui Ian Dove. Ian Dove est un professionnel…

— De la murge », dit tristement Ian Dove.

Lovelear disposa les verres en formation triangulaire au

milieu de la table. « Messieurs ? dit-il dans son meilleur accent jamesivoryen. Si vous voulez bien me faire l'honneur ? »

Ils burent. Kitty ne tarda pas à s'agiter dans la besace d'Alex. Elle brûlait d'envie de sortir. À plusieurs reprises il faillit tendre la main, ne se retenant qu'à grand-peine. Chaque fois qu'Alex avait montré quelque chose à Lovelear, Lovelear lui avait soutenu qu'il s'agissait d'un faux, juste pour le plaisir. Cette fois, il ne lui donnerait pas cette satisfaction. Il ne se laisserait pas rabaisser, pas aujourd'hui.

Il préféra donc engloutir sa demi-pinte de vin et prendre la tête du mouvement pour en réclamer d'autre. De leurs lèvres violettes, les trois hommes commencèrent bientôt à énumérer les meilleures comédies musicales de tous les temps, le plus grand scandale hollywoodien, le record de figurants, les plus grosses poitrines, les plus anciennes scènes de nu, les suicides les plus scabreux.

« O.K., O.K., O.K. : citez trois décapitations hollywoodiennes millésimées », dit Lovelear en posant sur la table trois nouveaux whiskys.

La pièce commençait à danser le fox-trot lorsque entra John Baguley, en nœud papillon et panoplie complète. Il alla directement au bar, mais Alex savait qu'il les avait vus. Plus Baguley devenait prospère, plus il s'écoulait de temps entre le moment où Baguley vous repérait et celui où Baguley entérinait votre présence.

« Jayne Mansfield ! dit Dove.

— Ding ! » fit Lovelear.

Alex se mit à gratter la cire de la bouteille. Peut-être qu'il pourrait montrer la chose à Baguley ? En matière d'autographes, après tout, Baguley touchait sa bille ! Baguley savait expertiser, Baguley saurait la vérité ! Mais il fallait faire ça en finesse ! Lovelear avait du mal à admettre que Baguley touche davantage sa bille que Lovelear. *D'ailleurs, vaut sans doute mieux pas mettre ça sur le tapis tout de suite*, se dit Alex prudemment, en bougeant involontairement les lèvres, *vu que je suis un peu gris. Je risquerais de passer pour un fou*. Alex regarda la pièce danser un peu le rock, et puis le roll. Un Baguley et demi, debout au bar, commandait un sandwich au jambon. Alex évalua la situation.

D'un côté, clairement, Baguley touchait sa bille. D'un autre côté, Lovelear détestait Baguley. À cause de ce problème de bille. D'un troisième côté, Ian aussi détestait Baguley. Baguley faisait de mauvais jeux de mots fondés sur l'équation comique AA = Association Autographique = Alcooliques Anonymes. En y repensant, pensa Alex, moi aussi je déteste Baguley. Ça fait un sacré quatrième côté ! Mon Dieu, je déteste Baguley. J'avais jamais réalisé à quel point ! Avec son nœud pap. Sa fine moustache. Le salopard. Et maintenant voilà qu'il va sûrement venir nous voir. Avec toute sa détestation. *Bu*tain... Et qui met encore ce genre de chapeau de salopard ?

« Grace Kelly ? » dit Alex avant de se lever. Il se sentait fragile. Il essaya de déterminer si Baguley comptait aller au fond du bar ou près d'eux.

« Un point pour Monsieur Tandem. Monsieur Dove et Monsieur Tandem sont maintenant à égalité un point partout. La prochaine réponse va les départager.

— J'arrive pas à réfléchir, dit Dove. Trop bourré. D'accord, attendez un peu. Euh... *bon Dieu, euuuh...* Montgomery Clift ?

— Voilà Baguley qui arrive, dit Alex tandis que Baguley arrivait.

— *Montgomery Clift*, Dove ? C'était juste une *moitié* de visage. Autant que je me souvienne, il avait encore sa *tête*, crénom, quand il a fini de tourner *L'Arbre de vie*...

— Baguley, achie-toi », dit Alex tandis que Baguley s'asseyait. Alex était beaucoup, beaucoup plus saoul qu'il ne l'avait espéré. Avec terreur, il regarda Baguley ôter son chapeau et le poser sur la table, ce qui dans certains pays présage le pire des sorts.

« Vous savez, dit Baguley très fort, ce que je viens d'organiser avec succès ?

— Ton enterrement ?

— Salut, Lovelear. À vrai dire, non. Une vente de charité. Il y a quelques jours, enfin, quelques soirs. Vous auriez dû venir, les petits gars. On a mis aux enchères des personnages. De romans. Vous comprenez ? On paie et on se retrouve dans le livre de tel ou tel auteur. Le quart d'heure de célébrité, vous voyez. Et moi, je joue le jeu : j'ai payé trois cents livres. Une grande romancière.

— Quoi ? dit Ian, qui bien sûr était plus bourré que les autres. Qu'est-ce qu'il raconte ? C'est de l'anglais ? *Salopard*.

— Regarde-moi cette cravate, mon frère, dit Lovelear en la palpant. C'est *quoi*, l'histoire de cette cravate ? Genre, qu'est-ce qu'elle veut *dire* ? Ça veut dire quelque chose ?

— Et le problème, c'est que je n'ai pas encore décidé exactement, dit Baguley en essayant de se concentrer sur Alex-Li, qu'il croyait sobre, ce que je voudrais être comme personnage. Dans le roman, je veux dire.

— Un sataniste amateur ? glissa Lovelear.

— Ou bien simplement... disons un... salopard ? suggéra Ian, qui éclata d'un long rire, bavant du vin sur son menton.

— Il est trois heures, on est en retard », dit Alex en souriant et en regardant sa montre. Il avait presque envie de rester, il s'amusait trop. Il y a des amis qui ne valent le coup que quand ils sont bourrés. Ce qui, selon la Kabbale d'Alex-Li Tandem, n'est pas forcément une mauvaise chose.

« Tandem... tu nous frimes, là, avec ton numéro d'horloge humaine », dit Lovelear, prenant un épais accent juif de Brooklyn, avant de bifurquer judicieusement vers le Bonvieuxdickensien. « Mon garçon, c'est décidé, je t'engage. Nous t'emploierons à un demi-shilling l'année, et j'ose espérer que nous n'aurons pas de raison de nous en repentir ! Et maintenant... »

Ian fit un bruit de trompette. Alex un roulement de tambour sans conviction.

« Baguley, dit Lovelear en titubant vers l'avant, ç'a été trop bien. Mais *mon pote*... faut qu'on y aille maintenant, sérieux. Faut qu'on aille te voir, *toi*, te voir acheter encore quelques faux confectionnés par *Alex*. Mais *oui* : cette vente est *pleine* de contrefaçons Tandem. C'est ça qu'il fait toute la journée. Des faux, des faux, des faux et encore des faux. C'est pour ça qu'on n'enchérit pas. On est au-dessus de ça. On est zen. Fondamentalement. Baguley. »

Ian tenta de se mettre debout, mais bascula en arrière. Alex éclata de rire sans ouvrir la bouche.

« Tu sais ce que tu devrais demander ? dit Ian à Baguley qui faisait mine de partir. Tu devrais demander à ta grande romancière de faire de toi un mec dans le livre qui organise une vente et puis qui achète sa place dans, euh... attends... non, ouais, c'est ça, sa place dans un livre en tant que personnage qui organise une vente et puis qui achète sa place dans un livre et qui demande... »

Pour cette petite perle de judéité, Alex offrit à Ian deux autres pintes.

À leur retour dans la salle des ventes, ils étaient sincèrement ivres, d'une ivresse mélancolique. Sous la lumière crue, ils se frottaient les yeux comme des enfants. On adjugeait le célèbre acteur George Sanders. Trois mille livres pour la lettre laissée avant son suicide en 1972, où il affirmait qu'il s'ennuyait trop pour continuer à vivre.

« Je compatis, dit Lovelear en s'étirant.

— Il était une fois un oiseau qui cherchait une cage, murmura Alex.

— *Bon Dieu*. Quel est le connard qui a dit *ça* ?

— Rappelle-toi, Lovelear, dit Ian en le tirant par la manche. Dans *Eve*, la scène où...

— Oui, oui, bien sûr », dit Lovelear en se dégageant.

Ils restèrent, ils enchérirent, mais ce n'était pas leur jour. Alex, qui s'ennuyait, regarda autour de lui. Des jeunes gens costauds en uniforme bleu traînaient de lourds objets en vue d'une autre vente. Des statues, des tables, des trucs en or. Pour un Autographiste, il était facile d'oublier que les noms écrits sur papier sont la part la plus négligeable de ce qui s'échange et se négocie dans le monde. Les autographes ne sont qu'un minuscule signal dans le vaste réseau du désir, de simples débris de l'Histoire. Mais regardez ces trucs, les gros trucs. Ces chiens de fer forgé, présentant leur meilleure patte. Ces aigles de bronze déployant leurs ailes, prêts à atterrir. Ces nègres de marbre grandeur nature, joviaux et dociles, tenant par les pattes le fruit d'une chasse dont ils sont exclus. Et puis, telle une frontière entourant l'ensemble, ces nombreuses, ces innombrables cheminées froides arrachées à de glorieuses demeures, couchées sur le flanc et débordant les unes sur les autres, les ruines des dominos des dieux. Et puis un wapiti. Vers le fond. Empaillé, debout. Derrière lui, appuyé à son arrière-train élimé, Alex repéra soudain Brian Duchamp. Une seconde plus tard, Lovelear le repéra à son tour.

« Aïe yaïe yaïe... je *savais* que cette vente allait encore empirer. Dove, réveille-toi, mon vieux. Regarde qui est là. »

Dove se déplia comme un loir. « Oooh *putain*. Tu crois qu'il va *encore* nous refaire le coup ? »

Alex s'essuya les lunettes sur son mohair.

« Faut croire. Il est toujours *fou*. Enfin, aux dernières nouvelles.

— Hé, Al, je vais lui dire de nous rejoindre, d'accord ? »

Alex frappa Lovelear au sein droit. « *Bon Dieu*, je le vois déjà tous les jeudis, ça me suffit largement.

— Mais t'as pas envie, genre, qu'il vienne ici » — Lovelear offrit une approximation immobile d'un torse qui se dandine — « tu vois, et puis qu'il s'assoie à côté de toi » — Lovelear s'avachit dans son fauteuil jusqu'à atteindre la hauteur assise de Duchamp, qui debout plafonnait à un mètre soixante — « et puis qu'il approche son visage tout contre le tien, qu'il ouvre grand la bouche et qu'il dise... » Et là Lovelear dit *Salut* à la manière d'un gremlin cockney, un Duchamp criant de vérité. Toutefois, il n'était pas en mesure de restituer l'haleine, si féroce qu'il était sans doute impossible de la reproduire, même en laboratoire.

Brian Duchamp. *Le* Brian Duchamp des chemises crasseuses, de la solitude, du stand isolé et criblé de dettes (sur lequel, dans sa folie, il tentait parfois de vendre à Alex des objets issus de sa propre maison : des dérouleurs de papier toilette, des abat-jour), des baskets de supermarché, des problèmes de peau, de la mauvaise haleine.

« Qu'est-ce qu'il *fout* ? » demanda Lovelear.

Alex l'observa. « Il se prépare. »

De son sac, Duchamp extirpa une écritoire, plusieurs stylos, quelques catalogues et un nombre impressionnant de bouts de papier épars, qu'il posa en équilibre sur le wapiti. Il déplia des lunettes à double foyer et les poussa sur son nez aussi haut que possible, aboutissant à un agrandissement phénoménal et terrifiant de ses deux yeux laiteux et fous.

« Ouille-ouille-ouille, dit Ian. Le rideau se lève. »

« Nous débutons les enchères à vingt livres, vingt livres, des amateurs pour vingt livres ? »

Le commissaire-priseur désignait une jolie photo de Jeanette MacDonald et Nelson Eddy, vêtus à la dernière mode de la jeunesse autrichienne selon le Hollywood des années trente (culottes de cuir, col de velours, couettes agrémentées de fil de fer, cloches de vache). Il y avait des amateurs pour vingt livres, quarante, soixante et quatre-vingts, et puis il y eut Brian Duchamp. Il fit irruption en criant : « J'vous en donne qua't' !

— Je vous demande pardon, monsieur : vous faites une offre ?

— Qua't' !

— Quarante, monsieur ? Je crains que les enchères ne soient déjà à quatre-vingts.

— J'vous en donne », dit Duchamp — un peu plus discrètement, et noyé par ce que les présentateurs des infos aiment à appeler « la consternation générale » — « qua't' pence et une bonne baffe — pasque ça vaut pas plus. Pasque c'est pas un *vrai*, bordel !

— Brian, dit Alex comme Duchamp arrivait à la hauteur de leur rangée. Brian, je t'en supplie, assieds-toi. Viens ici. Allez, viens. »

Il se leva et tenta de saisir Duchamp, qui l'abreuva de jurons de vieux marin et trébucha ; Lovelear et Ian le firent asseoir de force.

« Tandem ? Je te vois le jeudi, pas aujourd'hui. C'est le jeudi que je te vois. »

Alex s'émerveilla de cette faculté qu'a la folie de passer complètement à côté des choses. Il plaqua les mains tremblantes de Duchamp sur ses genoux. « Ils te laisseront pas revenir, Brian, si tu recommences. Ils t'ont foutu à la porte la dernière fois, n'est-ce pas ? »

Brian porta un mouchoir à sa bouche et y expectora quelque chose d'innommable. Il fixa sur Alex son triste regard souséclairé. « Ces experts à la con, Tandem. Mais ils n'y connaissent rien ! Ils sont encore en culottes courtes, *beurdel*, et ils n'y connaissent rien ! »

Une mignonnette de whisky tomba de sa poche et atterrit au

sol. Il plongea à sa recherche. Sa peau avait des reflets mauves. Il puait horriblement.

« Lovelear, je crois qu'il n'est pas bien.

— Ça, c'est un scoop.

— Je crois que tu n'es pas bien, Duchamp, dit Alex en se forçant à poser la main sur le front bosselé du malheureux. Je crois que je devrais t'emmener hors d'ici. »

Mais soudain Duchamp se dégagea. L'espace d'un instant, il avait brisé la coquille de son monde pour accéder au monde d'Alex ; à présent il battait en retraite. Il reporta toute son attention sur le podium.

« Lot 182, disait le commissaire-priseur : un programme d'avant-première signé par les acteurs du film *42e Rue*, notamment la célèbre actrice de comédies musicales Ruby Keeler... »

Le commissaire continua à parler, mais Duchamp aussi. Dans un bourdonnement qui, après un début en douceur, ne cessait d'augmenter en volume et en stridence, de plus en plus difficile à ignorer. Duchamp se leva. Le commissaire monta le son de sa voix : « *QUELQU'UN OFFRE DEUX CENTS*...

— Si ça c'est Ruby, mon pote, moi je suis Al Jolson, beurdel.

— Monsieur ? s'enquit le commissaire. Excusez-moi, est-ce qu'il y a un problème ?

— C'est pas Ruby c'est pas Ruby c'est pas Ruby, hurlait Duchamp. C'EST PAS RUBY C'EST PAS RUBY BEURDEL. C'EST MOI ! C'EST MOI QUI AI SIGNÉ ÇA. »

Cette fois, on appela la sécurité, mais Duchamp n'en avait pas fini avec sa folie, et il y avait quelque chose d'admirable — tel un public de théâtre tolérant un mauvais roi Lear — dans la façon dont ils allaient le laisser finir ce qu'il avait commencé.

« J'AI TRAVAILLÉ POUR CES STUDIOS, PUTAIN, VRAI OU PAS ? RUBY A JAMAIS RIEN SIGNÉ ! C'EST MOI QUI SIGNAIS TOUS CES TRUCS ! »

Il y avait de la méthode dans cette folie, comme nul ne l'ignorait parmi les Autographistes présents. Après la guerre, fraîchement démobilisé, Duchamp avait échoué à Hollywood, pour travailler au département publicité de plusieurs studios. Il avait signé des milliers de pièces. En des temps plus anciens et moins fous, Duchamp avait été d'une aide inestimable aux collectionneurs qui voulaient faire expertiser l'authenticité d'un achat. Il avait toujours soutenu que le marché britannique était inondé de contrefaçons : et il avait des arguments. Malgré tout, Alex se disait qu'il y avait de meilleures façons d'exposer ce problème qu'en s'exhibant en public, ce que Duchamp, qui se débattait avec sa boucle de ceinture, semblait déterminé à faire.

« RUBY, GRETA, MARLENE, RITA, KITTY, BETTE : ELLES ÉTAIENT MÊME PAS CAPABLES DE SE TORCHER LE CUL TOUTES SEULES C'EST MOI QUI FAISAIS TOUT LE SALE BOULOT. »

Pour le finale, Duchamp baissa son pantalon, révélant une toile de coton aux taches diverses et poignantes.

3

Combien de coups, se demandait plus tard Alex en sortant de la salle — comme s'il s'agissait d'un jeu sophistiqué, le mah-jong, les échecs —, combien de coups séparent ma position actuelle de celle de Duchamp ? Parce que les gens qui achètent les chiens en cuivre et les tables de billard, ils ne sont pas comme ça, hein ? Alors pourquoi *nous*, on est comme ça ? C'est quoi, notre *problème* ?

Qui voudrait jamais d'une telle existence ? Alex sortit et pénétra dans le centre-ville. Devant la vitre noire incurvée d'une boutique de vêtements chic, il baissa les épaules, les mains le long du corps, et s'énuméra point par point. Pas d'amour, pas de véhicule, pas d'ambitions, pas de foi, pas de communauté, pas d'espoir de pardon ni de récompense, une besace, un thermos, une descente d'acide, une gueule de bois, un autographe de Kitty Alexander, état impeccable, écrit à l'encre noire en plein centre d'une carte postale. Regardez-moi ça. Si c'est un homme. Regardez-le. *Jamais je n'ai été plus parfaitement juif. J'ai embrassé une contradiction absolue, comme Job. Je n'ai rien et, en même temps, j'ai tout. Et si j'ai perdu la tête,* pensa Alex-Li Tandem, *ça me va très bien.*

Alex croyait à la présence dans le cerveau humain de la Puce de Dieu, conçue pour traiter et déclencher l'émerveillement.

C'est elle qui vous permet de voir la beauté, de déceler la beauté en ce monde. Mais elle n'est pas très bien conçue. La puce a parfois des bugs. Parfois elle prend un petit bonhomme avec un uniforme et une moustache moche pour une image de l'infini, ou bien encore une fille aux yeux en amande sur grand écran pour un vitrail d'église.

Peut-être qu'il est présomptueux d'imaginer des étapes, des paliers, des *coups* entre moi et Duchamp, se dit Alex. Peut-être que je suis déjà au même point.

Car je suis un Autographiste.

Pas de choix, donc, tout juste un rétrécissement des perspectives. Ce jeu est plus simple que les échecs. Plus simple même que le jeu de l'oie. C'est une partie lente et vicieuse (Conçue par qui ? Contrôlée par qui ?) de morpion.

CHAPITRE SIX

Hesed

Amour — Seul celui qui possède la connaissance possédera la clef — Le Happy Fried Chicken — Le sexe contre la mort — Fats Waller était juif — Parler sérieusement — Le cinéma contre la musique — Dieu a besoin de nous — La plus vieille blague du monde

1

« Kofi *Annan*.

— Boutros *Boutros*-Ghali. »

Trouvant le vidéoclub fermé, Alex fit un pas vers la droite et pressa la sonnette de l'appartement du haut. Après l'inévitable silence prolongé, Adam apparut sur le seuil, son visage un parfait soleil d'onyx encadré par des dreadlocks courts et maigres déployés en une auréole rayonnante qui illumina son ami. Et les voilà en plein rituel.

« Kofi, Kofi *Annan* », dit Alex en se pliant en deux. La posture est solennelle, l'accent nigérian. « Kofi *Annan*, dit-il. Annan, *Annan*. »

Adam s'incline plus bas encore. « Boutros. Boutros, Boutros-Boutros, *Boutros-Ghali*. »

Alex joint les paumes en prière. « Oh, Kofi, Kofi, Kofi *Annan*.

— *Bienvenue*. » Adam se redresse avec un grand sourire. « Bienvenue dans mon humble arrière-cour. T'as qu'à entrer. T'inquiète pas, Esther n'est pas là. »

Alex penche la tête, l'appuie au chambranle. « Ads. Mon Pote. Aujourd'hui, j'ai l'impression d'être perdu dans le Triangle des Bermudes de la goyitude. Je te jure. Dis-moi un truc.

— Je t'écoute.

— Est-ce que je suis un Autographiste ? Enfin, est-ce que c'est l'*impression* que je te donne ?

— Encore ?

— Laisse tomber. Prochain épisode à l'étage. Je te suis. »

Il n'a rien d'un palais, l'appart' d'Alex. La première porte d'entrée donne sur une partie commune bétonnée qui ressemble à un coin de parking souterrain, sans fenêtre, sans ampoule, et par conséquent toujours obscure. Au mur de gauche, une lugubre morgue miniature de tiroirs métalliques déverse du courrier inutile (des catalogues adressés à d'ex-locataires, des bulletins de vote envoyés aux anarchistes de l'appartement D, des factures d'électricité pour les morts) ; plus loin, aux barreaux de fer de l'escalier sont suspendus trois vélos crucifiés, ligotés de cordes et de chaînes, dans l'espoir de démentir la croyance locale unanime selon laquelle le vestibule d'Adam n'est qu'un mégastore de VTT en libre-service offrant 100 % de crédit.

Dans ledit escalier, Adam s'assombrit. « Alors. J'imagine que tu sens aussi ? »

Alex renifle. « Oh. Eh bien, *ouais*. Mais pas pareil. Plus *épicé*.

— Oui. J'ai remarqué aussi. Nouvelle recette. Plus de sucre, plus de chili. Donc, toi *aussi* tu sens... » Adam se fige. « Déjà ici ? Avant même d'entrer ? Je te jure que j'arrive plus à me rendre compte. J'ai pas assez de recul. Rubinfine m'a dit qu'il ne sentait rien, mais je crois que c'était juste pour me faire plaisir. Il avait trois jours de retard pour rapporter une cassette, tu vois, c'était dans son intérêt.

— Ads, honnêtement... »

Comment formuler ça ? Alex pose les mains sur les épaules de son meilleur ami, qu'il serre brièvement en un geste consolateur. « Désolé de te le dire, mon pote, mais je crois même que ça sent encore *plus fort*.

— Eh bien, il y a une bonne raison... »

Solennellement, Adam fait entrer Alex et le guide jusqu'à la longue passerelle extérieure. Là, il laisse retomber les bras, paumes ouvertes. Le Signe Universel des vaincus.

« Admire le Monstre.

— Oh. Mon. Dieu.

— Oui. Blasphème mis à part, c'est à peu près ce que j'ai ressenti. »

Il y avait un élément nouveau dans le champ de vision. Sauf qu'il ne s'agissait pas vraiment de *vision*. C'était trop proche pour être à proprement parler *visible*. On avait plutôt l'impression d'être *dedans*. Deux pas de plus vers la gauche et son énorme gueule pouvait vous avaler la tête sans être rassasié.

« Putain, il est énorme, ce tuyau.

— Oui. C'est le Monstre.

— *Adam*. T'as un énorme *périscope* genre sous-marin qui balance une odeur de poulet frit *dans ton appartement*. Ça ne va *pas*.

— Non, je sais *bien*.

— Alors qu'est-ce que tu vas *faire* ?

— Eh bien, ce qui est fait est fait, non ? »

Alex, tout agité, ôta ses lunettes sales et se mit à les graisser encore davantage avec un pan de chemise. « Non, Ads, non : on n'est pas dans un problème zen. Ce que je veux dire, c'est que ce n'est pas un problème où le zen puisse s'appliquer. C'est un problème de propriété privée. C'est un problème d'œil pour œil, dent pour etc. C'est un problème où s'applique la loi judaïque. Tu as des droits. Tu étais là *avant* eux. »

Empruntant la passerelle pour atteindre la plante en pot, Adam laisse ses lèvres vibrer en une triste exhalaison. « Vraiment ? Ça prête à discussion... Je ne sais pas, je ne sais plus... tu vois, chacun a sa version des faits... » Se penchant par-dessus le muret, il vide le pot de son eau de pluie et de ses feuilles noyées, qu'il balance sur le toit de ses adversaires. « Je veux dire, les gens qui viennent louer des cassettes leur achètent du poulet et vice versa, alors... Je sais pas, mon pote. Tu vois, je suis allé leur parler il y a quelque temps... » Il pose le pot devant la porte. Alex s'agenouille pour le stabiliser sur l'asphalte glissant. Adam grimpe dessus. « ... et je compatis à leur situation, tu sais ? Ils essaient juste de faire tourner leur commerce, tout comme moi, et ils sont là depuis longtemps, et le patron n'arrête pas de me demander si je veux le ruiner, si je veux que ses enfants meurent de faim...

— J'ai les genoux qui se mouillent. *Arrête*, tu vas pas le ruiner : il a sûrement huit autres boutiques aux quatre coins de la ville.

— Non… attends… *où est-ce qu'il est ?* Il est quelque part par là. Il glisse dans la gouttière quand il a plu… *ah !* »

Adam extrait le Crochet de l'Enfer (confectionné avec deux cintres, d'innombrables élastiques, la tête et les dents d'une fourchette) de sa cachette au creux de la gouttière.

« Rappelle-moi pourquoi…

— Écoute, mon pote, si tu perdais ta clef aussi souvent que moi, tu ferais la même chose… Tu peux remettre le pot, s'il te plaît ? »

Alex dévale la passerelle dans un grand bruit d'éclaboussures, serrant sur son cœur une tonne de terre cuite. Et revient avec une feuille humide pressée telle une sangsue contre sa gorge. Adam introduit le Crochet de l'Enfer dans sa propre boîte aux lettres et entreprend de rechercher à tâtons sa clef échouée quelque part sur le paillasson.

Alex, qui s'ennuie, jette un coup d'œil par-dessus le mur, dans l'arrière-cour de ciment lugubre du Happy Fried Chicken. L'été dernier, lors d'une brève détente dans un conflit de six ans, on s'y est bien amusé : Adam et Alex avaient accepté avec méfiance une invitation informelle (hurlée d'en bas par une journée d'étuve : *Jouer ? Oui, oui — vous vouloir essayer ?*) pour participer à ce jeu dément (indien ?) où tout le monde court dans un sens puis dans l'autre, et où il y a partout des lignes tracées à la craie mais pas de ballon. Ils étaient même devenus très bons à ce jeu. En plus, ils avaient perdu du poids, et ils avaient bronzé, jusqu'à ce qu'Alex ait pratiquement le teint mat et la taille de guêpe des ados au torse nu qui travaillent sur place. On s'était bien amusé, oui. Mais plus maintenant. Maintenant, deux d'entre eux sont appuyés aux énormes poubelles noires, à boire du coca et à fumer des clopes, en soutenant le regard d'Alex, rendant insolence pour insolence. Pris d'une impulsion subite, Alex leur fait un doigt d'honneur avant de s'écarter précipitamment du mur tandis que les canettes volent.

« Ads, ils se *foutent* de ta gueule. Tu sais qu'à ta place n'importe qui leur aurait déjà collé un procès. Ou aurait fait sauter la boutique. Ou au moins les aurait dénoncés à l'*inspection sanitaire*, bordel, ça serait déjà un début. Tu devrais en parler à Joseph. »

Le doux visage d'Adam est déformé par le reflet d'une sombre pensée. « Tu sais, dit-il tourné vers la boîte aux lettres, ce qui m'a le plus atteint » (il a le bras très sûr ; avec mille précautions et une extrême concentration, il fait passer la clef de son côté de la porte) « c'est qu'ils se sont arrangés pour que les installateurs se pointent le jour de Yom Kippour — sachant *pertinemment* que je ne serais pas là. *Pertinemment*. J'ai trouvé ça franchement... *Ah ! Je l'ai !* » Clef trouvée, porte ouverte. « Allez, on parle d'autre chose. Trop déprimant. Sésame ouvre-toi. Un peu de thé ? »

Dans l'appartement d'Adam, tout donne sur l'unique couloir étroit. Un salon cubique, une chambre cubique, une cuisine cubique et des chiottes cubiques (un vrai cube, en l'occurrence. Si vous vouliez *offrir des chiottes en cadeau* et que vous cherchiez un cube pour les emballer, c'est ça que vous choisiriez). Pas de douche. Pas de baignoire. Pas de *lavabo* (sauf dans la cuisine). Si vous aviez la chance de passer un après-midi avec Adam — rien que vous et lui, deux flâneurs nonchalants et défoncés admirant la ville — il vous ferait profiter, naturellement, de toutes les ressources de son intellect, un véritable feu d'artifice (sa connaissance encyclopédique de la pop jusque dans ses détails les plus insignifiants, accompagnée de son étrange corollaire, ses diverses et sublimes intuitions judaïques). Il vous offrirait également une visite guidée, à travers toute la ville, des sanitaires publics où il prend des douches et des bains. Des piscines, des clubs de gym, des asiles de nuit, des saunas gay, des couvents (« Tu *déconnes* », « Alex, tout ce que font les bonnes sœurs *à longueur de journée*, c'est de *rêver* qu'un jeune homme qui pue un peu, juif de préférence, se pointe à la porte en suppliant qu'on le lave »), des maisons de retraite, des écoles.

2

Ce qui rachète l'appartement d'Adam, c'est le salon. À savoir deux cubes accolés l'un à l'autre, avec une longue fenêtre, comme celle d'un bus londonien, qui court sur tout un mur. La pièce offre deux options : option lumière pour étudier, option noir pour fumer. À cet instant, le rideau est tiré et il fait noir. Estimant qu'il a du mal à accommoder sa vue, Alex allume deux autres bougies sur la table basse (planche de bois sur pieds de brique). Et les voilà, plus fabuleuses que jamais. La Voie des Sphères. La Voie des Lettres. Le monde est brisé.

Au quatrième mur, de nombreuses étagères de livres, pour la plupart en hébreu. Au-dessus, un énorme poster en forme de croix du célèbre musicien Isaac Hayes en boubou et lunettes noires, se proclamant le MOÏSE NOIR. Plusieurs photos du célèbre musicien Stevie Wonder. Une reproduction mal encadrée de l'*Angelus Novus* du peintre Klee. Le cinéaste Steven Spielberg, tenant sur ses genoux le célèbre chanteur Michael Jackson, tenant sur ses genoux l'extraterrestre en polystyrène E.T. L'artiste martial Bruce Lee avec son nunchaku. Le petit malin Walter Benjamin, qui aurait bien besoin d'un peigne, de changer de tailleur, et d'une combine pour quitter la France. Un tableau en liège où sont épinglés des mots et des pense-bêtes, des aphorismes (« Tous les noms et les attributs sont métaphoriques quand ils s'appliquent à *nous*, mais non quand ils s'appliquent à *Lui* ») et des rubans de prières. Ce qui plaît le plus à Alex, c'est le recoin près de la corniche du plafond. Neuf photos noir et blanc en formation kabbalistique. Les cartes postales montrent des visages célèbres. Elles accompagnent les autographes pour lesquels Adam, de loin en loin, adresse une timide requête. Elles ont l'air si jolies sur leur mur qu'Alex lui a presque pardonné ses mutilations de béotien (Adam les acquiert au prix fort, *découpe* les noms dans les documents, achète une carte postale de la personne en question puis *colle* le nom à la gomme *sur* la carte postale, ôtant ainsi aux autographes toute valeur sauf pour lui. Il a fait ça avec Kafka. *Kafka*).

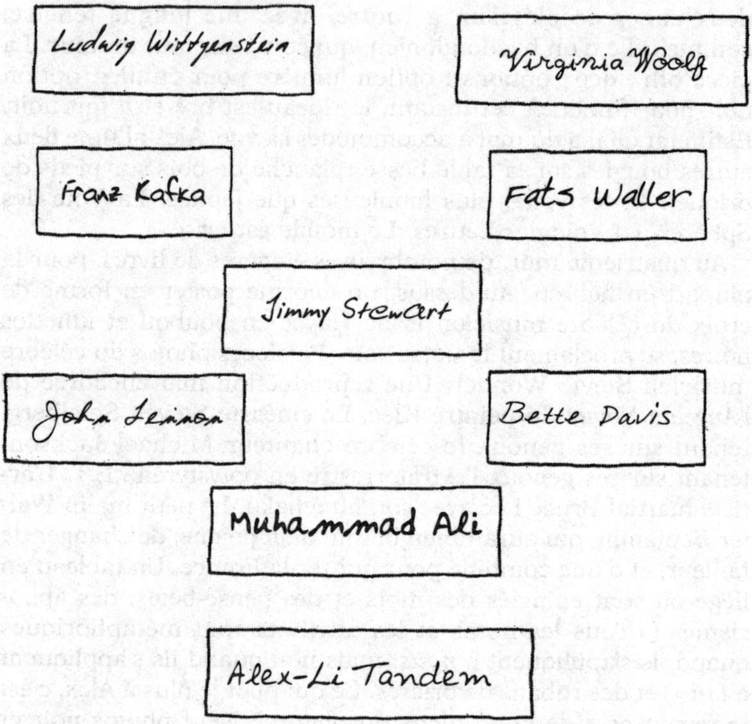

Ce qui représente la totalité de la collection d'autographes d'Adam, constituée au rythme d'environ un par an. Aux yeux d'Alex, cette collection est l'une des plus parfaites qu'il connaisse. Réduite, modeste, presque entièrement arbitraire (sa propre présence, suppose-t-il, n'est qu'une blague) ; et tellement de temps s'écoule entre deux acquisitions !

Si c'est effectivement un arbre, alors c'est un bonsaï. Miniature, artificiel, patiemment entretenu. Mais auquel il manque une branche. Adam soutient qu'il devrait y en avoir dix — une cime pour l'arbre, une tête pour le corps — et pourtant, depuis près d'un an déjà, c'est en vain qu'Alex a essayé de le faire succomber à la tentation d'une star ou d'un sportif, d'un savant ou d'un célèbre suicidé, d'un assassin ou d'une victime, d'un président ou d'un prolo, ou d'un écrivain (quoiqu'il ait hésité pendant des semaines pour Philip K. Dick), ou d'un catcheur. Ni d'un Juif ni d'un goy (« Mais t'attends qui, dis-moi ? » « J'en sais rien. Je peux pas dire. Quand je le verrai, je le saurai, pas vrai ? »).

Sur une étagère basse, à hauteur d'œil puisque Alex est assis, repose une extraordinaire photo d'Esther. Elle est assise sur le bord de l'évier. La photo a été prise le lendemain des obsèques de son grand-père, il y a trois ans. C'est Alex qui l'a prise. Le regard est triste, mais la bouche taquine un certain sourire qu'Alex identifie comme sexuel, car à peine l'image était-elle imprimée sur l'acétate qu'il la pénétrait. Il se rappelle l'avoir fébrilement débarrassée de son chemisier, avoir appuyé les doigts contre son sein gauche puis, juste en dessous, avoir agrippé la boîte compacte de son pacemaker. Ils ont fait ça debout contre la porte de la cuisine, tandis que la shiva se poursuivait au salon. Qu'on ne se méprenne pas : Esther était plus proche que quiconque d'Isaac Jacobs. Les derniers mois, elle les a vécus à l'hôpital, à lui lire la Torah jusqu'à ce qu'ils s'endorment tous les deux. À tendre la main vers l'armoire de contreplaqué pour lui donner les choses qu'il voulait voir, sentir, lire. Mais le sexe est le contraire de la mort — du moins c'est ce qu'affirmait Esther en poussant Alex contre le mur. *Le sexe est la réponse à la mort*. Et ils avaient répondu.

Adam pointe la tête par l'embrasure de la porte.

« Aux fruits ou normal ?

— Normal.

— Du lait ? Du sucre ?

— Les deux. Beaucoup.

— Tu vas grossir. »

Alex soulève sa chemise et enfonce un doigt exploratoire dans le repli de chair où il y eut jadis un nombril. « C'est déjà commencé.

— Occultation de l'ombilic.

— Par l'orée de l'obésité. Ouais, ouais. »

Adam éclate de rire et disparaît, et Alex regarde son sillage, cet espace où se tenait Adam. Il ressent un profond amour. Et une sorte de panique admirative et incrédule, genre : aargh, attends un peu, *qu'est-ce qui s'est passé ?* Beau, intelligent, éclairé, mince : qu'est-ce qui est arrivé au gamin juif noir gros et bizarre, une vraie bête curieuse ? Ballotté chaque été d'une identité mal assortie à l'autre ; traversant le babacoolisme, le grunge, le gangsta-rap version *light*, divers *racin*ismes (l'Ebonysme, l'africanisme, le rastafarisme), l'anglophilie, l'américanisation, la coupe afro, les cheveux défrisés, les nattes courtes, le crâne rasé, les jeans baggy, les jeans serrés, les Blanches, les Noires, les Juives, les goyettes, le conservatisme, le Conservatisme, le socialisme, l'anarchisme, les virées en boîte, la drogue, la vie d'ermite, la schizo, la désintox... comment en est-il arrivé là ? Comment est-il devenu aussi heureux ?

Adam répondrait *Dieu*, bien sûr. Sauf qu'il ne dira jamais son nom, et que si on lui demande de l'écrire il écrira YHVH, ou, s'il a un beau stylo, יהוה. Oui, Adam répondrait Dieu. Alex, en revanche, serait tenté de répondre *l'herbe*. Alex soutient la thèse : *marijuana*. Peut-être qu'en réalité c'est une combinaison des deux, dans une proportion, disons, 60/40.

Alex s'avachit sur le sofa, se remémore quelque chose et ouvre sa besace. Entre les pages d'un livre, il trouve un papier plié, l'ouvre et se met à brailler en direction de la cuisine : « LA SEMAINE DERNIÈRE, AVANT QUE JE DÉCONNE. J'AI TROUVÉ DES TRUCS INTÉRESSANTS. C'EST ENCORE DANS MON SAC. UNE LISTE.

— DE QUOI ?

— DE JUIFS NOIRS.

— AH OUAIS ?

— ENFIN DES GENS QUI LE SONT. DES AUTOGRAPHES QUE JE POURRAIS AVOIR. POUR COMPLÉTER TA COLLECTION PEUT-ÊTRE ?

— D'ACCORD. Y A DES GENS BIEN ?
— SLASH.
— OUAIS, NON... JE LE SAVAIS. C'EST NAZE.
— C'EST BON... ATTENDS... LENNY KRAVITZ, LISA BONETTE...
— QUI ÇA ?
— LISA BONETTE. SON EX-FEMME.
— ÇA SE PRONONCE BONAY, MON POTE. À LA FRANÇAISE.
— C'EST BON, O.K. TIENS, ÉCOUTE... WHOOPI GOLDBERG, PAULA ABDUL ?
— NON... JE PARIE QU'ELLES SONT DE LA NATION DE YAHVÉ... OU ALORS DES GARDIENS DES COMMANDEMENTS...
— QUI ÇA ?
— MA VIEILLE BANDE, AL, MA VIEILLE BANDE. MAIS PLUS MAINTENANT. »

Ce qui fait réfléchir Alex. Quand il a fini de réfléchir, il dit : « T'AS PLUS VRAIMENT L'AIR D'AVOIR DE " BANDE ", HEIN, ADS ? JE VEUX DIRE, T'AS L'AIR DE FAIRE ÇA TOUT SEUL DANS TON COIN.
— OUAIS, FAUT CROIRE.
— MAIS LE JUDAÏSME, C'EST PAS LE GENRE DE TRUC QU'ON PEUT *FAIRE* TOUT SEUL, TU CROIS PAS ? C'EST PAS COMME DE FAIRE DU JOGGING, METTONS... OU D'ÊTRE PROTESTANT.
— JE VAIS T'EXPLIQUER COMMENT ÇA MARCHE. IL Y A DEUX ASPECTS DE HASHEM, ALEX. HASHEM TEL QU'IL SE MANIFESTE ET HASHEM TEL QU'EN *LUI-MÊME*. LE PREMIER A FORMÉ UNE ALLIANCE AVEC LE PEUPLE JUIF, QUI DOIT ESSAYER D'AVANCER D'UN MÊME PAS VERS LUI. C'EST LE BUT DE LA COMMUNAUTÉ. LES HASSIDIM PAR EXEMPLE. MAIS LE SECOND ASPECT — *EIN SOF, AYIN,* L'INCONNAISSABLE, LE NÉANT INFINI — CELUI-LÀ NE PEUT ÊTRE APPROCHÉ QUE PAR LE VOYAGEUR SOLITAIRE.

— D'ACCORD. ET LE VOYAGEUR SOLITAIRE, C'EST TOI ?

— C'EST MOI. ALEX ? »

Adam réapparut en portant deux tasses de thé, plus une boîte de biscuits au creux du bras. Son visage avait changé. « Je veux te parler, dit-il. Sérieusement. »

Il s'assit à côté d'Alex, mais se pencha en avant. L'image même de la concentration, incurvée et précise, tel Fats Waller à son piano. Alex se pencha en avant. À présent, ils étaient deux pianistes, prêts pour un duo.

« J'ai parlé à ta maman », dit Adam d'une voix curieuse, prudente. Il poussa une tasse de thé vers Alex. « Il y a quelques jours... ne te fâche pas... je m'inquiétais un peu pour toi...

— Non, c'est légitime, c'est légitime, dit Alex qui pensait exactement le contraire. Et ? Comment elle allait ?

— Oh, bien, elle allait bien. Elle est toujours, tu sais... c'est très reposant de lui parler. Toujours très zen.

— Mmm... c'est difficile à croire qu'on est de la même famille, je sais. Qu'est-ce qu'elle racontait ?

— Euh... eh bien, tu sais, elle a parlé de Derek, et de Shoshana qui a des puces... et apparemment ils ont acheté un chiot... elle a l'air très heureuse. Elle m'a raconté ses histoires de poterie... »

Alex commençait à se douter de la tournure qu'allait prendre cette conversation, et ça ne lui plaisait pas du tout. En bon Anglais, il exerça son droit de croiser les bras en souriant, comme s'il s'amusait tellement, bon Dieu, qu'il allait exploser.

« Ouais, dit-il avec un sourire sardonique, en rejetant la tête en arrière. Pouf ! Je l'entends d'ici. Si tu la branches sur sa poterie, impossible de l'arrêter ! Faut que je l'appelle, d'ailleurs... Maman, elle fait partie de ces gens... elle est tellement peu exigeante, alors t'as l'impression d'être tout le temps en contact, et puis tu t'aperçois que t'as pas téléphoné depuis...

— Al », interrompit Adam d'un ton sans équivoque : il allait aborder un sujet délicat. « Elle m'a rappelé la date. Jeudi prochain.

— Oh. C'est vrai.

— On sera le 26.

— Mmm. »

Alex prit deux biscuits, en cala un dans chaque joue. Il ferma les yeux et écouta Adam débiter son truc, le même chaque année à pareille époque. Et, malgré cette régularité annuelle, cela le déprimait cette année plus que jamais. Quand on a un ami pratiquant, il faut s'attendre (se *résigner*) à la perspective, à dates fixes, d'une discussion crispée et gênante qui culminera en une détente tendue et contrariante. Noël, la Pâque, le ramadan. Que ça vous plaise ou pas. Mais ça ne rend pas la discussion plus facile. Pour Alex et Adam, la discussion avait lieu chaque année aux alentours du 26 février. D'ordinaire, les semaines précédentes, Alex se blindait à coups de contre-arguments rationalistes, mais cette fois Adam l'avait pris au dépourvu. Il mangea donc trois autres biscuits, dans un silence morose, jusqu'à ce qu'Adam, voyant qu'il n'allait nulle part, pousse un grognement et détourne les yeux.

« Mais *pourquoi* ? demanda Alex, le doigt appuyé sur la table. J'écoute tout ce que tu me dis, je t'assure, je *t'écoute*. Mais tu ne me dis jamais vraiment *pourquoi* je devrais faire ça. L'*intérêt* de la chose. J'ai jamais prétendu être un bon croyant. Je veux dire, à la rigueur je me pointe pour le seder — mais c'est juste pour faire plaisir à maman. J'ai pas *envie* d'être hypocrite. Et je vois pas *pourquoi*...

— C'est un rituel, dit Adam sèchement. Et je crois que les rituels sont une fin en soi.

— O.K. Eh bien, *pas moi*, insista Alex. On peut pas en rester là ?

— Eh bien, *visiblement*, c'est ce que tu comptes faire.

— C'est juste que... tout ce truc est tellement *pervers*. Ça fait *quinze* ans qu'il est mort, Adam. Et il n'était même pas juif. Je sais, je sais, commence pas : moi je suis juif. On a déjà discuté de ça. Trop souvent. Alors maintenant, s'il te plaît. On parle d'autre chose. »

Adam secoua la tête et tendit la main vers la télécommande. Pendant une minute, tous deux regardèrent en boudant une boule jaune rouler, avec une insoutenable lenteur, vers la poche du coin.

« Écoute, dit soudain Adam, pivotant dans un regain de vigueur, toi, le fils, tu es l'expiation du lieu où il repose. Tu *comprends* pas ça ? *C'est ainsi que l'enfant acquitte le parent*. Tu lui apportes la paix, tu l'honores. Et tout ce que tu as à faire, c'est d'aller à la shul et de dire le kaddish avec dix amis autour de toi. C'est tout. Chaque année je le fais, et chaque fois que je le fais je réalise la *valeur* de...

— Ça, c'est *toi*, répondit Alex d'une voix ferme, en ouvrant la boîte à herbe, c'est pas *moi*. J'ai pas envie qu'on se dispute, Ads. *S'il te plaît*. Je veux juste fumer tranquille, d'accord ? »

Adam fit le Signe Universel du haussement d'épaules juif. Et Alex le lui rendit.

3

Haggadah *(Trivial Pursuit n° 1)*

Q. Quand Alex et Adam ont fumé un joint, quelle proportion du plaisir total a consisté à rouler ?

R. Dans le livre il est écrit : *Oh, environ 78 %.*

De l'école du joint en L. Toujours un cône, une jolie spirale de carton coloré : c'est pour ça que les paquets de Rizla+ sont des catastrophes architecturales ; d'abord plus de côtés, puis plus de fond, puis plus de toit, puis plus de paquet du tout. Le roulage est long et élaboré. Oh, environ 78 % du plaisir consistent à rouler.

T'as fini, Ads ?

Non, pas encore. Il faut juste que...

Ça vient, ce joint, Ads ?

C'est le mauvais côté du papier, il faut...

Ça y est, on l'a fumé ?

Non, je l'ai pas encore allumé.

Et donc Alex est obligé de prendre ses aises et de le regarder faire. Premières tentatives, deuxièmes tentatives, au meilleur des cinq (« Adam, tu fais ça *toute la journée*. Pourquoi tu fais jamais de *progrès* ? »). Il se lève et se dirige vers les caisses à vin où sont rangés les 33 tours, exaspéré du luddisme fanatique d'un homme qui raisonne encore en termes de vinyle et de diamant. Se rassoit et s'aperçoit que la chanson est mal choisie. Trop entraînante. On ne peut jamais savoir, avec M. Gaye, c'est ça le problème.

« Un Juif noir, à propos.

— Marvin ?

— Ouais, enfin, non ; enfin, pas de ceux que je reconnais : un genre de secte chrétienne obsédée par les Hébreux. Ou l'inverse. Je me souviens pas des détails. Je l'ai lu quelque part. Les notes de pochette ? »

Adam approche le visage d'une bougie, et le gros bout du joint crépite comme un feu de brousse. « Mais quelle voix, quand même », dit-il. Il exhale majestueusement. La fumée lui sort du nez en deux superbes arabesques, telle une moustache fantôme. « On dirait que Dieu a pris le miel de Stevie et l'a versé sur du gravier. »

Pour Adam, le monde est musique. Ce qui est bizarre chez lui, c'est que les films ne lui font aucun effet. Il vend des vidéos aux gens comme un barman abstinent prépare des cocktails, avec une curiosité anthropologique. Le cinéma est à ses yeux une boîte artificielle et limitée : quatre murs et dedans, rien que des Signes Universels complètement vides. C'est justement pour ça qu'Alex adore le cinéma. C'est *gérable*. Alors que la musique, ce sont des antennes, connectées à l'infini, impossibles. Le cinéma contre la musique. Le dernier spectacle auquel ils aient pris plaisir tous les deux, c'était un combat de catch, il y a quinze ans.

« Il chante trop vite », dit Alex en tendant la main prématurément vers le joint.

Adam s'enfonce dans son siège. Il pose les pieds sur la table. « Tu devrais me dégoter Sammy Davis, dit-il, pensif. En *voilà*, un vrai Juif noir. C'est lui qui a ouvert Vegas aux Noirs. C'était un éclaireur, un pionnier.

— Hmm, fait Alex, obnubilé par la drogue.

— Oh ! Elle est où, ma cassette ? *La Fille de Pékin*. Elle est où ? Ça fait dix fois que tu la loues depuis que je l'ai achetée. Pourquoi tu me la rachètes pas ? Ça te reviendrait moins cher. »

Alex étudie la proposition. « Si je la possédais, dit-il gravement, je crois que je passerais littéralement tout mon temps à la regarder.

— Seuls les imbéciles emploient le terme "littéralement" dans la conversation, dit Adam d'un ton léger. D'accord, très bien, alors, rapporte-la. T'es en retard. Tu me dois déjà cinq livres.

— Laisse-moi la garder encore un peu. Je crois que j'ai envie de la regarder ce soir. »

Adam secoue la tête et porte une main à sa tempe comme pour faciliter le passage d'une idée. « Dis-moi, qu'est-ce qu'elle a de si spécial, au juste ? Et pas seulement elle. Tous. Pour toi, c'est pas simplement un boulot, hein ? Pour Joseph non plus. Je veux dire, c'est quoi le plan ? »

Alex désigne vaguement la collection de disques, des caisses de vin empilées jusqu'à mi-plafond. « Rien de spécial. Et ça, ça représente quoi pour toi ?

— Réponds à ma question. »

Alex s'empare du joint, inhale jusqu'au fin fond des poumons. Il répète ce processus trois fois et ferme les yeux.

« Je veux juste comprendre le truc, insiste Adam. C'est des acteurs. Qu'est-ce qu'on en a à foutre des acteurs ?

— Il faut que tu comprennes, commence Alex, lentement. Il s'agit pas des *nouveaux*. Il s'agit des *vieux*. Les *nouveaux*, je m'en tape. Je me fous que Machinchose soit très convaincant en paraplégique. Et je m'en branle de son vrai nom, qui est moche et con : il devrait en changer. Alors comme ça, il a pris vingt kilos et il a appris la boxe. Et alors ? Comme ça, il est allé vivre avec des chimpanzés pendant trois mois. Et alors ? Je m'en fous qu'il escalade l'Everest. Je m'en fous. Tout ça, ça me laisse froid. Je peux pas regarder un film fait après 1969. Ça me donne envie de gerber. Moi, j'aime que les vieux.

— Parce que... ?

— Parce que… je ne sais pas, peut-être parce qu'ils ne jouent jamais qu'eux-mêmes, ils jouent l'essence d'eux-mêmes.

— Explique.

— Tu sais, tout ce discours sur Hollywood… comme quoi c'est une parodie de religion qui ne vénère que le plaisir et tout ça… eh bien, si c'est le cas, *au moins faites-le comme il faut*. Au moins *soyez* vraiment un faux dieu. Tu vois ce que je veux dire ? Faites-le *franchement*. Par exemple : *soyez* Clark Gable, *soyez* le dieu de la virilité. *Soyez* Marlene, la déesse de… je sais pas, de la petite vertu, disons. *Soyez* Poitier, le dieu incontestable de toute dignité personnelle. Etc. Si vous devez être Bogart, *soyez Bogart*. Soyez *l'essence de Bogart*. T'as jamais remarqué comme la tête de Bogart avait l'air trop grosse pour son corps ? On aurait dit une caricature de *lui-même*. »

Adam fronce les sourcils, déconcerté. « Et Kitty, alors… qu'est-ce qu'elle a de spécial ?

— C'est la plus belle chose, dit Alex tout penaud, que j'ai jamais vue. Voilà. Je sais que pour toi ça ne veut rien dire.

— Moi, je crois que la beauté, la vraie beauté, c'est la réalisation du divin sur la terre. Une pelouse fraîchement tondue. Un canyon. Une fissure bien nette dans le trottoir. Toi, tu ne parles que de sexe.

— Écoute, moi aussi j'aime les arbres, soupire Alex. Et les montagnes. J'aime tous ces trucs. Mais tout ce que je dis, c'est que la *beauté des femmes* est la réalisation du divin *dans la vie humaine*. »

Enfin Marvin chante quelque chose d'approprié. Adam ouvre de grands yeux tristes. Il serre la mâchoire. « Esther a dit… elle a dit qu'après avoir planté la voiture ton premier réflexe a été de vérifier que t'avais encore le… je sais pas comment l'appeler… l'*autographe*. Le Kitty Alexander. »

Alex ouvre la bouche, la referme.

« Alex ? Tu veux bien m'expliquer, s'il te plaît ? C'est la déesse de quoi ? Ça doit être vraiment important. Ça fait dix ans que t'es avec Es, Al. *Dix ans*.

— C'est pas possible… Ads, je ne me rappelle pas avoir fait ça.

— Mais c'est ce qu'elle a dit. Et elle ne ment jamais, tu le sais. Tu es toute sa vie.

— Je *sais*.

— Imagine, si elle avait été projetée un tout petit peu plus en avant... si son pacemaker s'était détaché. Je ne pourrais pas *justifier* ça. Je ne peux pas t'excuser, *toi*. On dirait que pour toi le monde se résume à ton nom, répété encore et encore.

— Mais... je veux dire, est-ce que ça n'est pas comme ça que *tout le monde*... »

Alex renonce. Furieux, Adam se recroqueville sur la table basse pour recommencer l'opération de roulage, même s'ils n'ont fumé qu'un quart de joint à peine. Alex se penche près de lui.

« Ads.

— Quoi.

— Je peux te poser une question ?

— Quoi ?

— Tu m'as vu ?

— Je t'ai vu faire quoi ?

— Contrefaire la signature.

— Putain Firmin, tu vas pas recommencer. S'il te plaît.

— Réponds.

— O.K. Non.

— Et Joseph ?

— Tu sais ce qu'il a dit. Il a dit que t'étais parti dans la cuisine et que t'étais revenu avec. »

Alex pousse un petit geignement.

« Et c'est tout ce qui te préoccupe ? demande Adam, incrédule. Le nom de quelqu'un que t'as jamais rencontré ? »

Halachah (*Trivial Pursuit n° 2*)

Q. Quelle est la loi qui s'applique à l'homme qui est vraiment défoncé et à l'homme qui n'est pas aussi défoncé que lui ? Comment ces deux hommes doivent-ils se comporter l'un envers l'autre ?

R. Celui qui est le moins défoncé préparera le thé et, à moyen terme, ira chercher à manger. Celui qui est le plus défoncé aura le droit — durant la période au cours de laquelle il est le plus défoncé — de dire exactement à l'autre ce qui ne va pas chez lui.

« *Je vais te dire exactement ce qui ne va pas chez toi* », dit Adam. Ses yeux sont deux oranges sanguines traversées de veinules. Il est tard. Les rideaux sont ouverts. Alex essaie de partir depuis au moins trois heures. Il plane au-dessus du sofa dans la posture d'un skieur de fond. Au-dehors, le soleil en furie bascule derrière les voies de garage. Il y a du rouge partout.

« Ads, il faut que je m'en aille, maintenant, vraiment. Il faut que je mange quelque chose.

— Tu veux ou tu ne veux pas savoir ce qui ne va pas chez toi ?

— Non. Je veux manger. Je suis complètement cassé. Pas toi ?

— Si, dit Adam. Mais d'une façon très lucide. » Il se lève, va jusqu'au mur du fond, y appose les mains comme un guérisseur. « Le monde est brisé, Alex.

— Soit.

— Lorsque le monde a été créé, dit Adam en mimant un cercle d'une main et en désignant la boîte à biscuits de l'autre, Il est entré avec Ses cercles de lumière ; conçu à partir des lettres, Il a empli le monde de Lui-Même. Mais HaShem est infini : pour créer des êtres finis, il a dû Se replier, Il a dû *Se retirer*. La Création est un acte de repli. Mais quand Il en est sorti, Il...

— A merdé ?

— Il n'est pas complètement sorti. Il a laissé des éclats de Lui-Même... des points de lumière et... des morceaux...

— Des morceaux ? C'est vraiment le terme technique ?

— Des morceaux d'*essences* », dit Adam en désignant les *sephiroth*. Alex a mal à la tête. Il se passerait bien du sermon sur les morceaux de morceaux. Il y a déjà eu droit et il n'a jamais rien compris. Et ça fait un moment déjà que quelque chose de triste est en train de le gagner, déguisé en fumée. Peut-être le visage d'Esther. Peut-être celui de Kitty. En tout cas, l'idée de la femme, d'une douceur dans laquelle il pourrait se blottir. Il faut qu'il rentre. Qu'il trouve des femmes. Qu'il les appelle, qu'il leur écrive. Qu'il les persuade de venir et de le prendre dans leurs bras, ne serait-ce qu'une heure.

Adam reprit : « Et pour le dire dans les termes les plus simples possibles, voilà le problème : le divin est incomplet. Il a *besoin* de nous. »

Il y a plein de biscuit sur le canapé. À croire qu'Alex a donné la becquée aux coussins. Il a tellement faim qu'il n'a plus la patience de mâcher les biscuits. Il veut juste que les biscuits deviennent une part de lui-même, qu'ils se diffusent en lui par magie.

« Pour reconstituer le puzzle ? demande-t-il en picorant rêveusement une miette. C'est un sacré boulot, mon ami.

— Pour rassembler, dit Adam, ce qui a été dispersé. C'est ce que nous accomplissons par nos bonnes actions. Le divin n'est pas complet sans nous. Nous lui ajoutons du mérite par nos bonnes actions. C'est à *nous* de Le récompenser, *Lui*, et pas à *Lui* de *nous* récompenser : si tu n'as pas compris ça, tu ne peux rien comprendre à Job. Job n'a pas de sens, sinon. Tu te souviens de Scholem ? *Un monde sans rédemption : allez donc expliquer ça aux goyim*. Les Juifs guérissent et restaurent le divin, et vice versa. Le kaddish, c'est le même principe. Guérir et restaurer le père. »

Ça suffit. C'est l'heure. Alex prend son ami par le coude, à la Rubinfine, et les dirige tous deux vers la sortie. À la porte, Adam lui fourre dans la main un petit sachet de quelque chose à emporter, et pendant une minute ils exécutent les S. U. relatifs à *Un cadeau immérité d'un ami*.

« Fais-moi plaisir. Prends ça. Et réfléchis à ce qu'on a dit. Et appelle Esther. Elle a quelque chose à te dire. C'est pas à moi de le faire. Appelle-la. »

À contrecœur, Alex empoche le sachet. « Je vais réfléchir, d'accord ? Et j'appelle Esther ce soir. Promis. Je te le jure sur mon billet. O.K. ?

— Merci. Merci, Al, vraiment.

— Écoute, écoute... plus tard... » Alex baise le front de son ami. « Je vais partir, et on n'a même pas parlé de toi, comment tu vas... Je t'appelle ou... je t'envoie un mail...

— C'est bon. Il est tard ; il faut que j'étudie. De toute façon, aujourd'hui je fais une apparition dans ton film à toi, pas vrai ? Je suis juste là pour...

— L'illumination.

— En fait, j'allais dire le spectacle. »

Adam ouvre la porte. De nouveau, la pluie bat son plein. Un poing suffirait à peine à en contenir dix gouttelettes. Il passe un parapluie à Alex. « Al, tu te souviens de cette histoire ? Quand je voulais étudier les lettres d'une blague, la traduire en hébreu — les permuter ? Méditer sur ces lettres ? Oh, pour voir. Genre, la blague originelle, à la base de toutes les autres ? »

Alex bat des mains. « Celle-là, ça doit être "*Des fois, ça merde*", non ?

— Non, j'y ai pensé, mais je voulais une blague plus longue. Je savais que je tirerais plus de choses d'une blague plus longue. Ça me prendrait peut-être toute la vie, mais j'en tirerais plus. Je veux voir si j'y trouve un système numérologique. Est-ce qu'il est possible de la raconter en 613 mots, par exemple ? *Ça*, ça serait le *trip* intégral. Écoute, mon vieux, il faut que je te la raconte... j'ai passé des semaines à la choisir... allez... c'est pas comme si tu devais te lever demain matin pour aller au boulot, hein ? Hein ? » Adam sautille sur le seuil en une petite danse d'impatience. « Non ? Si ? Je te donnerai même la permission de la mettre dans ton livre. Allez, c'est honnête comme deal.

— D'accord, mais vite. J'ai la pluie qui me dégouline dans le col.

— O.K. C'est l'histoire du pape et du grand rabbin... »

L'Histoire du pape et du grand rabbin

Il y a plusieurs siècles, le pape avait décrété l'expulsion de tous les Juifs d'Italie. Naturellement, cette décision provoqua de vives protestations au sein de la communauté juive, si bien que le pape leur proposa un marché. Il prendrait part à un débat théologique avec un chef spirituel de la communauté juive. Si ce dernier remportait le débat, les Juifs seraient autorisés à rester en Italie. Si le pape gagnait, les Juifs seraient obligés de partir.

La communauté juive se réunit et choisit un vieux rabbin, Moishe, pour la représenter au débat. Mais Rabbi Moishe ne parlait pas latin, et le pape ne parlait pas yiddish. On convint donc que le débat serait « silencieux ».

Le jour du grand débat, le pape et Rabbi Moishe s'assirent l'un en face de l'autre. Ils restèrent immobiles une bonne minute, jusqu'à ce que le pape tende la main et lève trois doigts. Le rabbin soutint son regard et leva un seul doigt.

Puis le pape fit tourner un doigt autour de sa tête. Rabbi Moishe désigna le sol. Alors le pape produisit une hostie et un calice de vin. Rabbi Moishe sortit une pomme. Là-dessus, le pape se leva et dit : « Je reconnais ma défaite. Cet homme a eu le dessus. Les Juifs peuvent rester. »

Plus tard, les cardinaux se rassemblèrent autour du pape pour lui demander ce qui s'était passé. Le pape dit : « D'abord, j'ai levé trois doigts pour représenter la Trinité. Il a répondu en levant un seul doigt, pour me rappeler que malgré tout il n'y a qu'un seul Dieu, commun à nos deux religions. Alors j'ai fait tourner mon doigt autour de moi pour lui montrer que Dieu était tout autour de nous. Il a répondu en désignant le sol pour montrer que Dieu est aussi ici-bas avec nous. Enfin, j'ai sorti le vin et l'hostie pour montrer que Dieu nous absout de nos péchés. Il a sorti une pomme pour me rappeler le Péché originel. Il avait réponse à tout. Qu'est-ce que je pouvais faire d'autre ? »

Pendant ce temps, la communauté juive se pressait autour de Rabbi Moishe pour lui demander ce qui s'était passé. « Eh bien, dit Moishe, d'abord il m'a dit : "Vous les Juifs, vous avez trois jours pour vous en aller." Alors je lui ai dit : "Pas un seul d'entre nous ne partira d'ici." Alors il me dit que toute la ville va être vidée de ses Juifs. Et moi je lui dis : "Écoutez-moi, monsieur le pape, nous les Juifs... on reste ici !"

— Et alors ? demanda une femme.

— Je ne sais pas, dit Rabbi Moishe. On s'est arrêtés pour manger. »

« Oh, mon pote ! dit Alex en refermant la porte d'un coup de pied et en essuyant ses larmes. Oh, Ads... c'est pour *ça* que je t'aime. Elle est magnifique. Vraiment.

— Elle est pas mal, hein ? »

CHAPITRE SEPT

Gevurah

Puissance — Anita contre Grace — Empreintes digitales — La vie moderne est nulle et solitaire — Eliot était goy (mais aussi un prophète) — Artistes ou travailleurs — Kafka était juif — L'Amérique — Que veut une femme ? — Au cinéma

1

« Écoute, dit Alex à sa voisine d'en dessous Anita Chang, je ne dis pas le contraire. C'est mon chat, c'est ma responsabilité. Mais je ne peux pas contrôler tout ce que fait Grace. C'est quelqu'un de très indépendant. »

Anita Chang se mordit la joue, ce qui conféra à son charmant visage une légère apparence de froideur. Ce soir, elle avait l'air toute déformée. Pourquoi cette épaule relevée, ces bras croisés si fort, selon un angle bizarre, cette cheville droite toute démantibulée — et pourquoi ce talon aiguille qui agresse le paillasson ?

« Un chat, dit Anita, la bouche aussi vive qu'un déclic d'appareil photo, pas quelqu'un. »

Une longue, blanche et fondamentalement bienveillante spirale de fourrure vint s'enrouler autour de la cheville la plus pacifique d'Anita, hésita face à l'autre, choisit la prudence et se faufila derrière Alex, dans l'encadrement de la porte. Il s'agenouilla et prit Grace dans ses bras. « Exact. Un chat.

— Et je ne veux pas de ton chat, dit Anita en clignant frénétiquement des yeux, dans ma maison. Plus jamais.

— D'a-*ccord*, dit Alex très lentement. *Comme. Tu. Vou. Dras.* »

Il tenta de déposer une bise sur le nez de Grace, comme pour sceller ce pacte, mais Grace tourna violemment la tête, aplatit les oreilles et lança à Anita le mauvais œil.

« Et je ne veux plus, poursuivit Anita en fustigeant le rebord de fenêtre de la cuisine avec son journal roulé, rentrer chez moi et trouver les saletés de ton chat. »

Au moment où elle prononçait ces mots, les pages financières roses glissèrent du journal et atterrirent entre eux deux. Dans sa jupe de femme d'affaires (Mais quelles affaires ? Il avait toujours eu trop peur pour demander), elle se pencha et s'affaira donc à les réinsérer dans le corps du journal, ce qu'elle parvint à accomplir sans affecter le pli général. Elle était fantastique. Oh *Anita* !

« Et *surtout* je ne veux pas, dit Anita en ouvrant son attaché-case et en lui brandissant sous le nez une feuille de papier, qu'en plus de tout le reste on me prenne pour une imbécile. Tu prends peut-être ce contrat à la rigolade, mais j'ai passé du temps à le rédiger, justement pour résoudre ce problème, et tous les autres locataires de l'immeuble l'ont signé. Les appartements B, C, D et le mien. Il ne manque plus que toi. Mon idée, c'est que si on respecte tous certaines règles concernant les animaux domestiques, alors on n'aura plus à perdre un être aimé. Voilà. Et s'il te plaît, signe-le correctement.

— Le signer… ?

— Je te l'ai glissé sous la porte il y a déjà *trois semaines*, avec un mot expliquant que c'était urgent, tout ça pour qu'à la fin tu me le laisses sous la porte dans cet état ? Je ne trouve pas », dit Anita en soulignant de son ongle perlé une ligne d'étranges gribouillis — une table, deux elfes aux longs cheveux, une autre table renversée, une brindille cassée —, « je ne trouve pas ça drôle du tout. Alors je te prie de le corriger et de me le remettre sous la porte. »

Grace tendit une patte conciliatrice, mais Anita était partie.

D'un seul geste économe, Alex referma la porte, balança ses chaussures, ôta son pantalon, visa de la pointe du pied le derrière de Grace et l'expédia d'un shoot léger dans la cuisine.

« Je ne sais *pas* pourquoi, dit-il en réponse à un miaou perplexe. Je sais pas ce qu'elle a contre nous. *Nous*, on l'aime bien. »

Grace bondit sur le plan de travail, où Alex se préparait à réchauffer de la soupe. Elle lui présenta sa face obscure.

« *Moi*, en tout cas, je l'aime bien. Toi, t'as une attitude bizarre envers les femmes. »

Anita Chang avait succédé au Gros Roy (plutôt gentil, obèse) deux ans plus tôt dans l'appartement du dessous. En entendant son nom lors d'une réunion de locataires — avant même sa première vision d'elle —, Alex s'était laissé emporter. Comme un adolescent, il avait fait des achats : un nouveau pantalon, une bouilloire très chic, des tentures chinoises, des livres pour frimer. Tandis que le camion de déménagement se garait, il écrivait des pages et des pages de roman sans encre, des scénarios fantasmatiques : du sucre prêté et rendu ; *Eh bien, puisqu'on est tous les deux coincés ici ce soir* ; la synergie orientale ; le moyen d'annoncer ça en douceur à Esther...

Mais ça ne s'était pas passé comme ça. Anita n'était pas sentimentale comme lui, ni intéressée par leur héritage ethnique commun, ni par les coïncidences, ni par leurs coïncidences ethniques communes (« Oui, exact. On est tous les deux nés l'année du Chien. Et alors ? Il faut fêter ça ? On débouche le Pedigree Pal ? »). Parfois, il tombait sur le petit ami, un Sud-Africain très beau gosse qui avait la charmante habitude de poser une question puis de regarder ailleurs. C'est comme ça.

Grace, qui objectait à l'odeur amère émanant des fourneaux, quitta la cuisine en faisant le grand numéro du dégoût (la queue dressée, un regard en arrière déchirant), tout ça pour revenir une minute plus tard et faire les cent pas devant le placard à bouffe pour chats. Il y a beaucoup de chats juifs en ce monde : Shoshana, la chatte écaille de tortue, sombre et *simpatica*, de la mère d'Alex n'arrêtait pas d'avoir des petits. Il aurait très bien pu en prendre un. Quelle perversité l'avait donc poussé à vivre avec cette boule de poils aux yeux roses, goy et totalement dénuée d'humour ?

Mre-cherch, dit Grace, plus ou moins, tout en se lavant la figure.

Oui, la recherche. Et maintenant la recherche s'était métamorphosée en amour. Il sortit deux bols du placard, versa la bouillie infâme de Grace dans l'un et sa propre soupe dans l'autre. Sa soupe était médicinale et répugnante. Celle de Grace aussi. Trois semaines plus tôt, elle était sous perfusion pour chats dans un genre d'hôpital pour chats, car on craignait qu'elle n'ait le SIDA des chats. En fait, ce n'était *pas* le SIDA des chats. Autre chose. Il n'avait pas vu la perfusion pour chats, mais le véto lui assurait qu'on y avait eu recours. Il se représentait le petit lit, le petit tube, le petit sac. Trois cents livres, il avait payé pour le traitement. Vingt livres pour la bouillie infâme. Quinze livres pour sa propre bouillie. La bouillie de Grace avait des effets secondaires. Elle lui relâchait les intestins et la faisait vomir, parfois dans l'appartement d'Anita (elle entrait par la fenêtre), ou devant sa porte, abandonnant la bouillie comme un colis laissé en son absence. À ce sujet, Alex avait justement écrit un jour : *La pratique de la médecine atteint son point ultime de goyitude lorsque les symptômes d'une maladie deviennent impossibles à différencier des effets secondaires des médicaments destinés à <u>contrer</u> ces symptômes*. La bouillie d'Alex semblait avoir pour effets secondaires la confusion, la dépression, les trous de mémoire, la colère, les pleurnicheries, la violence, un sentiment de nullité, la peur panique des femmes et les douleurs musculaires. Le médicament en lui-même était destiné à retarder l'activation de ce qu'il croyait être sa bombe à retardement génétique, son gène du cancer. Une belle paire de goys — Grace et son maître — essayant de conjurer l'inévitable.

Arg, dit Alex en renversant un peu de la bouillie de Grace dans son propre bol.

Mrawh, dit Grace, *mwroo-euew*.

Personne ne mentionnait la solitude. Ni ce que ça vous fait. Dehors, un autre homme qui vivait seul tapota aimablement à la fenêtre d'Alex, mais sans s'arrêter. Le temps qu'Alex lève la main pour lui faire signe, il avait disparu. Lentement, Alex laissa retomber sa main sur le plan de travail. Un bruit net et tranchant, comme une guillotine, l'informa que le contrat d'Anita Chang venait d'être poussé dans le gouffre, large comme un cheveu, entre la machine à laver et la cuisinière. Il se pencha. Il l'apercevait au fond. Dans ce fond où il y avait tout un monde bien *crade*. *Hello*. Et il sentait une odeur de…

Alex se précipita pour éteindre le gaz et resta en vie. Il s'appuya contre l'évier, le souffle court. Et pensa à l'autre dénouement possible, s'il n'avait pas… (on vit seul, on allume une cigarette, BOUM ! Une tragédie moderne). Puis il remit le couvercle sur la soupe en ébullition, et jeta la boîte-à-bouillie-infâme-pour-chats vide dans la poubelle sous l'évier. Il essuya les diverses surfaces, le devant de la machine à laver, le bord des étagères. Il prit une éponge et absorba une semaine de bouillasse gluante dans le frigo. Il balaya quelque chose vers un endroit où on ne pouvait plus le voir. Il se mit à quatre pattes pour frotter un monticule de cire rouge sur le carrelage. Après en avoir décollé la plus grande partie, il prit un couteau à fromage et se mit à travailler sur les sillons entre les dalles. Grace passa nonchalamment et l'adouba de sa queue. Une fois. Deux fois. La troisième fois, il la saisit par la tête, lui inspecta les dents et les lui nettoya du bout de sa clef. Satisfait, il se releva. Éteignit la lumière, la ralluma. L'autre homme qui vivait seul avait laissé deux empreintes digitales sur la vitre, visibles d'ici. Évocatrices de meurtres, et d'alibis.

2

Dans sa chambre, Alex s'assit à son bureau et posa Grace sur ses genoux. Il la gratta derrière les oreilles et alluma la boîte à malice.

Weialala leia fit la musique.
Alex tapota le bureau, en attendant…
Quinze secondes seulement mais ça paraît *si long*…
(Apprenez-nous l'amour et le détachement…
Apprenez-nous à rester en repos)
Wallala leialala

Un mois plus tôt, alors qu'Alex buvait un verre dans un bar, un homme se prétendant artiste avait projeté sur le mur cette interface mondialement célèbre, cette fenêtre informatique, avec sa petite musique tintinnabulante. Elle fut suivie d'autres inepties, mais rien qui fasse le même effet. Pendant un instant, tout le monde dans le bar s'était vu rappeler, avait été *contraint* de se remémorer, tout le travail en souffrance. Les documents inachevés. Les lettres à moitié écrites. Le jeu de solitaire interrompu qui attend à la maison, qui attend qu'Alex-Li et sa génération tout entière rentrent le finir (et le perdre).

Wallala leialala.
la la

Lentement, la fenêtre d'Alex s'éveille à la vie. Elle a été conçue, il le sait, dans l'intention d'ordonner ses pensées et d'optimiser son espace. Fort de ce savoir, Alex touche le plasma du bout des doigts (des arcs-en-ciel concentriques !), tirant quelque fierté d'avoir victorieusement contrecarré ladite intention. Les icônes se chevauchent, recouvrant le fond d'écran (la célèbre chanteuse Madonna, nue, faisant du stop), poussant sur les bords de l'écran. Tous ces fichiers absurdement nommés : CeluiCi, CeluiCi2, Alex1, AlexLi2, AlTandem4, Alexi3, Tandemimportant. Il a un fichier baptisé RUBINFINENUMRO-TELEPH, qui contient le numéro de téléphone de Rubinfine et rien d'autre. C'est important, estime-t-il, de ne pas laisser ces interfaces prendre le pouvoir, en tout cas pas *tout* le pouvoir.

Et voilà qu'Alex ouvre un dossier nommé KITTYLETTR, qui représente la seule preuve tangible en sa possession de ces milliers de mots qu'il a écrits en tant d'années.

Les Lettres à Kitty. Elles débutent leur existence comme un banal matériau d'Autographiste. Ce sont des lettres de fan, doublées de demandes d'autographes. Les lettres sont accompagnées d'enveloppes libellées à l'adresse de l'auteur, de renseignements intéressants le concernant, et de tirages 12×14 sur papier glacé de Kitty elle-même.

Voici un échantillon de lettre de cette période, écrite lorsque Alex n'avait que quinze ans :

Alex-Li Tandem
37A Humboldt Avenue
Mountjoy
London N23

Chère Mademoiselle Alexander,

Je suis votre plus grand fan. Il n'y a rien de plus beau au monde que vous telle que vous apparaissiez dans le film La Fille de Pékin, *en tout cas pas à ma connaissance ! En tant qu'Autographiste avide, lui-même à moitié chinois et intéressé par le cinéma, votre signature serait le fleuron de ma collection. Je suis de ces gens qui considèrent les autographes comme des documents historiques, et tout musée du cinéma serait incomplet si vous n'y figuriez pas. J'ai pour espoir et pour requête que vous trouviez le temps de me signer cette photographie et que vous me la renvoyiez dans l'enveloppe ci-jointe, libellée à mon adresse.*

Je demeure votre fervent admirateur,

Alex-Li Tandem

P.-S. Krauser, puisses-tu pourrir en enfer.

Max Krauser étant le président de la KAAA (Kitty Alexander Association of America) et par conséquent la némésis d'Alex. C'est Krauser qu'Alex tient pour coupable de lui avoir refusé l'accès à la véritable, à la seule adresse postale. C'est Krauser qui lui envoie, à l'occasion, ces lettres types humiliantes qui commencent par la phrase odieuse *nous vous remercions de l'intérêt que vous nous portez*. Krauser est le Mur de Jéricho qui sépare Alex de ce qu'il désire, ce qui ne serait pas un problème si seulement Alex avait une trompette en état de marche.

Quelques mois après son dix-septième anniversaire, désespéré par le silence de New York, Alex changea de tactique. Il sentait que les manuels d'autographie l'avaient induit en erreur en conseillant à l'Autographiste de *parler de lui-même de façon attrayante, montrer qu'il est davantage qu'un simple fan, qu'un simple membre du vulgus pecum* [sic] (...) *essayez plutôt de montrer à la célébrité de votre choix que vous êtes un individu unique !*

L'Aventurier des Autographes, n° 197

Pour Kitty, visiblement, il était comme tous les autres. Un jour, il écrivit la phrase suivante dans une lettre qui n'en contenait que trois : *Dorénavant, je vais vous parler de vous*. Et c'est ce qu'il se dispose à faire, dans ce nouveau fichier qu'il vient de créer. La même chose qu'il fait depuis dix ans. Il y en a des centaines et des centaines, et pas une seule n'a reçu de réponse.

Chère Kitty,
Elle entre dans la boutique et frémit devant la jeunesse du garçon qui la sert. Même ses phalanges n'ont pas de rides. Il devrait être à l'école, se dit-elle.
Affectueusement,
Alex-Li Tandem

Chère Kitty,
Assise sur un banc, dans le parc, elle voit un homme de son âge plié en deux, comme en proie à une terrible crise. Elle s'affole (Comment l'aider ? Que faire ?), mais toute décision lui est épargnée : il est juste en train de ramasser une pièce. Elle ressent un soulagement furtif et pense à la vieille blague zen : Ne reste pas comme ça à réagir ! Ne fais rien !
Affectueusement,
Alex-Li Tandem

Chère Kitty,
Assise derrière un jeune homme dans le bus, elle se surprend à fixer sa nuque. L'envie de la toucher est presque irrésistible ! Et puis il se gratte, comme s'il savait.
Affectueusement,
Alex-Li Tandem

Chère Kitty,
Elle se promène dans un quartier de fripiers. Dans une

boulangerie, elle sourit bêtement, à la pensée irrépressible que tout le monde porte les vêtements de tout le monde.
Affectueusement,
Alex-Li Tandem

Les années lui ont appris que certaines de ces lettres lui viennent d'un coup, alors que d'autres doivent mijoter plus longtemps. Aujourd'hui, face à cette fausse page blanche illuminée, il ne sait comment la remercier. Il tend la main vers le sol, vers sa besace, et en sort l'autographe. Il le cale contre l'écran. Alors les mots lui viennent sans aucun effort.

Chère Kitty,
Dans une réunion de famille, quelqu'un (qu'elle déteste) lui fait remarquer qu'elle croise les jambes comme faisait son père. Elle proteste, mais ensuite, en baissant les yeux, elle s'aperçoit que c'est vrai. Une seconde plus tard, elle se revoit faisant du cheval sur la botte de son père. En souriant, elle agite sa propre botte.
Avec affection et gratitude,
Alex-Li Tandem
(Votre plus grand fan)

3

La Lettre à Kitty achevée, Alex appuie sur un bouton et la boîte à malice se met à chanter. Son crissement. Son *jug jug*. Son chant d'oiseau cochon. Dans quelques secondes il sera connecté au monde. Au monde ! Un jour, il profitera pleinement de ces incroyables ressources. Il saura tout sur la Babylonie antique et maîtrisera l'estonien. Il apprendra à fabriquer une bombe. Un jour. Pour l'heure, il compte se rendre directement dans son coin du monde, une salle des ventes imaginaire où chaque jour il contrôle le cours des pièces qu'il a mises en vente. Tel est son but ce soir : il est très sérieux et très déterminé. C'est son vrai métier, après tout, son gagne-pain. Et *pas question* de se laisser tenter par cette femme gauche et amicale qui ne cesse de mettre et d'enlever son bikini, et qui lui fait signe du coin de l'écran...

Allez, juste cinq minutes, dit Alex à Grace, qui opina d'un air tolérant. Elle ronronna. Il cliqua. Ça s'ouvrit. Grace effleura de sa patte une liste de *trans*, de siliconées, de femmes mûres, de femmes enceintes, de mutilées, d'infatigablement gynécologiques, de tarées et de coincées. Pauvre Alex ; tout ce qu'il voulait, c'était de voir ensemble deux jeunes gens nus. Vers le bas de la liste, il trouva quelque chose qui lui conviendrait. Il se déboutonna et attendit. Grace lui lança un regard hautain. Désapprobateur. Il n'approuvait pas davantage — mais avait-il le choix ? Il se sentait seul. Pour s'échauffer, il contracta les muscles du bras droit. *Allez, vas-y,* murmura-t-il, et l'une des femelles bondit de ses genoux et fila sous le lit. L'autre attira à elle un inconnu ventripotent et écarta les jambes.

Wallala leialala, s'écria-t-elle bientôt, *Oh mon chéri !*

Arg, dit bientôt Alex, *Oh, oui. Aaarg.*

En six minutes, tout était terminé. À la seconde qui suivit l'extase s'opéra la métamorphose. Il n'y avait plus qu'un animal sans poils qui en poignardait un autre à coups répétés dans une plaie ouverte. Et puis ce fut fini, comme si ça n'avait jamais existé. Les kleenex dans la poubelle, Grace réinstallée, la clope roulée. Au boulot.

Aux enchères, Alex fit rapidement et habilement grimper le prix de ses propres pièces en se faisant passer pour un acquéreur potentiel, puis se hâta de rafler un Mickey Carroll, l'un des Munchkins originaux du *Magicien d'Oz* de 1939. Il comptait le vendre à la femme de Rubinfine, Rebecca, qui depuis peu s'intéressait tant à la nature contrariée de la croissance de certaines personnes. Les accès de charité de Rebecca représentaient pour Alex un marché appréciable. Il lui avait vendu trois lettres d'Helen Keller le mois où elle collectait des fonds pour les sourds-muets. Lorsqu'elle était obnubilée par les souffrances des Amérindiens, elle l'avait débarrassé d'un sachem à prix d'or. Et, à la mort du père de Rebecca, Alex en avait profité pour liquider ses Judaïca ; il lui avait *tout* vendu : des hommes d'État israéliens, des humoristes juifs, des cartes postales de synagogues, des acteurs, des inventeurs. Toutes choses qu'elle forçait Rubinfine à payer cash. Oui, ce métier avait ses petits plaisirs, si l'on voulait bien se donner la peine de les trouver.

« Ouvre l'œil », marmonna Alex en abandonnant Grace sur son siège tandis qu'il allait aux toilettes. À son retour, il s'aperçut que Grace avait magistralement supervisé la vente d'un Dick Powell, d'un Carole Lombard et d'un Gary Cooper. Mille livres pour l'ensemble. C'était ça le problème. Trop facile. Chaque fois qu'il envisageait de se reconvertir dans une activité plus utile, il se heurtait à cette équation argent/temps/travail si familière à toutes les strip-teaseuses : dans quel autre métier pourrais-je gagner autant d'argent en si peu de temps avec si peu d'effort ? Il y avait bien longtemps déjà qu'il avait dû affronter le choix douloureux si cher à sa génération :

1. Être un artiste affamé mais heureux;
2. Exercer un métier lucratif mais déprimant.

Alex avait choisi la troisième voie, la moins fréquentée, celle du génie méconnu, dont voici les principes : fondamentalement, le monde n'aime pas le génie. Le monde s'efforce d'étouffer le génie, fondamentalement. Si le monde voulait du génie, il accorderait à Alex une minute (rien qu'une minute !) pour ouvrir le dossier nommé LIVRECELUI-CI1.doc et se mettre au travail. Il lui laisserait tout son temps pour travailler à *Judéité et Goyitude* et mourir de faim dans l'intervalle. Mais non. Au lieu de cela, le monde voulait, *exigeait* qu'il réponde à ces messages clignotants, expédiés par les atrophiés affectifs. Et il obéissait. Il assura Jeff Shinestein de Hoboken (New Jersey) que sa Mata Hari avait bien été postée. Il calma la fureur de Jim Streve de South Bend (Indiana), en lui expliquant une fois de plus que sa Gina Lollobrigida était 100 % authentique. Il conclut un accord à l'amiable avec le Texan Jim Eggerton : Veronica Lake et Viveca Lindfors en échange de Jean Simmons, d'Alain Delon et de Lassie.

Décochant des messages furibards (si seulement le vrai courrier était aussi rapide, aussi incroyablement *satisfaisant*), Alex médita sur le triste sort du pauvre Franz Kafka. Coincé dans son bureau toute la journée, à dessiner les mains mutilées de parfaits inconnus, victimes d'accidents industriels. Son génie si longtemps méconnu. Étouffé par les collègues. Ridiculisé par les amis et la famille. Presque aussitôt, Alex se sentit mieux. Oui, il y avait toujours Kafka. Alex trouvait les exemples historiques de génies méconnus extrêmement réconfortants.

Les affaires expédiées, Alex imprima sa Lettre à Kitty hebdomadaire et la glissa dans une jolie enveloppe rose. Se retournant vers son écran, il passa rapidement en revue tous les messages non professionnels. Un merveilleux mail, technologiquement analphabète, de sa mère, qui lui demandait s'il avait reçu son dernier « télégramme ». Joseph lui envoyait des blagues très nulles sur les employés du télétravail. Quoi d'autre ? Des pubs, du porno, des spams.

Alex fit la grimace en repérant un Mail de l'Enfer. Il y en a toujours un. Celui-ci venait de Boot. Boot était une fille. Elle travaillait comme assistante au Palais de l'Autographe de Cotterell, dans Neville Court, une allée pavée du centre-ville, dans le quartier historique. C'était une boutique très chic dirigée par un vénérable pair du royaume, Sir Edward Cotterell ; mais de tous ceux qui y travaillaient, personne n'y connaissait rien. Une fois par semaine, le jeudi, Alex y allait et se faisait payer trois cents livres pour séparer les vrais des faux. Puis il se rendait à Chinatown tout proche pour chercher ses médicaments. Mais à trois reprises l'an dernier, au lieu d'aller voir le Dr Huang, il avait eu droit à une séance de baise très chic avec Boot pendant qu'elle prenait sa très chic (donc très longue) pause déjeuner. Oh, Boot était très chic (et *charmante*). Mais Boot avait contribué à lui brouiller les idées au sujet d'Esther. Il se cachait de Boot la chic. Depuis trois mois. Alors, pourquoi m'envoyer un mail, Boot ?

Objet : Je suppose que tu te demandes pourquoi je t'envoie un mail.

Et bien, tu doit venir à la boutique deumain et Cotterell EXIGE que je sois à la boutique deumain et je peux pas m'en sortir et je veut surtout pas de malèse, d'accord ? Alors ne fais pas ton bizare. Ou essaie d'être un peu moins bizare que d'habitude.

C'est tout.

Boot xx

P.-S. Je sais que tu m'évittes et je dois dire qu je m'en fiche comme de l'an 50.

P.-P. S. Je me suis rasé tous les cheveux. comme ça j'ai perdu MON CÔTÉ ADOLESCENT, apparemment. Évitte les commentaires quand tu me verras.

Il ne pouvait pas résister. Il avait ses petites fixations goy, comme par exemple d'être impressionné par une fille tellement chic qu'elle refusait de se sentir gênée. Ou d'*orthographier* correctement.

Au moment précis où il s'apprête à éteindre, Alex repère dans un coin un mail qui clignote. Avec pour objet AMÉRIQUE. Le contenu se révèle être la confirmation officielle de deux billets réservés pour New York : un vol de nuit, départ ce vendredi. Retour le mardi. Il n'a aucun souvenir de cette réservation. Paniqué, il fume trois cigarettes d'affilée. Il met la pièce sens dessus dessous à la recherche de son agenda. Une brochure s'envole des pages de février.

Oh. Oui. Non. D'accord. Les réjouissances annuelles du Salon Autographicana. Des Autographistes affluent du monde entier pour exhiber leurs trésors. Il y a même des apparitions de vraies célébrités qui monnaient leurs autographes. L'an dernier, à Washington, les invités d'honneur étaient Tom Ferebee et Paul Tibbets, deux des hommes qui ont lâché la bombe sur Hiroshima. Cette année, ça se passe à New York. Le nom des invités d'honneur n'est pas encore connu. Il comptait faire la surprise à Esther et se faire un peu d'argent du même coup; c'était ça, le plan. Mais est-ce que ça n'était pas prévu pour le samedi de la semaine *prochaine* ? Et où est-ce que c'était censé se passer ? Et qui étaient ses contacts sur place ? Est-ce qu'il avait réservé un stand ? Comment annuler le billet d'Esther ? Est-ce que l'acide haut de gamme provoque vraiment une perte de la mémoire immédiate ?

Alex se met à envoyer des mails à ce sujet à tout un tas de gens, des Américains. Il attend leur réponse. En attendant, il consulte un site médical et se diagnostique une maladie sanguine rare et (selon toute probabilité) les premiers stades d'un cancer lymphatique. Il fume misérablement une autre cigarette.

Les Américains sont tellement efficaces. Voici ses réponses, pertinentes et correctement orthographiées. Honey Richardson, une dame de New York dont la collection est tout à fait appréciable, lui confirme par e-mail que c'est bien ce samedi, et qu'ils peuvent se retrouver ensuite pour des tractations privées à l'angle de Machin et de Truc (ces coordonnées géographiques qu'on ne rencontre que dans les films). Don Keely, l'organisateur d'Autographicana, dit qu'il ne trouve pas trace d'une réservation de stand au nom d'Alex et que c'est beaucoup trop tard, mon pote. Beaucoup trop tard. Mlle Alice McIntyre, d'American Airlines, lui dit que les billets sont strictement non-remboursables. Strictement non-remboursables, demande Alex ? Strictement non-remboursables, dit Alice. Et si, demande Alex, je revends le billet à un ami, enfin, est-ce qu'on peut changer le nom sur le billet ? Strictement non-remboursable et non-échangeable, dit Alice. Et j'imagine, dit Alex, qu'à une autre date... Strictement non-remboursable, non-échangeable et non-déplaçable, dit Alice. *Déplaçable*, répète Alex, *ça n'est pas un mot à* STRICTEMENT *parler, Alice*. Strictement, commence Alice...

Mais Alex lui raccroche au nez et appelle Esther.

« *Esther*, dit-il, attends. Laisse-moi une minute.

— Pas le temps, Alex. C'est bien ça le problème. Même pas une minute. »

Il ne lui a jamais connu une voix aussi dure.

« Attends, Es, attends. Je t'en prie. »

Elle ne parle pas. Elle ne raccroche pas.

« Comment tu vas, Es ?

— Aussi mal que possible. Et toi ?

— Ouais, ça pourrait aller mieux. Comment va ton doigt ?

— Toujours cassé. Raide. On dirait que je fais un doigt d'honneur à tout le monde tout le temps. Écoute... qu'est-ce que tu veux, Al ?

— Rien. Tu me manques. »

Elle ne parle pas. Elle ne raccroche pas.

« Je voulais t'expliquer, Es..., pour ce soir-là, et cette histoire, tu sais, d'autographe ? C'est vrai que j'aurais pas dû me laisser... »

Alex n'acheva jamais sa phrase. Apparemment, ce n'était pas ça le problème. Le problème, selon Esther, n'était pas ponctuel, n'avait rien d'un incident isolé. Il était massif et protéiforme. Comme s'ils respiraient un gaz toxique. Le problème, selon elle, était partout. Alex roula une cigarette et l'écouta parler le discours circonspect des relations amoureuses modernes : faire le point chacun de son côté, réévaluer, mes besoins, tes besoins. Il voulait sincèrement suivre son raisonnement, mais il avait tendance à se laisser distraire pendant toute conversation abstraite. Il se surprit à penser à cette manière qu'elle avait de vous entraîner en elle grâce à quelque muscle interne ; et puis, quand on ressortait, on voyait cette rougeur bien calée entre deux replis sombres, telle une fleur délirante. Est-ce que c'était mal ?

Elle disait *Tu ne m'écoutes pas, pour toi je suis quelque chose qui va de soi*. Elle disait *Quant à cette autre fille, cette Blanche, qui que ça puisse être* — ce qui le surprit. Le coup le laissa bouche bée. Était-ce Adam qui lui avait parlé de Boot ? Alex se sentait furieux et anéanti par cette hypothèse : à présent, c'était lui qui se sentait victime d'une injustice. Ce rôle nouveau était tellement plus commode à jouer ! Il l'interrompit sèchement. Elle rétorqua non moins sèchement. La sécheresse devint unanime. Vers la fin, elle pleurait. Elle disait *Pour toi, toutes les femmes ne sont donc que des symboles ? Tout ce que tu as jamais...*

Et il en fut profondément repentant, disant *Non, non, non, tu te trompes, je t'aime* à personne.

Il rappela. Elle ne décrocha pas. Il attendit cinq minutes, masqua son numéro et rappela encore. Cette fois, c'était lui qui pleurait et elle qui était parfaitement maîtresse d'elle-même. Elle dit : « On m'opère dimanche. Ils m'enlèvent le palpitant. Apparemment, il est périmé. Ça fait un moment que je le sais, mais j'ai laissé traîner et maintenant c'est plus ou moins une urgence. Mais on n'a plus le temps. Il est temps de passer au chapitre suivant. Donc je vais en avoir un autre.

— Oh, *non*. Es, pourquoi tu ne m'as pas…

— Écoute : on n'est pas dans *Tendres Passions*, d'accord ? C'est vraiment pas grand-chose. Juste une opération de routine. On m'ouvre, on l'enlève. On le remplace par le dernier modèle, à la pointe de la technique. Je veux juste savoir si tu seras là ou pas. Ça se passe à St Christopher.

— Mais… pourquoi on me prévient comme ça à la dernière minute…

— Oh, Alex, laisse tomber, te fais pas chier, d'accord…

— Non, attends… c'est juste que… quel jour ? Dis-moi juste le jour.

— Dimanche. Je te l'ai déjà dit. Ce dimanche.

— D'ac-coord. Dimanche ?

— Oui, Alex. Dimanche. Pourquoi ? T'as une vente de prévue ? Y a Kitty à vendre ? C'est une date qui t'arrange pas ?

— Mais non, bien sûr que non.

— Bien.

— O.K., Es ? Es. Oh mon Dieu. Je sais que ça a l'air… écoute, le seul problème, pour dimanche… »

En quatre petits mots violemment assenés, Esther mit un terme à la conversation.

Alex passa au salon, introduisit le film dans la machine et sortit le petit cadeau d'Adam. Il roula. Il fuma. Il pensa à cette opération. Sortir la petite boîte de sa cachette. Rouvrir la cicatrice. En faire une autre. Et la peau noire cicatrise mal. Il reste toujours quelque chose de rose et de furieux, toujours.

Il pleura sans compter. Au bout d'un moment, il s'essuya le nez sur son poignet. Il aurait pu jouer cette discussion différemment, il s'en rendait bien compte. Mais dans la vie on ne peut pas rembobiner, comme aiment à le dire les grand-mères noires dans les films. Il se contenta donc d'appuyer sur *play*. Et que Dieu lui pardonne, que Dieu le juge, mais dès que se dressa le générique il sentit autre chose se dresser en lui. Il s'était toujours demandé : *est-ce que les femmes aussi peuvent faire ça ?* Passer des vrais gens (Esther et rien qu'elle, à jamais) aux gens fantasmés (Kitty, Anita, Boot, les filles du porno, les filles des boutiques, les filles *filles*) et y trouver du réconfort ? Est-ce qu'elles le diront jamais ? Elles ne disent pas. Les femmes ne disent pas la vérité sur elles-mêmes. Sur l'amour, sur *leur façon d'aimer*. Ou alors, c'est que la vérité est authentiquement pure, sans arrière-pensées — auquel cas qui supporterait de l'entendre ? Grace entra et prit ses aises sur les pieds d'Alex. Lequel s'enfonça dans son fauteuil.

Dans le film, les yeux de Kitty étaient bridés par du scotch, comme toujours, et elle était perdue dans New York, comme toujours, pauvre Pékinoise sans amis. Dans moins d'une heure elle sera la coqueluche de Broadway, puis de Hollywood, mais bien sûr elle ne le sait pas encore. Bientôt tout le monde connaîtra son nom. Elle sera célèbre. Bientôt. Pour l'heure, elle ne peut qu'arpenter les rues, en créature insignifiante que la moindre ombre effraie. Solitaire. Le cœur d'Alex se fend en voyant sa silhouette élancée se glisser dans les cinémas, s'asseoir dans le noir. Vous comprenez, il n'y a qu'au cinéma que May-Ling Han trouve du réconfort. Du haut de sa cabine, Jules Munshin, qui joue Joey Kay le projectionniste, la regarde. Il est amoureux d'elle, bien sûr. Il croit que c'est sans espoir. Il a l'air bête, il est pauvre. Mais elle sera à lui. Les choses avancent plus vite qu'il ne le croit. Dans une heure vingt, tout sera terminé. Entretemps, il y aura des larmes. Puis des rires. Il deviendra son manager, son mari, son alpha et son oméga. Cela s'appelle une fin heureuse. Le miracle du cinéma, c'est qu'il ne brise que si rarement la convention de la fin heureuse. Le miracle plus grand encore, c'est que jamais il ne brise la convention de la fin. Alex regarde Joey regarder Kitty regardant les gigantesques visages vacillants de gens qu'elle prend pour des dieux.

CHAPITRE HUIT

Hochmah

Sagesse — Trois rabbins — Quelque chose est semblable à une pièce de monnaie — Où vivent les morts — La sagesse de Lauren Bacall — À pied jusqu'au centre — Description d'un combat/La défense — Virginia Woolf était juive — Le savoir-vivre des suicidés — La vraie prospérité

1

« Alors, dit Rubinfine, qu'est-ce qu'on va faire de *ça* ? »

Alex consulta sa montre. On était jeudi. Il était neuf heures du matin. Les rabbins Darvick et Green avaient l'air épuisés. Darvick avait des crottes blanches au coin des yeux, Green les deux mains plaquées contre le Monument aux morts de Mountjoy, un genou fléchi, le souffle court comme s'il venait de courir le marathon. Rubinfine avait l'air en pleine forme. Stationnée devant eux, une petite voiture italienne. À côté, une gigantesque table à manger en bois de châtaignier.

« Mais *qu'est-ce* que vous faites là ? demanda Alex. Encore ? Il est neuf heures du matin.

— Et *toi*, qu'est-ce que tu fais là ?

— Écoute, *j'habite* dans le coin. Et maintenant je vais travailler. »

Le visage adipeux de Darvick se mit à tressauter. Il riait aux éclats, les épaules en avant, la bouche grande ouverte. Il saisit Alex par le poignet pour ne pas perdre l'équilibre. « Je croyais que vous n'aviez *pas* de travail. Je vous prenais pour un type tout *schloompy* et sans travail.

— Eh bien, Rabbi, on vous a mal renseigné. *J'ai* un travail. Je m'en vais à Pemberton Hill. J'ai du travail. Et il faut le faire.

— Mais bien *sûr*, dit Green d'un ton apaisant. Tout le monde a des choses à faire.

— Aaa-lex ? dit Rubinfine d'une voix douce, en scrutant le ciel. Que dit la loi pour ce qui est des toits ouvrants ? Plus exactement : si on fait rentrer la table par le coffre, mais qu'on laisse les pattes avant, si j'ose dire, dépasser du toit... est-ce que ce serait une infraction au code de la route ? Tu peux me dire ?

— Rubinfine, dit Alex, les yeux clos, cette table ne rentre pas dans cette voiture.

— Au contraire, dit Rubinfine.

— Il le faut, dit Darvick.

— Bien. Très bien », dit Alex en se détournant pour partir ; il heurta de plein fouet un mur de chair qui avait la forme de Green.

« Tu comprends, *Rebecca*, dit Rubinfine en s'accroupissant à côté de la table, en a besoin. Pour la kermesse de dimanche. Pour les... petites personnes. C'est pour les rafraîchissements. Elle préfère un buffet à un dîner assis. Elle trouve ça plus... approprié. Tu la connais, elle pense à tout. En plus, cette table est particulièrement basse et, comme tu sais, ils ont eu une croissance... » Rubinfine soupira.

Green se pencha en avant. « Contrariée, dit-il.

— Tu viendras à la kermesse ? demanda Rubinfine.

— Noooon, répliqua fermement Alex. Je vais en Amérique. Désolé. Pour affaires.

— Rebecca va être *très* déçue, dit Rubinfine, agitant l'air de ses mains. Elle espérait te voir. Pas vrai, Rabbi Darvick ? Elle ne va pas être contente. »

Malgré lui, Alex eut pitié. « Dis-lui, glissa-t-il avec douceur, que j'ai un autographe pour elle. Un Munchkin du *Magicien d'Oz*. Mickey Carroll. Il était dans le numéro "The Lollipop Guild", je crois. Ça la calmera.

— Peut-être bien que oui, peut-être bien que non », dit Darvick. Il logeait chez les Rubinfine, dans la chambre d'amis surdécorée. Rebecca aimait y faire irruption sans crier gare pour gaver ses invités. Alex en avait fait l'expérience après l'inondation de son appartement. On avait l'impression d'habiter un couvre-théière tempétueux.

« Je passerai ce soir le récupérer, dit Rubinfine. J'amènerai Joseph.

— Vraiment, dit Alex.

— Vraiment. Je sais que Joseph veut te parler, sérieusement.

— Encore ?

— Alors ! fit Rubinfine. Comme ça, tu crois que la table ne va pas rentrer !

— Je *sais* qu'elle ne va pas rentrer.

— La *foi*, Alex, gronda Rubinfine, cramoisi. Mes collègues doivent connaître cette histoire par cœur, mais si ça ne les dérange pas je vais la re-raconter. C'est une histoire de Bahya ben Joseph Ibn Paquda.

— Ah, oui, dit Green, les bras croisés contre son corps.

— *Oui*, dit Darvick.

— ESPÉRANT, tonna Rubinfine, tracer un chemin à travers une rivière, un voyageur jeta dans l'eau toutes ses pièces d'argent. Toutes les pièces coulèrent sauf une. La rattrapant à temps, le voyageur s'en servit pour payer le passeur, qui le fit traverser à la rame. La *foi*, dit Bahya, est semblable à cette ultime pièce d'argent. Quand tous les trésors de la vie ont disparu...

— Elle seule aide l'homme à franchir les eaux de la vie ! dit Green avec un sourire radieux.

— Oui, dit Rubinfine, agacé. Elle seule, tu vois ? Alors ?

— C'est ça, dit Alex. Et maintenant, je dois m'en aller. »

Durant tout cet échange, Darvick n'avait cessé de se masser le menton. À présent, il dit : « Vous savez, je ne crois pas qu'il s'agisse de la *foi*. Pour autant que je me souvienne, la pièce d'argent représente le *bon sens*. J'en suis presque sûr.

— Bon, que ça soit l'une ou l'autre...

— Par ailleurs, dit Darvick en secouant la tête d'un air préoccupé, Bahya faisait partie des mystiques séfarades — c'est bien ça, n'est-ce pas ? Et vous savez que la *Kabbale*... »

Darvick tendit la main à plat et la tourna d'un côté et de l'autre. Green approuva.

« Oui, eh bien, je citais cette histoire comme une... mise en garde, plutôt que littéral..., bredouilla Rubinfine. Si vous vous rappelez ce que disait hier encore Rabbi Zeman à la conférence... »

Alex serra résolument la main aux trois rabbins.

« Alors comme ça, tu t'en vas ? demanda Rubinfine en le retenant. T'emmènes Kitty au marché, hein ? Joseph a l'air de croire que tu en tireras un très bon prix.

— Joseph devrait s'abstenir de discuter de mes affaires. Et il se trouve que ce matin je vais juste la faire expertiser, c'est tout. Tout n'est pas à vendre dans la vie. Au revoir, Rabbi Rubinfine. Rabbi Darvick. Rabbi Green.

— Bien sûr, dit Rubinfine au moment où Alex se dégageait, on a *vu* Esther. »

Alex se mit à loucher.

« Oh, *oui*, dit Green. La jolie fille noire ? Oui, elle est passée par ici quelques minutes avant vous. Elle nous a parlé de son cœur. C'est tellement touchant ! On se croirait dans un film ! »

Alex envisagea de poignarder Green avec un bic cassé qu'il avait dans sa poche jusqu'à ce que mort s'ensuive, mais il lui fallait les renseignements. « Alors ? *Comment* elle allait ? »

Trois visages impénétrables.

« Je veux dire, comment elle se comportait ? »

Toujours rien.

« Elle avait l'air bien ?

— Oh, elle avait l'air... elle avait l'air vraiment..., bégaya Darvick.

— Oh, oui. *Vraiment*, murmura Green.

— *Quoi ?* »

Rubinfine ouvrit la bouche, la referma, la rouvrit. « *Belle* », dit-il.

Il y a le sud de Londres. Et puis il y a le *Sud* de Londres. Et puis il y a *le Sud de Londres*. Et puis il y a Pemberton Hill. Et Pemberton Hill mettait Alex physiquement mal à l'aise. C'était plus fort que lui. Il savait que c'était irrationnel, injustifié. Mais c'était physique. On ne choisit pas ce qu'on ressent. Et Alex s'était toujours senti un enfant du nord de Londres, même si une telle affiliation ne lui ressemblait pas. Il détestait instinctivement tous les groupes quels qu'ils soient — sociaux, raciaux, nationaux, politiques — au point de ne jamais adhérer même à un club de natation. Mais pour cet endroit précis il ressentait ce je ne sais quoi irrationnel qui lui faisait mieux comprendre pourquoi les gens agissent comme ils le font dans les pays ensanglantés par les conflits.

Nord contre Sud. Cause un jour d'une énorme dispute, de proportions nucléaires, assis dans le parc avec Ads par un été de canicule. Le short retroussé, les jambes en l'air, le pique-nique décimé. Une colonne de fourmis déterminée à franchir une tasse à thé pour atteindre le pays du pâté. Bref, une parfaite journée d'été londonien, gâchée par cette vieille dispute du Nord contre le Sud. *De la frime idiote et insultante*, avait dit Adam, démolissant furieusement une à une les défenses d'Alex (les maisons, les parcs, les lycées, la bière, les filles, l'herbe, les transports), les démasquant comme autant de shibboleths. Bientôt, les fourmis trouvèrent un raccourci qui passait par leur ventre. À la fin, lassé de la dispute, Alex s'était allongé dans l'herbe haute pour bêler sa seule raison honnête : *Je crois que c'est parce que personne ne me connaît dans le sud de Londres. Et que je ne connais personne. C'est comme si j'étais mort.*

Tous les jeudis matin, Alex mourait. Tous les jeudis matin, Duchamp était le seul à le pleurer. Dans un marché couvert de Pemberton Hill, sous un tunnel de béton. Des plantes, de vieux livres et de la porcelaine ébréchée à vendre, et le soleil qui perçait en colonnes où dansait la poussière. Un endroit d'une tristesse inexprimable. De vieilles femmes, leurs capuches coquettement nouées sous le menton comme des collégiennes, arpentaient les allées d'une allure saccadée et solitaire, à la recherche de quelque chose, telles des veuves de guerre errant dans un cimetière de tombes anonymes. Quand il passait par là, Alex retenait sa respiration, et ne soufflait qu'une fois parvenu au bout : trois pupitres accolés, Duchamp, ses autographes, son odeur toxique.

« Alors… c'est Alex, hein ? Le chinetoque. Mes yeux… », dit Duchamp en se rapprochant. Alex fit un pas en arrière, la tête lui tournait. « Qu'est-ce que je peux faire pour vous, monseigneur ? »

Duchamp faisait vraiment peur. Sa détérioration, même par rapport à la veille, était terrible à voir. Son esprit avait déjà lâché depuis quelque temps, pas de doute là-dessus, mais maintenant c'était son corps qui lâchait. Et ça, c'est sans rémission. Mais il n'avait pas l'air effrayé pour autant. C'est le filet de protection offert par la folie, se dit Alex, la bénédiction des fous. Duchamp était exempt de toute peur goy, grâce à ce filet. Seul Alex sentait la terreur s'emparer de lui. Une terreur égoïste. *Il lui reste bien peu de jeudis, à Duchamp ! Et à moi, il m'en reste combien ?*

« Pas grand-chose, à vrai dire, dit Alex en faisant le tour de Duchamp pour atteindre le côté sans bouche. En fait, je n'achète pas, pour le moment, Brian. Je vends...

— Désolé, patron, j'ai pas entendu...

— Je dis que je n'*achète* pas pour le moment, Brian. Je vends. »

Duchamp sortit un mouchoir pour pouvoir se curer le nez plus franchement. Tout en explorant de sa grosse langue ses gencives nues, il longea à petits pas l'alignement de pupitres, acheva de se trifouiller le nez puis porta le mouchoir à sa bouche. Sans cesser de parler, il toussa une matière jaunâtre tachetée de rouge, sans vouloir ou sans pouvoir cesser de secouer la tête.

« Oh, écoute, Tandem, écoute, je peux pas t'aider, mon pote... Tu peux quand même pas t'attendre... J'achète pas, Tandem... faut bien qu'je *vende* si j'veux vivre. Tu peux pas demander à un vieux con comme moi d'acheter maintenant, vu l'état du marché, qu'est complètement inondé de contrefaçons... je vends, Tandem, j'*achète* pas. Je suis comme comment-y-s'appelle-déjà. »

Alex fit le Signe Universel du *Pardon, Brian ?* (les mains tenant un ballon invisible, les yeux qui louchent, la tête inclinée).

« Oh, me fais pas ce coup-là... allez, *comment-y-s'appelle*... oh, fait chier... lui, le gros, oh, allez, monseigneur ! C'est bien Alex, hein ? Tandem : c'est bien toi, hein ? Eh bien, *Tandem doit savoir ça*. Dans ce métier, touskia à savoir, Tandem il le sait. C'est un intâllâctuâl, hein ? Même le dernier des cons sait *ça*. Tu devrais lui demander à *lui*.

— Brian... je ne...

— Mais si, tu sais, allez, quoi, dans les films... tu vas pas rester un mongol toute ta vie...

— Brian, je ne *sais pas*... »

Duchamp hochait la tête de plus en plus vite, c'en était effrayant.

« Oh, bon Dieu, Brian, je ne sais pas... Oliver Hardy ?

— Va te faire *foutre*.

— Brian, je n'ai pas le *temps* de jouer à ça aujourd'hui... non, c'est bon c'est bon c'est bon... Charles Laughton ? Sydney Greenstreet ?

— Mais non, pas ceux-là... plus marrant que ça ; un marrant, tu sais bien. Genre gros. Énorme !

— Brian — je t'en *prie*. On ne peut pas... ?

— W. C. Fields ! Dans ce film, là, tu vois lequel, le truc de Dickens... je suis comme lui, je compte mon oseille... allez, tu vois que tu connais ! Comment il disait, déjà ? C'était marrant. Al*lez*. C'était, euh... oh, ça y est, je m'en souviens, c'était un truc du genre : "*Dépenses douze livres et trois shillings. Résultat : le bonheur. Recettes*... non, attends, c'était comment, non, attends... bon Dieu de merde... c'est dans l'autre sens, hein, c'est *Recettes, douze*... »

Les gens qui vont mourir, et puis les fous. Ce sont eux qui parlent vers un point à mi-distance, les yeux voilés d'une sorte de pellicule, telle une grosse larme impleurable, les mains agitées, se grattant distraitement la poitrine. Dans son autobiographie, l'un des livres fétiches d'Alex, Lauren Bacall décrivait ainsi la mort de Bogie. L'odeur (*je me rendis compte que c'était la pourriture*), les mains qui tirent sur les poils du torse *comme si les choses l'enserraient et qu'il voulait sortir*. La lutte pour mourir. Duchamp était encore debout, par on ne sait quel miracle, mais la mort était en lui. Alex la sentait, la voyait, la palpait, comme Lauren avant lui. Lauren Bacall : non *pas* la déesse de toutes choses sexuelles (comme d'aucuns l'ont affirmé) mais la déesse de toute compassion. Et voilà que le souvenir de Lauren et de son livre si honnête poussa Alex à s'avancer, à prendre les mains de Duchamp, ces mains si agitées, à les lui placer le long du corps et à dire : *C'est bon, Brian, c'est bon. Alors, qu'est-ce que tu as à me proposer ?*

Un album de fan MGM de 1936, non signé, une photo de l'actrice Angela Lansbury, non signée, un étui de brosse à dents, une pantoufle (*la pantoufle de Danny Kaye, mon pote. Il me l'a donnée*), six photos signées de l'acteur de films d'horreur

Vincent Price, toutes des contrefaçons, une photo de la sœur de Brian, June. Et ainsi de suite. Et ainsi de suite.

Il se mit à pleuvoir des cordes. Alex aida Brian à transporter ses trois pupitres hors d'atteinte des gouttes perdues. Lorsqu'ils eurent déplacé de dix mètres toute l'installation, et ramassé ce qui avait pu tomber, Brian lui offrit une petite chaise d'écolier en plastique et s'assit sur l'autre.

« Tu restes un moment, hein ? » dit Brian en frissonnant.

Alex resta. Il sortit un carton de sous le stand et se mit à parcourir les classeurs. Il y avait de bonnes choses dans ce carton. Et pas qu'un peu. Duchamp possédait un splendide Harold Lloyd, par exemple. Un bon assortiment de stars intermédiaires des années quarante : Tyrone Power, Mary Astor, Van Heflin, Joel McCrea. Et un très joli Merle Oberon. Tout ça sous le bureau. Sur le bureau, il proposait au public une lampe de bureau réglable, cassée. Sans vraiment espérer de réaction, Alex suggéra d'inverser cette disposition.

Brian lui souffla dessus, puis se frotta les yeux, encore et encore.

« Mais Brian, ce serait mieux si...

— Est-ce que tu as une tendre amie en ce moment, Tandem ?

— Plus ou moins. Sauf que pour le moment elle n'a pas très envie d'être amie avec moi.

— Tu vois bien, dit Duchamp d'un ton ferme. Les femmes, voilà la réponse. La voilà. Pour peu qu'on leur laisse un rôle dans l'histoire. Les femmes. Voilà la réponse.

— Et quelle est la question ? »

Ce qui fit rire Duchamp comme si Alex lui avait raconté la blague ultime.

Duchamp avait sous sa chaise une flasque et une tasse en réserve. Alex leur servit le thé. Il repéra un stand de gâteaux faits maison et en revint avec deux tranches de cake aux fruits, toutes moites et grosses de raisins.

« Merci bien. *Eh bé*. Pour une surprise... ! Du *cake* aux fruits. Voyez-vous ça. »

Duchamp retourna plusieurs fois sa tranche dans ses mains et lui sourit avec ce mélange de tendresse et de respect qu'on réserve d'ordinaire aux souvenirs de famille. Il lui fallut plusieurs minutes avant de paraître disposé à la manger. Ils étaient assis côte à côte. Afin de rendre son cake assez mou pour ses gencives, Duchamp devait tremper chaque morceau dans son thé puis l'aspirer à même la tasse.

« C'était un *régal*, finit-il par dire.

— Brian, dit Alex, en vérité, il y a effectivement quelque chose que tu peux faire pour moi. Je me demandais si tu pourrais jeter un coup d'œil là-dessus. »

Duchamp ne fit aucun mouvement ni signe de compréhension. Alex se pencha et sortit son Kitty Alexander de la poche de sa besace. Il prit la tasse des mains de Duchamp. Il posa l'autographe sur les genoux de Duchamp.

« Brian, tu pourrais... ? »

Brian porta l'autographe à quelques centimètres de ses yeux.

« Oh, *oui*.

— Brian ?

— Oui, *oui*.

— Quoi, Brian ?

— Kitty Alexander. Ça vaut un max de blé.

— Tu penses que c'est un vrai », se hâta de dire Alex.

Duchamp haussa les épaules. « Il a l'air vrai. Mais c'est pas nécessaire. C'comme t'as dit. Des fois, les poules, c'est pas la réponse, c'est la question, beurdel. Ha !

— Mais, à ton avis, tu *crois* que c'est un vrai ?

— Je crois qu'en mon temps j'ai vu des faux sacrément bien faits. Tu vois toute cette série ? »

Duchamp désigna le carton qu'Alex venait d'explorer. Alex le ramassa.

« Ça ?

— Presque tous des faux. »

Alex leva les sourcils.

« *Tes* faux ? »

Duchamp opina.

« Eh bien, ils sont sacrément bien faits, Brian. Même moi, je m'en suis pas aperçu.

— Ouais, tu sais... y a pas grand monde qui en est capable. Même à *toi*, j'en ai vendu quelques-uns, dans le temps. Ha ! Au fait... », dit-il, sans regarder Alex, mais en tendant vers lui un bras épais, comme pour le rattacher physiquement à un souvenir, « toi... t'es le spécialiste de Kitty, hein ? »

Il se pencha sur le carton qu'Alex tenait sur ses genoux, feuilletant le contenu avec une expertise incontestable. Il sortit un papier. Une photo.

« Un Kitty Alexander, monseigneur..., un faux, bien sûr, j'l'ai fait moi-même — mais c'était à l'époque... en cinquante... je sais plus combien... donc l'âge de l'encre correspond. Y a pas un enculé au monde qui verrait que c'est un faux. »

Alex étudia attentivement la chose. Il la sortit de son étui et la posa sous la lampe. Il plaça sa Kitty à lui juste à côté. Elles étaient presque trop semblables, et avec terreur il les superposa et les tint à la lumière. Peut-être que Brian s'embrouillait... peut-être que celui de Brian était un faux tardif, un Autopen ? Et si celui d'Alex correspondait exactement à celui de Brian, alors les deux étaient des Autopens, car personne ne peut signer deux fois exactement de la même façon. Nous ne sommes pas si précis. Mais non. Le *A* d'Alex penchait un petit peu plus vers la gauche. La queue majestueuse et élisabéthaine du *x* de Brian descendait davantage que sur celui d'Alex.

« Il a l'air tellement vrai, dit Alex avec admiration.

— Mais l'est pas, mon pote. J'l'ai fait moi-même. Tu oublies, Tandem, que j'ai travaillé dans ces studios. Y en a pas un qu'était meilleur que moi. » Duchamp essuya la photo avec une chamoisine qu'il avait tirée de sa poche. « Je l'ai rencontrée une fois. Une beauté. Pas deux comme elle. Mais, mon pote, t'as vingt-cinq ans et puis tout d'un coup » — Duchamp claque des doigts, sans compétence — « t'en as soixante. Personne t'a dit ça, hein ? » Il éclata d'un rire sombre. « Les gens comme elle devraient disparaître. Pouf ! Tous ces gens-là sur grand écran, ils sont pas faits pour être vieux. Personne n'a envie de voir une vieille bique, pas vrai ? Les gens n'ont pas envie de ça. »

Ils ne sont pas très portés sur les vieux boucs comme toi non plus, dit le cerveau d'Alex, mais il garda la bouche serrée et tendit le bout des doigts vers le trésor. Duchamp le lui retira avec un sourire déplaisant.

« Je sais ce que tu penses. Tu te dis que tu pourrais vendre ça à ces bourrins de Neville Court, hein ? Ou chez Jimmy ? Si *toi* t'es incapable de reconnaître un faux, c'est pas eux qui pourront, hein ? Trois mille livres au bas mot, garanti ! Tu voudrais te faire un pourcentage, hein ?

— Et alors ? dit Alex en rougissant. *Toi*, on te laisse même plus entrer dans ces boutiques, pas vrai ? Je pourrais le vendre pour toi. Je prendrai juste 15 % de ce qu'ils m'en donneront.

— Pourquoi tu vends pas le tien, si t'es si sûr de ton coup, hein ?

— Brian, le mien, c'est un vrai de vrai. Je suis un grand fan. Son plus grand fan. J'aimerais le garder. »

Duchamp émit un sifflement désapprobateur. « Oh mon Dieu, oh mon *Dieu*. C'est pas bon, ça, pour le métier. On peut pas être sentimental. C'est juste de l'encre. Juste des lettres. Un *vrai de vrai*... Comme si ça avait de l'importance ! La petite différence qui fait toute la différence. Drôle de façon de gagner sa vie, hein ?

— Alors je le prends ?

— Tu vas commencer par me signer un accord. Je connais le milieu, mon pote. Tiens — voilà du papier. J'écris. Tu signes. Donc. Moi, Alex-Li Tandem, m'engage à ne pas percevoir plus de 10 %...

— 10 % ?

— Dix... du prix de la vente du Kitty Alexander de Brian Duchamp. Ça ira comme ça, hein ? C'est peut-être pas la grande Charte, mais, putain, ça fera l'affaire. Tiens, alors : signe. »

Alex prit la feuille de papier. L'écriture était monstrueuse. « Tu veux bien... me relire ce passage, Brian ?

— Putain, non seulement t'es con, mais en plus t'es sourd ? 10 % : c'est tout ce que t'auras, alors signe. »

Alex signa de son nom. Dès qu'il eut fini, Duchamp lui arracha le papier des mains.

« C'est ça que t'appelles une signature ? Pour moi, c'est juste un putain de gribouillis. Faut jamais se fier à un Israélite. C'est de l'hébreu, hein ? Hein ? Ha ! Ha ! Ha ! Ha ! »

Alex sentit une bouffée de dégoût. Il se leva.

« Ça va, ça va ; ça suffit. Donne-moi le Kitty. 10 %. T'es un rusé, toi, salopard. »

Et de fait, l'espace d'un instant, il y eut de la ruse dans son regard. Il était moche, il puait, il ricanait de son immonde râle de mourant — mais il était encore là et bien là. Il dominait ses scènes. Sans se résigner encore au rôle qui nous échoit à tous, au bout du compte : celui du figurant (défiguré) condamné au silence.

2

Dans une station de métro, quelqu'un avait voulu être célèbre. Dans toute la ville ils voulaient être connus, ne serait-ce que quinze minutes. Ils laissaient leurs talons franchir la ligne blanche, prenaient une brève inspiration, basculaient dans le tout jamais. Grâce à cet incident de voyageur (néologisme et euphémisme authentiquement majestueux, qui mettait l'accent sur l'indélicatesse du procédé), il fallut à Alex près de deux heures pour se rendre du Sud au centre de Londres. À l'embouchure du métro, c'est un Adam de marbre qui l'accueillit, ouvrant un gigantesque parapluie de golf à rayures dentifrice et enjoignant à Alex d'un ton bourru de lui prendre le bras. Et c'est ainsi qu'ils partirent sous le déluge, confiant leur sort à un bout de toile bariolé comme deux hommes dans un ballon. Ils passèrent un somptueux théâtre et un bar louche, sous le nez des filles payées pour leur faire signe, et puis la Boutique des Gauchers (*Oui, Al, c'est très goy. Tu le noteras plus tard, d'accord ?*), les bars gay, les bars mixtes, les bars à strip-tease — tels deux hassidim déterminés, pressant le pas à chaque tentation ! Ils atteignirent une de leurs pâtisseries favorites. Adam resta à la porte pour refermer le parapluie pendant qu'Alex entrait en quête d'une table dans la salle. Une minute plus tard, ils étaient de retour dehors, et on les conduisait vers un pathétique archipel de tables baignant dans l'eau sale, à peine abritées par l'auvent d'un coiffeur. Un serveur italien très mince courut entre les gouttes à la seconde où les deux jeunes gens furent assis. Les gens du centre-ville étaient réputés sans cœur et impatients.

Le café et les gâteaux arrivèrent. Et bientôt ils étaient en pleine conversation, vive, sans digression, parlant le code télégraphique de deux vieux amis. Sauf qu'aujourd'hui ils n'avaient rien de jovial. Ils n'étaient pas dans le ton. Tout avait commencé par un retard, et se poursuivait par un manque de chorégraphie — chacun renversa à son tour un sucrier parfaitement stable — et puis cette maladie s'étendit à la conversation. Aucun des deux n'arrivait à se faire comprendre. Chacun paraissait à l'autre vain et égocentrique. Chacun avait l'impression que l'homme assis en face de lui ne parlait que de lui-même. Adam s'était lancé dans une tirade surexcitée et incompréhensible sur ses récentes études. Il se leva pour montrer à Alex comment les dix sephiroth correspondaient aussi à des points du corps ; il tendait les bras comme un fou. Alex se crispa.

« Tu vois, ma *colonne vertébrale*, disait Adam, c'est Tif'eret — c'est-à-dire la Beauté, la Compassion —, ma colonne vertébrale est située dans l'axe de Tif'eret. Donc, pour aller de Netsah — c'est ma jambe droite — à Tif'eret, je médite sur l'idée de ma colonne vertébrale. C'est la voie de Yod. Il y a trente-deux voies, selon Ari. Mais c'est *ici...* » — il dressa le bas de sa colonne vertébrale, et du même coup ses fesses ; les Adonis du trottoir d'en face sourirent et le montrèrent du doigt — « c'est ici que l'âme dépasse son séjour terrestre pour trouver une meilleure semence. J'ai l'impression d'être à mi-chemin, mon vieux. Après toutes ces années. » Il pointa le doigt au-dessus de sa tête. « Je m'achemine vers la couronne, vers Ayin, vers le Néant. Vers l'*essence* de Dieu.

— Ouais... Ça doit être super. Garçon ! Une bouteille de rouge, s'il vous plaît, et deux verres. »

Ils restèrent sans parler. Le vent se levait. Adam regarda une autre table d'un air mélancolique, comme s'il regrettait de ne pas y être. Alex sortit son tabac et tenta de rouler une cigarette à la manière d'un homme injustement lésé. Il avait été trahi : voilà ce qu'il ressentait. Pourquoi parler de Boot à Esther ? Quel ami est capable de faire une chose pareille ?

Au moment même où il allait proférer l'accusation, le vin arriva. Adam renvoya son verre, Alex remplit et vida le sien comme si c'était du jus de raisin. Adam l'observait, se grattant violemment la tête entre deux dreadlocks. Alex se resservit et se mit à parler de l'affaire Boot, subtilement, dans l'espoir de déceler un signe de culpabilité dans les gestes d'Adam. Rien. Que dalle. Mais peut-être que l'absence de tout signe de culpabilité était en elle-même un signe. Personne ne peut avoir l'air aussi innocent tout le temps, pas vrai ? Pas vrai ? *On* avait sûrement calomnié Alex T. Et si ce n'était pas Adam, alors qui ?

Alex continua à boire en parlant très vite, sans savoir de quoi. Un quart d'heure plus tard, il savait que sa bouche était encore en mouvement, mais il y avait un moment que son cerveau n'était plus rattaché à ses mots. Adam, qui s'ennuyait, fit exploser une fraise confite sous sa fourchette.

« Mais toutes ces femmes, dit-il en interrompant Alex, ce sont toutes la même femme, en fait. Tu ne *comprends* pas ? Kitty, Boot, Anita... elles se superposent, c'est tout. Pense à un restaurateur d'art qui gratte la peinture d'un portrait pour trouver d'autres portraits dessous. Tu détruis un tableau parfait à cause d'une curiosité mal placée — la possibilité qu'il y ait d'autres portraits. C'est une substitution sans fin ; et tout ça parce que tu ne sais pas gérer les choses telles qu'elles sont. »

Alex fit un Signe Universel : renversement de tête en arrière, légère incursion des dents de devant sur la lèvre inférieure, émission du son *pfui*. Il leva un verre, son troisième.

« Merci, Sigmund. »

Adam haussa les épaules. « Prends ça comme tu veux.

— Non, non, c'est fascinant. Et Esther... c'est le premier portrait ? le dernier ?

— C'est pourtant évident, mon pote, dit Adam froidement. C'est la peinture elle-même. »

Alex explora avec la langue un bout de pâtisserie coincé sur ses molaires. « Bien sûr. Superbe analogie. C'est tout à fait ton style : tout est le symbole de tout le reste. Et *en quoi* ça m'aide ? »

Adam lança à Alex un regard moqueur. « T'as toujours cette idée bizarre, dit-il en secouant la tête, que tout le monde est là pour *t'aider* ! »

Ils passèrent un moment à parler du Problème avec les Autres, un substitut agressif à la conversation qu'ils avaient envie d'avoir, c'est-à-dire : le Problème avec *Toi*. Rubinfine était obsessionnel. Joseph refoulé et malheureux. Alex regarda sa montre. Il devait être à Neville Court dans dix minutes.

« Alors, on est en retard ?

— Un chouïa. »

Alex vida le fond de bouteille dans son verre, puis entreprit de le faire tournoyer et de le humer, comme s'il venait seulement de se rendre compte que c'était du vin.

« Est-ce que c'est nécessaire ? Vraiment nécessaire ? demanda Adam en essuyant une flaque de rouge après un tournoiement un peu excessif.

— Oh... *Bon Dieu*... tu sais ? Pourquoi tu te fais chier à sortir si tu... Je veux dire, pourquoi tu bois pas ? Tu vas te contenter de me regarder ? C'est quoi, cette histoire ? j'ai l'impression d'être une peinture à la con : Gros homme au gros rouge sous la pluie. Étude de loser sur la voie de...

— Arrête, t'es bourré.

— Je peux pas arrêter d'être bourré, Ads. C'est un aller simple. Tchouk-tchouk-tchouk jusqu'au terminus.

— Alors vas-y mollo.

— À vos ordres, cap'taine.

— T'es fâché contre moi. Pourquoi ?

— Parce que. Question suivante.

— Esther me dit que tu ne seras pas auprès d'elle dimanche. J'essaie de comprendre, mais j'ai du mal.

— C'est pas ma faute : il faut que j'aille à New York. C'est réservé ; je peux pas annuler. Je suis *désolé*.

— Tu pars quand ?

— Vendredi soir. Écoute : pourquoi tu viendrais pas avec moi ? » demanda Alex dans un esprit de résolution pacifique. Mais Adam détourna les yeux vers un homme enveloppé dans un duvet qui dansait la gigue sous la pluie.

« Le centre de *cette* ville est déjà assez dur comme ça. J'ai pas envie d'être au centre du centre. Trop dur pour le pauvre pèlerin.

— Très bien, d'accord. Personne t'y oblige. Je proposais juste.

— Jeudi, c'est la yahrzeit de ton père, dit Adam en se retournant vers lui. Tu comptes être dans le pays ?

— Ça te regarde pas, mais je reviens mardi.

— Eh bien, dit Adam en tapotant sa cuiller sur le bord du verre d'Alex, j'ai parlé à Rubinfine. Sa shul ne peut pas s'en occuper le jour en question, mais il croit en connaître une autre qui sera disponible. Pour le minyane, tu pourrais avoir moi — même si tu ne me mérites pas —, tu pourrais avoir Joseph, Rubinfine, ta maman, Esther peut-être, si elle est sortie de l'hôpital. Les gens seront heureux de le faire : il faut juste que t'arrêtes de faire chier tout le monde rien qu'*une seconde*. Donc tu seras pas là pour son opération, c'est bien ça ? »

Par une horrible coïncidence, Alex venait de lever le poignet pour consulter sa montre au moment où fut prononcé « opération ». Il ouvrit la bouche pour s'expliquer, mais rien ne lui vint à l'idée et il la referma. Il ne croyait ni aux accidents ni aux coïncidences dans le monde des gestes. Nos corps ne disent-ils pas exactement ce qu'ils pensent ?

« Non. Si tu dois y aller, vas-y, dit Adam, très contrarié, il faut que je trouve une douche, de toute façon. J'ai passé tellement de temps assis dans cette chambre. Je me suis pas lavé depuis des jours. Je t'appellerai plus tard. »

Ils partagèrent l'addition.

Tituber dans une rue célèbre jusqu'à un monument, puis retourner sur ses pas et prendre une allée oubliée. Mais, avant d'aller où il doit aller, Alex se faufile dans une ruelle appelée Goodwins, se laisse glisser le long d'un mur humide jusqu'à la position accroupie. Ainsi, il est protégé par le rebord de fenêtre d'un appartement. C'est là qu'il roule un joint, un joint vraiment mastard, et qu'il le fume. Au lieu de le détendre, il ajoute une dimension nouvelle à son ivresse, une couche de brouillard plus épaisse encore entre lui et le monde. Bientôt, les yeux piquants, le cœur emballé et bredouillant, il sort un crayon et succombe à la paranoïa. Il prend des notes dans son calepin sur le déjeuner, les bribes de conversation qu'il oublie déjà, la duplicité supposée de son meilleur-ami, la signification de ci et de ça, le symbolisme de ça et de ci. Le tout est comme une horrible trahison de lui-même, de sa vie entière. La vie n'est pas que symbole, qu'il soit juif ou goy. La vie n'est pas un simple casse-tête chinois. Tout ne s'imbrique pas. Toutes les routes ne mènent pas à une épiphanie. On n'est pas devant la télé, Alex, on n'est pas devant la télé.

Oh, pense Alex, *alors maintenant t'as une épiphanie sur l'importance de ne pas avoir d'épiphanies. Super.*

Cafardeux et confus, Alex se met à marcher à toute vitesse, rêvant de guérir de lui-même, de sortir de lui-même, de sortir de cette peau, rien qu'une *minute*. C'est sans doute tout ce qu'ils veulent, ces voyageurs célèbres qui créent des incidents. Mais ils n'ont même pas droit à une minute, rien ne marche : ni une skunk surpuissante comme celle-ci, ni l'alcool, ni Microdot, ni rien d'autre. Il n'y a pas de raccourcis. On est toujours *là*. Alors, à défaut, ils arrêtent les frais. Ils optent pour le tout jamais. « Et ça c'est *quelque chose* », se dit Alex, qui ressent pour la première fois le *poids* du suicide, le sérieux de cette option. « Ça demande de sacrées *couilles*. »

Alex descend la rue en oscillant sous le ciel énorme, se sentant bien indigne comparé à ces voyageurs qui sautent sous les trains. Le moins qu'il puisse faire, *face à cet exemple de sacrées couilles*, c'est bien d'être lui-même un individu digne de ce nom. Au rond-point, en attendant de pouvoir traverser la rue sans danger, Alex essaie d'imaginer sa plaidoirie si sa vie était en procès, autrement dit, s'il devait en prouver la valeur. C'est une sorte de texte imaginaire qui l'accompagne partout où il va, au même titre que sa nécrologie, car quelque part dans sa tête Alex est le plus célèbre et le plus important des parfaits inconnus. Et, à ce titre, il doit se défendre à la fois contre la calomnie et contre l'obscurité. Qui d'autre pourrait le faire ? Après tout, il n'a pas de fans.

Je t'en prie, rappelle-toi, je t'en supplie ! Rappelle-toi, je t'en prie. La vie n'est pas un simple casse-tête chinois [TU N'ES PAS DEVANT LA TÉLÉ]. C'est plus que ça. Tu es en colère parce que je n'y arrive pas, mais je t'assure que la vie est autre chose que... plus que...

Je t'en prie. Dans la réalité, les choses ne peuvent pas s'imbriquer aussi parfaitement que les preuves quand je les couche par écrit : je t'en prie, n'oublie pas ça, je t'en supplie. Le déjeuner n'était pas franchement réussi ; je n'ai pas descendu la rue pour te distraire ; les scènes ne se sont pas succédé, impeccables et lourdes de sens — rappelle-toi qu'il s'agit de ma *vie* [TU N'ES PAS DEVANT LA TÉLÉ]. De la description d'un combat. Juge-la en conséquence. Une seule seconde de cette vie est aussi longue que tous les livres qui ont jamais été écrits. Et aussi courte que le nom de Dieu. Je t'en prie, n'oublie pas ça. Pardonne les mensonges jumeaux du spectacle et de l'illumination [TU N'ES PAS DEVANT LA TÉLÉ] ; je t'en prie, rappelle-toi que je viens de marcher comme tu marches, les coudes tordus, le dos courbé au point que mes mains effleuraient l'ourlet de mon jean, terrifié à l'occasion par la mort et par d'autres questions qui ne seraient pour toi ni un spectacle ni une illumination ; rappelle-toi que je ne peux pas organiser les choses pour toi comme tu voudrais qu'elles soient organisées. Je t'en prie, rappelle-toi que je viens de marcher sans rime ni raison, c'est tout ce que je pouvais faire, car la vie n'est pas un simple casse-tête chinois, c'est autre chose, autre chose, je t'en prie rappelle-toi que tu n'es pas... que je ne suis pas...

Que c'est juste moi, complètement cassé (cette herbe est *forte, cette herbe est psychotrope*) en train de descendre une ruelle étroite et de trouver l'endroit où je suis censé être et de frapper au carreau...

Tandem frappe au carreau du Palais de l'Autographe, chez Cotterell, une charmante petite boutique à pignons située à mi-hauteur de Neville Court, dans le centre chic de Londres. À l'intérieur, il aperçoit des éditions originales, de la verrerie de collection, des portraits signés et le brocart usé d'un fauteuil sur lequel un dragon chinois brodé bondit vers la liberté. À l'intérieur, il aperçoit des timbres et des vignettes de la régie des tabacs. Des programmes de théâtre et des cartes de Noël. Des extraits de naissance et des mouchoirs brodés d'initiales. Aux murs, il aperçoit des photos d'archi-célébrités, des photos que les archi-célébrités elles-mêmes ont touchées et marquées de leur empreinte, et qu'un homme est susceptible d'acheter. Un homme pourrait très bien posséder ces photos et participer (fût-ce sur le mode mineur) de la célébrité de ces gens et de leur remarquable aptitude à priver la Mort de son ultime satisfaction : l'obscurité. Un homme oscille entre l'admiration respectueuse et la rage face à la célébrité, comme face à l'idée de Dieu. Cet après-midi, c'est de la rage qu'éprouve Alex. Il est en pleine crise psychotique.

À l'intérieur, il voit des gens, des vraies gens. Une belle fille, très grande, sa gorge blanche ceinte d'un ruban de velours noir. Un gros bonhomme rougeaud à costume de tweed et montre de gousset, qui agite les bras. À l'intérieur, il aperçoit un public.

3

Donc. On t'a laissé bourré et défoncé, en pleine crise psychotique. Et l'instant d'après — surtout s'il pleut et qu'une jolie fille te hurle dessus en pleine rue —, on te retrouve complètement dégrisé. Et aujourd'hui Boot débordait de questions. Des questions du genre :

Qu'est-ce que tu nous as fait, là ?
T'es *complètement* malade ou quoi ?
Tu veux que je me fasse *virer* ?
C'est quoi ces manières, de débarquer dans cet état ?
Tu te rends compte qu'il pourrait porter plainte ?
Qu'est-ce qui te passe par la *tête* quand t'es comme ça ?

Tu crois qu'*insulter* les gens, ça avance à *quelque chose* ?
Il est cassé ?
Tu veux voir un docteur ?

« C'était quoi, déjà, la dernière question ? demanda Alex en se pinçant le nez pour arrêter le sang.

— Oh, *bon Dieu*. Allez, *viens*. Je vais t'emmener. J'ai un oncle dans Harley Street. T'es vraiment un *taré*. »

Elle lui saisit la main et fit un grand pas en avant, mais Alex refusait de bouger.

« Quoi ? Qu'est-ce qu'il y a encore ? T'es blessé aux jambes ?

— Je ne vais pas chez les médecins occidentaux », dit Alex d'un ton bourru, exaspéré de se savoir en sang, les yeux rouges et trempé comme une soupe devant une fille qui lui souhaitait tous ces malheurs et pire encore. « Je connais un endroit à Chinatown. Ça vaut mieux. On va y aller. »

S'appuyant sur Boot et ses biceps impressionnants, Alex négocia les pavés inégaux, gémissant en sourdine. Comme elle était forte, Boot, comme elle était belle ! Depuis la dernière fois, elle s'était coupé les cheveux très court, comme un jeune garçon, ce qui mettait en valeur sa mâchoire quelque peu masculine. Elle portait une jupe marron, dans un tissu râpeux qui d'ailleurs ressemblait à des cheveux, et ses jambes étaient contrôlées par une paire de bottes noires montantes qui couinaient en frottant l'une contre l'autre. Une grande fille, racée comme un cheval chic. Capable de supporter presque tout le poids d'Alex et de trotter quand même à pleine vitesse, sans être entravée par les gouttes de pluie qui lui dégoulinaient sur le visage.

« Ce que je ne comprends pas, dit-elle furieuse lorsqu'ils atteignirent l'agitation d'une place célèbre encadrée de tous côtés par des cinémas géants, c'est que tu aies eu le toupet monstrueux de venir à la boutique dans cet état, de te *ridiculiser* complètement… et en plus… et *en plus*… d'essayer de lui vendre un Alexander. Dieu sait que rien que pour ça, tu *méritais* de te prendre une torgnole. Franchement, Alex. Après la dernière fois ! »

Deux ans plus tôt, Alex avait réussi à revendre à plusieurs pigeons une série de faux Kitty pour lesquels lui-même s'était fait pigeonner. Il avait oublié que Sir Edward figurait parmi ces pigeons de la deuxième génération.

« *Arg*, fit Alex. C'était il y a deux ans.

— Chassez le naturel... »

Boot s'immobilisa. La pluie s'apaisait. Elle le poussa contre un mur. Les cinémas les dominaient de toute leur masse, éclairés comme des villes royales ou des cathédrales. Sur le trottoir d'en face, par-dessus l'épaule de Boot, Alex voyait, gigantesque, le visage de huit mètres de haut de la célèbre actrice Julia Roberts, la veine insistante de son front, le sourire plus radieux que celui de Bouddha. Alex eut furieusement envie de s'agenouiller, mais Boot le retenait fermement par les coudes. Alex la dévisagea, essayant de donner sens à son apparence. Plus on s'approche des affiches de films, découvrait-il, plus on a de mal à comprendre le visage des gens. Mais la vision de Boot n'était pas aussi décevante qu'on aurait pu s'y attendre. Il y avait des points communs : une ressemblance dans la mâchoire, dans les yeux.

Elle dit : « Ça y est, tu peux m'embrasser, maintenant, si tu veux.

— Je te demande pardon ? » dit Alex.

Tout près de lui à présent, le visage de Boot, large, anguleux, ouvert, deux yeux marron aux cils extravagants, une centaine de taches de rousseur presque imperceptibles et un grand nez frappant. Elle se passa la langue sur les dents.

« J'ai dit : tu peux m'embrasser. Je *présume* que c'est pour ça que tu as fait toutes ces histoires. Ta façon à toi d'exprimer ton amour etc. Ta façon maladroite.

— Boot, implora Alex en levant les bras pour se défendre, j'ai peut-être le nez cassé. »

Boot recula en un geste d'authentique surprise et se mordit la lèvre. C'était une grande amatrice de films, cette Boot. Tôt ou tard, elle s'attendait toujours à ce qu'on l'embrasse.

« Oh. O.K. Non, non, pas de problème, je t'assure. *Pas* de problème. En fait, je ne suis pas du tout gênée. Je suppose que tu t'attends à ce que je sois... Oh mon Dieu. Je ne sais pas. J'ai juste *cru*...

— Non, c'est pas grave, Boot, vraiment...

— C'est juste que... tu sais, je croyais vraiment que tu...

— Oui, je vois ça, Boot. Je suis...

— Bref, fit-elle d'un ton sec, en reprenant le contrôle de son menton frémissant. Ça me rappelle la fois où elle a voulu embrasser Lytton — ou est-ce que c'est Lytton qui a voulu l'embrasser ? En tout cas, *eux*, ils ne se sont pas crus obligés de se sentir gênés. Alors ne compte pas sur moi. »

Le visage d'Alex n'était que douleur. « *Qui ça ?*

— *Virginia Woolf*. Dans son journal. Je suis en train de le lire. Ça t'arrive de m'écouter quand je parle ? »

Ouais, des fois. Disons, 25 % du temps, dans un bon jour. Et bien plus, beaucoup plus, quand il essayait de la convaincre d'aller s'allonger quelque part avec lui pour faire la bête à deux dos. Mais pas aujourd'hui. Elle lui reprit la main et l'entraîna sous le faux portique oriental qui marquait le début de Chinatown.

« Je dois dire que pour quelqu'un qui est soi-disant amoureux de moi, tu ne fais pas beaucoup d'efforts.

— Mais Boot... Boot, je ne suis *pas* amoureux de toi. Je n'ai jamais dit ça. On se connaît à peine. J'ai une copine. »

Boot le gratifia d'un sourire indulgent. Deux ruisseaux de sang confluaient vers le menton d'Alex. Boot sortit un mouchoir de son sac et épongea le sang.

« Idiot. T'as pas besoin de le *dire*. Ça se voit dans tes yeux. Tes petits yeux rigolos de Chinois. Et elle est *où*, cette copine ? Personne ne la *voit* jamais. C'est un fantôme, si tu veux mon avis. Je pense beaucoup au suicide ces temps-ci, poursuivit-elle d'un ton rêveur, dans l'un de ces demi-tours verbaux pour lesquels elle était célèbre. À cause de Virginia et tout ça. Et à cause de Sylvia. Pourquoi donc les femmes brillantes passent leur temps à se suicider ? Et puis je pensais à ton livre... oh ! Comme ça sent bon ! Ce truc de canard avec les crêpes, c'est *splendide*. Je *meurs* de faim. »

De nouveau, elle s'arrêta devant une vitrine et regarda d'un air concupiscent un canard laqué pendu à un crochet.

« Qu'est-ce que je disais ? »

Alex s'appuya à un menu exposé en plein air et cracha du sang par terre. En face de lui, un Péruvien au visage de chat jouait une rengaine pop sur une flûte immémoriale.

« Oh, ça y est, je me rappelle. Tu sais, quand tu divises les choses entre juivité-machin et l'autre bidule ? Tu sais, ce drôle de petit livre que t'es en train d'écrire ? »

Et il *fallait* dire oui. Même si elle demandait : *Tu sais que le ciel est bleu ? Tu sais que je suis un être humain ?*

« Tu sais, dans ton livre ?

— Oui, Boot.

— Alors je me demandais lequel c'était. Dans quelle catégorie ça tombait. Le suicide, je veux dire. »

Pour le coup, c'était une sacrée bonne question. Alex désigna le centre médical du Dr Huang, la petite enseigne qui dépassait du mur, au premier étage, au-dessus du restaurant baptisé Nuits Pékinoises.

« C'est une bonne question. »

Boot sourit, dévoilant une rangée de grandes dents parfaites, un sourire en Panavision.

« Oui, je *sais*. »

Ils parvinrent à l'entrée de service. Boot sonna et une seconde plus tard la voix de fausset du Dr Huang, hurlante et terrorisée, leur dit de pousser la porte et de monter.

« Plutôt goy, globalement... », dit Alex lentement, tandis que Boot l'aidait à monter l'escalier, « des cailloux dans la poche, la tête dans le four, tout ça. Mais il y en a d'une autre sorte, je crois. Un genre d'extase... ta mort se précipite vers toi en ouvrant les bras, et... comment dire... t'étreint. Tu sautes par-dessus la barrière pour la rejoindre. Tu vas vers elle en dansant. Elle éclate sur toi comme un nuage de pluie ou une trouée de soleil. Pas besoin de trucs laborieux et sordides. Pas de nœuds compliqués, ni de tuyaux d'échappement — tu sais — reliés à l'aspirateur. Plutôt... comment dire... une sorte de... de *fusion*. »

Lorsqu'il eut fini son discours — complètement improvisé —, il s'aperçut qu'il rayonnait. Le visage de Boot était tout renfrogné dans une grimace d'enfant. « D'accord. Je suis pas sûre de bien com*prendre*. Ça a l'air plutôt... sexy. Et ça, alors, c'est juif ? »

Alex acquiesça de sa tête lourde. Le Dr Huang ouvrit la porte de son cabinet.

4

« Vous, prenez ça », dit Huang en tendant à Boot une compresse froide. C'était un bout de gaze humide contenant quelque chose d'inidentifiable, qui sentait vaguement la menthe. La compresse n'était nouée qu'à un bout. En fille douée d'initiative, Boot retira de sa gorge le ruban de velours noir et s'en servit pour l'attacher. Elle la pressa contre la joue d'Alex. Le froid faisait trembler sa main.

« Vous lui mettez sur le nez, sur arête du nez ! » s'écria Huang, qui s'éclipsa dans son intérieur sordide, d'où provint bientôt un bruit de chasse d'eau.

« Qu'est-ce que je fais pas pour toi ! » roucoula Boot gaiement.

La tête renversée en arrière, Alex regardait le plafond. Il venait ici depuis l'adolescence et avait pu apprécier les progrès de la moisissure ; le niveau avait encore monté, saturant le plâtre. Partout, des nodules d'eau coulant goutte à goutte, des stalactites de moisissure. La pièce avait toujours l'air de pleurer. Il était venu ici pour la première fois une semaine après la mort de Li-Jin, alors que la pièce était adaptée aux circonstances. Ce matin-là, Sarah avait trouvé dans la maison un flacon du Dr Huang, et dès l'après-midi ce dernier s'était trouvé confronté à une belle jeune femme, hystérique, en larmes. Elle voulait savoir pourquoi M. Huang avait empoisonné son mari. *Regardez mon fils !* disait-elle. *Expliquez-lui !* disait-elle. Elle avait les cheveux en bataille. Des chaussettes dépareillées. De la main gauche, elle tenait la patte d'un garçon maussade à l'allure bizarre, et de la droite un remède à base d'herbes que Huang n'avait pas prescrit depuis des années. Il fallut du temps pour tirer les choses au clair. Pour que le Dr Huang puisse expliquer qu'il n'avait pas vu Li-Jin depuis très longtemps, pour que Sarah s'effondre sur une chaise en pleurant et accepte une tasse de thé. C'était la première fois qu'Alex buvait du thé vert, du moins dans son souvenir. Il se souvenait aussi que le Dr Huang avait raconté une histoire à ses visiteurs. Après l'avoir entendue, Alex s'était senti perdu, à la fois à cause de l'histoire et du spectacle de sa mère pleurant de plus belle :

L'Histoire de M. Huang telle qu'il la raconta à Alex et à Sarah

Un homme riche, célèbre dans toute la cour, demanda à Sengai d'écrire quelque chose pour assurer à sa famille une prospérité durable; ainsi ses lignes seraient-elles chéries de génération en génération.

Sur une feuille de papier, Sengai écrivit :

Le père meurt, le fils meurt, le petit-fils meurt.

L'homme riche était très en colère.

« Je t'ai demandé d'écrire quelque chose pour le bonheur de ma famille ! Pourquoi tu tournes ça en dérision !

— Il n'y a là aucune dérision, expliqua Sengai. Si votre fils venait à mourir avant vous, vous en seriez grandement affligé. Si votre petit-fils venait à décéder avant votre fils, vous en auriez tous deux le cœur brisé. Si votre famille, génération après génération, décède selon l'ordre que j'ai indiqué, cela sera conforme au cours naturel de la vie. Voilà ce que j'appelle la véritable prospérité. »

Il ne paraissait pas avoir vieilli depuis ce jour-là, le docteur. Il demeurait ingambe, svelte, la peau lisse. Il portait un sweat-shirt bleu délavé célébrant un Festival de Jazz à Vienne dont le dernier cuivre avait cessé de résonner au moins vingt ans plus tôt, un jean couvert des logos de circuits automobiles et de stations de ski imaginaires, et une casquette de base-ball orange si vieille et si usée que le fameux talon ailé de la déesse victorieuse était complètement effacé.

Il resurgit à travers le rideau de bandes de plastique coloré qui marquait la séparation entre son cabinet et son appartement.

« Jeune dame. Vous vous appelez ?

— Boot. Je m'appelle Boot.

— Boot ? Comme chaussure ?

— En fait, c'est Roberta, mais tout le monde dit Boot. Boot, ça ira très bien.

— Eh bien, mademoiselle Boot, dit le Dr Huang d'un ton brusque, vous amie d'Alex. Très bien. Donc vous avez argent pour payer ? »

Boot, qui avait grandi à la campagne, avait une peur atavique des Chinois dans toutes les situations autres que la livraison de plats cuisinés. Elle recula d'un pas. « Pourquoi diable je devrais vous payer, *moi*, alors qu'Alex vient de vous donner un chèque ? »

Maintenant d'une main le nez d'Alex, Boot tendit l'autre vers ce que le Dr Huang essayait de lui montrer.

« Lui pas très bien », dit Huang à voix basse.

C'était un chèque. Mais, en lieu et place de la signature, Boot vit une table branlante, un gant de base-ball, la partie inférieure d'une chaise.

CHAPITRE NEUF

Binah

Entendement — Tout le monde en Angleterre a participé à un jeu télévisé — Identifier les objets — Une situation à la Bogart/Henreid — Wittgenstein était juif — Rubinfine assure la continuité — Taper des lettres à la machine — Marvin s'explique — Anita dit non — Adam dit oui — Qui a coupé les plantes ?

1

L'ancien prof de maths d'Alex passait à la télé. Il avait 184 points. Il ne lui manquait qu'une réponse pour entrer dans le tableau des champions et être assuré d'une place en quart de finale. Les yeux rivés à l'écran, Alex le convalescent entreprit de tremper et de manger un nacho sans se servir de ses mains. Il s'assura une prise en coinçant ses pieds dans la courbe du sofa. Il commença à se pencher vers le sol.

Le maître du jeu dit : « Quel philosophe fut ravi d'apprendre qu'un de ses étudiants avait abandonné la philosophie pour travailler dans une conserverie ? »

Alex dit la réponse très vite huit fois de suite, puis une fois au ralenti, et enfin la chantonna. Le prof de maths proposa une réponse qui trahissait une vision inquiétante de l'industrie agro-alimentaire dans la Grèce du cinquième siècle. Alex plongea son nez endolori dans le guacamole et l'y laissa quelque temps. Le chagrin pesait sur lui. On sonna à la porte.

« LA PORTE ! hurla Boot de la cuisine. LA PORTE. LA PORTE. *LA PORTE !* »

Ceci est une porte. Voici du guacamole. C'était mon prof de maths. Ceci est une porte.

« Je peux vous aider ?

— C'est plutôt l'inverse », dit Rubinfine en faisant le Signe

Universel du renversement. Il portait un sweat-shirt saumon ballant sur lequel était inscrit L'ERREUR EST HUMAINE, LA C* ? ? !&%µ EST INFORMATIQUE.

Sur le seuil, Alex défendait sa forteresse. « Si c'est des Torahs que vous vendez, j'en ai déjà une.

— Salut, Alex, dit Joseph. On peut entrer ? On veut juste parler.

— Qu'est-ce qui est arrivé à ton pif ? demanda Rubinfine en forçant le passage. Tu t'es disputé avec le poing de quelqu'un ? Quelqu'un n'aimait pas la coupe de... *Bonjour.* »

Boot venait de surgir de la cuisine, l'air à la fois criarde et coquette, une combinaison qu'elle avait mise au point dans son enfance pour obtenir ce qu'elle voulait.

« Et vous vous appelez ?

— Boot.

— Bien *sûr*. Une amie d'Esther ? » demanda Rubinfine un peu perdu, lui qui n'avait plus eu d'amie depuis que la dernière du nom avait uriné dans son bac à sable. « Ou bien... ?

— D'Alex, en fait. Je veux dire, nous... nous... c'est-à-dire, on fait affaire. »

Même pour Boot, se dit Alex, cette voix coupable de série B, ce numéro de Femme Secrète bredouillante : quelle déception.

« Boot, voici le rabbin Rubinfine, un vieil ami, et voici... »

Alex ne tarda pas à comprendre que le reste des présentations était superflu. Boot et Joseph s'avançaient maladroitement l'un vers l'autre (un ballet très gauche de coudes et de zones tendres tandis qu'on retirait un manteau), avant de converger en une bise malhabile, où l'on n'arrivait à se mettre d'accord ni sur la joue ni sur la quantité prévue, autre convention de série B. Alex sentit une bouffée de fureur en complétant enfin un puzzle d'une simplicité insultante. Il n'avait jamais imaginé qu'ils pouvaient se connaître.

« Vous deux, vous... déjà... ? » dit Rubinfine tandis qu'ils progressaient vers le salon. Là, il sourit et s'affala dans un fauteuil, indifférent à la fin de sa question comme à la rougeur qui grimpait le long du cou de Joseph, engloutissant ses oreilles pointues. Rubinfine prit le premier livre venu — une histoire de la coquille Saint-Jacques adaptée au grand public — et le feuilleta rapidement jusqu'à ce qu'il arrive au cahier de photos.

« Depuis *au moins*, quoi, trois mois ? dit Boot en se perchant sur le bord du sofa. Je n'avais jamais *pensé* que vous deux aussi, vous pouviez être amis. C'est pourtant évident. On est un tout petit monde, n'est-ce pas ? J'imagine que tous ceux qui viennent à la boutique se connaissent entre eux, en fait. C'est quand même marrant ! Joe et Alex ! On croirait une mauvaise pièce de théâtre. Mince alors. Au fait, Joe, je suis bien contente que tu n'aies pas acheté le Nicholas Brothers. C'est une belle pièce, mais il ne vaut pas la *moitié* du prix auquel Cotterell veut le fourguer. Mais il est trop têtu pour baisser le prix, reconnaître son erreur... Il est convaincu que le marché de la comédie musicale va exploser, tu comprends... »

Boot n'était pas idiote ; elle sentait la tension extrême qui régnait dans la pièce. Avec dégoût, Alex la regarda conclure silencieusement que cette tension devait être due au désir qu'elle inspirait. Il enfonça les ongles dans le creux de sa paume tandis qu'elle continuait à babiller, contorsionnant son corps pour en faire un écho délibéré de cette célèbre silhouette : le sablier Marilyn. Le dos arqué, le ventre rentré, les lèvres s'ouvrant comme des pétales rougissants, la tête plongeante mais les yeux au plafond : quel don incroyablement puissant ! Le stade ultime des Signes Universels Sexuels : la métamorphose d'une femme en vase.

« On n'imaginerait pas que ça soit *possible*, dit Rubinfine en levant un sourcil, mais en baissant de nouveau les yeux vers le livre ouvert sur ses genoux. Deux cent et quelques pages sur la coquille Saint-Jacques. Sur un coquillage. Chapeau bas à l'auteur. Où est-ce qu'il trouve la *force* ?

— Joseph, dit le pauvre Alex, tremblant de rage, du thé... tu veux bien ? M'aider ? À apporter des trucs ? Et puis à boire : peut-être un petit peu à boire — sauf pour les rabbins.

— *Y compris* pour les rabbins, merci bien. La *journée* que j'ai eue ! »

Joseph, qui n'était pas encore assis, se mit en marche à tout petits pas, tel un condamné à mort. Alex se planta derrière lui et le força à accélérer. En quittant la pièce, tandis qu'il lui donnait un petit coup en douce dans le dos, il entendit Boot qui disait : « À vrai dire, je ne trouve pas que vous ayez tellement *l'air* d'un rabbin… »

Alex trouva Grace dans la cuisine. Il la prit dans ses bras, la serrant malgré elle contre sa poitrine pour ne pas être tenté de frapper Joseph. « Je comprends, dit-il d'un air sombre.

— Alex, dit Joseph en lançant un coup d'œil vers la porte pour s'assurer qu'elle était fermée, je n'en suis pas très *sûr*. »

Alex allongea la main sous le corps de Grace pour pointer un doigt. « Tu m'as dénoncé. Par intérêt.

— Tu dramatises un peu, non ? » dit Joseph en tripotant sa cravate. Baissant ses beaux yeux, il prit la bouilloire et mit l'eau à chauffer. « Ça fait un peu sous-Garbo, non ?

— C'est toi qui as parlé de Boot à Esther, dit Tandem le strident. C'est pas Adam. C'est *toi*. Je crois que c'est fini entre nous. C'est dix ans de vie de couple que tu viens de détruire. Merci bien.

— Alex…

— Et je suis là à essayer de comprendre *pourquoi*. Tu crois vraiment, Joe, tu crois vraiment qu'Es me quitterait pour *toi* ? »

Joseph parut affolé : sa tête se redressa d'un coup, il avait l'air stupéfait. Il éclata d'un rire quelque peu désespéré.

« *Esther ?* Non, Alex, tu te trompes de… mais de quoi tu *parles*… Esther, c'est comme une *sœur* pour moi.

— T'as toujours été en compétition avec moi, dit Alex en couvrant sa voix. C'était ça, l'idée ? Tu allais me l'enlever uniquement *pour*… pourquoi tu ris ? Qu'est-ce qu'il y a de si marrant, putain ?

— Rien ! hurla Joseph en trépignant sur ses petits pieds. Écoute, laisse-moi une seconde pour reprendre… Je *veux* t'expliquer… ça n'a *rien* à voir avec Esther… je veux dire, c'est pas ce que tu crois. »

Alex secoua la tête, comme s'il essayait de tirer une idée au clair. « *Boot ?* C'est ça, alors ? Tu te fous de moi ? Écoute, Joe : Boot, tu peux l'avoir, mon pote, si tu la veux, elle est à *toi*, mais, bordel, c'est pas une raison pour foutre en l'air *ma* vie.

— Non, écoute, attends, tout ça va trop vite », dit Joseph en tendant les mains et en poussant vers le bas, Signe Universel du calme. « Je me suis dit : c'est une *amie*, Esther aussi est *mon* amie — et j'ai juste pensé qu'elle méritait d'être au courant, c'est tout. Vraiment, je suis désolé... j'ai juste... elle n'arrêtait pas de poser des *questions* et elle soupçonnait *quelque chose*... S'il te plaît, on oublie ça. Je suis *désolé*. J'ai fait une erreur, visiblement. »

Alex jura sauvagement et Joseph frémit, s'appuya au buffet.

« En réalité, ce n'est vraiment pas ce que tu crois », commença Joseph, ce qui fit rire Alex : l'épouvantable réplique de film.

« Joseph, dit-il, je ne te *crois* pas. Tu as *toujours* été en compétition avec moi. Tu ne *supportes* pas de me voir... attends un peu, merde, *attends* » — Alex lâcha Grace — « *Bon Dieu*, je suis vraiment un imbécile. C'est toi qui as dit à Cotterell que j'allais me pointer avec un Alexander, hein ? J'ai pas raison ? Tu lui as dit que je faisais le tour de la ville avec un faux. Espèce de *salaud*. Eh bien, sache, pour ta *gouverne*, que j'en vendais un pour Brian Duchamp. Qui, lui, a réellement besoin de cet argent. Alors là, bien joué. Joseph, c'est quoi ton *problème* ? Tu essaies de me pourrir... »

Joseph s'étouffa en se risquant à un rire dédaigneux. « Allez, arrête... tu vas pas tout me mettre sur le dos... pas dans les circonstances... »

Alex balança un coup de poing dans un placard. « Tu en as *parlé* à Esther. Et aujourd'hui, j'ai traité Adam comme de la merde, à cause de toi. Tu m'as *dénoncé*. »

Joseph se mordit la lèvre. Il paraissait au bord des larmes. « Je lui ai donné, commença-t-il d'une voix mal assurée, l'information qu'elle méritait et qu'elle aurait fini par apprendre, de toute façon. Tout le monde était au courant. Franchement, Al, ça témoigne d'un tel *mépris* pour elle, comme si elle n'existait pas...

— Écoute, mon pote, s'il y a une chose dont j'ai pas besoin, c'est bien que *toi* tu me donnes des conseils sur mon couple. Commence par *vivre* en couple, Joe, on en reparlera.

— Du mépris, vraiment, poursuivit Joseph à voix basse, en reculant d'un pas, et putain, tu sais... en ce qui concerne Boot, comme tu me le rappelles si délicatement, je suis célibataire. Pas toi. Écoute, je ne suis même pas... je ne crois même pas qu'elle m'intéresse tant que ça, de toute façon, et... Alex, c'est vraiment pas ça le problème. C'est pas civilisé. Ce soir, Rubinfine et moi, on est venus en amis, pour essayer de... »

Alex sortit du buffet une énorme bouteille de vodka polonaise, l'empoigna par le goulot et la pointa sur Joseph Klein. À l'intérieur flottait un brin jaune d'herbe de bison qui ballottait en direction du goulot. « Tu vois ça ? Question à dix points. Qu'est-ce que c'est ?

— C'est de la vodka polonaise. Quoi ? Qu'est-ce que je suis censé dire ? Qu'est-ce... c'est une boisson ? Quoi ?

— Oui, mais pas seulement. C'est une boisson, oui. Mais réfléchis encore. Rappelle-toi la fac. Révisons notre Ludwig Wittgenstein. Parle-moi de la nature d'une proposition.

— *Alex*... reprends-toi... non, non, c'est bon... *calme*-toi... O.K., O.K., le sens d'une proposition réside dans son *usage*.

— Donc ?

— Donc ça pourrait aussi être une arme.

— Dix points ! On va boire ça jusqu'à ce qu'on ne soit plus civilisés. Et alors, quand on ne sera plus civilisés du tout, je vais te faire cracher tes boyaux. Avec ça. Mon ami. Mon cher ami d'enfance. Tu comprends ? On s'est compris ? On va faire un genre de combat de catch. Je te le jure sur mon billet, Joe. C'est aussi fort qu'un Commandement.

— Alex... tu ne *comprends* pas. *Vraiment* pas.

— Mais d'abord, on va boire. On va se bourrer la gueule. C'est le milieu du film. On va boire à Esther — elle se fait opérer dimanche, t'étais au courant ? En voilà, un fait. Et maintenant je prends ça, et ça... il y en a d'autres là en bas, voilà. Ouvre ce placard. Prends des grignotis. Au frigo, y a de quoi faire des cocktails. Tiens-moi ça. Et ça. Non, donne-moi celle-là. Prends un plateau pour les... »

« Ouh la la ! » dit Boot, quelques minutes plus tard, perchée à présent sur le bras du fauteuil de Rubinfine. « Regardez-moi ces deux-là ! Tout ça, c'est pour moi ?

— On fait une fête entre guillemets », dit Alex-Li le lugubre.

« C'est marrant, dit Boot quelque temps plus tard, sans se rendre compte qu'elle parlait trop fort, en fait, je voulais être actrice. Mais on peut pas être tous des actrices. Je veux dire, *tout le monde* ne peut pas être actrice. Au bout du compte finalement c'est juste un coup du sort, non, pardon, qu'est-ce que je voulais dire ? Oh, vous avez *compris*, un machin, là, un coup de *chance*. »

Elle était appuyée contre le faux feu de cheminée et ses bûches de plastique luisantes, serrant des deux mains un verre de vin rouge, son troisième. Rubinfine continua à opiner du chef même quand elle eut fini de parler, sans cesser de retourner les cartes de vœux posées sur la cheminée pour en lire les messages personnels.

« T'as jamais voulu être quelque chose, Rabbin ? Je veux dire, tu vois, à part rabbin ? »

Rubinfine souleva une minuscule idole mexicaine par le pénis pour la cinquième fois. Il se mit à la retourner en tous sens. « J'ai une donnée intéressante à vous fournir, dit-il joyeusement en redressant brusquement la tête. Il n'y a pas longtemps, je suis allé parler à des écoliers de la signification de Pourim ; il s'est trouvé que ma conférence a duré moins d'une heure, j'ai eu des problèmes avec la présentation sur PowerPoint et puis il y a eu d'autres complications — mais ça n'a rien à voir l'histoire —, bref, pour meubler je leur ai demandé ce qu'ils voulaient faire quand ils seraient grands et... »

Boot se mit soudain à rire, puis parut au bord des larmes. Rubinfine fronça les sourcils mais poursuivit.

« Oui, et sur une classe de trente-cinq, neuf voulaient être mannequins, quatre voulaient être acteurs, deux voulaient être pop stars, dix voulaient être footballeurs et les dix restants voulaient être "dans le spectacle", juste "dans le spectacle". J'ai essayé de les faire préciser : pas moyen. On n'a jamais vu autant de petits... — juste une goutte, merci, c'est parfait — autant de petits ambitieux. »

Boot vida son verre d'un trait et entreprit de s'en servir un autre. « Rabbin, honnêtement, il faut que je te dise... je sais que tu comprendras... mais quand j'étais à l'école...

— Vous voulez bien m'excuser un moment ? » dit Rubinfine, qui abhorrait les confessions. Il devait appeler Rebecca pour l'organisation de la kermesse, puisqu'un tiers des nabots (le terme lui collait à l'esprit, pas moyen de s'en débarrasser) s'étaient révélés être végétariens.

« Alors, comment ça va, vous deux ? » dit Boot au bord du désespoir, en s'accoudant à la cheminée et en se tournant vers le sofa. Où Joseph et Alex étaient assis depuis le début des festivités à boire des vodkas, embourbés dans une discussion morose de leur vieille amitié. Ils avaient effacé les bons moments et déformé, chacun à son goût, la chronologie et la gravité des affronts personnels. Ils se tournèrent vers Boot comme un public de matinée, hostile et éméché.

« Ça peut pas aller mieux », dit Joseph en laissant retomber sa tête.

Boot se mordilla l'ongle du pouce. « On peut pas vraiment appeler ça une *fête*, hein ? J'ai tout le temps l'impression d'avoir envie de *pleurer*. Ça ressemble plutôt à comment-ça-s'appelle... à une veillée funèbre, un truc comme ça. Comme si quelqu'un était mort, mais que personne ne savait vraiment qui. J'ai toujours pensé que dans une fête faut pas abuser de Leonard Cohen. En fait, dit-elle en lampant son vin et en faisant un pas titubant vers l'avant, je crois que je vais peut-être y aller, en fait, Alex, si ça pose pas de problème. Je vais rentrer clopin-clopant.

— Ne t'en va pas, Boot, dit Joseph d'une voix inexpressive, les yeux toujours fixés sur la table basse devant lui. Si tu pars, on sera juste entre mecs. C'est nul si on est entre mecs. On n'a qu'à regarder un film, je sais pas, moi. Ça sera marrant.

— Merci, Joe, mais je crois que je ferais mieux... »

Alex lécha le joint qu'il roulait et regarda autour de lui. « Où est-ce qu'il s'est cassé, le rabbin de mes deux ? »

Boot haussa les épaules. « Je sais pas. En haut, je crois.

— Porté disparu, dit Joseph. Présumé mort.

— Si tu t'en vas, dit Alex avec l'accent traînant du célèbre acteur John Wayne, c'est le rabbin qui déguste. »

En haut, le rabbin Mark Rubinfine s'arrangea pour être porté disparu quelque temps. Il avait appelé Rebecca, mais la conversation avait été brève et orageuse, puisqu'il était incapable de prendre l'expression « poulets gadgets mélangeurs à cocktail » aussi sérieusement qu'elle le méritait. Il n'était pas impossible qu'il ait bu un tout petit peu trop de vin. Et il était parvenu au point que finit par atteindre quiconque organise ne serait-ce qu'un dîner à quatre : *pourquoi ils ne peuvent pas cuisiner leur propre bouffe, engager leur propre DJ, manger et danser dans leur propre maison à la con ?* Pour Rubinfine, ce sentiment était multiplié exactement par quarante-huit, puisque tel était le nombre de ces fâcheux miniatures qu'il était contraint et forcé de recevoir.

Il avait reposé le combiné alors que Rebecca parlait encore. Et à présent, au lieu de redescendre, il se retrouvait désœuvré, assis sur le lit d'Alex. Tendant la main vers les pièces en chocolat, il en cueillit une bonne quantité dans sa paume et entama le processus minutieux consistant à les défaire de leur peau métallique. Vous vous imaginez vivre comme ça ? Rubinfine frissonna et posa contre le mur sa main libre, qu'il superposa à la tache jaune en forme de main. Son affection pour Alex ne l'avait jamais empêché de s'avouer la supériorité intrinsèque de sa propre situation par rapport à celle du malheureux Tandem. Le rabbin Mark Rubinfine avait un patio et une femme, des rideaux et des tapis, une douche réglable et une table pour douze convives. Dès que le Dr Guy Glass aurait guéri Rebecca de sa tocophobie, la maison grouillerait d'enfants. Vous voyez ? Il avait amassé des choses dans sa vie, ainsi qu'on est censé le faire : on les dispose soigneusement entre soi et la mort, comme pour une course d'obstacles. La chambre d'Alex ressemblait à un meublé d'étudiant. Il n'y avait pas de différence sensible entre la chambre d'Alex quand il avait seize ans et la chambre d'Alex aujourd'hui. Toujours une montagne de pantalons. Toujours des chaussettes esseulées réclamant l'âme sœur.

Rubinfine se pencha pour regarder au-dehors, pour regarder Mountjoy. C'était son monde. Il ne pouvait imaginer d'être à Mountjoy sans pouvoir et sans public. Alex et Adam, tel Akiva, terrés dans leur cavernes ! Le rabbin Rubinfine sourit affectueusement de l'excentricité de ses plus vieux amis. Il repéra le fameux billet de banque, posé sur le bureau d'Alex à côté d'un sac de voyage. Cela avait été un supplice pour Rubinfine : bien se rappeler de ne pas dépenser ce billet. Et puis ils avaient retiré de la circulation les billets d'une livre, ce qui l'avait soulagé de cette responsabilité.

Il envoya valser ses mocassins, empoigna son pied droit et se mit à inspecter la peau calleuse du talon. Il en arracha un lambeau épais et le lança vers une poubelle qui débordait. Regardez-moi un peu cet endroit ! Certains posters étaient vieux de quinze ans. Il y avait toujours, au-dessus du lit, la fausse affiche promettant l'affrontement de quatre matadors — *Mark y Joseph y Alex y Adam* — et d'un énorme taureau espagnol. Tout en engloutissant son dernier chocolat, il s'approcha pour examiner une reproduction d'un texte kabbalistique de Mantoue du seizième siècle, une unique page du Zohar peut-être, ou bien le Sefer Yetsirah. Rubinfine, du moins à ses propres yeux, ne prétendait pas passer pour un expert. Le texte était inscrit à l'intérieur de deux mains aux pouces dressés. Dans les marges, des oiseaux voletaient parmi des rosiers. Le nom de Dieu, entouré de fleurs, dominait le tout. C'était délicat, c'était superbe. *Que de choses nous avons accomplies, au cours des âges !* murmura le cœur joyeux de Rubinfine, car, quoi qu'en pense Mountjoy, il n'était pas devenu rabbin uniquement pour faire plaisir à son père. À sa modeste échelle, il avait voulu *assurer la continuité*. Comme la scripte sur un plateau de tournage. À l'époque, cette analogie n'avait pas satisfait Adam, qui estimait que la vocation du rabbinat devait être absolument pure : un débat entre un homme et Dieu. Mais Dieu n'avait jamais parlé à Rubinfine, à vrai dire. Rubinfine était simplement, et sincèrement, fan des gens dont il descendait. Il les aimait et les admirait. Les livres qu'ils avaient écrits, les films qu'ils avaient faits, les chansons qu'ils avaient chantées, les choses qu'ils avaient découvertes, les blagues qu'ils racontaient. Et c'était le seul moyen qu'il avait trouvé de l'exprimer, son affection. La thérapie qu'il avait suivie enfant avait mis le doigt sur le problème de Rubinfine : les relations personnelles n'étaient pas son fort. C'était toujours face à une foule qu'il se sentait le plus à l'aise. Les gens de Mountjoy ! Les gens ! Il ne s'imaginait pas avoir quoi que ce soit de neuf à leur apporter, à ces gens, n'escomptait pas les enrichir de quelque grande intuition rabbinique : il espérait juste les *porter* quelque temps. Entre le rabbin qui l'avait précédé et celui qui le suivrait.

Il recula, trébucha, hoqueta, gloussa, se redressa et fit mine de boxer le poster d'Ali, tout en ramassant par terre la besace d'Alex et en la portant jusqu'au lit. Lançant régulièrement des coups d'œil vers la porte, il se hâta d'en fouiller les poches. Il prit un instant Louise Brooks pour Kitty, mais Kitty était venue plus tard, non ? Et son visage était différent. Plus moderne. Tant de gens là-dedans. Tant de célébrité en ce monde. Taylor, Pickford, Grayson, Cagney, Chevalier. Ah, enfin.

Rubinfine sortit de son étui de plastique la photo de Duchamp et prit le temps de concéder que cette femme était phénoménale. S'il fallait vraiment se perdre en hallucinations sur une femme et sa signature, on aurait pu plus mal choisir. Il s'attarda encore un peu, admirant l'architecture de ses joues. Et puis il déchira la chose en six morceaux.

Il se sentit fou de joie. C'était ce que Joseph et lui étaient convenus de faire en venant ici, mais ils n'auraient jamais imaginé que ce serait si facile. Ils s'attendaient à une nuit feuilletonesque, un mélodrame larmoyant en douze mouchoirs. Ils allaient entrer et harceler Alex jusqu'à ce qu'il leur livre l'objet. Car tant que celui-ci n'aurait pas disparu, Alex ne pourrait guérir de sa fixation. Telle était la formule de Joseph, et Rubinfine était d'accord, ou en tout cas avait décidé d'être d'accord. Bien. Et maintenant l'objet avait disparu.

Extrêmement content de lui, Rubinfine rassembla les morceaux et se leva. Il se plut à développer une comparaison avec des parents qui astreignent leur enfant héroïnomane à une privation brutale. Il médita complaisamment sur les axiomes « qui aime bien châtie bien » et « il nous remerciera ». Il était sur le point de quitter la chambre lorsque son regard fut attiré par trois photos au mur : Norma Shearer, Debbie Reynolds et Deanna Durbin. Ce qui me fait penser, se dit Rubinfine (Debbie Reynolds → Eddie Fisher → Carrie Fisher → la Princesse Leia → Hans Solo → Harrison Ford) : je parie qu'il me cache quelque chose. Je parie que ce cachottier dissimule un Harrison en attendant de le vendre à quelqu'un d'autre, quelqu'un de plus riche.

Rubinfine retourna vers le lit et rouvrit la besace. Il ne tarda pas à trouver un Harrison. Il maudit Alex en silence. Puis il regarda de plus près. Rubinfine se renversa sur le lit en glapissant d'extase, la main sur la bouche. À Mark ! Pendant une longue minute, Rubinfine se crut prêt à fondre en larmes. Son anniversaire approchait, c'était dans deux semaines. Quand on pense qu'Alex lui avait caché ça, gardant le secret absolu ! Le mal qu'il avait dû se donner pour lui dénicher ça, personnalisé, parfait ! Rubinfine était touché, et plus encore. Il avait envie d'emporter cet autographe et de le montrer à tous ces profs et ces thérapeutes et ces rabbins qui lui avaient dit qu'il n'avait aucun talent relationnel. Regardez ce que mon ami a fait pour moi. Regardez ce que mon bon ami Alex-Li Tandem a fait pour *moi* ! À contrecœur, Rubinfine le remit où il l'avait trouvé. Il ferait mine d'être surpris la prochaine fois qu'il le verrait. Surpris et fou de joie, ce qui était la vérité, même s'il lui fallait la rejouer devant un public.

Sur le lit, un petit monticule de photo déchirée. L'espace d'une minute, il l'avait complètement oubliée, mais elle était là comme un muet reproche. Rubinfine ramassa les morceaux, les fourra dans ses poches et quitta la pièce. Une fois sur le palier, il entendit Joseph et Alex qui discutaient à couteaux tirés. Boot tentait en vain de les calmer. L'argument général, c'était *donne-le-moi*. Et le contre-argument *il faudra me tuer d'abord. Si cette maison brûlait*, disait Alex, *j'emporterais mes autographes avant toute autre chose, toi compris.*

Rubinfine, au supplice, fit un pas en avant, un autre en arrière, puis descendit lentement l'escalier. Il parvint sur le seuil. Il entendit son ami dire, clair comme le jour : « Écoute, Joseph, toi, tu as ton boulot, pas vrai ? Et Rubinfine a sa famille. Et Adam a son Dieu. Moi, voilà ce que j'ai. Mes petites obsessions. Toi aussi, tu avais les mêmes, mais tu as grandi. Tant mieux pour toi. Mais moi pas, tu comprends ? C'est ça qui me sépare de ma tombe. C'est ça que *j'ai*. »

Pauvre Rubinfine. Il passa la tête dans l'encadrement de la porte, expliqua à la cantonade que Rebecca avait une nouvelle crise d'eczéma et que si Joseph voulait se faire raccompagner il devait partir tout de suite, et s'esquiva par la porte d'entrée.

2

La même fête, beaucoup plus tard : il n'y a plus que deux personnes présentes. Le magnétoscope tourne. Alex et Boot sont effondrés sur le sofa, en silence et en plein malentendu sexuel. Boot a ôté ses collants et attend qu'on la tripote, sans pouvoir s'expliquer pourquoi. (Certainement pas, exemple pris au hasard, par *désir*. Plutôt par une sorte d'*indignation*.) Alex est fermement décidé à ne pas tripoter, sans savoir exactement pourquoi. (Pas vraiment par *manque de désir* en tant que tel. C'est peut-être une objection morale. C'est peut-être la boisson.) Boot fait semblant de dormir, alors qu'elle est bien réveillée. Alex fait semblant d'être éveillé, alors qu'il a du mal à garder les yeux ouverts. Boot est très bien installée, mais ne cesse de changer de position dans l'espoir de ranimer le débat. Alex a des crampes atroces, mais n'ose pas bouger. Kitty vit les ultimes minutes de son périple, sa chanson finale :

Tu as été ma bonne étoile...
Tu m'avais dit que j'irais loin...

Enfin, tandis que défile le générique, Boot lui tourne le dos. C'est l'un des grands Signes Universels, l'un des moins équivoques, de ceux qui ne prêtent pas à confusion.

contact établi par autographman (02:03)

autographman : Es, je vois ton icône. Tu es là ?
autographman : Esther ?
autographman : Je ne suis quand même pas indigne de ton mépris, quand même ?
autographman : On peut me parler, quand même ? ON PEUT O¯ M'ÉCRIRE ?
Misspalpite : On peut te parler.
autographman : Salut !
Misspalpite : Salut.
autographman : Tu veilles tard. bonjour.

autographman : Toc toc.
Misspalpite : Ça m'intéresse pas.
autographman : un canard entre dans un bar…
Misspalpite : Ads dit qu'il t'a vu aujourd'hui. dit que tu t'es conduit comme
autographman : le barman dit : faut pas bouder comme ça.
Misspalpite : un parfait imbécile.
autographman : Hmm…
Misspalpite : Faut que j'aille me coucher.
Misspalpite : crevée, marre
Misspalpite : Adam m'a fait regarder des murs tte la soirée
Misspalpite : vous n'êtes qu'une bande de tarés
autographman : attends…
Misspalpite : bonne nuit Alex
autographman : attends !
autographman : S'IL TE PLAÎT !
Misspalpite : quoi ?
autographman : attends juste une minute.
Misspalpite :……. ?
autographman : je vais à NY demain. Même pas fait ma valise.
Misspalpite : je me fais opérer dimanche. Même pas adhéré aux principes d'une des grandes religions.
autographman : bonjour. Je m'appelle Alex-Li et je prends de la place pour rien. *Pardon*
Misspalpite : Au moins ça m'évite d'aller à la kermesse de Rubinfine.
autographman : remercions le ciel
autographman : pour ces petites consolations.
Misspalpite : toutes petites. 1 mètre 30.
Misspalpite : Badaboum boum boum.
Misspalpite : Merziiiiibeaucoup.
autographman : t'es rigolote. Tu me manques.
autographman : tellement.
Misspalpite : salue Ny de ma part
autographman : tout est nul
Misspalpite : salue Kitty de ma part (elle vit là-bas, non ? 109 ans…
autographman : quand t'es pas là. Sérieux. Rien ne va.
Misspalpite : sur la 109ᵉ rue.
autographman : Je suis sérieux. Le monde est brisé.
Misspalpite : ma rivale blanche centagénaire (orth ?).

Misspalpite : bonne nuit alex.
Misspalpite : ouais, mais qui va le réparer, mon bébé?

Contact interrompu par Misspalpite (02:18)

autographman : esther??

Contact interrompu par autographman (02:19)

3

Le vendredi matin était bleu et sans tache. En allongeant leurs ombres, les maisons pastel si pudiques pouvaient se pencher et s'embrasser. Les arbres se cherchaient noise en tendant des doigts de catcheurs.

« Ça ? C'était Boot, expliqua Alex à son agent laitier, Marvin, qui se tenait à la porte.

— Et alors ? Elle s'enfile bien ?

— Quoi ?

— La Boot. Elle s'enfile bien ?

— Ah, j'ai compris. Non. Pas vraiment. Mais c'est une chouette femme. Super, même. »

Se tournant d'un même mouvement, Marvin et Alex regardèrent Boot, dans ses habits de la veille, descendre nonchalamment la rue et disparaître à l'endroit où la jolie petite route jaune d'Alex rejoignait la rue principale de Mountjoy et les sombres réalités hostiles du monde.

« Mon pote, si j'avais ce que t'as... », dit Marvin en sifflant. Marvin était un grand fan d'Esther et la poursuivait de ses assiduités franches et infatigables. Il était de ceux qui la qualifiaient de « princesse africaine », description qu'elle considérait comme une insulte, au même titre que tous les autres diminutifs féminins : poupée, bombe, craquette, gazelle, petite amie.

Alex claqua des doigts. « Oh, Marvin, avant que j'oublie : j'aurai pas besoin de lait avant la semaine prochaine. Je vais à New York. »

Marvin rangea son carnet de commandes dans la poche de

son uniforme. « À New York. Pas de lait. Ne raccroche pas. Sois sage ô ma douleur etc. »

Puis il fouilla dans un sac qu'il portait à l'épaule et en sortit un paquet de taille moyenne. « Avant que *moi* j'oublie, t'as encore reçu un truc. Gary Fritz — lui et moi, ça remonte à loin, à *très* très loin —, c'est lui qui fait la tournée FedEx par ici, mais il veut pas se faire chier avec ta rue : trop excentrée, en côte et tout ça ; donc il s'est mis à me les filer quand il en reçoit. T'souviens ? J't'en ai donné un la semaine dernière, je sais plus quel jour.

— Tu m'en as donné un ? » dit Alex distraitement en prenant le paquet spongieux et en le déchirant le long du pointillé. Il lança un coup d'œil à sa voiture défunte, se demandant s'il devrait faire un saut à Hollywood Alphabet, s'excuser auprès de Ads, voir Esther.

« Comment ça va, la tête, d'ailleurs ? Elle en est où, ta tête, Alex ? Elle est rentrée à la maison ? »

D'une enveloppe de carton, Alex sortit une photo immaculée et dédicacée de la célèbre actrice Kitty Alexander, signée bien visiblement sur la partie la plus claire. Il tendit le bras pour se cramponner à Marvin.

« Ça va ?

— Je ne comprends pas, murmura Alex en regardant autour de lui d'un air égaré.

— Pourtant, c'est pas la NASA, mon pote. C'est juste la poste. Quelqu'un te l'envoie, tu le reçois. Chouette photo. Qui c'est, alors ? Hé, *hé !* : ne me ferme pas la porte au nez ; il faut que tu me signes le reçu, Alex… attends, mon frère… sinon je toucherai pas ma commission, tu comprends ? Sinon, y aura pas de donnant donné. »

Alex serra la photo contre sa poitrine, puis la tendit à bout de bras. Si elle n'était pas vraie, il ne s'appelait plus Alex-Li Tandem. La dédicace : *À Alex, enfin — Kitty Alexander*. Le visage d'Alex explosa en Technicolor.

« C'est Adam ? Jacobs… le mec du vidéoclub, tu sais, au bout de la rue ? Mon ami. Ou bien Rubinfine, le rabbin ? Qui c'est qui t'a mis dans le coup ? D'où ça *vient*, ça ? »

Marvin soupira, prit le paquet des mains d'Alex et le retourna.

« Adresse d'expédition : américaine, enveloppe... américaine. Je dirais que ça vient d'Amérique, mon frère. Écoute, j'ai pas toute la journée. C'est juste un paquet. Il ressemble à celui que je t'ai donné la semaine dernière...

— Mais pourquoi tu répètes ça tout le temps ? Quand c'était ?

— La semaine dernière : un colis envoyé d'Amérique. Je te l'ai donné. Moi, je m'appelle Marvin. Ceci, c'est une maison. Ça, c'était ta voiture. Là-haut, c'est le ciel. À plus, mon frère. »

Marvin descendit l'allée de sa démarche habituelle de cow-boy, mais avant qu'il atteigne le portail Alex brava le sol glacé et le poursuivit pieds nus.

« Attends, Marvin, attends. Quand tu m'as donné l'autre paquet... est-ce que... est-ce que je l'ai ouvert ? Je veux dire, est-ce que tu m'as *vu* l'ouvrir ? »

Marvin fit le Signe Universel de la réactivation de mémoire : le front plissé. « Euh... *bon Dieu*, mon pote, je me rappelle pas. Nan, je crois pas. T'étais à la bourre, pas vrai ? T'étais sur le départ, t'allais quelque part — j'sais pas. Après ça, je t'ai plus *vu* pendant cinq jours, de toute façon. T'étais en train de *cuver*, si tu vois ce que je veux dire... Oh, mon frère, j'allais oublier : signe là, s'il te plaît. »

Alex signa le formulaire de Marvin en mettant des points tonitruants sur les *i*. Il empoigna Marvin par les joues et l'embrassa à pleine bouche.

« *Oh là !* Arrête ça tout de suite. Je suis pas le genre de livreur que tu crois. Je suis agent laitier, mon pote. Agent laitier. Un point, c'est tout. Attends... c'est *ça* ta signature ? C'est même pas de l'anglais. C'est du chinois, mon frère ?

— Tu vois, Marvin, dit Alex-Li le rayonnant, ça, c'est un fait positif. Tu ne m'as pas vu l'ouvrir. C'est la donnée la plus importante. Parce que ça veut dire... tu ne comprends pas ? Je ne suis pas fou. J'ai dû l'ouvrir chez Ads alors que je planais. Imprudent, peut-être, mais pas fou. Je ne suis pas fou. Au contraire, je comprends. Je *comprends*.

— Il est un peu tôt pour une épiphanie », dit Marvin d'un air désapprobateur. Il secoua sa chemise exhaustivement en signe d'adieu et referma le portail derrière lui.

« Anita », dit Alex-Li Tandem tout essoufflé, en aplatissant sa chevelure du réveil et en posant à ses pieds la caisse du chat. « Dis donc, t'es superbe. Écoute, je suis bien content de te trouver encore chez toi… tu vois, c'est un peu embarrassant, mais le problème, c'est que je pars à New York ce soir, c'est un peu imprévu, tu vois… et je me demandais juste, en fait… comme ce n'est que pour quelques jours… si tu serais prête à envisager de garder…

— Non », dit Anita Chang.

À Hollywood Alphabet, tous les insensés du monde essayaient de faire rentrer de force dans la boîte leurs cassettes en retard avant l'ouverture de la boutique. Sauf qu'Adam avait prévu le coup. Il avait conçu la boîte de façon que l'ouverture soit trop étroite d'exactement trois centimètres pour laisser passer les cassettes. C'était le seuil que nul homme ne pouvait franchir à moins d'avoir la ferveur nécessaire. Et donc, chaque matin à neuf heures, Adam prenait calmement position à côté de la boîte, assis sur une chaise pliante, le Zohar sur les genoux. Frappant de ses doigts noirs et doux le blanc granuleux de la page. Il lisait à voix haute et en hébreu.

Rabbi Shim'on a dit :
« Celui-ci n'est connu sous aucun nom au monde,
car quelque chose de sublime est en lui.
C'est un secret !
La lumière déferlante de son père brille sur lui !
Ce secret ne s'est pas répandu parmi les Camarades. »

Mais Alex avait pigé le truc. Il savait selon quel angle orienter sa cassette pour qu'elle arrache un peu de peinture du bois de la porte et tombe bruyamment dans la cage vide qui l'attendait.

« Tandem ?

— Toujours. »

Ce matin-là, la surexcitation d'Alex fit de l'ouverture de la porte un supplice. De même que la préparation du thé, et la narration de cette incroyable histoire : arrivé au point où Alex lui demanda de garder Grace, la résistance d'Adam était épuisée. Il dit oui, assis avec son ami sur les trois marches qui séparaient le comptoir des étagères, couvant chacun une grande tasse de thé vert, le regard perdu dans un océan d'histoires.

« Tu diras ça à Esther, d'accord ? Comme moi je te l'ai dit ? Tu lui raconteras les faits. Toute l'histoire.

— Dès qu'elle sera rentrée de la bibliothèque. Promis. Toute l'histoire. Alex, est-ce que tu as repensé à… ?

— C'est quand même agréable, pas vrai, dit Alex tout heureux, quand tout se goupille exactement ! »

Grace se lova autour des chevilles d'Adam. Ce dernier la prit dans ses bras et la serra contre lui.

« Quand Lovelear va voir ça ! dit Alex en étreignant le colis. Il y a une adresse d'expédition, écrite noir sur blanc !

— Hmm. »

Ils restèrent assis en silence, à écouter le matin.

« Adam, dit soudain Alex, c'est quoi, d'après toi, le problème avec Joseph ? »

Le visage d'Adam s'illumina sans équivoque, et il se tourna vers lui. « D'après *toi*, c'est quoi, son problème ? »

Alex fronça les sourcils. « Eh bien, je sais pas, tu vois, c'est pour ça que je te demande.

— Je vois », dit Adam en baissant la voix.

Il se leva, Grace dans une main et *La Fille de Pékin* dans l'autre. En soupirant, il remit Kitty à sa juste place, entre *La Femme modèle* et *Gilda*.

« On dirait que je t'ai déçu », dit Alex.

Adam haussa les épaules. « Tu sais, dit-il, cette histoire de la Torah, ce n'est que le vêtement de la Torah. Celui qui prend le vêtement pour la vraie Torah, que son esprit s'étiole ! La Torah a un corps ; et ce corps est recouvert de vêtements : les histoires de ce monde. Les insensés du monde ne regardent que le vêtement, l'histoire de la Torah ; ils ne connaissent rien d'autre. Sous le vêtement se trouve la vraie Torah, l'âme de l'âme. Ils ne regardent pas ce qui se trouve sous le vêtement. Comme le vin doit reposer dans la jarre, la Torah doit reposer dans ce vêtement. Le Zohar nous aide à regarder sous le vêtement. Donc, ne regarde que ce qu'il y a sous le vêtement ! Donc, tous ces mots, toutes ces histoires : ce sont des vêtements ! » Adam dit tout cela en hébreu. Alex ne comprit qu'un seul mot : Torah.

4

« Non, pas le temps, impossible, dit Alex en enjambant le lit en fer. Train. Et je compte bien le choper. »

Mais Rubinfine, Darvick et Green écartèrent les bras et formèrent un mur. « C'est diablement important, passez-moi l'expression, dit Darvick en agrippant le jean d'Alex par la ceinture.

— Vous comprenez, le problème, c'est que Rabbi Rubinfine, dit Green d'un ton suppliant en prenant le visage d'Alex dans ses mains, eh bien, il a quelque chose de très important à vous expliquer… il veut vous exposer ses raisons. D'avoir fait ce qu'il a fait. Lesquelles, quoique fondamentalement bonnes, ne sont peut-être pas immédiatement apparentes. Vous voyez ?

— Je vous demande pardon ?

— Il est *important,* insista Darvick en resserrant sa prise, que le rabbin soit autorisé à se justifier pleinement : à donner sa version, comme n'importe quel accusé ! »

Alex se dégagea, tendit son paquet et sortit Kitty de son fourreau tel un sabre. Il la brandit au-dessus de sa tête. Il avait l'impression d'être le célèbre acteur de cinéma John Cusack. Il dit : « Vous voyez ça ? » Rubinfine hurla comme une femme. « Aujourd'hui, ça, c'est plus important. O.K. ? *O.K.* ? Rubinfine, qu'est-ce qui t'arrive ? » demanda Alex, alors que Rubinfine se laissait choir sur place et se cognait la tête trois fois, faiblement, contre le monument.

« Vous voyez ce qu'on essaie d'accomplir ici ? aboya Darvick en désignant le lit et la 2 CV auquel il était destiné.

— Je vois, dit simplement Alex. Mais ça ne m'intéresse pas. Euh… hé… Rubinfine, est-ce que tu…

— Quatre rabbins, interrompit Green en lançant à Rubinfine un regard insistant, pénétrèrent dans le Pardes, le jardin du paradis. Le premier le contempla et mourut, le deuxième devint fou, le troisième coupa les plantes, et seul le dernier, Rabbi Akiva, s'en sortit sain et sauf. »

Rubinfine eut l'air accablé. Darvick gloussa discrètement. Green sourit à pleines lèvres, l'air béat, et s'écarta pour laisser passer Alex.

« Rubinfine… est-ce que j'ai…

— Allez-y, dit Green. Vous êtes déjà en retard. »

Le cœur empli de gratitude, Alex se lança dans un sprint pour attraper son train, qu'on commençait à entendre venir de l'est, par-dessus la crête de la colline artificielle à laquelle la glorieuse commune de Mountjoy devait son nom. Il entendit Rubinfine, dont la voix était portée par le sillage du même vent d'est, et le ton profondément contrarié. « Couper les plantes ? Et c'est censé vouloir dire *quoi* ? »

CHAPITRE DIX

Keter

Couronne — Jimmy Antiquités — Un cocktail avec Lola-Lola — Théories du complot — La Marque jeune — Radio zen — Voler dans le néant — *Casablanca* zen — Le collectionneur sauve

1

Tard dans la soirée, dans la queue pour l'enregistrement, Alex-Li repensa avec délice aux splendeurs de cette journée. Après sa rencontre avec les rabbins, il avait pris le train pour l'est de Londres, avant de pénétrer chez Jimmy Antiquités (Marché fondé en 1926) tout pénétré de sa stature de héros conquérant. Il traversa les allées couvertes, longeant les stands minables qui bradaient tous les types de nostalgie : vêtements, verrerie, disques, affiches, timbres, insignes, monnaies, autographes. Il connaissait certains des marchands depuis près de quinze ans, depuis l'époque où il venait dépenser son argent de poche d'adolescent. Il avait toujours ressenti, fût-ce malgré lui, un lien très fort avec eux. Mais aujourd'hui il se sentait différent. Il avait été distingué. Combien d'entre eux avaient trouvé la pièce dont ils rêvaient, leur graal personnel ? Lola-Lola avait-elle jamais porté la robe de Marilyn, celle de la bouche d'aération ? Stuart Pike avait-il jamais joué sur la guitare de Hendrix ? Le célèbre écrivain J. D. Salinger avait-il jamais adressé un mot amical à son pauvre zélateur Oliver McSweeney ?

La singularité de telles obsessions, c'est leur caractère spécifique. De même qu'un fétichiste des petites Japonaises aux bras duveteux reste de marbre face à une grande blonde plantureuse, de même l'homme qui a consacré sa vie à traquer les chaussures de claquettes portées par la célèbre star de comédies musicales

Donald O'Connor ne trouve guère d'enthousiasme à exprimer quand le vendeur du stand voisin lui montre la chemise à jabot que portait Henry Daniell dans *Le Roman de Marguerite Gautier*. Toute *fan*ité ressemble à un tunnel : protectrice, ténébreuse, et infinie dans une seule direction.

Alex arpenta le marché en quête de parties intéressées. Jimmy en personne (petit-fils du Jimmy d'origine) l'informa que Lovelear et Dove étaient quelque part dans les parages, mais il n'arrivait pas à les trouver. Pour la première fois de sa vie, il avait vraiment envie de voir Lovelear, ou du moins envie de montrer Kitty à quelqu'un qui tomberait à genoux et joindrait les mains en prière.

Mais c'est Stuart Pike qui le repéra le premier. Contraint et forcé, Alex s'arrêta au stand de Stuart où s'empilait la camelote du vingtième siècle (perruques Beatles, shakers en forme de vahinés) et passa un moment avec lui à feuilleter sa correspondance avec des tueurs en série. L'un des « amis » de Stuart les plus tristement célèbres venait d'être exécuté au Texas. Sa marque distinctive, c'était de graver sur le front de sa victime le nom de celle-ci. Pendant son séjour dans le couloir de la mort, il s'était marié deux fois et avait reçu une douzaine de demandes en mariage. Stuart était inconsolable. « Pour chaque lettre qu'il m'a envoyée, dit Stuart en lui montrant un échantillon, je pourrais trouver un acheteur américain. Quatre, cinq cents dollars. C'est un marché porteur, je pourrais faire un massacre. »

Stuart était un fils de bonne famille du Yorkshire. Jadis, il avait fait partie d'un groupe de glam rock. Il possédait trois tableaux du célèbre psychopathe John Wayne Gacy.

« Kitty Alexander, ça te dit quelque chose, Stu ?

— C'est pas la tueuse de bébés de l'Arizona ?

— Non, non, c'est, ou c'*était*, une actrice. Dans les années cinquante. Russo-italo-américaine. Très belle. Une actrice.

— Une actrice, répéta Pike, comme s'il évaluait une espèce mutante. J'ai jamais été trop porté sur les actrices. Cela dit, j'ai le bon de caution que Lana a signé pour sa fille. Je connais même un mec qui a les ordonnances de tranquillisants de Judy, avec seulement la signature du médecin, mais quand même. C'est mieux que rien. Ça t'intéresserait ? »

C'est dans la boutique fifties de Lola-Lola qu'Alex trouva enfin Lovelear et satisfaction. Lola-Lola, une divorcée moscovite poids lourd et peroxydée, était assise sur son pouf rose à boire des cocktails et à distraire Lovelear et Dove avec un jeu de cartes Betty Page. Misha, son jeune partenaire exploité (« *moy maltchik !* »), était sur le seuil, occupé à rechercher frénétiquement la main gauche d'une paire de gants blancs en chevreau qui excitait la convoitise d'un client. Dans l'arrière-boutique, le célèbre chanteur Bobby Darin évoquait ses projets de rendez-vous amoureux sous-marin. Une ampoule bourdonnante jetait une lumière rouge sur des visons mal à l'aise et des renards ramollis, des grille-pain en forme d'OVNI, des jupes semblables à des parapluies ouverts. Sur le mur du fond, la projection granuleuse d'une famille américaine inconnue sur une pelouse tachée de soleil, revivant l'heure de gloire d'un barbecue éternel.

Alex s'assit en tailleur à côté de Dove. Il posa Kitty devant le groupe. Il entama son histoire — qui à ce stade s'était abrégée et affinée. Lola-Lola poussa un cri de plaisir au moment crucial et posa le plat de la main sur son verre à cocktail. Lovelear ouvrit la bouche, regarda de plus près et garda le silence. Dove donna à Alex une grande claque dans le dos puis le prit dans ses bras, ce qui toucha Alex davantage qu'il n'aurait osé l'avouer.

« Elle te l'a juste envoyé comme ça, dit Dove respectueusement. Sans un mot. Sans explication.

— Sans un mot, dit Alex suffoquant. Sans explication. C'est juste un cadeau. C'est un *cadeau*. Je crois qu'elle veut me rencontrer. Je crois qu'elle veut que j'aille là-bas.

— *Ah*lex, ronronna Lola-Lola du fond des courbes de sa gorge, z'est fantastique : après tout ze temps, tu l'as bien mérité. N'empêche, ze n'est pas très bath de sourire comme le chat de gouttière qui a bu tout le lait !

— Si tu nous donnes l'adresse d'expédition, à Dove et à moi, dit Lovelear, gracieux dans la défaite, on te la cherchera quand on ira là-bas. Qu'est-ce que t'en penses ? On te racontera tout quand on rentrera.

— Merci, Lovelear », dit Alex, quelques secondes avant que la phrase, comme disent les journalistes, fasse tilt. « C'est très gentil de ta part... mais si ça se trouve, tu n'iras pas là-bas avant des mois... alors que moi, en fait, j'y vais tout de suite, enfin, je veux dire, ce soir, pour ce truc, là, Autographicana, alors... ouais... je vais traverser... la... grande... »

Donc, les splendeurs de la journée avaient été quelque peu ternies. Lovelear et Dove se trouvaient à présent exactement vingt-trois personnes derrière lui dans la chenille qui menait à l'enregistrement. À chaque tournant, ils agitaient les bras comme dans un numéro de mime français, dans le but de transmettre des messages simples, des trucs du genre : *Sac ouvert* et *J'espère que t'as pas d'herbe dans cette valise* et *Regarde un peu la grosse bonne femme*. Lovelear souffrait de ne pas pouvoir livrer à Alex ses commentaires sur chaque étape de cette queue et chaque personne qui la composait. Dans la dernière ligne droite, il n'y tint plus ; Alex le vit, à son grand désespoir, forcer le passage et faufiler sa bedaine entre les bagages assortis de la clientèle. Il portait un tee-shirt blanc étroit et un jean célèbre, car il avait lu dans un magazine pour hommes que cette combinaison marchait à tous les coups. L'article était illustré de photos des célèbres acteurs Marlon Brando et James Dean. Alex aurait aimé envoyer une photo de Lovelear à l'auteur dudit article.

« Alors, dit Lovelear en lâchant son énorme sac, c'est quoi, d'après toi, le plan de Kitty ? » Le sac de Lovelear s'effondre au sol et se répand sur les pieds d'Alex. Lovelear le pousse d'un coup de chaussure mais ne parvient qu'à le déplacer de trois centimètres, dans les pieds de quelqu'un d'autre. En poussant des jurons obscènes, il le ramasse tant bien que mal, l'appuie sur sa hanche comme un enfant et se précipite en avant pour le hisser sur son dos. Lovelear est l'une des rares personnes dans la queue dont le sac ait besoin d'être soulevé. Tout le monde a des bagages à roulettes, à armature rigide, à poignée. Les goyoïdes comme Lovelear qui traînent leur fourre-tout sont aussi anachroniques que s'ils se déplaçaient à dos d'aurochs. Alex cherche machinalement son calepin, mais il l'a laissé chez lui. Et, dès que ses doigts enregistrent le vide de sa poche, il s'aperçoit qu'il n'a pas le désir de prendre des notes, pas aujourd'hui. Et peut-être plus jamais. Ce qui signifie peut-être la mort de son livre. Il est fatigué de compiler.

« Quand j'étais là-bas, dit Lovelear, je réfléchissais, tu me suis ? Et je me dis : est-ce que ça serait pas un *piège* ? Je veux dire, c'est pas impossible. Genre, son mec, Krauser, a très bien pu mijoter contre toi une plainte pour harcèlement ou je ne sais quoi. C'est *carrément* arrivé à un collectionneur que je connais. Sans parler de ce truc entre moi et mademoiselle Ringwald, que nous appellerons désormais l'autre partie au procès... je ne dis pas que c'est *vraiment* le cas. Je dis juste qu'on n'en sait *rien*. On n'a pas tous les éléments. Tu t'envoles vers l'inconnu, c'est tout ce que j'essaie de te dire. »

Depuis cet après-midi, Lovelear est en proie à une paranoïa conspirationniste croissante. Il n'a jamais compris qu'un objet puisse avoir le statut de « cadeau ». Il n'a jamais cru, par exemple, qu'un film puisse excéder la publicité qu'on lui fait, qu'un tableau puisse être autre chose qu'un moyen abscons de se faire du blé. Il n'a jamais cru qu'une chanson ou un livre diffère fondamentalement, en quoi que ce soit, d'un sandwich ou d'un pneu. Un produit, c'est un produit. Et il n'a jamais cru à l'acte désintéressé. Et il ne croit pas qu'une femme puisse simplement...

« Tu vois, qu'elle change d'attitude *du tout au tout* et qu'elle fasse le truc qu'elle a refusé à *tout le monde* pendant *vingt ans*, comme ça, sans raison. Franchement, est-ce que pour toi ça a un *sens* ? »

Alex lui répète la même chose qu'il lui a dite il y a trois heures et qu'il essaie, d'une façon ou d'une autre, de lui dire depuis qu'ils se connaissent : on n'est pas dans un film.

Dans l'avion, Alex découvre avec soulagement qu'il est assis tout seul. Côté couloir, avec pour voisine l'absence d'Esther. En position allongée, et donc en situation illégale, il ouvre son sac en plastique, cadeau de la compagnie. La compagnie appartient à une marque célèbre, une marque mondialement répandue qui va du plus bas (le cola) au plus haut (le jumbo jet). C'est un avion pour les jeunes de corps et/ou de cœur. Portés sur l'intellect.

Naturellement stylés. C'est une marque qui recourt à la flatterie la plus éhontée pour obtenir ce qu'elle veut.

Notre jeunesse n'est qu'une nuit trop brève : qu'elle soit un ravissement !

Ainsi parle l'inscription en lettres bizarres sur le sac en plastique. Alex n'éprouve aucun ravissement en ouvrant le sac ; il n'éprouve rien, rien, pas même un sentiment de familiarité. Pour qui est ce sac ? *Qui* est ce jeune ? Qu'est-ce qu'il peut bien faire de ces lingettes purifiantes pour le visage en sachets individuels ? Pourquoi veut-il que tout soit écrit en caractères gras, que toutes les couleurs s'étalent en aplats sans concession ? Qu'est-ce qu'il peut bien faire d'un si petit bloc-notes : quelles notes prend-il ?

Alex essaie les écouteurs. À la radio, le jeune peut choisir entre trois genres de musique, dont aucun ne plaît à Alex. Et puis un canal comique, dont le comique repose sur un sentiment de familiarité avec la vie d'un jeune comique (*Alors comme ça, vous êtes en train de faire la vaisselle, d'accord ? Et votre copine entre, d'accord ?*), dont les points communs avec sa propre vie donnent à Alex des envies de suicide. Enfin, une cassette de relaxation sous-zen, en l'occurrence une thérapeute de Los Angeles qui murmure des koans sur fond de bruit de mer. La mer a été retravaillée pour lui conférer une musicalité dont elle semble toujours dénuée quand on est au bord de l'eau à s'inquiéter de la pollution.

« *Une mère désemparée,* dit la dame, supplia le Bouddha de guérir l'enfant mort qu'elle tenait dans les bras. Il n'accomplit pas de miracle. Il dit : "Apportez-moi un grain de moutarde d'une maison où personne..." »

« Monsieur, vous voulez bien attacher votre ceinture, s'il vous plaît ? Le signal n'est pas encore éteint », dit une hôtesse à Alex, qui n'a même pas remarqué qu'ils sont dans les airs.

2

Le patchwork automnal s'éloigne (l'Angleterre est toujours automnale vue d'en haut) ; ils sont à présent au-dessus des nuages. Alex, assis dans l'avion, s'imagine vu par un enfant assis dans une voiture, qui s'ennuie et regarde en l'air. Ils devraient échanger : cet avion est conçu pour les très jeunes et ceux qui s'ennuient beaucoup. Tout ce qu'on exige d'Alex pendant les six heures et demie à venir, c'est de manger, de regarder la télévision et de s'endormir quelque temps. On souhaite tout cela si intensément pour lui, *de* lui. Personne n'a désiré si ardemment son confort et son sommeil depuis qu'il était bébé.

On fait tout ce qui est possible pour lui donner la sensation qu'il ne se passe rien de sérieux, comme par exemple qu'ils sont en train de voler. À aucun moment on ne laisse entendre que lui et quatre cents autres inconnus à l'état mental indéterminé sont coincés dans un aéroplane de 400 tonnes qui vole à trente-cinq mille pieds au-dessus du sol en se fiant à des équations d'énergie et de vélocité que personne à bord ne saurait esquisser, même sous leur forme la plus rudimentaire. Tout dans cet avion est une interface, comme les fenêtres d'un ordinateur. Rien dans cet avion n'a le moindre rapport avec la navigation aérienne, de même que son ordinateur n'a rien à voir avec le traitement des données. De jolies petites images. De merveilleuses histoires distrayantes à se raconter entre nous. Si Alex se penche suffisamment vers le couloir central, il peut avoir un aperçu de la réussite de cette illusion : cette expérience soi-disant intime qu'il est censé vivre est dupliquée à perte de vue. Les mêmes repas, les mêmes détritus (la chaussette manquante, le bic cassé, la couverture entortillée, le verre en plastique proprement explosé), la même inclinaison, le même écran télé montrant le même père et le même fils jouant au ballon, la même protection vigilante de son espace privé. Dans ce contexte, quitter l'interface, traverser la ligne blanche est carrément inimaginable. C'est une tâche héroïque — ou démentielle. Sur fond de chant d'oiseaux, la dame zen dit : « La connaissance est la récompense de l'action, car c'est en agissant que nous sommes transformés. C'est en exécutant un geste symbolique, en vivant vraiment à travers un rôle, que nous en venons à prendre conscience de la vérité inhérente à ce rôle. Quand nous en subissons les conséquences, nous en sondons et nous en épuisons le contenu. » Alex zappe sur le canal 6 et se prépare à regarder le célèbre classique du cinéma *Casablanca*.

Dieu sait (se dit Alex, une heure et demie plus tard environ, submergé de joie) que l'Europe a fait beaucoup de films américains, mais l'Amérique n'a jamais fait qu'un seul film européen : *Casablanca*. Ah, Casablanca ! Rick joue aux échecs, pas aux cartes. Le moindre acteur européen émigré qui se trouvait en ville au moment du tournage fait partie de la distribution. La musique, le script, la photographie : des oreilles, des esprits, des yeux européens. Regardez ce miracle ! Un film américain sans happy end, fait par des Européens, pour la plupart des Juifs européens, en pleine Guerre mondiale ! Alex ne trouve pas de meilleure illustration de la nature accidentelle de tout grand art. Il connaît toutes les légendes. Le studio chaotique où le script s'écrivait au jour le jour, les acteurs qui ne savaient pas à quoi ressembleraient leurs répliques jusqu'à ce qu'on les leur donne. Alex recule son fauteuil d'un cran (il gardait précieusement ce cran en réserve) et s'émerveille de la grosseur de la tête de Bogart. Il accompagne silencieusement des dialogues qui lui paraissent presque zen dans leur pureté :

RENAULT : *Je me suis souvent demandé pourquoi vous ne retournez pas en Amérique. Vous avez pillé des troncs d'église ? Vous vous êtes enfui avec la femme d'un sénateur ? J'aime à penser que vous avez tué un homme. C'est mon côté romantique.*

RICK : *C'est une combinaison des trois.*

RENAULT : *Et, au nom du ciel, qu'est-ce qui vous a amené à Casablanca ?*

RICK : *Ma santé. Je suis venu à Casablanca prendre les eaux.*

RENAULT : *Les eaux ? Quelles eaux ? On est en plein désert.*

RICK : (laconiquement) : *On m'a mal informé.*

Des faits. Quand Bergman et Bogart s'embrassent, ce qui ressemble à une lune se révèle être le faisceau d'un projecteur de DCA. Quand Lorre est acculé au mur, ses yeux font un tour complet dans leurs orbites. Vous saviez qu'on avait sérieusement envisagé Ronald Reagan pour le rôle de Rick ? Que personne ne dit *play it again, Sam* ? Que Bergman trouvait Bogart chiant ?

« Que les mécaniciens — vous savez, les gars autour de

l'avion ? Dans la scène finale ? En fait, c'étaient des nains. Les gens ne savent pas… les faits se perdent. Sérieusement, c'est un fait avéré. L'avion était en carton-pâte, et ils n'arrivaient pas à obtenir une perspective correcte, alors ils ont engagé des nains pour jouer les mécaniciens, c'est *incroyable*, non ? » demande Alex à son voisin de droite, qui essaie juste de regarder le film en paix. Le collectionneur est le sauveur d'objets qui sans lui seraient perdus.

LIVRE DEUX

ROEBLING HEIGHTS

Le Zen d'Alex-Li Tandem

Vous voyez, c'est cela ma vie. Et ce sera toujours ma vie. Il n'y a rien d'autre. Rien que nous, et les caméras — et tous ces gens merveilleux là-bas dans le noir.

Sunset Boulevard, Charles Brackett,
Billy Wilder et D. M. Marshman Jr

Au douzième siècle, le maître chinois Kakuan dessina dix taureaux en accompagnant ces dessins d'un commentaire écrit. Le taureau est le principe éternel de la vie, vérité en action. Les dix taureaux représentent les étapes successives de la réalisation de notre vraie nature.

Le Zen en chair et en os
Paul Reps et Nyogen Senzaki

CHAPITRE PREMIER

À la recherche du taureau

1

« Le plus long Shabbat de ma vie », conclut Tandem en maudissant Lovelear, dont il portait le sac. Il s'arrêta, le laissa tomber au sol, ouvrit la main et contempla un paysage enflé de crêtes rouges et d'îlots exsangues, comme une vue aérienne du Japon. Pour la seconde fois aujourd'hui, il était très tôt le matin, par un samedi glacial et sans pitié. Est-il besoin d'une confirmation supplémentaire que les voyages internationaux ne sont qu'amère futilité ?

Il se pencha de nouveau et empoigna le sac. À côté de lui, Dove, en pilotage automatique, poussait un chariot les yeux fermés dans l'aéroport d'un président mort. Lovelear, malgré ses bravades, avait en fait une profonde terreur de l'avion, et s'était éclipsé dans les toilettes les plus proches pour y vomir de soulagement.

« Regarde, Ian : New York, dit Alex alors qu'ils approchaient de l'énorme porte tournante.

— Ouais, New York, dit Ian.

— T'es déjà venu à New York, Ian ?

— Non, je peux pas dire ça.

— Ça t'intéresse de voir à quoi ça ressemble ?

— Tout a l'air... », marmonna Ian en sortant. Il neigeait. Alex ouvrit la bouche pour poser une question, mais une rafale de neige l'atteignit en plein visage, lui assaisonnant la langue d'un goût sale et métallique de paradis.

« … pareil à deux heures du matin, dit Ian d'une voix douce, en posant la tête sur la barre du chariot. Tout se ressemble. »

À travers les interférences neigeuses du décor, Alex apercevait les fameux taxis, qui allaient et venaient de telle sorte qu'il n'y avait jamais ni pénurie ni surabondance, et que personne n'avait à attendre très longtemps.

« J'ai l'impression d'être déjà venu ici, vaguement », dit Ian en déverrouillant les yeux au moment où un taxi s'arrêtait devant eux et baissait sa vitre. « Ça a l'air familier, comme un truc d'une vie antérieure. C'est bizarre, hein ? Vu que je…

— Taxi Driver, dit Alex d'une voix monocorde, en enlevant les sacs du chariot. Manhattan, Dernière Sortie pour Brooklyn, Sur les quais, Mean Streets, Miracle dans la 34e Rue, West Side Story, Un jour à New York, Serpico, Ennemis comme avant, Le Choix de Sophie…

— Ève, interrompit le chauffeur, King Kong, Wall Street, Éclair de lune, Les Producteurs, Plaza Suite, Escapade à New York (l'original et le remake), Le Parrain I et II, Kramer contre Kramer, sans parler de S.O.S. Fantômes. On peut y passer la matinée, mon ami, si vous voulez. Le compteur tourne.

— Tout le monde est déjà venu ici, Dove, dit Alex en ouvrant la portière du taxi.

— Vous *déconnez* ou quoi ? s'écria Lovelear soudain recraché par les portes tournantes, et qui se croyait dans un tout autre film. De l'autre côté, on peut prendre des *limousines*. »

« Ah, c'est la *vraie* vie », dit Lovelear avec emphase, en faisant maladroitement le Signe Universel du luxe (les mains derrière la tête, les jambes allongées, les pieds croisés). « Je veux dire, c'est *la* vraie vie. »

Alex n'en était pas si sûr. D'une certaine façon, la limousine, quoique invraisemblablement longue vue de l'extérieur, ne paraissait guère, une fois qu'on était à l'intérieur, plus spacieuse qu'un taxi jaune normal. En plus, elle était sale, et sa banquette usée maintes fois tachée par d'autres passagers en quête de frissons (Combien de pipes taillées, se demanda Alex, et combien de bouchons de champagne ? Comment tant de gens en venaient-ils à croire qu'il faut forcément faire ces choses-là dans les limousines ?). Deux carafes poussiéreuses dispensaient du whisky pâle et tiède auquel Lovelear ajoutait allégrement du coca plat et non moins tiède. Il levait son verre régulièrement à la neige, à la ville, aux flics, aux gratte-ciel, au hot dog idéal et à la fille bien roulée de la cabine de péage qui ne s'était pas encore suicidée. Lovelear venait du Minnesota.

Et ils n'étaient même pas rendus. Les dernières banlieues résidentielles défilaient encore, crispées contre l'hiver et silencieuses comme un dimanche. Alex éprouvait une tendresse et une attirance particulières pour les banlieues qui s'étendent entre un aéroport et une grande ville ; il avait envie d'arrêter la voiture, de frapper à l'une de ces portes de pin, et de se glisser entre le pompier et sa femme jusqu'à ce que quelqu'un se lève pour préparer le petit déjeuner et que les gamins se mettent à brailler. Mais en banlieue il faut une adresse précise. Il n'y a que dans une grande ville qu'on peut vous déposer devant une statue et derrière l'opéra. Les banlieues, c'est uniquement sur invitation. D'ailleurs, voici qu'apparaissait la ville, insistante, inévitable. Lovelear saisit Dove par la nuque et lui tourna la tête dans la bonne direction.

« O.K., O.K., O.K., Dove… prépare-toi, non, plus près de la fenêtre, O.K., prêt ? O.K… regarde… maintenant ! »

La voiture atteignit le sommet de la côte et la ville apparut miraculeusement devant eux, se découpant sur le clair de lune, électrocardiogramme bétonné d'une vision extatique que les gens ont d'eux-mêmes. Alex en fut aussi ému que n'importe qui, plus encore — c'était la seule autre ville au monde pour laquelle il avait jamais ressenti du désir. Mais parfois il faut savoir détourner les yeux de sa maîtresse, sous peine de ne jamais rentrer auprès de sa femme ; Alex se détourna donc, pour regarder par l'autre fenêtre, vers le port, et au-delà vers Brooklyn la mélancolique (du néerlandais *Breuckelen*, terre brisée), et vers une vision fugitive de la dame de pierre en personne. On aurait cru qu'elle venait tout juste de brandir l'épée dans sa main, et la neige tourbillonnait autour de sa silhouette.

2

Sortis des bouchons, entrés dans la ville. Direction l'hôtel Rothendale, un immeuble massif et esseulé. Ses vieilles briques avaient été recouvertes de peinture neuve, et deux ailes disgracieuses ajoutées de part et d'autre. La rue s'était embourgeoisée ; le Rothendale avait dû suivre le mouvement. Vu de l'extérieur, il paraissait ébahi de sa soudaine respectabilité, tel un grand-père débauché qu'on affuble d'un costume et qu'on traîne à un mariage.

À l'intérieur, un virus néo-capitaliste s'était propagé, de la tapisserie à bandes rouges et or aux fleurs sans parfum, de la fontaine de faux marbre au monogramme sans cesse reproduit sur la moquette, et jusqu'au sourire professionnel qui se posait à présent sur Alex.

« Et ces messieurs, disait le méticuleux jeune homme, sont ici pour le Salon Autographicana ? »

Alex repensa à sa traversée du hall. Quel geste l'avait trahi ? Sans joie, il accepta son cartable de congressiste en écoutant Lovelear interroger le jeune homme sur les services offerts par l'hôtel.

« Il est trois heures du matin, exultait Lovelear dans le couloir quelques minutes plus tard, et je pourrais très bien utiliser le jacuzzi sur le *toit*. Vous croyez que je pourrais faire ça dans un de ces taudis londoniens ? Hein ? Je pourrais très bien utiliser le jacuzzi sur le toit *tout de suite*.

— Alors vas-y.

— Quoi ?

— Vas-y. »

L'ascenseur arriva. Ils y montèrent.

« Je viens avec toi, si tu veux, dit Dove d'un ton apaisant, tandis que le sixième étage disparaissait sous leurs pieds. En fait, je me sens bien réveillé maintenant.

— Il est trois heures du matin, Dove », dit Lovelear d'un ton las, avant de secouer la tête et de descendre au septième.

« Bien sûr, il n'y a pas de treizième, comme tu sais, dit Dove, qui considérait toujours le silence dans un espace confiné comme un échec personnel. Dans les ascenseurs américains. Ils n'ont pas de treizième étage. »

Il était extrêmement rare que Dove expose un fait qui ne soit pas déjà connu d'Alex, mais en l'occurrence il ignorait celui-ci. Il leva des yeux blasés vers la succession de lumières ; il fut stupéfait.

« Tu imagines, dit Dove d'une voix ensommeillée, une superstition aussi archaïque dans un grand pays aussi moderne ? C'est dément. Comme de croire à la petite souris. Ou à cette connerie de résurrection.

— Bonne nuit, Dove, dit Alex avec un sourire généreux.

— Ouais. B'nuit, Tandem. »

La fenêtre de sa chambre offrait à Alex plus de panoramas célèbres qu'un Autographiste n'est en droit d'en attendre. On l'invitait à s'émerveiller du retrait des ténèbres, de l'aurore, de la liste quotidienne d'objets enchantés : les façades vertes, les clochers paraissant transpercer la bedaine des nuages, les débuts sur scène, les meurtres scandaleux, les gens qui vaquent à leurs affaires. Timidement, Alex fourragea dans son sac à la recherche de son appareil photo. Alors que ses doigts effleuraient le capuchon de l'objectif, il aperçut sur la commode un magazine gratuit qui avait choisi pour couverture le panorama offert par sa fenêtre. Bizarrement oppressé, il ferma le rideau et déplia un plan de la ville.

Il cherchait Roebling Heights, à Brooklyn, l'adresse d'expédition de son colis. Il n'y avait pas de numéro d'immeuble, pas d'autre indication. Il faudrait qu'il aille sur place et qu'il se renseigne, à la manière du célèbre détective Philip Marlowe. Et si ça ne marchait pas, il restait la solution de repli, qui consistait à se rendre dans le Lower East Side, à trouver Krauser, le président du fan-club de Kitty, et à le tabasser pour lui arracher l'information, à la manière du célèbre acteur James Cagney. Ouais, comme Jimmy Cagney, le dieu de toutes les petites frappes.

Kestum'dis ?

Kestu racontes ?

Sur le plan, il repéra Roebling, minuscule et atrophié, coincé entre le quartier noir, le quartier beatnik, le quartier hassidique et le quartier polonais, tout au bout d'une ligne de métro qu'il n'avait jamais prise, dont il n'avait jamais entendu parler. Dans l'index de son guide, Roebling Heights ne faisait qu'une seule apparition et ne suscitait qu'un seul commentaire. *Le quartier de Roebling,* lut Alex, *a connu des jours meilleurs. Il a aussi connu des jours moyens et des jours pires. À présent, il se contente de connaître des « jours »*. Tout le monde se prend pour un comique, même les auteurs de guides touristiques.

Debout au milieu de la chambre, Alex respira profondément. Il était loin de chez lui, très loin. Le seul moyen pour lui de voyager aussi loin, c'était de rendre l'endroit où il allait aussi semblable à Mountjoy que possible. À cette fin, lorsqu'il faisait ses bagages, il prenait ce que tout le monde prend — des vêtements et le nécessaire de survie —, mais en outre il allongeait le bras sur son bureau et balayait tout ce qui s'y trouvait dans un sac en plastique, qu'il vida à présent sur son lit dans l'intention d'en disperser le contenu partout dans la pièce. Ça s'appelait du voyage immobile. Des reçus, des factures, des livres pas lus au dos brisé, des épingles, des Post-it, le fameux billet d'une livre (qu'il colla à la gomme au-dessus de la porte), une antique épingle à cheveux d'Esther, un muffin vieillissant, la moitié d'un joint. Le joint était une surprise et il se précipita dessus, le fuma en entrant et en sortant de la douche, pendant sa brève corvée d'hygiène, avant d'en atteindre le bout en spirale tandis qu'il se glissait nu dans le lit impeccablement fait et combattait les draps pour ce territoire qu'il avait payé. Du coin de l'œil, il vit une lumière rouge clignoter sur le téléphone. Il décrocha, mais le clignotement persista, et il appela la réception.

« La lumière, monsieur ? Ce doit être celle qui indique que vous avez des messages en attente sur votre boîte vocale.

— Je viens d'arriver à l'hôtel.

— Oui, monsieur, mais votre boîte vocale est activée depuis midi.

— Ma boîte vocale me précède.

— Mais certainement, monsieur. »

Alex avait trois messages. Ce n'est qu'au milieu du premier qu'il reconnut la voix, ce son de gorge grave et si new-yorkais. Quelque chose dans le timbre indiquait que cette femme était noire. Honey Richardson. Il ne l'avait jamais rencontrée en personne, mais ils avaient fait affaire ensemble quatre ou cinq fois au cours des deux dernières années, par téléphone ou par mail. Il se rappelait à présent qu'ils étaient convenus de se retrouver à midi, avant les festivités. Alex éteignit le joint contre le pied de la table de nuit. Elle avait une voix incroyable. Comme si elle vous fessait et vous caressait en même temps.

S'enfonçant dans son oreiller, il en savoura la musique sans en écouter un traître mot. Et puis ce fut terminé. Il lui fallut le réécouter pour s'apercevoir qu'elle voulait changer le lieu de rendez-vous : au lieu du carrefour de truc et de machin, elle préférerait qu'ils se retrouvent au carrefour de bidule. Ce qui serait, disait-elle, plus approprié. Approprié ?

Alex se redressa sur un coude, intrigué, et appuya sur le bouton. C'était encore Honey, qui expliquait cette fois plus en détail pourquoi le lieu initialement prévu se révélait insatisfaisant. Trop de monde, *tous ces gens qui grouillent*, et dans sa situation... Mais elle laissa la phrase inachevée. Elle paraissait croire Alex mieux informé de sa situation qu'il ne l'était. D'elle, il savait juste que c'était une courtière encore inexpérimentée, une *femme* qui plus est, qui lui achetait des trucs qu'il n'arrivait à fourguer à personne d'autre. À tâtons, Alex chercha un stylo pour noter son numéro, mais le numéro était passé avant qu'il pointe le crayon sur le bloc-notes offert par l'hôtel. Et elle parlait encore : le message était *interminable*. Alex s'assit dans son lit tandis qu'elle racontait une histoire erratique de shopping récent avec sa sœur, Trudy, qui était orthodontiste, vous voyez, et qui se mariait en juillet, et elles s'étaient aventurées dans un quartier où il y avait foule et deux personnes avaient surgi de nulle part et s'étaient mises à hurler et à tenter de... c'est alors que le bip résonna, assourdissant, dans l'oreille d'Alex. Perplexe, Alex appuya sur le bouton pour écouter le troisième message. Honey disait : « Écoutez, voilà ce qu'on va faire. Je crois que le mieux pour toutes les personnes concernées, c'est que je vous retrouve dans le hall de l'hôtel : on va directement au restaurant, on fait ce qu'on a à faire et on s'en va, et je ne veux aucune autre suggestion ou sous-entendu et mon histoire m'appartient et c'est de l'histoire ancienne et je suis là uniquement pour affaires, comme tout le monde dans le métier vous le dira. J'ai été l'anecdote de tout le monde, bon Dieu, et je ne compte pas être la vôtre. Je porterai des gants. Bonne nuit. »

Alex appela la réception pour savoir si Honey Richardson logeait à l'hôtel. Elle occupait la chambre voisine.

CHAPITRE DEUX

Découvrir les empreintes

1

C'était un sacré buffet. La nappe de lin blanc, immaculée comme le matin, offrait des petits déjeuners des quatre coins du monde. Des œufs étaient blottis dans leurs coquetiers de porcelaine, jolis comme des Bouddhas. Un demi-cochon, tranché et grillé, s'élevait en une montagne autour de laquelle des œufs brouillés palpitaient et tremblaient. Du porridge, dans un énorme chaudron, reposait sur un carré de tartan, attendant d'être servi à la louche. Un choix infini. De fines tranches de fromage hollandais cireux, de la mortadelle italienne ou du jambon allemand, des confitures se réclamant des Cornouailles dans leurs pots en terre *comme au temps jadis*, du fromage blanc de Philadelphie, de la mousse au chocolat suisse, des acras antillais tout duveteux ou encore une douzaine de harengs anglais chauds, telles de pathétiques semelles disposées en étoile. En accompagnement, une cruche de sirop d'érable à col de cygne, une tour de crêpes, des corbeilles de croissants et de tendres muffins, des beignets frits encore pétillants, des bagels au yang commodément séparé de leur yin, de fines lanières de saumon fumé reconstituant la silhouette d'un poisson (la bouche ouverte, si bien qu'il paraissait manger le monticule rouge brillant de ses propres œufs), des céréales pour les plus sérieux, du café à volonté (mais pas de thé), tous les jus du monde connu et un somptueux plateau de fruits à quatre étages, maintenu au frais par une sculpture de glace du Mont Rushmore.

Cela avait pris quatre allers et retours, mais la bataille du buffet touchait enfin à son terme. Tandem et Dove buvaient des coups de café arrosés de tabac. Lovelear étudiait les reliefs de leurs assiettes tout en pérorant sur l'un de ses sujets favoris : L'Invention Négligée. Il était convaincu que l'un ou l'autre aspect de son petit déjeuner pourrait être simplifié par la technologie, et profiter d'un instrument domestique qui (une fois devenu réalité) s'imposerait comme une évidence. Et ce matin encore il était là, absent de la table, réclamant à grands cris d'être inventé. Il serait la solution à une corvée immémoriale (non encore identifiée) et apporterait à Lovelear gloire immédiate et fortune. Si seulement il arrivait à mettre la main dessus. Il le traquait à chaque petit déjeuner depuis son enfance.

« Ça ne t'est jamais venu à l'idée, dit Alex en consultant sa montre, qu'on avait peut-être atteint un point de saturation historique en matière de *simplification* des tâches ? Et donc qu'il n'y aurait aucun moyen de rendre ce petit déjeuner plus simple qu'il ne l'est déjà ? À moins, genre, de le prendre en perfusion. »

Lovelear tendit la main vers le jus de goyave et s'en servit une pinte. « Tandem, personne ne croyait qu'on puisse encore améliorer les boîtes d'allumettes, hein ? Et puis un jour, un type est allé à l'usine... »

Alex réclama un nom, n'importe quel détail corroborant les faits.

« *Une* usine, d'accord ? C'est pas important pour le scénario général... et on est en 1926 et le type entre dans le bureau du boss et c'est genre — je veux dire, le *type* dit, genre — je vais m'asseoir et vous expliquer comment économiser des millions de dollars par an, mais en *échange* je veux vingt mille dollars par an pendant tout le reste de ma vie ici-bas — ça représentait un paquet d'argent à l'époque... aujourd'hui, ça paierait même pas un an de frais d'épicerie, mais bon, je reviens à mon histoire — et ils se disent, qu'est-ce qu'on a à... — ils prennent le type pour un fêlé ou je ne sais quoi — bref, ils prennent leurs aises et ils disent O.K., on va bien voir, on t'écoute. Vu qu'ils n'ont rien à perdre. Et il dit : *mettez le truc de soufre sur un seul côté*. Parce que, jusqu'alors, ils mettaient ce truc des deux côtés. Mets-le sur un seul côté, mon pote. Le type a vécu comme un roi jusqu'à sa mort.

— Il faut que j'y aille, dit Alex.

— Faut que t'ailles nulle part. Le salon ne commence que dans une heure. Où tu vas aller comme ça ? Tu connais personne à New York. »

Depuis quelques minutes, Dove se tenait nez à nez avec une brique de lait, dont il lisait le côté en liquidant un dernier bol de céréales. Au moment où Alex se reculait de la table, il leva la tête, fit glisser le carton de lait vers Alex et désigna une image imprimée sur le côté. Une enfant disparue de quatorze ans, une certaine Polly Mo de l'Upper East Side. Des dents de lapin, un visage fervent sur fond de lapis-lazuli irréel ; détachée, comme toujours dans les photos de classe, de toute famille et de tout mobilier. Seule dans ce grand monde bleu. Aperçue pour la dernière fois par la vidéosurveillance d'une confiserie, en train d'acheter dix billets de loterie. Tendrement, Ian essuya de son visage une éclaboussure de lait.

« Ils la retrouveront bientôt, sûrement. J'espère. Pauvre chérie. Elle doit être sur un million de ces trucs-là. Bonne idée, d'ailleurs — on devrait faire pareil chez nous. Hé, qu'est-ce que t'en penses ? dit-il à Lovelear en soulevant le carton et en juxtaposant le visage de l'adolescente à celui d'Alex. La jumelle perdue ? Un peu, tu trouves pas ? Les yeux ?

— Dove, si c'est ça ton critère, il y a encore un demi-milliard de filles dans le monde qui pourraient être la jumelle perdue de Tandem. *Nom de Dieu*, gronda Lovelear en lui arrachant le carton de lait. En voilà, une façon de devenir célèbre. Nous foutre le moral en l'air quand on veut juste prendre son petit déjeuner.

— J'ai rendez-vous avec cette personne, là, cette femme, cette courtière, un peu bizarre, dit Alex en récupérant son sac sous sa chaise. Chuis d'jà en r'tard. Faire quelques affaires, j'espère. J'en attends pas grand-chose. Je crois qu'elle ne sait pas ce qu'elle fait. Allez-y, je vous retrouve là-bas.

— Comme tu veux. C'est pas une grosse perte. Moi et Doveman, on est zen, on prend les choses comme elles viennent. Un petit coup et puis s'en va, dit Lovelear en harponnant à la pointe de son couteau un reste de saucisse mexicaine et en le brandissant. Simplement, n'oublie pas de mettre une capote. »

Il sut aussitôt qu'il la connaissait. Il ne savait pas d'où. Il tendit le cou pour mieux voir derrière l'estrade du maître d'hôtel, qu'il contourna avant d'agiter la main — mais au même moment elle appuya la tête à la vitre massive et silencieuse, derrière laquelle il neigeait et neigeait encore, tandis que les choses ressemblaient moins à elles-mêmes qu'à des notes perdues dans une symphonie de blanc. Tel était son décor, telle était la scène dont elle volait la vedette. Elle était noire en robe rouge. Elle était assise, absolument seule, tout au fond du restaurant à thème marin, parmi les étoiles de mer en papier mâché et les crevettes en plastique, sous une fresque où les tentacules d'une pieuvre s'allongeaient pour l'attraper. Alex s'approcha. De près, il s'aperçut que la robe était très ordinaire, avec son col montant et ses nuances maternelles, et les boucles d'oreilles des grappes de perles semblables à des larves. Elle avait une certaine présence sculpturale et imposante ; elle devait avoir dans les trente-cinq ans. Alex se polarisa sur de grosses lèvres brillantes et hypnotiques, de la couleur de la robe, ajout luxueux à un visage qui offrait sa part de rides et de soucis. Elle tenait dans la main droite une gigantesque orange de Californie à la peau tavelée, et avait presque réussi à l'éplucher d'un seul geste fluide de tire-bouchon.

« Salut, vous. C'est bon, vous avez votre dose de poisson ? Vous avez votre dose de *neige* ? »

Alex prit la main qu'elle lui tendait. Même s'il devait vivre cent ans, il ne rencontrerait sans doute jamais d'autre femme portant des gants de caoutchouc noir collants dans un restaurant. Tandis qu'il prenait un siège, elle émit un bruit sourd et triomphal et brandit l'écorce d'orange par l'une de ses extrémités. Elle balança cette spirale sur la nappe.

« Joli travail.

— Je trouve que c'est tellement plus *joli* comme ça. Comme si l'orange s'était libérée toute seule. Qu'elle s'était débarrassée elle-même de sa peau. »

Alex eut un faible sourire et reprit son combat pour faire tenir sa veste sur les épaules voûtées de la chaise. Elle s'adressa donc à son dos. Elle avait une voix rauque, mais toute en rondeurs et en sérieux. On n'y décelait aucune trace de flirt, ni de folie manifeste. Il se retourna et s'assit. Il y eut un silence. Il se retenait de toutes ses forces de regarder les gants, en pure perte : il regardait les gants.

« Je vous ai dit au téléphone que j'en porterais, non ? » demanda-t-elle sèchement. Son visage avait perdu toute sa chaleur. Elle repoussa sa chaise.

« Excusez-moi ? Je ne comp...

— Écoutez, si vous ne voulez pas faire affaires selon mes termes, alors ça n'est pas la peine de perdre mon temps ni le vôtre. Je croyais avoir été claire hier au téléphone. »

Alex n'avait jamais été aussi intimidé de toute sa vie. Il se recroquevilla sur sa chaise et agrippa discrètement la nappe. « Non, c'est un malent...

— J'aime, dit-elle d'un ton ferme, qu'on expédie les plaisanteries et la curiosité avant de passer aux choses sérieuses, parce que quand je parle affaires je n'apprécie *pas* la comédie. »

Honey rapprocha sa chaise de la table et le regarda droit dans les yeux, comme un cow-boy. Alex avait l'impression qu'elle avait déjà fait tous ces gestes bien des fois, et dans le même ordre. Ou alors, c'est qu'elle avait vu ça dans un film.

Elle dit : « Donc, avant que vous ne posiez la question, voici les réponses : au-dessus de la moyenne, circoncis, c'est lui qui m'a abordé, vingt-cinq dollars pour l'ensemble, et non, au bout du compte ça ne m'a pas rapporté beaucoup d'argent. Autrement, bon Dieu, pourquoi je ferais ce métier maintenant ? Et si je l'ai choisi, ce métier, c'est que j'ai toujours été fan de cinéma, et c'est comme ça que je suis tombé dans l'autographie. Et me voilà. Bien. On passe aux choses sérieuses ? » Sa voix était lasse tandis qu'elle prenait un grand classeur noir posé sur ses genoux. « Je suis sûre que les autres vous ont prévenu, mais les règles sont les suivantes : un, on ne touche à aucun produit à moins de porter des gants, que je peux vous fournir ; deux, si vous me donnez de l'argent que vous avez touché avec vos mains, ce qui est sans doute le cas, je devrai le désinfecter, et si c'est une grosse somme, j'apprécierais un coup de main ; trois, quand je manipulerai *vos* pièces... »

Elle s'interrompit et releva les yeux du coin de table où elle cerclait ses points successifs de son doigt caoutchouté. Alex opinait à l'anglaise, docilement, rapidement et pour rien.

« Hé ! Vous vous sentez bien ? »

Alex ouvrit la bouche, ne sut par où commencer, et la referma.

« Hé. Ohhh... »

Elle leva un sourcil tandis que son visage passait rapidement du soupçon à la compréhension, puis à une sorte de regret amusé.

« Vous n'avez pas la moindre idée de qui je suis. Je me trompe ?

— Vous êtes madame Richardson », dit lentement Alex. D'une voix égale réservée aux sourds, aux handicapés, aux fous, et aux étrangers irrécupérables. « Je vous ai vendu un Flowers McCrae, non ? — un contrat qu'elle avait signé pour un film en deux bobines, en 1927. Le mois dernier, je crois. Et des vignettes de cigarettes à l'effigie des Wheelerettes. Et tout un tas de trucs en octobre. Je suis Alex-Li Tandem. » Il chercha sa carte de visite. « J'espère que ce n'est pas... je veux dire, oh *bon Dieu* », et il se redressa brusquement, aussitôt cramoisi à l'idée que le problème vienne de lui et non d'elle, « *dites*-moi que je suis à la bonne table... »

Elle écarquilla les yeux, sourit, prit sa carte et lui fit signe de se rasseoir. « Tout va bien, tout va bien. Je sais qui vous êtes. Vous comprenez, j'oublie, dit-elle en regardant autour de la salle et en hélant un serveur d'un doigt preste, que tout le monde ne passe pas sa vie à lire les putains de journaux. Je vais nous commander un thé à l'anglaise. Désolée d'avoir été si... » La phrase se perdit dans un mouvement de mains, un geste discret, comme si elle soupesait deux paquets de farine identiques.

« Bref, bref », dit-elle, comme pour elle-même. Elle saisit une bouteille d'eau et remplit leurs deux verres. « *Merde*. On reprend du début. Je suis Honey, vous êtes Alex-Li. Bonjour, Alex-Li. »

Elle se retourna vers lui et sourit. Un sourire tout en dents. Elle lui tendit de nouveau le caoutchouc noir. Il le lui serra.

« Sauf que d'habitude, c'est justement les Anglais qui sont les pires. Comme cette femme que j'avais rencontrée à Mar-lee-bone — c'est comme ça qu'on prononce ? Je m'embrouille toujours dans ces noms de métro — Mary-lee-bone ? »

Alex la corrigea. Elle fit deux tentatives, puis abandonna dans un petit soupir.

« Bref, quel que soit le nom, j'étais là pour affaires, et je m'occupais de *mes* affaires, merde... et voilà que cette salope m'a craché à la gueule. En plein milieu de la *rue*.

— Bon Dieu... je suis désolé », dit Alex, concluant qu'il venait d'avoir une longue et inhabituellement obscure conversation sur le racisme. À ce stade, il commença à se sentir plus à l'aise. C'était comme de parvenir à la vingt-septième minute d'un film français, où généralement il commençait à avoir une vague idée de ce qui se passait.

« Désolé pour quoi ? dit Honey en fronçant les sourcils et en ouvrant son classeur. Vous n'avez rien fait. On y va ? »

Honey poussa vers lui un Erich Von Stroheim, un beau portrait de studio, à la signature bien nette, en parfait état : une pièce de choix. Et la première chose qu'Alex comprenait vraiment depuis qu'il s'était assis. Il fit mine de toucher la photo, mais elle la lui déroba.

« Je vais vous expliquer encore une fois. Vous ne pouvez rien toucher de ce qui est à *moi*, jusqu'à ce que ce soit clairement à *vous*. Si vous voulez celui-ci, que vous en êtes sûr, alors prenez-le, mais si vous changez d'avis il faudra que je le désinfecte, ce qui est un peu lassant, vous savez ? »

Alex ne savait pas.

« Si vous avez peur des microbes ou de... », commença-t-il, stupéfait ; elle l'interrompit d'un grognement sourd.

« Je sais, je sais, vous n'avez pas de *morpions*, c'est ça ?

— Je vous demande pardon ?

— *Tout* le monde a des morpions. Vous feriez mieux de mettre ces gants. »

Ce fut une heure assez déconcertante. Chaque fois qu'il se décidait pour une pièce, elle prenait l'argent et l'emportait en direction des toilettes. À son retour, les billets paraissaient luisants — et avaient une drôle d'odeur. À un moment, le bras d'Alex effleura celui de Honey. Elle bondit hors de sa chaise. Il lui fallut vingt minutes pour revenir, dégageant une odeur de couloir d'hôpital, le regard égaré et exténué.

« Je suppose que vous connaissez, dit-elle à son retour des toilettes, en tenant les billets encore humides, la définition d'un producteur de cinéma.

— Hmm, non. Dites-moi.

— C'est quelqu'un qui sait ce qu'il veut mais qui ne sait pas comment ça s'écrit.

— Elle est très bonne. Très drôle », dit Alex en riant, la bouche pleine de scone. Elle possédait ce charme désintéressé qu'il enviait tant aux gens qui en étaient dotés. Ce don de se foutre de ce qu'on pense de vous. Il regarda ses propres mains fraîchement caoutchoutées se porter vers son visage comme si quelqu'un d'autre lui donnait à manger.

« Hmm, elle est pas mal. Mais ma préférée, c'est celle de Sam Goldwyn. C'est lui qui a sorti les plus belles perles. Une fois, il recevait une actrice étrangère dans son bureau, et elle le tannait pour qu'il fasse des films plus engagés politiquement...

— "*Écoutez, mon chou*, interrompit Alex en imitant l'accent et même les mouvements de main. *Les films, c'est fait pour distraire. Pour transmettre des messages, il y a la Western Union*." Je l'aime beaucoup, celle-là, moi aussi. Je suis sûr qu'elle est apocryphe.

— Vous pouvez répéter ? » Honey le foudroyait du regard comme s'il venait de rompre un pacte entre eux. « Vous êtes sûr que c'est *quoi* ?

— Non... désolé... je voulais juste dire que... il n'a sans doute jamais vraiment *dit* ça... c'est comme, vous savez, *Play it again, Sam*..., c'est juste une façon de parler.

— Oh... »

Elle baissa la tête et le dévisagea par en dessous, d'un regard profond et pénétrant, comme une chanteuse de blues qui atteint la note bleue.

« Alors pourquoi vous ne le dites pas simplement ? J'ai horreur des gens qui parlent comme s'ils avaient avalé un dictionnaire.

— Moi aussi. Désolé. Au temps pour moi.

— Regardez-la. »

Elle désignait une photo dans un tas qu'Alex venait de lui

vendre : une boîte de pièces en vrac qu'il avait raflée chez Jimmy sans prendre la peine de l'examiner. Il s'était contenté de l'étiqueter à cinq cents dollars en la baptisant une collection.

« Vous savez qui c'est ?

— Theda... Bara... », dit Alex, qui dut se creuser la mémoire. « Une vamp ? Une vamp du muet ?

— Ouais, c'est bien ça... son nom, c'était ARAB DEATH mais dans le désordre... Comment vous appelez ça, déjà ?

— Une anagramme ?

— Oui, monsieur le Dictionnaire, une *anagramme*. Et elle était née à l'ombre du Sphinx, nourrie au sang de serpent, etc., etc. Selon la publicité. Soi-disant une bombe sexuelle ambulante. On a du mal à y croire. »

Ensemble, ils regardèrent la photo. Une grosse femme très quelconque aux yeux lourdement soulignés de khôl et aux bras potelés. Une vipère étouffée contre son sein.

« Son vrai nom, c'était Theodosia Goodman, dit Honey, imperturbable. Elle était de Cincinnati. Bouffie, avec des problèmes de circulation. Quand sa famille de l'Ohio a appris qu'elle était née sur les bords du Nil, ils ont été sacrément surpris. »

Alex éclata d'un rire joyeux.

« Vous voyez ? Moi aussi j'en sais des choses. Quant à Mlle Beavers que vous voyez ici » — Honey désigna la photo de Louise Beavers, en qui Alex reconnut vaguement la nounou noire d'une bonne dizaine de films — « elle n'était pas grosse, au départ, donc elle devait manger tout le temps, vous savez, pour grossir. Et elle n'était pas du Sud non plus, donc elle devait imiter l'accent, et quand elle a joué Aunt Delilah dans *Mirage de la vie* il a fallu apprendre à cette pauvre conne à faire des crêpes.

— C'est vrai ? dit Alex, qui commençait réellement à s'amuser. Ça demande un sacré boulot. Ils n'auraient pas pu simplement *engager* une grosse femme noire du Sud ? Je veux dire, si c'est ça qu'ils voulaient.

— La question, ce n'est pas qui était disponible, c'est ce que les gens sont prêts à faire pour être célèbres. C'est une question d'humiliation. Et encore, c'est rien à côté de Stepin Fetchit.

— Qui ça ?

— Un type qui roule des yeux, et qui dit généralement *bien, missié* dans un ascenseur ou un champ de coton, ce genre de choses. Tout le monde arrivait à Hollywood avec un nom complètement nul et les studios le changeaient : Frances Gumm, Archibald Leach, Lucille LeSueur, Phyllis Isley — on les rebaptisait et on leur donnait de jolis noms, à tous sans exception. Un Noir se pointe à Hollywood, il s'appelle Lincoln Theodore Monroe Perry : on le rebaptise Stepin Fetchit. "Va chercher." C'est *fatigant*, vous savez ? »

Cette pensée parut dissiper son rire. Elle regarda ses doigts d'un air abattu. « Ça me donne envie de lever les mains au ciel et de dire MU ! à tout ça. MUUUU ! »

Alex regarda vivement autour de lui, mais il n'y avait personne dans le restaurant à part lui pour se sentir gêné.

« C'est un mot bouddhiste, dit Honey en rattrapant ses mains et en les posant bien sagement sur ses genoux. C'est comme ça que je me détache des choses.

— Vous êtes bouddhiste.

— À ma manière. Pourquoi ? C'est si bizarre que ça ? Et vous, vous êtes quoi, d'abord ? »

Alex rentra sa tête de tortue. « Euh... rien, à vrai dire. Juif. Enfin, de naissance. »

Honey émit un bruit satisfait. Alex le lui retourna.

« Vous êtes plutôt agressive pour une bouddhiste, c'est tout ce que je voulais dire. Sans vouloir vous vexer.

— Ouais, enfin, comme je disais, je suis bouddhiste à ma manière. Je suis *loin* du satori, pour dire la vérité. Bref. J'apprends encore, c'est une longue route, question suivante. » Elle se pencha vers lui, avidement. « Allez, *allez*... vous débordez de questions... y a rien d'autre que vous ayez envie de savoir ? »

Son visage n'était que défi insolent, une expression qu'on ne rencontre jamais sur le visage d'une Anglaise, à moins qu'elle soit saoule et qu'elle parle à sa mère.

« Écoutez, je n'ai *pas* d'autres questions. *Ben mon vieux*, dit Alex en croisant les bras, vous êtes vraiment... vous savez ? Enfin... vous êtes plutôt... »

Honey se fendit d'un énorme sourire, qui dévoila à Alex l'intégrale de ses gencives rosées. « Eh ouais, je suis comme ça, hein ? » Elle lui tapota la main. « Je vous taquine, Alex-Li, c'est tout. Je suis juste un peu directe. C'est le mot que vous cherchiez. Vous savez qui c'est ? » dit-elle en désignant une photo posée entre eux, une fille à la poitrine opulente, surmontée d'une tour de cheveux noirs. Alex sut l'identifier.

« Exactement, dit Honey, et moi je suis un peu comme Gypsy. De son vrai nom Louise Hovick, d'ailleurs — mais c'est la seule chose sur laquelle elle ait jamais menti. Elle n'a jamais prétendu être autre chose que ce qu'elle était. C'est comme moi. »

Alex, qui une fois encore ne savait absolument pas de quoi il était question, opina docilement et se mit à rassembler ses affaires. Alors qu'elle l'imitait, une mèche de son chignon lui tomba sur le visage, et soudain elle lui parut de nouveau familière.

« Est-ce que... ? commença Alex en ramassant son sac et en le posant sur la table.

— Est-ce que *quoi* ?

— Rien... je pensais juste... Est-ce que... je vous *connais* ? Ou bien... ?

— Je ne sais pas, dit Honey froidement. C'est à vous de voir. »

La salle parut bien silencieuse tout à coup. Alex chercha une mimique appropriée, mais aucune ne semblait convenir.

« On ferait mieux d'y aller, dit Honey en détournant les yeux. On a fini. Et c'est l'heure.

— Bien sûr, bien sûr », dit Alex en faisant signe au serveur. Il arracha les gants qu'elle lui avait donnés, mais elle n'en voulait plus, et il les fourra dans son sac. Au-dehors s'éleva un tonnerre de klaxons. Tandis que Honey regardait par la fenêtre, un serveur passa, et Alex, en essayant de lui passer le plateau à thé, s'emmêla les pinceaux. Il le tenait penché d'un côté, le serveur essayait de le redresser. Accidentellement, Alex toucha le bras de Honey.

Elle bondit une nouvelle fois de sa chaise et fila aux toilettes, et, couvrant la voix d'Alex qui se répandait en excuses, elle cria par-dessus son épaule : « Allez-y, allez, allez-y. Je vous retrouve là-bas. Ne vous en faites pas. Des fois, ça merde. Ça aussi, c'est du bouddhisme. C'était un plaisir de traiter avec vous, Alex-Li Tandem. »

2

La petite blonde à l'entrée fournit à Alex un badge et un plan du salon. D'un ongle en demi-lune, elle indiqua les musts de cette année : la Salle du Jedi (où trônaient des acteurs secondaires de la célèbre trilogie), une Salle des astronautes d'Apollo (une mission obscure dont Alex n'avait jamais entendu parler et qu'il soupçonnait d'être imaginaire) et, pour la deuxième année consécutive, une alcôve devant laquelle on pouvait faire la queue pour obtenir un autographe de deux des hommes qui avaient rasé Hiroshima. Tous ces endroits rayonnaient à partir de la grande salle, la salle de bal « Miami Dream » de l'hôtel Rothendale, gigantesque et étouffante. Des palmiers en plastique, des fresques de scènes tropicales (le Rothendale était très fort pour les fresques), un calendrier des festivités. Demain, le Salon Autographicana devrait céder la place à la bar-mitsva de Lorna Berkowitz. Il y avait au moins une centaine de stands. Il y avait au moins un millier d'Autographistes grouillant. Dans leurs pantalons minables. Le premier instinct d'Alex fut de faire demi-tour et de s'enfuir, en hurlant *MUUUUUUUUU* dans les rues de la ville.

Sauf qu'il y avait là des choses qu'il convoitait. Des choses qui l'affectaient à un niveau obscur, bien en deçà de son esprit rationnel : il les lui fallait. D'accord. Bienvenue dans le vingtième siècle en miniature. La signature de Castro, la chemise d'Oswald, les souches de chéquiers de Connery, le programme de concert de Streisand, le premier téléphone AT&T (dans son emballage d'origine), les gants d'Ali, une enveloppe que Joyce avait oublié de poster, une photo de Dark Vador signée à la fois par sa voix et par son corps, les chaussons de rubis de Dorothy (des brillants, en fait, mais aujourd'hui aussi chers que des rubis), les vœux de Noël de Kennedy, le cahier d'exercices de Himmler…

« Le cahier d'exercices de Himmler ? » répéta Alex en tordant le cou.

Karl et Anna, le jeune couple allemand si charmant qui tenait le stand, sourirent. Anna épousseta l'étui de plastique.

« Eh oui, dit Karl en haussant les épaules. Très rare. Il avait quinze ans. C'est là qu'il faisait ses devoirs, vous voyez ? Et là, il a fait une faute, vous voyez ? Très drôle quand les gens voient ça, vous savez. » Karl rit, comme pour faire une démonstration de ce qu'est le rire. « Ça leur plaît en un sens parce que c'est plus personnel, vous voyez, quand c'est comme ça. Et le prix, c'est à peu près mille quatre cents dollars. Rare, très rare.

— Il y a des gens à qui ça pose un problème, dit Anna en souriant. Mais pas nous.

— Bien sûr, dit Alex.

— Il y a des gens, vous savez », dit Anna, mais Alex ne savait pas, « qui en font un principe, alors ils disent, vous savez, pas de nazis et pas de tueurs en série. Mais... » Anna sourit derechef. Elle avait un de ces visages complètement symétriques pour lesquels le sourire est déconseillé. Plus elle souriait, plus elle ressemblait à une pub d'assurance habitation.

« L'Histoire, c'est l'Histoire », dit Karl d'un ton sans réplique en tournant la page. Laissant apparaître, entre deux feuilles de plastique, une serviette de table signée par Sinatra.

« Bien sûr », dit Alex.

Karl tourna encore une page. Laissant apparaître, entre deux feuilles de plastique, la minuscule signature de Hitler au bas d'un document administratif de routine. Karl fronça les sourcils.

« Sinatra est mal classé, dit-il. Il devrait être avec les crooners des années cinquante.

— Vous ne croyez pas... », commença Alex, mais il fut interrompu par une terrible claque dans le dos. C'était Lovelear.

« Hé, *hombre*, tu trouves ton bonheur ? »

Ils se mirent à déambuler dans la salle, deux Autographistes perdus dans la foule de leurs semblables. Alex avait une technique de survie : s'obstiner à croire qu'il n'était pas l'un des leurs. Qu'il évoluait parmi eux, mais qu'il n'était pas de cette espèce.

« Lovelear...

— Hein ?

— Ça te fait quoi... je sais pas... des trucs comme le cahier d'exercices de Himmler... des lots nazis. Y a des tas de trucs nazis cette année. T'as pas remarqué ? À croire que c'est l'année des fascistes.

— Oh, c'est sûr, dit Lovelear avec le plus grand sérieux. Et qui aurait pu prévoir ? J'avais Goering il y a dix ans, mais personne ne voulait me le prendre, tout le monde essayait de me faire honte... j'ai fini par le vendre pour trois fois rien. Et tu sais combien ça vaut maintenant ? Ça prouve bien, mon pote, que tout ça c'est cyclique. »

Alex s'enveloppa de ses bras. Il avait la nausée. La climatisation marchait à fond malgré la neige au-dehors. Il avait conscience de respirer l'air artificiel d'une chambre froide, comme si on le congelait pour le conserver artificiellement à des fins indéterminées. Il se sentait au bord de l'hystérie. Et ils s'obstinaient à collectionner ! Comme si c'était le moyen de sauver le monde ! Comme si l'impermanence n'était pas la règle d'or ! Et est-ce que je peux avoir un autographe de la Mort ? Vous avez un étui plastique pour le mettre, monsieur l'Autographiste ?

« Dove fait toujours la queue pour les mecs d'Hiroshima », dit Lovelear d'un ton guilleret : il venait de retrouver un muffin dans sa poche. « Des mecs sympas, d'ailleurs. Des golfeurs. Mais c'est pas là que ça se passe. Hé, Tandem, tu me fais mal au bras ! *Bon Dieu*. Détends-toi un peu : c'est pas si terrible. C'est plutôt marrant. Non, c'est au stand Playboy que ça se passe, si tu vois ce que je veux dire. Crois-moi, elles ne sont plus de toute première fraîcheur, mais elles signent des photos de la grande époque pour vingt-cinq dollars le morceau. Tu veux rencontrer Miss Janvier 1974 ? Je l'ai vue, mon pote. Samantha Budnitz. Un peu tannée, mais elle a de beaux restes. »

Ils firent la queue pour voir les Playmates qui ne se ressemblaient plus. Ils firent la queue pour voir les instruments accidentels de destruction massive. Ils firent la queue pour voir les cinq astronautes antiques, poignants dans leurs blousons d'aviateurs rutilants. Une femme pète-sec, à la chevelure de Républicaine, demandait à chaque personne d'écrire son nom sur un Post-it, qu'on transmettait ensuite aux astronautes, lesquels, de leurs yeux humides, faisaient le va-et-vient entre le Post-it et la personne, espérant une révélation alchimique, trop myopes pour lire les noms… Dans la Salle du Jedi, Lovelear se querella avec un Ewok pour un obscur fragment de dialogue, tandis qu'Alex regardait Lo, la fille de l'Ewok (qui à dix ans faisait déjà une tête de plus que son père), faire le poirier contre le mur dans ses petites socquettes blanches, louchant, tirant la langue, s'ennuyant profondément. Un Ewok désabusé confia à Alex qu'il ne gagnait que 25 % du prix de détail d'une photo signée, car les Ewoks devaient d'abord acheter les photos au studio. Un autre dit à Alex que pour sa part, en tant que personne à la croissance contrariée, oui, en tant que ha ha, oui, pas de problème, vous pouvez le dire, en tant que *nain*, il considérait le célèbre cinéaste George Lucas comme l'un des grands libérateurs de son peuple.

Mais, une fois expédiées les gamineries, on se mit à parler affaires. Des affaires partout. L'ambiance passa de la fête foraine au congrès. Impossible de traverser la salle sans conclure une affaire ou surprendre une négociation. Des gens qu'Alex n'avait rencontrés qu'à l'état virtuel lui apparaissaient à présent dans leur hideuse réalité physique : Freek Ulmann de Philadelphie, Albie Gottelmeyer du Danemark, Pip Thomas du Maine, Richard Young de Birmingham. Tous maintenant dotés de leur corps et de leur visage. Il négocia avec tous, les écouta. Ils avaient besoin de parler. Peut-être que les affaires elles-mêmes n'étaient au fond qu'un prétexte pour satisfaire ce besoin. Alex apprit les frustrations d'épouses dans des villes où il n'était jamais allé et n'avait aucune intention d'aller. Les résultats scolaires de divers enfants furent passés en revue. Richard Young lui avoua qu'il ne pourrait jamais vraiment aimer une femme trop plate de poitrine, quelle que soit la tendresse qu'elle lui témoigne. Un inconnu nommé Ernie Popper lui confia que presque tous les jours il regrettait d'être en vie.

Et puis des visages familiers. Alex et Lovelear tombèrent sur Baguley, qui négociait l'achat… d'un faux Kitty que voulait lui vendre un Suédois connu pour être un escroc. Au moment où Alex survint, chacun des deux se croyait sur le point de réussir une magnifique arnaque. Le Suédois savait qu'il s'agissait d'un faux. Baguley croyait acheter un authentique à vil prix.

« Ce Suédois, dit Baguley en se détournant du stand, parlant à l'oreille d'Alex en un chuchotement parfaitement audible, c'est vraiment un demeuré. Avant, il était gynécologue, putain. Et avant ça, il faisait du *vélo* ou je sais pas quoi. Il n'y connaît rien. Il ne se rend pas compte de ce qu'il a. Il a trouvé quatre Kitty dans un grenier, chez un vieux cinéaste — et il ne sait même pas qui c'est ! Il va toucher huit cents dollars pour chaque photo sans se douter de rien. *Fabuleux*.

— Ah, monsieur Tandem, dit le Suédois dans un mouvement terrifié de sa tête rousse, voilà l'expert en la matière. Content de vous voir. Vous allez bien ? »

Soupesant son aversion respective pour les deux hommes, Alex trancha en faveur du Suédois.

« Bien. Je vais très bien. Et c'est un très beau Alexander. Très belle pièce. Baguley, t'as bien de la veine.

— Oui, oui, je suis bien content que vous soyez de cet avis » — le Suédois épongea son visage en sueur avec un mouchoir brodé où s'entrelaçaient un H et un I —, « Baguley a vraiment de la veine.

— Il y a une rumeur qui court, dit Baguley d'une voix traînante, en redressant du doigt le bord de son chapeau, comme quoi tu serais à New York pour la retrouver. Pour retrouver Kitty. Enfin, c'est ce que dit la rumeur. J'ai parié dix livres qu'on t'arrêterait à l'entrée. Elle va lâcher les chiens...

— Hé ! hurla Alex vers l'autre bout de la salle. *Hé.* » Il apercevait Honey près de la table des suffragettes, farfouillant parmi des cartes postales rangées dans un carton à vin.

« À qui tu fais signe comme ça ? demanda Lovelear en se retournant. C'est Dove qui est là-bas ? »

Alex croisa le regard de Honey, elle lui fit un grand sourire et leva la main ; mais brusquement son visage s'altéra. Le sourire s'évanouit, remplacé par cet air atrocement blessé ; elle lui tourna le dos, traversa fiévreusement un groupe de femmes ovoïdes, de braves touristes venues du Midwest. Elle disparut dans une salle consacrée à une célèbre catastrophe : le naufrage du RMS *Titanic*.

« Mais qu'est-ce que..., commença Lovelear.

— C'est vraiment *bizarre*... Je l'ai rencontrée il y a une heure... je croyais vraiment qu'on...

— On rembobine : tu *connais* Honey Smith ?

— Honey qui ? Elle, c'est Honey Richardson. C'est la courtière avec qui j'avais rendez-vous ce matin. »

Le Suédois se couvrit la bouche de ses mains et gloussa comme un collégien anglais.

« Honey Smith : voilà un nom que je n'entends pas depuis un moment. Oh punaise, les Suédois ont adoré cette histoire, oui, monsieur, vous pouvez me croire. Quoique, personnellement, je l'aurais payée davantage, hein ? Vingt-cinq, ça paraît pas beaucoup pour ce genre de service. Sans compter que, lui, il avait beaucoup d'argent.

— Vous êtes au courant, dit Baguley, enthousiaste, que maintenant elle est dans le métier ? Oui, *oui*. Un collègue à moi lui a acheté un Fatty Arbuckle à Berlin. Je vous jure, croix de bois croix de fer. Et il dit qu'en plus elle l'a sucé sous la table. Il a bien de la veine, le salaud.

— Je viens de la *voir*, nom de Dieu, couina Lovelear en désignant l'espace où elle s'était trouvée. Je jure devant Dieu que c'était bien elle. Et Tandem lui faisait des signes ! Tandem a les faveurs de *Honey Smith* ! Alors, Tandem, tu te tapes Honey Smith ? C'est genre la pute la plus célèbre du *monde*. O.K., je veux toute l'histoire, et *maintenant*. »

Le nom livra son secret. Alex se remémorait à présent les deux photos de police : l'acteur écossais tout débraillé, plissant les yeux face au flash, la prostituée, imperturbable, habituée à ce genre de photos. Ça avait fait la une… combien de temps ? Une semaine ? Deux semaines ? Et puis l'histoire s'était cramponnée quelque temps, de tous ses épisodes sulfureux : sa version à elle, sa version à lui, celle de la fiancée, celle du maquereau, celle du public, l'interview vérité, et puis, enfin, l'ordre restauré : le retour de Honey à l'obscurité.

3

Les chambres d'hôtel sont des endroits sans dieu. On n'y trouve rien qui compte pour nous. Et on n'y compte pour rien. Dans sa chambre, un Tandem ivre et solitaire appela au pays. Mais à Mountjoy il était cinq heures du matin : le silence obstiné des répondeurs téléphoniques. Sur celui d'Esther, il chanta « All the Things You Are » dans quatre tonalités différentes pour éviter les notes aiguës, sur celui de Rubinfine il se fit insultant puis, sur celui d'Adam, obscènement sentimental. Joseph décrocha, mais à ce stade Alex commençait à avoir honte. Il ouvrit la bouche et rien ne se produisit. Joseph raccrocha. Il se fit tard. Ayant bu tout ce qu'il contenait, Tandem entamait la phase finale de sa relation avec le minibar : un optimisme irréel. Il tendait la main vers une boîte de pralines réfrigérée lorsqu'on frappa à la porte. Il s'attendait à un voisin chrétien en furie (il y avait du sexe à la télé, à plein volume), mais ce qu'il aperçut par le judas, ce fut une Honey convexe, toute en front et en globes oculaires, qui émergeait du couloir sur deux pieds minuscules. Alex partit en chasse pour retrouver son pantalon, la télécommande. Il changea de chaîne. Elle frappa de nouveau, plus fort.

« Je ne trouve pas ça très poli de faire attendre une dame...

— Salut, dit Alex en se précipitant sur la poignée tout en remontant sa braguette. Honey. *Salut*. Il est tard.

— Dis donc, toi..., chuchota-t-elle en plissant les paupières pour confirmer son diagnostic initial, tu es bourré. Oh, oui. C'est même pas la peine de nier. T'es un *poivrot*.

— Et toi t'es bouddhiste.

— Et toi t'es juif.

— Et ça c'est une chaise », dit Alex en désignant le fauteuil pliant de metteur en scène que tenait Honey dans sa main de caoutchouc. Elle portait un pyjama chinois de satin rouge, une raie au milieu, les cheveux ramassés en deux nattes épaisses.

« J'apporte toujours la mienne. Pousse-toi. »

Elle passa à côté de lui d'une démarche mal assurée et déplia le fauteuil devant la télé. HONEY, proclamait son dossier de toile. Elle s'assit. Alex se percha sur le bord du lit, à un ou deux mètres.

« Alors, dit-il.

— Je croyais vous avoir dit, intervint la télé, qu'on vous retirait l'affaire. Ça vous touche de trop près, McLain.

— T'as quelque chose à boire ? » demanda Honey.

Alex tenta de réfléchir : « Non... noooon, en fait... attends... *attends*... peut-être. Peut-être... du rouge. Dans le placard ? Il y a du vin, en mini-bouteilles, mais c'est bien du vin... Oui, c'est du vin. Il y en a deux ! Le bouchon se dévisse... hourrah ! Y a qu'à dévisser... ça... comme ça...

— T'as des verres ? Non, en fait, laisse tomber. Ça ira comme ça. »

Honey prit sa bouteille et la porta à ses lèvres de telle façon que ça donnait forcément des idées. Son regard balaya la chambre comme si elle venait seulement de s'apercevoir que ce n'était pas la sienne.

« Un peu plus grande que la mienne. Drôle d'odeur. Qu'est-ce que c'est que ça ? Collé près de la porte.

— Euh... un billet. De banque. De l'argent anglais. Un truc que mon père m'a donné.

— Tout ce que mon père m'a jamais donné, c'est une commotion cérébrale, dit Honey d'un ton dramatique, en engloutissant d'un trait une demi-bouteille.

— Honey, est-ce qu'il y a quelque chose...

— Chhh. J'aime bien ce mec, il est bon. Il a de l'épaisseur. »

En silence, ils regardèrent les vingt-cinq dernières minutes d'un film. Des visions sexuelles forcément évanescentes traversaient l'esprit d'Alex, sans jamais beaucoup de conviction.

« Y a autre chose à la télé ? demanda-t-elle tandis que retentissait le saxophone mélancolique et que le générique succédait à un horizon urbain.

— Mais... *évidemment*, il y a toujours quelque chose... on a à peu près soixante-douze chaînes. Écoute, Honey...

— Pourquoi s'astreindre à des exercices douloureux ? demanda la télé.

— Honey, dit Alex en éteignant, il est vraiment très tard. Tu voulais... parler de quelque chose ? Ou autre chose ?

— Eh bien, dit Honey en s'adressant au mur, un jour, j'ai sucé cette fameuse bite... ça a fait tout un scandale... mais j'imagine que t'as entendu ça parler, je veux dire *parler de ça*, aujourd'hui. »

Le silence qui suivit ressemblait au terrier d'Alice où tous deux dégringolaient, à la poursuite d'un truc étrange. Honey ferma les yeux quelques instants, et de chacun sortit une lourde larme.

« Tu vois qui je suis maintenant ? finit-elle par dire.

— Honey, je ne veux vraiment pas...

— Mon autographe ? Le truc, c'est de me faire signer dans le coin d'une grande feuille de papier et ensuite d'attendre l'acteur à la sortie de chez lui, à Marr-lee trucmuche à Londres, et de lui faire signer la même feuille sans qu'il se rende compte de rien, tu vois ? Ça vaut cent dollars. Moi toute seule… ça dépasse guère les vingt-cinq. »

Il n'avait pas remarqué jusqu'à présent à quel point elle était profondément ivre. Elle ne portait qu'un gant. Il repensa à Lady Day lors de cette dernière session d'enregistrement : les yeux incontrôlables, la lèvre retroussée, prête au combat.

« Ouais. Je suis passée à la télé et tout ça. Dans les talk-shows. J'ai fait un film. » Elle s'occupa de ces deux larmes, plaquant une main sur son menton et les étalant sous ses doigts. « En fait, j'ai même l'impression que c'est mon film que tu regardais quand j'ai toqué. J'ai cru comprendre qu'il passait souvent dans les chambres d'hôtel. »

Elle éclata d'un rire sombre et battit des mains.

« Tu connais Richard Young ? demanda-t-elle en sortant de sa poche une mignonnette de whisky et en la débouchant. Ce fils de pute si méticuleux ? Anglais ? Juif ? Toujours un pantalon impeccable. Vraiment prospère. »

Alex passa en revue les visages qu'il avait rencontrés aujourd'hui et sortit de la liste un jeune homme aux cheveux noirs, soigneux, beau garçon, qui exsudait un air d'enfant prodige, ce qui déprimait Tandem au-delà de toute mesure, à présent que ses propres jours d'enfant prodige appartenaient au passé.

« De Birmingham. Ouais, il a le vent en poupe. Il a une collection fantastique, Rich.

— Ouais, eh bien, *Rich* a su par un mec qui a su par un autre mec qui a su par un connard quelconque que t'es à New York pour retrouver Kitty Alexander. Kitty Al-ex-ander. C'est vrai ? »

Alex tenta d'avaler son vin d'un air désinvolte, et du coup lui fit faire un voyage catastrophique sur son tee-shirt. « Arg… tu sais… C'est juste que… elle m'a envoyé un autographe. C'est pas vraiment… c'est pas grand-chose. Ça veut pas dire que je suis *venu ici* rien que pour la voir. Pas du tout. Je suis pas un fou ni un maniaque. Je voulais juste la remercier. Je suis juste un fan parmi d'autres. »

Honey lui enfonça dans la joue un ongle à la courbure improbable. « Non, non, non... son *plus grand* fan... c'est ce que j'ai entendu dire. Et je dois avouer que j'ai été étonnée. Je t'imaginais pas comme un fan de quoi que ce soit. Je croyais que t'étais totalement zen... tu sais, que tu t'élevais au-dessus de tout ça. »

Honey se leva et se dirigea d'un pas incertain vers la fenêtre, enjambant maladroitement les monogrammes indéfiniment répétés. Elle s'appuya contre le rideau et tendit le doigt.

« Elle habite Brooklyn. J'ai grandi à Brooklyn. Les dimanches, assise sur le pas de la porte. Tout le monde se connaissait. Aller à l'église, revenir de l'église...

— Je vais faire du café, je crois, dit Alex en rampant sur le lit et en tendant la main vers la bouilloire sur la table de chevet.

— Il y a plus de gens qui te connaissent que de gens que tu connais... tu vois, c'est aussi simple que ça. Vraiment, ça se résume à ça. La célébrité, c'est bon pour les amputés. Je veux dire, pour les gens à qui il manque quelque chose d'essentiel. C'est tout. Et je vais te dire ce qui déconne encore. Dans mon quartier, *moi*, je suis une célébrité. Tu te rends compte ? Dans certains quartiers de Brooklyn, je suis Elizabeth Taylor.

— Je l'ai rencontrée un jour », dit Alex en ratant la prise électrique et en tombant du lit.

Honey pivota sur son talon, prise de fou rire au point de devoir aller aux toilettes. Il ne tarda pas à l'entendre vomir, malgré le bruit des robinets qui coulaient. Debout à la porte, une serviette à la main, il proposa son aide, mais elle refusa de le laisser entrer.

Ensuite, ils prirent un café. Et parlèrent jusqu'à ce que la lumière surgisse au-dessus de la ville en deux étapes incohérentes, un orange électrique suivi d'un bleu ténu et boudeur. Honey ne croyait plus à l'avortement, contrairement à autrefois. Alex était convaincu que les téléthons étaient organisés par des escrocs. Honey ne voyait pas pourquoi elle devrait toucher des choses sans savoir d'où elles venaient. Alex ne voyait pas l'intérêt des faux ongles et du patinage artistique. Honey trouvait que les enfants anglais avaient quelque chose de bizarre. Tous deux se demandaient pourquoi on mettait tellement de mayonnaise partout.

« Je connais Roebling. Roebling me connaît. Je peux te montrer où se trouve Roebling, te faire visiter, dit Honey en repliant son fauteuil.

— D'accord. T'es dans le coup.

— Hein ? Quel coup ? demanda Honey.

— On y va », dit Alex-Li.

CHAPITRE TROIS

Percevoir le taureau

1

Dans les faits, Honey inversa le plan. Son esprit pratique la poussa à opter d'abord pour le Lower East Side, afin de trouver Krauser, avant d'aller à Roebling. Malgré ses proportions sur le plan, elle se rappelait Roebling du temps où elle y travaillait comme un labyrinthe proliférant, où le quadrillage urbain adopté presque partout dans la ville est remplacé par un ordre plus ancien. Des rues chaotiques aux noms bizarres, des rues qui plongent et tournent et dissimulent aux regards les numéros des appartements.

« Et *en plus*, il y fait un froid d'enfer, dit Honey en enfilant des gants de cuir dans le hall de l'hôtel. Et j'ai pas envie de tourner en rond avec une gueule de bois de la mort sans savoir où on va. Je *sais* que ce mec, Krauser, va nous tirer d'affaire. Aucun doute là-dessus. On va lui montrer que t'es un type bien. On va lui faire le coup du *charme*, à ce salaud. »

Alex se battit avec la fermeture éclair de son duffel-coat, avant de capituler comme un bébé lorsque Honey, lassée du spectacle, l'agrippa fermement par les deux pans, l'embraguetta jusqu'au cou et lui ramena sur la tête l'énorme capuche d'ours bordée d'un halo de fourrure synthétique. De son côté, elle portait un manteau ajusté, couleur poil de chameau, qui ajoutait et ôtait à ses formes aux endroits idoines. Elle égalisa la ceinture de part et d'autre de sa taille et la noua en boucle vers la gauche.

« O.K. ? On est prêts cette fois ? »

D'un geste maternel, elle lui pinça la joue, rosie par les courbettes prématurées du portier qui leur tenait déjà la porte.

« Oui. Mais... tu m'as touché.

— Jouez hautbois, résonnez musettes. De toute façon, si t'as un microbe, je l'ai déjà chopé.

— Je me sens coupable, dit Alex tandis que la rudesse du temps les frappait de plein fouet. Vis-à-vis de mes... collègues. Lovelear, Dove. Je devrais au moins... »

Honey passa le bras dans le sien. « Ils peuvent se faire servir dans leur chambre, non ? Ils ont la télé. Il y a même une femme de ménage pour nettoyer derrière eux. Par les temps qui courent, c'est le nirvana. D'ailleurs, c'est pas une sortie de groupe. À deux, c'est amplement suffisant. »

Le métro n'était qu'à cinq minutes à pied, mais cela suffit pour réveiller le touriste en Alex-Li. Il marchait comme un visiteur, le nez aux cieux américains. Lorsqu'un taxi klaxonna, il tourna la tête pour savoir pourquoi. Juste devant la bouche de métro, un Japonais en combinaison orange surgit d'un immeuble à reculons, se prit le talon dans un pavé descellé et laissa tomber une caisse de lychees sur le trottoir. Honey en écrasa quelques-uns, faisant jaillir leurs petits cœurs blancs.

« Al*lez*, on continue ! » cria-t-elle à Alex, qui avait prévu de contourner soigneusement l'accident, mais qui pour le coup prit plaisir à écraser une douzaine de lychees d'un seul pas. Il courut pour la rattraper dans l'escalier du métro. C'était sa ville à elle, pas celle d'Alex. Il devait s'abandonner à la sensation de ne pas savoir, de non-pouvoir. Il se faisait l'effet du gamin qui trouve la carte au trésor et qui la montre à un ami plus compétent : lui aussi voit le X, mais il est moins doué pour y parvenir.

« Froid, dit Honey une fois sous terre. F.R.O.I.D. *Fro-o-oid.* »

En ouvrant la bouche, elle forma le O du fumeur de cigare, laissant échapper un nuage de vapeur. À leur hauteur, sur le quai, deux gamins noirs s'adressaient fiévreusement des gestes en diverses combinaisons de doigts, d'abord en deux groupes de deux, puis en trois plus un : le spectacle rappela à Alex des dessins qu'il avait vus, représentant les gestes des grands prêtres du Temple.

« Tu veux bien me rendre un service ? dit Honey par-dessus le grondement du métro. Tu poses ça » — et de son sac elle produisit une pièce d'étoffe longue de trente centimètres, un tapis miniature aux couleurs d'un clan écossais — « genre, dès que tu vois une place libre. J'aime pas m'asseoir directement sur ces trucs. »

Même sur un trajet aussi court, Alex était tout excité de voir le nombre de gens qui la reconnaissaient. Dès que les portes du wagon se refermèrent derrière eux, trois paires d'yeux se fixèrent sur elle. Un jeune garçon adressa à son copain une Pantomime Universelle obscène (la langue fourrageant dans la joue) ; puis une jeune fille tenta de se repasser l'image fugitive qu'elle avait entr'aperçue dans un éclair neuronal. Elle ouvrit la bouche, détourna les yeux puis les ramena sur Honey, et enfin, avec une flexion du poing indiscrète et triomphale, gagné ! Elle sourit et entreprit de se replonger dans son mauvais roman. Mais ses yeux ne cessaient de s'aventurer au-dessus de la page blanche. Vers Honey et sa célèbre bouche rouge.

Et ainsi de suite. Lorsqu'ils descendirent de la rame, un agglomérat de collégiennes aux yeux cruels envoyèrent l'une des leurs grimper les escaliers quatre à quatre, au mépris de toute prudence, rien que pour la voir de face. Une fois dehors, Honey traversa la rue et acheta un bretzel. Elle mordit dedans et Alex lui demanda : « Ça fait quel *effet* ? » Elle le dévisagea un moment, haussa les épaules et déplia le plan de l'île fourni par l'hôtel.

« L'adresse que tu as, c'est à Chinatown. À deux rues d'ici. Il faut qu'on tourne à gauche… ouais, à gauche, c'est bien ça. Bien, et maintenant, dit-elle en imposant une allure rapide, Alex-Li veut savoir. Il veut savoir.

— Je veux savoir. C'est mal ? Je suis curieux. De savoir quel effet ça fait.

— De plus en plus en plus curieux. »

Elle fourra les mains dans ses poches et allongea le pas, posant délibérément les pieds dans les empreintes spongieuses d'un précédent inconnu. Il ne passait aucune voiture, et presque aucun piéton.

« Je déteste ça, finit-elle par dire. Je déteste ça, évidemment que je déteste ça. Mais c'est bizarre. Je déteste ça, je déteste, je déteste, et pourtant... »

Ils passèrent à côté d'une partie d'échecs (deux Russes, trois chiens), se trouvèrent pris dans ses cris, puis tendirent l'oreille pour les entendre encore. Ils franchirent un autre carrefour sans un mot. L'odeur de canard commençait. Au feu rouge, Alex regarda à droite, s'engagea sans réfléchir. Honey lui saisit le poignet et lui sauva la vie.

« Chaque fois, ça me rend malade, dit Honey une minute plus tard tandis qu'ils traversaient au pas de course. Mais le truc bizarre, c'est que si personne ne me regarde, je m'en aperçois. Je m'en aperçois... et j'ai l'impression... je ne sais même pas comment expliquer. Genre, de manquer de définition. D'être floue.

— Floue ?

— Tu m'as demandé, je te réponds. Floue. Comme si je perdais la sensation de moi-même. C'est plutôt écœurant, non ? »

Au carrefour suivant, une antique pub de pianos, qui commençait juste au-dessus de la tête d'Alex et se terminait des kilomètres plus loin, là où une grue penchait sur les toits une tête intéressée. Les pubs deviennent elles-mêmes quand il n'y a plus rien à vendre : celle-ci était particulièrement poignante. LAIRD & FILS en lettres crayeuses, à demi effacées, une aventure musicale vouée à l'échec.

« Tu vois, *elle*, c'est pour de vrai », dit Honey. Se trompant sur l'objet de son regard, elle désignait un panneau encore plus grand sur la droite. C'était une photo aux couleurs éclatantes d'une femme superbe. Elle vantait une boutique de vêtements. Ses jambes de bronze, colossales, s'étendaient au-dessus d'un traiteur avant de dominer de toute leur longueur l'aquarium humain d'une salle de gym, où des gens s'affairaient à aller très exactement nulle part, courant à pleine vitesse vers une vitre impassible.

« Là, tu accèdes à un niveau différent, dit Honey respectueusement. Là, tu deviens une divinité. Quand t'as un demi-million de passants qui voient tout ce que t'as à offrir, jour après jour. Des gens qui se plantent en voiture, qui y laissent la vie. C'est là que tu sais que tu as réussi. Hé, tu sais quoi ? Celle-là, la rouge. C'est la porte. »

Alex s'arrêta et regarda la porte sans réagir, puis la boîte aux lettres. La correspondance à sens unique de son adolescence était passée par ce trou. Toutes ces lettres ! Pendant qu'il les écrivait, il était devenu un homme. En la voyant à présent, il ressentit une horrible tristesse. S'il avait été seul, il aurait tourné les talons. Mais Honey le poussait en avant pour faire l'inventaire des appartements et de leurs occupants : des entreprises et des particuliers, des ateliers d'artistes et des familles entières compressées. Krauser, ils le trouvèrent sous son appellation officielle, président de la KAAA. Alex voulait toujours faire demi-tour, mais, alors que Honey s'apprêtait à sonner, la porte s'ouvrit d'elle-même, et un livreur, encore occupé à compter son maigre pourboire, en sortit et les laissa entrer.

« Et maintenant ? » gémit Alex, frissonnant dans le hall. Il y faisait bizarrement plus froid que dehors, à cause de la trahison, parce qu'ici on *s'attendait* à ce qu'il fasse chaud.

« Maintenant, c'est le moment », dit Honey.

Une voix parlait sans interruption depuis deux bonnes minutes. Elle disait à présent : « Est-ce que je me fais comprendre ? Alors barrez-vous. Tirez-vous. Dégagez. Vous n'avez pas compris ? Je suis pas là pour me faire arnaquer, bon Dieu.

— Non, attendez, dit Honey en élevant la voix et en collant les lèvres au panneau de bois. Écoutez-moi une minute. Si vous voulez bien... On n'a rien à vous vendre, monsieur Krauser, et on ne fait pas la quête. On... lui, mon ami, Alex, il veut juste vous parler, c'est tout. »

La voix desséchée reprit derrière la porte, étrangement monocorde, avec du souffle et des craquements, comme un de ces vieux 78 tours d'écrivains lisant leur prose sans aucune intonation : « Et moi je vous dis que c'est pas la peine d'envoyer les violons, j'aime pas ça. Allez couillonner quelqu'un d'autre. Je vais vous donner un tuyau : y a plein de pigeons dans cet immeuble. Essayez Castelli. Au-dessus. C'est l'alpiniste du cinquième étage. Castelli, je vais vous dire, il adore les marchands de vent. Ha !

— Monsieur Krauser, est-ce qu'on ne pourrait pas simplement...

— Allez cueillir des orchidées. »

Ils entendirent des pas s'éloigner de la porte, un bruit de robinet, une radio. Honey recula et laissa la place à Alex, qui sonna une nouvelle fois en écrasant le bouton. Il attendit un peu et répéta son nom complet. Le robinet cessa de couler. Lentement, la succession de sons s'inversa, et Alex sentit de nouveau la présence de cet homme, tout près, derrière la porte. Alex se mit à réciter ses données sur Krauser.

« Ouais, ouais, mon pote, interrompit la voix méprisante. Je sais qui je suis. T'inquiète pas pour moi, je suis au parfum. »

Mais Alex insista : « Et avant ça, dans les années cinquante, vous révisiez ses scripts, je crois... et après, en gros, vous lui serviez d'agent, c'est bien ça, non ?

— Non mais, écoutez-vous parler. Un vrai petit VRP en encyclopédies. »

Et là-dessus, la porte s'ouvrit. Et il fallait, comme dans les vieux dessins animés, regarder trente centimètres plus bas que prévu, au niveau où la coupole chauve du président Max Krauser brassait l'air à mi-chemin entre les épaules d'Alex et les seins de Honey. C'était donc ça, la némésis postale ? Le visage de cet homme était un pas-grand-chose, dominé par de volumineuses lunettes à double foyer, teintées d'une brume orange naissante comme un coucher de soleil télévisuel. Il avait une bouche charnue, rose et vulnérable qui aurait mérité un homme plus jeune : quelques poils noirs et humides d'adolescent poussaient tout autour. Un survêtement marron en tissu éponge, fermé jusqu'au cou, le foulard de soie de l'artiste, des tennis. Une bedaine comme un cadeau qu'il dissimulerait à un neveu. Il n'était pas, à y regarder de plus près, complètement chauve : une chevelure argentée aux boucles denses lui bordait l'arrière de la tête comme une frange de nuages.

« Max Krauser ?

— Vous avez gagné. Alors allez empocher vos gains. »

Laissant la porte grande ouverte, mais sans l'ombre d'une invitation, Krauser leur tourna le dos et s'enfonça dans l'appartement. De là où se tenait Alex, l'impression était monacale, et

Krauser un capucin aux cheveux argentés tout de brun vêtu. Et la pièce était un sanctuaire à Kitty, évidemment. Des affiches, des photos de films, des coupures de presse encadrées, des couvertures de magazines. Et un chef-d'œuvre de kitsch : un portrait de Kitty peint à l'huile sentimentale épaisse sur une toile de velours noir, dans un cadre doré. Mais Alex s'aperçut aussitôt que cette église était œcuménique. Un tourne-disque enfoui quelque part (la pièce disparaissait sous le poids de la camelote) chantait encore et encore la complainte de *Minnie the Moocher* [...] *a red-hot hoochie-coocher*, et partout s'étalaient des photos d'hommes noirs avec des clarinettes, des trompettes, des sax, des contrebasses et des microphones, ainsi que leurs disques, ainsi que leurs biographies, leurs affiches, leurs programmes de concert, tout ce qu'ils avaient pu laisser derrière eux. Les meubles ne venaient qu'en post-scriptum. Il y en avait quatre, pas un de plus : une petite table pliante, privée de ses chaises, un grand lampadaire de cuivre au cou rigide qui dodelinait de sa tête Art déco (des larmes de verre taillé vert printemps, pleurnichantes et tintinnabulantes), une table de billard poussée contre un mur, dont le feutre était enseveli sous le courrier publicitaire, les boîtes de pizza et les pochettes de disques. Et, au centre de la pièce, un unique fauteuil de coiffeur.

« O.K., je suis à votre merci, dit Krauser en se retournant et en s'y laissant tomber. Faites-moi la danse du scalp. »

Honey s'avança vers la gauche, posa son tapis sur un coin du billard et s'y percha précautionneusement, une main gantée enfoncée dans sa poche. Alex remonta ses lunettes sur son nez et scruta le petit bonhomme dans son fauteuil pivotant.

« Écoutez, fit-il en haussant les épaules comme pour s'excuser de ce qu'il allait dire, je m'appelle Alex-Li Tandem. »

À ces mots, Krauser parut secoué d'une décharge électrique; l'un de ses pieds glissa au sol. Il le remonta lentement et l'appuya au repose-pied. Puis, enfin reconstitué, il laissa apparaître un tout nouveau sourire bienveillant et se pencha en avant. Alex, sur cet encouragement, se mit à débiter son histoire, se frayant un petit chemin entre l'endroit où il se tenait et le seuil de la cuisine américaine. Il marchait de long en large. Mais Krauser ne regardait pas, pas plus qu'il n'écoutait. Krauser étendait les jambes. Krauser entamait des claquettes muettes sur la moquette.

« Ta-ta ta ta-taaa, scattait Krauser en écartant les bras comme dans les comédies musicales, ça, c'est les claquettes du marchand de sable, jeune homme. Je suis diplômé en orteillologie. Vous n'avez pas fini de parler ? »

Honey poussa un grognement, se leva et plia son tapis en faisant le Signe Universel de la folie (tempe, tapotement d'index). Elle désigna la porte. Mais Alex s'obstinait.

« Jus d'java, jus d'java, jus d'java », murmura Krauser d'un air méditatif, tandis qu'Alex, sans projet précis, s'avançait vers lui. Au moment crucial, Krauser bondit de son fauteuil, bouscula Alex et gagna la cuisine. Là, il se pencha sur le comptoir et prit deux paquets de café.

« Celui-ci, dit-il en retroussant complètement la lèvre supérieure sur les gencives, celui-ci est fort comme l'enfer. Et celui-là est moins fort, mais éthiquement correct. Tout le monde touche son papier vert, y compris les dames basanées qui le cueillent dans les champs, si le café pousse effectivement dans les champs — moi, je me fie à ce que me raconte mon petit-fils. Mais comme vous m'ennuyez tellement que je me transforme en rat mort, je vais le prendre bien fort, et tant pis pour le jus de larmes. Ça me tient éveillé. Des amateurs ? »

Il hissa sa petite bedaine sur le comptoir, décolla les pieds du sol et se pencha dangereusement vers Honey, qui dans un mouvement de recul fit valser par terre une pyramide de boîtes de pizza.

« Hé, vous. Je vous connais ? Vous êtes dans le cinéma ? Le mec là-bas, faudrait le graisser, il brille pas assez ; mais *vous*... Vous êtes un sacré morceau bien luisant. »

Krauser leva le nez vers le plafond, appliqua ses grosses lèvres à une trompette invisible, se mit à jouer, chanta : « *Strutting... strutting with some barbecue, barbecuoooo*... Vous savez comment s'appelle mon petit-fils ? Jamal Queeks. Sa mère vous ressemblait comme deux gouttes d'eau. Il y a une leçon à tirer de cette histoire. Et ainsi disparaissent — dites bye-bye ! — ainsi disparaissent deux mille ans de tradition. Si c'est pas malheureux ! »

Honey serra son sac contre sa poitrine et gagna la porte, l'ouvrit et attendit, immobile, impérieuse. Alex s'entêta.

« Monsieur Krauser... je vous en prie, écoutez-moi. Je crois que Mademoiselle Alexander... je crois qu'elle serait contente de me voir. Ça va même plus loin : il *faut* que je la voie. Je sais que ça paraît bizarre. Je ne sais pas comment vous expliquer... j'ai attendu si longtemps... et puis elle m'a envoyé son autographe. Deux fois.

— Mettez ça par é-crit, dit Krauser au rythme d'un solo de saxophone, marquant le tempo du creux de ses paumes. Et je le co-o-ollerai dans mon a-album.

— Il les a sur lui, dans ce sac », dit Honey dans un accès de passion en revenant dans la pièce. Elle avait le regard brûlant, les mains tremblantes, et Alex ressentit une incroyable secousse de gratitude et d'amour pour cette nouvelle amie, capable pour lui de renoncer ainsi à son zen.

« Écoutez, disait-elle, on est venus jusqu'ici, vous savez ? On est venus jusqu'ici. Ce type vient de Londres, en Angleterre. Il n'était pas obligé. *Personne* n'est *obligé*. Et je vais vous dire, moi, puisqu'il est trop poli pour le dire : ce garçon écrit au *taré* que vous êtes depuis quinze ans...

— Treize, en fait, dit Alex en levant la main. Treize ans.

— O.K., depuis treize ans donc, et cela sans aucune réponse, et alors quoi ? Alors, voilà : alors il l'a bien *mérité*. Les gens comme vous n'ont pas de raison d'être sans les gens comme lui : vous comprenez ça ? C'est à votre portée ? Espèce de *connard*, dit Honey en réponse à une grimace clownesque de Krauser. Espèce de connard de *raciste*. Et d'ailleurs, faut redescendre sur terre. On peut pas dire que Mademoiselle Alexander soit exactement à la une de l'actualité. C'est pas vrai, ça ? Est-ce que je déforme les faits ? »

Krauser bondit du comptoir vers la pièce, où il atterrit vingt centimètres trop bas pour être crédible. Une veine monumentale courait de sa tempe à l'arrière de son oreille gauche, enflée et furieuse.

« Attention, dit-il, ne me faites pas la grande scène du III, mademoiselle Truc. Je suis pas plus fou que votre mère. Mais je vais vous expliquer un truc. Il y a deux types de gens avec qui j'ai aucune patience : les tapeurs et les Chasseurs d'Autographes. Et voilà les faits : Mademoiselle Alexander n'envoie jamais rien, sauf si c'est *moi* qui l'envoie pour elle. Et je n'envoie jamais rien. Tout est dit, de l'entrée au dessert. Mademoiselle Alexander n'a pas de *temps* à consacrer aux Chasseurs d'Autographes. C'est la plus grande étoile au firmament des stars, comme on disait du temps où ça voulait dire quelque chose. Une vraie Tatapoumeuse de Tatapoumville. Et protéger Mademoiselle Alexander de gens comme vous, c'est mon boulot, un point c'est tout. Et en plus, ça rime. Mesdames, messieurs. »

On les raccompagna à la porte.

2

Le centre de Roebling. Où une jolie rue spacieuse gravit méthodiquement la colline, où pelleter sa part de neige est pour chacun un devoir civique. Honey et Alex ont passé l'après-midi à arpenter cette rue, à interroger les commerçants, à s'aventurer dans les rues adjacentes, en vain. Chacun attendant que l'autre renonce. Lorsqu'un coffee shop se profile pour la huitième fois, c'est Alex qui rentre les épaules, passe le bras autour de la taille de Honey et les entraîne tous deux vers la chaleur. Et le monde continue. Un gamin hispanique passe en courant et en hurlant quelque chose. Il plonge derrière une jeep, évite la boule de neige au cœur de glace de son grand frère, relève la tête et la reçoit dans le cou. Les gamins noirs sont tout amidonnés pour aller à l'église. Un rabbin à la dérive. Il y a bien quelques personnes à l'obésité improbable, mais quelques-unes seulement. Un camion municipal répand du sable rose le long de la chaussée comme des sucreries industrielles. C'est le côté désirable de Roebling : les rues adjacentes sont bordées d'immeubles bourgeois dignes et délabrés, qui relèvent leurs jupes élimées et disparaissent juste avant le quartier noir, juste à l'entrée du quartier juif. De source sûre, il y a au moins un romancier américain vieillissant qui habite ici. On peut le voir à la place d'honneur dans la vitrine du libraire, et quelquefois en chair et en os, essayant de convaincre de jeunes Américains de faire une partie de basket avec lui.

Au sommet de la colline s'étend, bien négligé, le zoo de Roebling. Un endroit où un capybara à grosses fesses ou même une famille de sousliks vivant en ermites peuvent légitimement se considérer comme les vedettes du spectacle. Les serpents ont tous disparu. Il n'y a jamais eu de tigres. Et le dimanche, le zoo n'attire que les Beatniks, les enfants de la bohème, cherchant à oublier leur gueule de bois ou séduits par les ballets délirants des gros lièvres en captivité. De leur banquette, derrière la vitre du coffee shop, Honey et Alex les voient dériver en un cortège ininterrompu, ces merveilleux gamins lourds de chagrin et jamais pressés. Dégingandés, voûtés, si beaux, dans les manteaux oubliés d'une autre génération, ils escaladent la colline en pataugeant dans la neige.

« Et alors, dit Honey en saupoudrant du chocolat, c'est aujourd'hui qu'elle se fait opérer ? Mais c'est sans danger, hein ? Parce qu'autrement tu serais pas là, bien sûr, s'il y avait des risques. »

Alex persuade Honey qui persuade Alex qui persuade Honey qu'un changement de pacemaker n'est qu'une procédure de routine. Ils emploient tous les deux cette expression *procédure de routine*, volée à une série télé au succès persistant. Frénétiquement, ils tombent d'accord (« Bien sûr », « Bien sûr », « *Bien sûr* »).

« C'est exactement ça : je veux juste connaître les faits. Demander à quelqu'un, me faire informer. C'est mon habitude. J'ai grandi… mon père était médecin.

— Ah ouais ? Et qu'est-ce qu'il fait maintenant ?

— Il se retourne dans sa tombe, en gros. Il est mort.

— Ah… Je suis désolée.

— À juste titre. Tout ça, c'est de ta faute, d'abord. Hé ! » fit Tandem en abandonnant son humble tasse de porcelaine et en tendant la main vers la coupe fumante de Honey aux multiples couches sédimentaires, beige, marron, marron plus foncé, blanche. « Ça ressemble à quoi ? Pourquoi c'est plus appétissant que le mien ? »

Honey recueillit dans sa cuiller un peu de mousse du niveau supérieur et la lui tendit. « Tu vois, dit-elle en portant l'acier aux lèvres d'Alex, toi, t'as pris un simple déca. Parce que t'es du genre qui aime se priver. Tu crois que ça va te faire du bien de boire ça. Mais, en réalité, t'es tout malheureux. Ça ne te fait aucun bien. Alors que *ça*, y a de la poudre de chocolat, de moka et de caramel dessus — tu vois, c'est bon, hein ? — avec un mélange crème-lait, plus de la crème fouettée, une petite dose de Kahlúa, des morceaux de caramel par-dessus… »

Alex ouvrit la bouche et la referma sur la cuiller.

« Tu vois ? Alors, c'est bon, hein ? »

Alex opina, désarmé.

« Et ça m'enseigne l'impermanence du plaisir : tu vois, on retrouve mon zen. Ça ne me fera pas de bien, à long terme, mais c'est un plaisir tant que ça dure. Et, quand je mourrai, je pourrai l'ajouter à la liste des plaisirs qui se sont envolatilisés. Envolés. Ça se dit, envolatilisés ? »

Alex ôta la cuiller de sa bouche et prit les yeux traqués, écarquillés, du célèbre comique Buster Keaton.

« C'était tellement bon que ça me fait *mal*. »

Honey éclata de rire, plongea la tête et la releva avec une moustache de crème. « Et ce qui est marrant, c'est qu'une fois que t'as effectivement connu le plaisir, le *vrai* plaisir, c'est pas un problème de s'en détacher. C'est rien. C'est *du* rien.

— Tu devrais animer le téléachat. Ça leur ferait pas de mal d'avoir quelques bouddhistes. Je crois vraiment…

— Krauser.

— Hein ? »

Honey réquisitionna le journal de quelqu'un et l'étala contre la vitre du coffee shop. Derrière le gros titre des nouvelles locales (un malheureux dépravé s'était enfui avec sa belle-fille) se matérialisa Krauser, mélange complexe d'homme et de papier journal dans le soleil vitreux. Il essayait de traverser la rue en son point le plus dangereux, dans un imperméable vert ciré à la capuche ridée, les bras écartés comme si c'était d'une quelconque utilité pour la circulation. Il disparut un instant derrière un encart de pub à l'encre noire promettant d'améliorer vos capacités de mémorisation, et réapparut en plein milieu d'un scandale politique.

Impossible de nos jours de suivre un homme ou de démissionner d'un emploi sans être encombré d'une encyclopédie de gestes cinématographiques. Honey ricana en voyant Alex se plaquer contre les murs et avancer sur la pointe des pieds, mais elle-même ne tarda pas à recourir aux lunettes noires et à un sifflotement peu convaincant. Puis ils s'aperçurent que le chapeau de Krauser était relié à un transistor — le fil entourait le chapeau et aboutissait derrière l'oreille, une antenne dépassait de sa poche ; il ne leur prêtait aucune attention, absorbé par une quelconque émission politique (« Le Zimbabwe ! » l'entendit-on hurler en bifurquant brusquement vers la gauche, dans une rue tranquille. « Voilà qu'il nous parle du *Zimbabwe* ! »).

À quatre portes du coin de la rue, il s'arrêta. Appuya sur le bouton près de son oreille. Honey et Alex restèrent en arrière, dissimulés par des poubelles. Ils le regardèrent grimper en sautillant les marches d'un immeuble bourgeois du début du siècle, sonner et laisser la machine lui ouvrir. La porte se referma derrière lui. En bons détectives, ils surveillèrent l'endroit où il était apparu en dernier, en faisant les cent pas et en soufflant sur leurs mains. Alex roula une cigarette.

« C'est absurde… elle ne *peut* pas habiter ici.

— Pourquoi pas ?

— C'est trop facile… c'est… ça n'arrive jamais, que je veuille quelque chose et que ça se réalise, tout simplement. Sans aucun *effort*. C'est pas comme ça que ça se passe. »

Honey passa les mains autour de sa taille et serra. « Mon chou, c'est *exactement* comme ça que ça se passe. Des fois, c'est la merde qui te tombe dessus, tout simplement. Crois-en mon expérience. Donne-moi quelques taffes quand t'auras terminé, d'accord ?

— Alors c'est ça, le plan ? On attend ? » demanda-t-il en essayant de s'abriter du vent derrière le flanc de Honey pour allumer sa clope.

« Le plan, c'est qu'il n'y a pas de plan. Attendre, c'est ce que nous faisons.

— Et quand l'attente sera finie ?

— Alors il y aura autre chose, j'imagine. »

L'attente ne fut pas longue. Dix minutes plus tard, la porte s'ouvrit de nouveau et Krauser en surgit. Une paire de bras lui tendit un petit paquet frétillant et une laisse ; la porte se referma, il relia le paquet à la laisse et s'en fut à flanc de colline, traînant derrière lui une petite masse canine. Le chien arborait un manteau de velours rouge, une queue en tire-bouchon et une démarche collet monté, comme s'il défilait devant le président.

CHAPITRE QUATRE

Capturer le taureau

1

Pas encore ! Il ne voulait pas la capturer, pas encore ! Mais l'escalier montait : large, froid, minéral. Honey était déjà en haut, le doigt sur la sonnette. Elle se retourna avec un grand sourire. Il se retrouva sur les marches. À admirer un brin de mousse, et la façon dont il avait percé la pierre. Du vert sur la neige. Où menait cet escalier ? Il tendit le bras, mais Honey sonna quand même. Encore une marche, glaciale. Qui le rapprochait encore d'un monde davantage privé de sacré. Car c'est ça que font les fans : ils conservent quelque chose, telle la torsade de couleur à l'intérieur d'une bille, dans le verre compact de leur enthousiasme. Voilà ce qu'il avait fait, Alex. Pendant treize ans, il l'avait conservée aussi parfaite et unique qu'un souvenir d'enfance.

Une voix crie par une fenêtre, au moins trois étages plus haut. Il ne voit rien. Les fenêtres scintillantes de ces immeubles partagent le soleil et le rationnent. Elle crie pour dire qu'elle arrive. Honey se retourne encore, toujours avec ce grand sourire. Et lui adresse le Signe Universel du bien-être, les pouces verticaux.

Les yeux plissés, Alex fixe le plâtre friable de cette porte de Roebling à la haute voûte. Puis il ferme les yeux. Et voilà ce qui lui succède : la majestueuse façade palladienne des studios Celebration Pictures, resplendissante au soleil de Californie, il y a des années, il y a une vie. C'est une photo que possède Alex. À l'instant où elle a été prise, une Joan Crawford ou un Gary Cooper passait en trombe dans une Rolls-Royce blanche floue. Trois scénaristes harassés de travail (les manches retroussées, mâchonnant des cigarettes) étaient appuyés au pilier de droite, et une costumière sans tête a été tronquée de la photo. Et puis, au premier plan, une nouvelle arrivante : Kitty Alexander, adressant un sourire fervent à un objectif trompeur dont le grand angle aimait douze starlettes en même temps. Deuxième rang, troisième à partir de la droite.

Ce n'était pas une photo célèbre, mais il l'aimait beaucoup. Parce que c'est là que commence Kitty. Elle venait de perdre son vrai nom, Katya Alessandro (« Trop russe, disait le producteur, Lee J. Komsky. Et puis aussi trop *ritalienne* »), et du poids (le studio l'avait mise au régime, le tristement célèbre PCT : pommes, café, tabac), et on lançait les premières attaques contre son accent extravagant (vouées à l'échec, en l'occurrence. Elle demeura une enfant de Capri russo-italienne).

Voilà le visage. Celui qu'il aime. Pourquoi le soumettre aux principes bouddhistes de l'impermanence ? Voici le visage. Son front se fond dans son nez comme du babeurre fond sur une spatule, à la Garbo. Elle a l'ossature d'une nymphe, le visage en forme de cœur, les pommettes saillantes. Les yeux verts, les cheveux noirs coupés en casque. Ses sourcils épilés ne parviennent pas à dissimuler leur courbure naturelle et si expressive, tels deux ponts des soupirs sur des eaux italiennes. Alex a vu ce visage jouer tous les rôles, de la princesse russe déclassée à la ballerine parisienne frivole en passant par l'immigrante chinoise. C'est peut-être justement la fluidité de son visage qui l'a empêchée de devenir une star de première grandeur. C'est un visage prêt à faire tout ce qu'on lui demande, si débordant de gestes et de mouvement que les critiques lui ont fait ce compliment en forme de consolation futile : le muet est mort trop tôt, alors que sa plus grande star était encore au berceau. C'est un visage, comme disait la hautaine Hedda Hopper (une allitération qui suffit à susciter la nostalgie !), fait pour les invocations, un visage qui n'est que magie, un visage qui n'est plus.

2

« Max ? Mais vous n'êtes pas Max. Où est passé Max ? Vous venez de la part de Max ? »

Le soleil est partout, projecteur cosmique, et elle lui agrippe la manche d'une poigne solide. Son visage, quoique maintes fois replié, garde tout son sens. Elle est restée une belle femme. Le maquillage n'est pas excessif, tout juste un peu de bleu vif qui s'effrite sur les paupières. Ni peignoir d'hôtel ni mules parisiennes de soie noire se terminant sur une explosion de pissenlits. Nulle trace de la serviette blanche de reine enveloppant un clocher de cheveux mouillés. Mais un simple jean taille haute, des tennis rouges, une chemise noire. Le renflement de ses seins est étrange, juvénile. Une unique barrette dans ses cheveux gris un peu clairsemés mais toujours coiffés en casque. Seule fioriture, la broche fabuleuse qui s'est posée sur sa gorge, un papillon incrusté de rubis.

« Vous vous y connaissez en ordinateurs ? J'essaie d'envoyer le message et je fais ce qu'on me dit, toutes les instructions qu'on me donne, et je *n'arrive pas*... je ne sais pas ce que c'est, mais quelque chose refuse de fonctionner. Je dois avoir fait quelque chose, *Dieu* sait quoi. Vous vous rendez compte ? Je suis obligée de me débattre avec ça toute seule tout l'après-midi : Max promène Lucia, donc c'est comme ça, j'imagine, vous vous rendez *compte* ?

— Mademoiselle Alexander ? » demanda Honey avec un sourire fantastique, et en se penchant vers elle, car Kitty était petite, plus petite qu'on ne l'aurait imaginé, comme elles le sont toutes.

Kitty leva les yeux, perplexe, la paume toujours plaquée au poignet d'Alex. À cet endroit, elle avait la peau gonflée et boursouflée, comme de la pâte à tarte. La jambe d'Alex faisait quelque chose d'incontrôlable. Tout comme la ville. La ville continuait : il ne pouvait pas l'arrêter. Dans la rue, un petit garçon donna à un autre petit garçon une bourrade au bras, même si le garçon n'existait pas, et son ami non plus. Et Alex vit tout cela se produire. Et il la voyait, elle. Cette fois, il n'y avait pas d'écran entre eux. La vision n'était pas à sens unique. Elle le voyait aussi. Elle les inspectait tous les deux, lui et Honey : un examen lucide et amusé.

« Oui, répondit Kitty d'un ton jovial. Oui, bien sûr, c'est effectivement mon nom. Mais je crois ne pas vous connaître — je m'en souviendrais, vous êtes très frappante — donc, je suis désolée mais vous devez partir maintenant, sauf si vous y connaissez quelque chose en ordinateurs et que vous n'êtes pas des tueurs psychopathes ou autre chose du même genre, ce que vous pourriez toujours affirmer — mais comment vous croire ? »

Elle eut un petit rire, et effleura involontairement d'un doigt tremblant le bras de Honey.

« Je crois que c'est quand *Lucia* s'en va, confia-t-elle, que je perds ma concentration et que les choses deviennent inutilement compliquées, alors je dis à Max, je peux marcher, je ne suis pas infirme, mais la vérité, c'est qu'il est lui-même amoureux de Lucia un petit peu, c'est son *chevalier servant* — enfin c'est ce que je me dis, mais regardez-moi, oh la la ! » Elle les lâcha tous les deux, Honey et Alex, et porta ses mains frémissantes au creux délicat de ses joues. « Il fait trop froid ici, vraiment, je ne peux pas rester comme ça sur le seuil à tailler le bout de gras ni même à parler de Jésus et de ce genre de choses, donc je vous dis au revoir, je ne veux pas être impolie, bien sûr, mais je vous prie de m'excuser… »

La parole était encore hors de portée d'Alex. Ce fut Honey qui posa la main sur le chambranle.

« Mademoiselle Alexander, je m'appelle Honey Richardson. Nous sommes venus vous voir. »

En réponse, Kitty émit un superbe petit *oof!* d'exaspération russe et joignit les mains.

« Je comprends, mais ma chère… je ne suis pas visible. Je vous assure, Jésus et moi, nous sommes… comment dirais-je ? Totalement étrangers l'un à l'autre. »

Elle leur adressa un sourire ingénu et sans réplique et fit un pas vers l'arrière, vers l'intérieur, laissant la porte se refermer.

« Mais je suis Alex-Li Tandem », dit Alex-Li Tandem, et la porte se rouvrit en grand, comme dans ces contes d'antan où la porte n'est destinée qu'à un seul homme, car seul son nom pourra l'ouvrir.

Dans l'escalier, Alex fut tout juste capable de se répéter encore et encore ce sont des marches, et ça ce sont mes jambes, et ce que je fais ça s'appelle monter. Dans le couloir étroit et couvert de miroirs, il régressa jusqu'à un mantra physique : ne touche pas, fais de la place, recule. Parvenu au salon, il prit une inspiration, en prévision ; mais elle avait déjà quitté la pièce, insistant pour faire du café. Honey fit oui et non aux questions concernant le lait et le sucre, lancées d'une cuisine invisible. Tandem essaya de se repérer. Il était là. *Il* était *là*. Nul sentiment de déception. C'était (comme il l'avait prévu !) un refuge pour des bibelots européens, sauvés (imaginait-il) de l'incendie et du pillage et de la révolution. C'était l'intérieur d'une collectionneuse. Non sans quelques touches new-yorkaises, bien sûr : de vastes fenêtres, indéchiffrables, des œuvres d'art vaguement à la mode (du salon, il apercevait, en enfilade du couloir aux miroirs, la chambre à coucher et au-delà la salle de bains, carrelée de blanc, avec sa douche antique qui gouttait et le vert-de-gris bleu-vert qui rongeait méthodiquement les robinets de cuivre), mais le cœur de cet appartement relevait résolument du vieux monde. Un imposant Bouddha de pierre, grand comme un enfant de huit ans, était assis près de l'entrée, endurant la perte de son nez avec beaucoup de stoïcisme. Une fleur de lotus en soie et fil de fer reposait sur ses genoux. Une petite fille dans une gravure regardait par-dessus son épaule. Partout, des reproductions de chiens — façonnés en serre-livres, incarnés dans des ornements, brodés sur des coussins, peints sur des tasses — et puis, en y regardant de plus près, toutes ces effigies se résolvaient en un chien unique, une race aristocratique : un bâton couleur crème court sur pattes, au mufle noir tronqué, aux yeux globuleux et au front chiffonné. Deux meubles d'acajou bordés de nacre se faisaient face sur huit pattes de bois. Partout, des couvre-lits de lin blanc, des arches arabes et des estampes vénitiennes, des tapis en cuir de vache tanné, et de la soie rose perçant des coussins crème effilochés. Des miroirs d'argent ouvragés étaient accrochés selon des angles obliques, paraissant rattraper la pièce juste avant qu'elle ne passe à travers le plancher. Tout était conçu avec soin, et traité de même. Alex repensa à sa vie et aux pièces où il l'avait toujours passée, où le mobilier était livré tout plat et devait être cajolé pour se mettre debout et commencer à vivre. Et à présent il était dans *sa* pièce, dans *sa* vie. Et comme elles étaient exactement conformes à ses attentes, il se sentit tout à coup très calme. Son zen l'envahit. Honey tripotait un magazine ; les mains d'Alex étaient immobiles. Bientôt, Kitty entrerait et ils parleraient et les choses seraient comme elles seraient. *Le printemps arrive, l'herbe pousse d'elle-même.*

Et puis le bruit d'une mini-catastrophe de porcelaine dans la cuisine. « Je devrais peut-être aider ? » chuchota Honey, qui bondit flanquée de ses deux paires de jumelles en miroir, fonça dans le couloir et s'y démultiplia encore, accompagnée à présent d'une infinité de doubles, de compagnes.

Le temps alla de l'avant.

« Mais je raconte ça à reculons ! » se plaignit Kitty en rajoutant un sucre, son troisième, dans sa tasse. Cela faisait déjà quelques minutes qu'elle parlait très vite et (du moins c'était l'impression d'Alex) dans plusieurs langues à la fois. Et puis, enfin, elle cessa de s'agiter et se laissa tomber dans un fauteuil. Elle se tenait assise comme une femme beaucoup plus jeune, un pied nu replié sous l'autre jambe, un genou sous le menton. Alex et Honey étaient assis sur un sofa tout proche. Elle les couvait d'un sourire rayonnant. Alex n'était pas certain de l'expression qu'il offrait en réponse. Elle prit une barrette dans une coupe à fruits en argent sur la table basse, ramena ses cheveux sur sa nuque et les attacha en un minuscule chignon bien serré en retirant la barrette d'entre ses dents.

« Attendez, *attendez*, dit-elle en ramenant une mèche sur le devant pour encadrer son visage. C'est par le commencement qu'on commence. Alex-Li Tandem ! Alex-Li *Tandem*. Je n'arrive pas à *croire* que c'est vous. Vous êtes mon idole, vraiment. Mais vous n'êtes *absolument* pas comme je l'imaginais. Pas *du tout*. Et, pendant que je vous parle, je crois que je suis assise comme vous m'avez décrite, non ? Une jambe en haut, une jambe en bas… » Elle baissa les yeux sur elle-même puis les releva vers lui avec un regard qui devrait être réservé aux magiciens et aux médecins. « Comment vous pouviez *savoir* une chose pareille ! »

Alex ouvrit la bouche, mais Kitty claqua des mains et attrapa au vol ce qu'il allait dire.

« Et celle-là, vous vous souvenez ? *Chère Kitty, Elle est très fière de ses pieds et les touche souvent. Quand elle est debout, elle sent l'air passer sous leur plante et persiste à penser qu'elle aurait pu être danseuse. Affectueusement, Alex-Li Tandem.* C'est vrai, absolument ! C'est ma plus grande vanité, mes pieds, dit-elle en riant, tendant le pied gauche et pointant les orteils vers le plafond. Des applaudissements, vous méritez pour ça ! », et elle se mit à applaudir. Honey l'imita sur un tempo sardonique. Alex, qui n'avait aucune expérience des applaudissements, resta assis en leur adressant un sourire idiot. Son genou recommençait à gigoter. Kitty s'interrompit, s'avança et posa les deux mains dessus.

« Nerveux. Il ne faut pas. C'est bête, d'être nerveux, je vous en prie », murmura-t-elle, et son visage laissa entendre qu'elle le comprenait de bout en bout, jusqu'à la moelle, comme nous rêvons tous d'être compris. Alex, débordant de gratitude, voulut acquiescer, mais il en fut incapable. Tout mouvement de tête risquait de provoquer le chaos dans ses glandes lacrymales. Une petite clochette tinta quelque part dans la pièce. Alex se surprit à méditer sur la tranche vert et or d'un livre de jardinage. Kitty sourit à Honey et Honey lui rendit son sourire. Ce qui n'était entre eux à l'origine qu'un silence accidentel se mit à envahir toute la pièce comme une bâche de toile cirée.

« Vous savez », commença Honey, mais Kitty s'était mise à parler en même temps. Honey éclata de rire, Kitty éclata de rire.

« Non, je voulais juste..., dit Honey.

— Je vous en *prie* », dit Kitty en portant sa tasse à ses lèvres. Dans l'immeuble d'en face, une fenêtre à guillotine se referma avec un claquement sec. Alex leva la main, un geste qu'il n'avait plus fait depuis l'école.

« Il faut que... je veux dire, vous devez me laisser... », commença-t-il, et il pensa douloureusement à ce que ce discours avait toujours été dans sa tête, si glorieux, si cristallin. « Non, on recommence... ce que je veux *dire*, c'est que... je voudrais vraiment dire... vous comprenez, sans m'étaler... à quel point je vous ai toujours *admirée*... je veux dire, pas seulement pour les films... mais encore plus, vous comprenez, en tant que personne qui... »

Kitty prit une inspiration profonde et exaspérée. « Oh, non, non, non, *non*, dit-elle stupéfaite, vous devez savoir que je me moque bien de tout ça. Pfui ! Vous écrivez mieux que vous ne parlez, je crois. Mais bien sûr notre cher Sirin disait que c'était vrai de tous les grands écrivains, et il était bien placé pour le savoir. C'était un *grand* ami de mon troisième mari. Bref. Un cookie ? »

Alex secoua la tête. Il avait sa bouche de six heures du matin. Si sèche qu'on n'était pas sûr que les mots puissent sortir.

« Ce que j'*essayais* de dire, poursuivit Kitty joyeusement, même si je m'y prends à reculons... écoutez : je recommence. J'essaie de vous parler de vos lettres, parce que je trouve cette histoire *très* inhabituelle. Parce que, vous comprenez, je ne reçois presque pas de lettres à ce sujet. Je veux dire, des lettres concernant ma *carrière cinématographique* » — elle renifla dédaigneusement —, « *si* on peut lui donner un nom aussi pompeux. Quelques-unes peut-être, une fois par an celle des gens des Oscars — *quand* ils s'en souviennent. Mais honnêtement je me moque de tout ça. Ma vie a continué — enfin, j'*espère* qu'elle a continué, je m'en flatte, en tout cas. »

C'est alors qu'elle fit un mouvement qui parut à Alex bien familier. Ça sortait de la scène des coulisses, où May-Ling supplie le régisseur de l'engager comme doublure. La tête vivement projetée en avant, menton dressé, les yeux implorants — et puis un retrait incroyablement poignant. Tout se rétracte, tout rentre dans la boîte, sentiments compris. Alex connaissait la réplique suivante (*Désolé, je ne peux vraiment pas faire ça, ma petite*), et crut un instant qu'il allait la prononcer.

« D'ailleurs, poursuivit Kitty d'un ton guilleret, avec cet air d'égocentrisme ingénu et enfantin qu'ont les gens habitués à l'attention d'un public, c'est comme un jardin, la célébrité. Il faut l'entretenir, vous voyez ? J'ai soixante-dix-sept ans ; je n'ai plus qu'un rein. J'ai déjà eu le cancer, et par miracle je garde mes trésors » — elle posa les deux mains sur ses seins — « mais je n'aurai pas toujours autant de chance. Il faut que j'aille de l'avant pendant qu'il est encore temps : est-ce que j'ai le temps d'entretenir un jardin plein de mauvaises herbes ? Et plus encore : de faire comme dit Max, de faire comme si le jardin prenait soin de lui-même ? »

Honey, qui avait depuis longtemps perdu le fil de la métaphore, opina vigoureusement. Elle prit un *biscotto* de l'assiette de porcelaine que lui tendait Kitty et en mordilla les bords, avec cette maladresse inimitable que nous réservons à la nourriture qui ne nous est pas familière.

« Je veux vous remercier pour... », commença Alex, et puis il ferma les yeux et réessaya. « Les autographes. Merci d'avoir... »

Kitty poussa un ululement et lui posa deux doigts sur les lèvres. « Mon *Dieu*, ne soyez pas *ridicule* ! C'était la *moindre* des choses... mais toujours vous ne me laissez pas expliquer, alors laissez-moi expliquer. Et donc récemment il y a des choses déplaisantes qui se sont passées ici — on y viendra dans un moment — mais à cause de ces choses déplaisantes, vous voyez, je n'aime pas être seule dans l'appartement. Et ce soir-là, il y a trois semaines, d'un seul coup, je panique ! s'écria-t-elle, son visage recréant le sentiment. Je ne sais pas pourquoi — je crois que j'entends une chose dans l'escalier, je deviens un peu folle — et alors j'appelle une voiture et, Lucia et moi, on va en ville chez Max, et on a une clef bien sûr, mais aucune trace de Max. Sans doute », confia-t-elle *sotto voce* à Honey, « dans un de ces endroits étranges pour prendre des bains, où ils ont des rapports avec des barmen qu'ils n'ont jamais vus avant... bref, ce n'est pas mes affaires... il faisait très tard et très froid, et je ne souhaitais pas refaire tout le trajet, je ne suis plus si jeune pour gambader aux quatre coins de New York. Donc je suis chez Max et je mange et Lucia mange et on attend, on attend, on attend, et rien, et on commence à s'ennuyer un peu, vous imaginez ? Dans ce menu appartement tellement sale où je ne suis pas entrée depuis peut-être quinze ans et où Lucia n'est jamais entrée ! Donc, on s'ennuie, et on fouine un petit peu. Et, pour abréger, c'est là qu'on vous trouve ! Que Lucia vous trouve, très exactement. Dans des placards dans la cuisine — par centaines ! Je n'en ai jamais vu avant ou entendu parler. Et chaque fois : Alex-Li Tandem, Alex-Li Tandem, Alex-Li Tandem — qui remontent à je ne sais pas quand ! Presque toutes les enveloppes fermées. Jamais lues ! Et donc j'ouvre, naturellement, puisque c'est pour moi. C'est pour *moi*. Et ce qu'il y a à l'intérieur… oh, c'était si beau… »

Elle continuait à parler, Kitty. Alex était couvert d'éloges. Il était talentueux et génial. Ses mots avaient touché quelqu'un, aussi sûrement que s'il avait poussé la personne dans le vide de ses propres mains. Tout cela fut dit. Et il en entendait la rumeur, son chant de célébration, mais ça n'avait aucun sens pour lui. Pendant treize ans il avait cru avoir un public, ne fût-ce que Krauser, qui lisait ses lettres et les déchirait. Il avait entendu parler de ces artistes parfaitement zen qui écrivent leurs livres et peignent leurs tableaux pour personne, et qui jettent leurs œuvres au feu quand elles sont achevées. Mais, dans leur cas, c'est un choix.

Kitty se leva et se dirigea vers un de ses meubles à pieds de chien, sortit une petite clef de la poche de son jean et se mit à traficoter la serrure. Le panneau se froissa, se replia comme un éventail de bois, laissant apparaître un secrétaire, flanqué de dix minces tiroirs de chaque côté. Qu'elle se mit à ouvrir, à la recherche de quelque chose.

« Attendez… vous n'avez jamais vu *aucune* de mes lettres ? demanda Alex avec ce qui lui restait de voix. Pendant tout ce temps ?

— Jamais ! C'est ce que je dis. Je ne suis pas si majestueuse pour ignorer autant de lettres. »

Alex virait au cramoisi, d'une drôle de nuance. Honey posa la main sur la sienne et la serra pour lui marquer son soutien.

« Je ne comprends pas, dit-elle, vous voulez dire qu'il ne vous les a jamais montrées ?

— Exactement. C'est ça, exactement. Il les cachait, je crois. Vous vous rendez compte ! dit Kitty avec un bruit réprobateur mais indulgent, comme face à une bêtise d'enfant.

— Mais vous ne lui avez pas demandé ? insista Honey. Vous ne lui avez pas demandé *pourquoi* ?

— Non, je ne lui *demande* pas, il ne sait pas que je les ai trouvées ; j'abhorre ça, de toute façon, ces révélations de *théâtre*. C'est terriblement cruel, je trouve, de démasquer quelqu'un comme ça, comme si on était à la télévision ou ce genre d'horreurs. Mais bien sûr que je me demande pourquoi il… Ah, maintenant nous y voilà. »

Kitty sortit d'un tiroir une petite liasse de lettres d'Alex dans leurs enveloppes roses. Elle appuya un coude sur feu sa cheminée. « Elles sont tellement charmantes, vraiment. Je les ai presque toutes lues — ça n'a pas pris très longtemps, elles sont si courtes. Ce que ça a dû vous coûter en timbres, je n'ose même pas imaginer. J'en ai pris quelques-unes seulement, comme ça il ne remarquera rien. J'aime beaucoup celle-ci : *Chère Kitty, Chaque fois qu'elle prend des enfants dans les bras elle regarde les parents par-dessus leurs petites épaules et sourit pour prouver qu'elle ne déteste pas les enfants. Affectueusement, Alex-Li Tandem*. C'est trop parfait ! C'est ce que je fais, toujours ! »

Alex s'efforça de sourire.

« Je regrette tellement, dit-elle, de ne pas les avoir trouvées avant, quand mon troisième mari était en vie. Il était peintre. Vous en avez peut-être entendu parler ? »

Kitty cita un nom étranger, et Alex, totalement pétrifié par la fureur, resta sans réaction.

« Eh bien, Alex, je crois qu'il vous aurait *adoré*. Il vous aurait pris dans son cœur, je le sais. Il adorait les écrivains qui pouvaient dire beaucoup avec peu — et les gens qu'il vous aurait présentés, oh la la ! L'appartement était plein d'écrivains et d'artistes, toujours : ils adoraient cet endroit, ils se sentaient chez eux ici. » Kitty caressa le mur de pierre blanche derrière elle.

« Vous savez pourquoi je les aime ? dit-elle mélancoliquement. Vos lettres ? Il n'y a rien de cinéma. Rien du tout. Ce sont juste une femme, qui marche dans le monde. C'est beau, ça, je trouve. »

« Quel genre d'homme… », commença Alex d'une voix forte. Tremblant, il se leva de son siège.

« Alex, dit Honey sèchement, *assieds-toi*. »

Alex se rassit et baissa la voix. « Quel genre d'homme faut-il être pour cacher les lettres d'un gamin pendant *treize ans* ? C'est treize ans de *ma vie*. »

Kitty le regarda d'un air compatissant puis détourna les yeux vers la fenêtre. « Je suis tellement désolée pour ça. Pour *vous* », dit-elle en portant le bout de ses dix doigts à ses lèvres.

Alex la détesta pour cela : pour ce geste théâtral en cet instant où il était complètement dépouillé, mis à nu, sans geste, sans défense.

« La seule raison qui me vienne à l'esprit, peut-être, c'est que les rares lettres que je reçois, elles sont toutes plus ou moins les mêmes, vous savez ? C'est toujours : *Je suis votre plus grand fan* — tellement vulgaire, ce mot, ce "fan", je le *déteste*, d'abord... mais je me dis, peut-être que vos lettres... elles sont tellement uniques, et elles paraissent me *connaître*, presque... et pour Max, c'est un affront, vous comprenez ? Parce qu'il se considère comme ça. Comme la seule personne qui me comprend. Pour lui, c'est très important. Je crois qu'il souhaitait peut-être... *préserver* une idée, une idée platonique, qu'il se fait de... »

Alex n'avait pas envie d'entendre le discours philosophique et frappa du poing sur la table, renversant les tasses.

« Je voudrais bien comprendre, dit-il en dégageant son épaule de l'emprise de Honey. Alors, quoi ? C'était juste par rancune ? Contre moi ? Vous avez reçu d'autres lettres, quelquefois, non ? Il filtrait juste les miennes ou quoi ? Il a fait ça juste pour rire ? Il voulait juste gâcher treize ans de...

— Non ! s'écria Kitty en serrant les lettres contre sa poitrine. Il me *protège* aussi. Il est très *paranoïaque*, Max, il s'inquiète que des gens deviennent un peu fous, trop attachés, comme un Norman Bates ou je ne sais qui. Les gens sont bizarres avec le cinéma. Il croit que c'est son rôle de me protéger des fous. C'est une ironie si vous connaissiez Max... il est lui-même un peu fou, je l'ai épousé autrefois, alors je sais — pendant sept jours à Hawaï mais c'était suffisant —, et il s'est avéré qu'il était homosexuel, ce qui dans ce métier est assez courant — oh oui », dit-elle à Honey bouche bée, « ma chère, tout le monde devrait épouser un homosexuel au moins une fois. Ça guérit une jolie fille de toute sa vanité sexuelle. C'est *très* sain. Et puis, quand je me suis remariée, Max a vécu avec nous. Je ne pouvais pas l'en empêcher, ma chère », ajouta-t-elle, s'adressant cette fois directement à Honey, captivée, « il est comme il est. Il apportait à boire à nos soirées comme un majordome !

— Ce n'est pas..., dit Alex en secouant la tête. Est-ce que je pourrais juste dire quelque chose sans que... Je peux juste dire ce que j'ai à dire ? S'il vous plaît ? »

Kitty parut ébranlée et tendit les bras vers lui. « Mais bien sûr ! »

Alex, désormais seul sur scène, eut brusquement envie d'aller se dissimuler derrière les rideaux.

« Allez-y, je vous en prie, dit Kitty d'un ton suppliant, en lui mettant un biscuit dans la main. Vous devez exprimer votre opinion. En Amérique, c'est pour ainsi dire la loi.

— Eh bien, écoutez, je veux dire..., balbutia Alex à travers une ignoble bouchée de miettes, de *quoi* il fallait vous protéger ? De mes lettres ? Est-ce que je vous ai jamais donné la moindre raison, bordel, de...

— Al, dit Honey en le prenant par la peau du cou, tu commences à être vraiment grossier, tu sais ? Arrête. On va vous laisser, maintenant, mademoiselle Alexander. On vous a déjà fait perdre assez de votre temps. »

Honey se leva, mais Kitty, appuyée à la cheminée, lui fit signe de se rasseoir. Alex ferma les yeux et s'excusa d'être lui-même.

Avec un mouvement de tête doux et magnanime, Kitty retourna près du secrétaire et ouvrit un autre tiroir. Elle en rapporta une nouvelle poignée de lettres et s'assit à côté de lui, presque trop près. Elle soupira et éparpilla les lettres sur la table. « Comprenez, je vous en prie, bien sûr que je n'ai pas besoin d'être protégée de *vous*, dit-elle. Mais tous mes soi-disant fans ne sont pas comme vous. »

Ils étaient à présent assis en rang d'oignons sur ce petit sofa, Honey, Alex, Kitty, un scénario qu'il n'aurait jamais pu imaginer une semaine plus tôt. Cerné par la célébrité : le fantasme de tout Autographiste. Kitty prit une enveloppe et la lui tendit.

« C'est ça, la chose déplaisante. Ça a commencé il y a six mois. La police dit qu'elle ne peut rien faire. Vous imaginez ? Il n'y a que Max qui s'inquiète pour moi.

— Je peux ? »

Elle acquiesça, il jeta un coup d'œil dans l'enveloppe déchirée et en sortit une lettre.

« C'est tellement horrible, dit Kitty avec un frisson délibéré.

On dirait qu'il sait tout. Où je vais et ce que j'achète et ce que je porte. Visiblement il me suit. Pour moi, c'est moins effrayant que *contrariant* : Max me laisse à peine sortir de la maison à cause de ça. Je suis comme une prisonnière maintenant à cause de ce maniaque ennuyeux qui n'a rien de mieux à faire que de suivre une vieille dame et son chien dans New York. C'est *ridicule*. »

Alex parcourut rapidement la lettre. La calligraphie en était infantile, et les clichés tellement envahissants qu'on aurait pu lancer quatre projets de film rien qu'en adaptant cette demi-page. Outre les problèmes de style, la chose était très désagréable. Les détails obsessionnels et très précis.

« À quelle adresse elles sont envoyées ? Elles sont toutes là ? »

Kitty désigna le sol d'un geste vigoureux, mais ses yeux la trahirent. Et à présent sa main gauche, que Honey avait spontanément prise dans la sienne, tremblait.

« Elles arrivent ici. Et je ne comprends pas... presque personne n'a l'adresse, vraiment, à part quelques amis très chers. Et Max, bien sûr. »

Elle renversa un crémier d'argent en forme de vache et ils ne purent l'empêcher de se ruer dans la cuisine pour chercher de quoi éponger le lait. Honey et Alex eurent tout juste l'occasion d'échanger un Signe Universel de longue et noble tradition : le regard lourd de sous-entendus. Une minute plus tard, elle était de retour, et tous trois devinrent une chaîne extrêmement inefficace de transport de tasses et de sauvetage de livres (le lait avait surpris tout le monde en voyageant dans deux directions à la fois) tandis que Kitty décrivait une situation inextricable. Un Max protecteur à l'excès (« Je n'ai même pas le droit de mettre un pied dehors avec Lucia ! ») ; une vie de plus en plus confinée et solitaire ; un quartier où la folie antisociale était si répandue qu'un fou devait vraiment se surpasser pour attirer sérieusement l'attention de la police.

« Écoutez, mademoiselle Alexander, je ne veux pas être... », commença Honey, signe infaillible qu'elle *voulait* être. « Mais il ne vous est jamais venu à l'idée que ça pouvait être ce *Max* qui... »

Kitty s'enfonça dans son fauteuil.

« Mademoiselle Richardson, je ne suis pas une imbécile. Bien sûr que j'y pense ; surtout quand je trouve toutes ces lettres de fans cachées — et pas seulement celles d'Alex, d'autres choses aussi. Quelques requêtes, des invitations et tout ça — je ne dis pas que j'aurais accepté, mais j'aurais aimé avoir au moins la possibilité d'*envisager* de... »

Elle rentra la tête et cligna de l'œil pour chasser une larme.

« Mais, non, je ne peux *pas* croire que Max ait écrit ces lettres. Je ne *veux* pas le croire. On est ensemble depuis quarante ans. C'est mon *meilleur-ami*. Ce qu'il fait, il le fait toujours pour me protéger. C'est ce qu'il croyait faire en me cachant vos lettres. Il n'y a aucune malveillance chez Max. Je ne crois pas qu'il soit capable de ça, de me faire du mal. »

Honey dut prendre sur elle, mais, poliment, elle n'en dit pas plus.

« Je vais garder une de ces lettres », dit Alex d'un ton ferme en l'empochant, se sentant invraisemblablement compétent, tel Charlie Chan. « Je connais tous les courtiers américains : peut-être qu'ils ont reçu quelque chose de ce mec ; peut-être qu'il est lui-même courtier. Je peux comparer les écritures. C'est mon métier. C'est peut-être quelqu'un de ce milieu-là. »

Kitty fit le signe du legs.

Debout devant l'évier, elle ouvrit les robinets puis parut les oublier. Alex entra et les referma juste à temps pour éviter la cascade.

« J'ai envie de quitter la ville, quelquefois, dit-elle en touchant du doigt la surface huileuse de l'eau. C'est une ville tellement faite pour les gens qui sont quelqu'un. Pas autant qu'Hollywood, je me disais avant, mais maintenant je ne sais plus... »

Elle se frotta les yeux et se retourna pour le regarder. Le sourire était celui du moment où la femme de l'Armée du salut offre à May-Ling un bol de bouillon de poule.

« Et maintenant vous avez la révélation, maintenant qu'on s'est rencontrés. Je ne suis personne du tout. Juste une vieille femme avec une grande gueule et trop de problèmes. Vous avez été victime d'une terrible tromperie, monsieur Tandem...

— Même pas vrai. Même pas à moitié. »

Elle désigna des gants de caoutchouc jaunes sur une étagère, qu'Alex lui tendit. « Merci — et vous, vous essuyez. *Chère Kitty, Elle n'espère rien, sinon du beau temps et un dénouement. Elle veut finir correctement, comme une bonne phrase. Bien à vous, Alex-Li Tandem.* Celle-là, je la mémorise, c'est tellement charmant. Et en même temps, Alex, si ce n'est pas trop impoli de le dire, ça m'*inquiète* que vous écriviez ça. *Pourquoi* vous avez écrit ? Vous êtes vraiment trop jeune pour vous rappeler même mon dernier film, ne parlons pas du premier. Je crois », chuchota-t-elle d'un ton joueur, « que ça suggère un manque d'intrigue sexuelle dans votre vie, de s'intéresser ainsi à de l'histoire ancienne. Il n'y a pas de petite amie, ou alors elle n'est pas satisfaisante. Il y a un manque quelque part. Je crois que c'est vrai.

— Pourquoi vous ne partez pas, si vous en avez envie ? demanda Alex très sérieusement. Je veux dire, puisque Max vous confine ici ? C'est pas une vie pour vous. » Il lui prit des mains une tasse mouillée. « En Europe, vous croulez sous les fans, sérieusement. Je pourrais vous aider à organiser...

— Vous voulez garder ça, ou non ? » demanda Honey, apparue à la porte avec une soucoupe de biscuits endommagés par le lait. Kitty lui fit signe d'approcher et les examina.

« Pour Lucia. Là-bas, vous voyez ? Ce bol. Ce bol, c'est de la porcelaine anglaise, du Wedgwood, mais que voulez-vous ? C'est une diva, ma Lucia. Elle compense mes insuffisances dans ce domaine. Vous savez, ma chère, vous pouvez enlever vos gants dans la maison.

— Pourquoi vous ne partez pas ? insista Alex.

— Vous... vous avez un air tellement familier. On a l'impression de vous connaître : un visage tellement amical, tellement frappant. Et c'est presque terrifiant comme vous êtes grande. On dit que c'est à cause des additifs dans la nourriture. Les Américains... ils sont tous tellement grands. Soit ça, soit ils poussent dans l'autre sens. Ou les deux.

— Vous pourriez inaugurer des festivals de cinéma. Ce serait comme un come-back. Paris, Venise, Londres... »

Sa voix trahissait une passion, une colère inattendues, qui imposèrent le silence dans la pièce minuscule. Honey lui lança un regard et un Signe Universel (l'index passé sur la gorge) mais

Alex l'indomptable détourna les yeux. Il était agacé par l'incapacité de Kitty à se concentrer sur le sujet de sa célébrité. C'est là une des singularités de l'Autographiste : s'il était un esclave affranchi par son maître, on le retrouverait dès le lendemain à la tâche, occupé à s'autoflageller.

Kitty avait fini de laver ses tasses. Elle tendit à Alex ses mains gantées. Il retira les gants sans un mot, comme s'il était à son service depuis vingt ans.

« Je n'ai pas d'argent, dit-elle simplement. Ici, le loyer est protégé. Et avec qui j'irais ? Max n'accepterait jamais. Il n'a jamais quitté ce pays de toute sa vie. Et maintenant on a fini de laver, oui ? Que faire maintenant ? Je sais quoi : vous êtes jeune, peut-être que vous pouvez m'aider avec cet ordinateur avant que je devienne folle complètement ? »

Ils gagnèrent la chambre. Honey se retira pour aller aux toilettes, tandis qu'Alex recevait l'ordre de s'asseoir au bureau. Il éprouva une impulsion sexuelle anarchique et mortifiante en voyant les courbes chaleureuses de la poitrine de Kitty descendre et flotter près de son visage. Elle désigna une touche du clavier. Appuya dessus pour en montrer l'inefficacité. Alex posa le doigt sur la souris. On entendit la chasse d'eau. On entendit la sonnette.

« Qui c'est ?

— C'est Max ! suffoqua Kitty en s'éloignant de la petite fenêtre. Mais *oh*... c'est trop ridicule... et je ne peux pas l'empêcher, il a la clef.

— Bien, dit Alex d'un air décidé. Je veux lui parler.

— Non, non, non... attendez... oui, c'est bon : il ne saura pas qui vous êtes. Je dirai que vous êtes venu réparer l'ordinateur. C'est bien, en fait. Comme ça vous rencontrerez Lucia ! Alors, *ça*, c'est le véritable honneur ! »

Honneur de courte durée. Alex ne vit que l'arrière-train de Lucia ; à peine entrait-elle dans la pièce que Max la cueillit au sol comme si elle était en danger et, tandis que la chienne se débattait sans grâce dans son étreinte, se mit à hurler en levant ses petits poings comiques.

« Vous m'avez entendu, lanturlu, Jacques a dit : on ne bouge plus. Je ne plaisante pas. Ça fait combien de *temps* que vous êtes ici, d'abord ? Vous êtes entré par effraction ? Comment vous avez eu l'adresse ?

— Oh, Max, tu es ridicule… s'il te plaît, ne crie pas comme ça, *Max*, une minute, tu ne sais même pas qui c'est… il est là pour réparer l'ordinateur… je ne cours absolument aucun danger, Max… vraiment, je vous fais mes excuses, je ne sais pas pourquoi il se comporte aussi… »

Honey émergea des toilettes en retroussant son ourlet.

« Qu'est-ce que c'est que ce… *oh*.

— Et la voilà, dit Krauser, triomphant. Bonnie. Clyde. Je connais ces deux arnaqueurs, crois-moi. Et ils sont au pied du mur. »

Il s'ensuivit une dispute d'opéra, à quatre voix et trois mouvements (le couloir, un bout de salon et enfin l'escalier, à l'italienne), où aucune information utile ne fut échangée et où une poignée de répliques fut répétée encore et encore. Et un finale sur le perron.

CHAPITRE CINQ

Domestiquer le taureau

1

« C'est très décevant, Tandem, dit Lovelear d'un ton solennel. C'est un anticlimax. Je suis bien content de ne pas être sorti de *là* pour écouter *ça*. »

Il s'enfonça dans l'eau bouillonnante en arborant une expression de suprême tranquillité. Alex ramena les pieds sur sa chaise longue et se blottit contre le froid. Le soleil ne déclinait pas. Il partait, simplement, il s'évaporait, une de ces journées qui s'achèvent en fondu au blanc avant que la nuit tombe. Dans la lumière mourante, il voyait les dégâts que la ville avait infligés à la neige. Partout, elle avait été écrabouillée et sablée et salie. Même sur les toits, les bouches d'aération créaient des îles là où auparavant s'étendaient des continents. Et tout en bas, dans les rues, ils s'obstinaient à la piétiner. Des millions de collègues, minuscules gens pointillistes, une bulle pour la tête et une autre pour le corps. Qui sautaient dans des taxis et faisaient la course sur les trottoirs. Tout le monde rentrait chez soi, sauf Alex.

« Tu devrais vraiment essayer, mon pote : fais-toi plaisir, conseilla Dove, qui ressemblait à un homard à moitié cuit, rouge avec une nuance de bleu. Cette connerie, c'est le meilleur bain que tu prendras jamais.

— Rien à voir avec un bain, bordel », dit Lovelear. Se cramponnant aux bords incurvés, il s'allongea à plat dos. « Ça, c'est divin. C'est génial. C'est l'illumination à portée de main. C'est la baignoire où le chaud et le froid n'existent pas. C'est toujours à la bonne température. C'est comme une *naissance.*

— J'ai examiné la lettre qu'elle m'a donnée, dit Alex en se passant les doigts dans les cheveux. Ça correspond à l'écriture de Krauser. Enfin, c'est évident pour tout le monde, pas besoin d'être un expert. Elle doit forcément *savoir*.

— Mais bon Dieu, Tandem, ils sont sûrement de mèche : c'est une arnaque pour que tu la prennes en pitié et que tu lui donnes du fric ou je ne sais quoi. Moi, j'en sais rien, et je m'en *fou*s un peu. D'ailleurs, y a encore une chose qui pue l'arnaque à plein nez : *comment* est-ce qu'elle peut être fauchée, Tandem ? Comment ? Réponds-moi. Elle est assise sur une mine d'or, bordel. Il lui suffit d'une signature pour se faire six mille dollars. C'est de l'argent qui tombe du ciel. »

Et si je sautais, pensa Alex, de ce toit-là à l'autre, et de l'autre au suivant, et que j'abandonnais mon corps à Brooklyn et mon esprit dans le New Jersey, et que j'atteignais l'Angleterre sous ma vraie forme, ma nature bouddhique, me reconnaîtrais-tu, mon amour ? Serais-tu la même, avec ton cœur tout neuf ? M'ouvrirais-tu ton lit ? Dans l'immeuble de bureaux en face de l'hôtel, une jeune fille noire avait la tête impeccablement rasée d'Esther, mais des vêtements bien différents, un tailleur strict. Elle enfila un manteau et descendit le store. Tout le monde rentrait chez soi, sauf Alex.

« Tiens, encore une chose, dit Lovelear en tendant la main vers un improbable cocktail. Qu'est-ce que c'est que cet Autographiste qui va chez Kitty Alexander, dans sa *maison*, et qui ne rapporte même pas un autographe ? Tu trouves ça normal ? Qui ne lui demande rien sur rien, qui revient sans une seule bonne histoire à raconter à propos de ses films, qui ne vole même pas un seul objet de chez elle — pas forcément quelque chose de *gros*...

— Ouais, un petit truc, expliqua Ian. Dans la salle de bains. Un truc qui passerait inaperçu.

— Exactement — même si ça n'est pas la salle de bains que je choisirais — et qui revient les mains vides, sans rien, *rien* qui permette à des gens honnêtes comme moi et Doveman de croire que t'y es vraiment allé. Et en plus de ça, la cerise sur le gâteau, t'es même pas *capable* de coucher avec Honey Smith : est-ce que j'ai bien entendu ? Si t'arrives pas à coucher avec Honey Smith, c'est que t'as un sérieux dysfonctionnement de la bite. Désolé, mais c'est la vérité. Enfin, c'est son *boulot*. Elle est justement *célèbre* pour sucer des bites. Et t'y es même pas arrivé ? Alors *dites-moi*, énonça Lovelear majestueusement en croisant les bras sur ses seins, qu'est-ce qu'on doit en penser, au juste, d'un Autographiste pareil ?

— J'ai une question, dit Alex en se levant. À quoi je ressemblais avant la naissance de mes parents ?

— Euh... je passe mon tour, Alex, dit Lovelear en clignant des yeux. Demande-moi autre chose.

— D'accord. Je peux partir maintenant ?

— On vit dans un monde libre, bordel, dit Dove d'un ton hautain.

— Pour une fois, dit Lovelear en se hissant hors du jacuzzi, notre ami Dove a raison. C'est un monde libre. En tout cas, on est libres ici, dit-il en se tapotant le front. Tu peux partir quand tu veux, Alex. T'as *toujours* été libre de partir. »

Il était massif, presque glabre et complètement nu, à la fois vulnérable et obscène. Alex ne put s'empêcher de lui tendre sa serviette.

Lovelear enfonça la langue dans sa joue. « Il suffit que tu prennes la décision de partir. C'est tout. »

De retour dans sa chambre, Alex trouva un mot de Honey lui proposant de dîner ensemble et un questionnaire de l'hôtel. Le questionnaire, conscient de sa nature monstrueuse, offrait en guise de pot-de-vin des vacances en Europe ; l'heureux gagnant serait tiré au sort. Il suffit, disait le questionnaire, de me déposer à la réception quand vous quitterez l'hôtel. Trois fois le questionnaire faisait allusion à lui-même en disant « moi ». Alex l'emporta dans la salle de bains avec un stylo, se déshabilla et fit couler un bain beaucoup trop chaud pour qu'un être humain y survive. Il retourna dans la chambre chercher une bouteille de vin et un verre. Assis sur le couvercle des toilettes, suant dans la vapeur, il but d'un trait un énorme verre de blanc et indiqua son nom, son sexe, son appartenance ethnique et son adresse.

Il n'avait aucune objection à livrer des renseignements personnels. C'était bien la seule chose qu'il possédait en abondance. Une fois dans la baignoire (une lente et stoïque immersion), il découvrit un téléphone idéalement placé juste à côté de sa tête, et une étagère en bois près de sa main gauche, conçue de toute éternité, aurait-on dit, pour son verre de vin, son questionnaire et son stylo. D'une main il se lava le pénis, en se savonnant doucement les bourses, et de l'autre il finit de remplir le questionnaire. Chez lui, à l'heure du bain, il y avait toujours l'espoir qu'Esther entre dans la pièce, faisant irruption à moitié nue pour attraper un déodorant, ou s'attardant quelque temps devant le miroir pour mettre une lentille. Alors, si elle était contente de vous, elle était susceptible de se retourner pour vous déposer un baiser sur le front, ou suivre du doigt la couture de votre ventre mouillé, ou repêcher un pénis savonneux et en embrasser l'extrémité. Elle vous aimait le matin parce que la journée était toute neuve. Elle abandonnait les disputes sur les oreillers de la nuit avec le mascara pleuré. Alex but un second verre de vin et se surprit ensuite à passer le doigt sur le bord, encore et encore, en attendant qu'il se mette à chanter. Le vin, l'eau chaude : tout cela l'avait suffisamment détendu. Il appela Adam. La communication était brouillée. Quelque part, deux personnes parlaient un japonais lointain.

« Non, tu ne peux pas, dit Adam.

— Salut, c'est moi. Je voulais juste...

— Je sais que c'est toi, et il est tard, mon frère. Et non, tu ne peux pas.

— Je ne peux pas quoi ?

— Avoir son numéro. L'hôpital ferme à sept heures.

— Je t'en prie, Ads. Il faut que je lui parle.

— Je sais ; mais je t'assure, elle va bien. Tout s'est bien passé. Je te donnerai le numéro demain.

— Elle va vraiment bien ? Ça s'est vraiment bien passé ? »

Le soulagement s'abattit en une déferlante, comme il se doit. Son menton ne put garder sa forme, il trébucha et tomba. Des larmes disgracieuses coulèrent jusque dans son cou, le long de son bras.

« Tu l'as vue ?

— Je suis passé cet après-midi. Elle était un peu sonnée, mais elle racontait des blagues. Je lui ai dit que tu ne pouvais pas annuler New York...

— Je ne pouvais vraiment pas, Ads. Tout était déjà payé.

— Bien sûr.

— Et puis... je ne sais pas... j'avais l'impression qu'elle n'avait pas tellement envie que je sois là.

— Ce qui compte, il me semble, c'est que, *toi*, tu aurais dû avoir envie d'être là. »

Un silence. Alex se mit à déglutir bruyamment.

« Écoute, dit Adam en soupirant, son cœur fonctionne bien. Depuis toujours. Bien mieux que la moyenne des gens. Allez, Alex : tu vas bien, elle va bien. Calme-toi. Est-ce que tu as bu ?

— Un peu.

— Raison de plus pour attendre, alors. Appelle-la demain. D'accord ? Quoi de neuf à New York ? Ça s'arrange ?

— Tu peux répéter ? Je t'entends pas.

— J'ai dit : *ça s'arrange ?*

— Oh. Difficile à dire.

— Bon, de toute façon, tu rentres bientôt, hurla Adam sur une ligne de plus en plus parasitée. C'est bien demain que tu pars, hein ? Tu vois. Tu survivras. Ça vaut mieux que d'être en pleine mer. Oh, au fait : c'est jeudi, d'accord ? Alors t'as intérêt à potasser.

— Oh, Ads, mon frère..., arrête, je t'ai déjà dit...

— Tu peux le trouver dans n'importe quelle librairie là où tu es. Et n'oublie pas : c'est celui du *deuil.* Kaddish Yatom. Y en a, genre, quatre différents. O.K. ?

— Je t'entends plus.

— QUOI ?

— PAS QUESTION. JE TE L'AI DÉJÀ DIT.

— Écoute, mon pote, faut que j'aille au lit. La communication est dégueulasse, et moi je suis vanné. Je t'entends à peine. On se reparle demain, d'accord ?

— Attends, *attends*...

— Et Esther va bien, je te jure. Un peu sonnée, c'est tout. Oh, et Grace va bien aussi. Shalom, Alex.

— Adam ?

— Shalom aleichem, Alex.
— Ouais, c'est ça, shalom. »

Alex se laissa glisser au fond de la baignoire, s'immergea complètement et regarda le plafond onduler. Quand il refit surface, le questionnaire était mouillé, et il dut le mettre à sécher sur le radiateur.

Le choix de chaînes de télévision proposé a-t-il satisfait vos besoins ?

. . *La télévision est toujours satisfaisante.* . . . .

Comment avez-vous trouvé les installations prévues pour votre coucher ?

. . . . . *Solitaires.* . . . .

Quelles modifications apporteriez-vous au menu proposé ?

. . . . *Moins à manger.* . . . .

Quelle est LA chose qui aurait le plus contribué à améliorer la qualité du service dont vous avez bénéficié pendant votre séjour ?

. *Des singes majordomes.* . . . .

Appréciez-vous que l'on organise des activités de groupe pour vous et pour vos compagnons de séjour ?

. . *Il me faudrait plus de détails pour risquer un avis.* . . . . . .

Chez nous, dans les hôtels de la chaîne Burns Baldwin, nous avons une philosophie maison très simple, que nous avons adoptée comme une promesse que nous faisons à nos hôtes :

Chaque jour est un nouveau départ.

Nous considérons que chacune de nos chambres d'hôtel doit être rendue à un état de perfection jour après jour, nuit après nuit, et nous faisons de notre mieux pour tenir notre promesse. Nous aimons également en savoir autant que possible sur nos hôtes, leurs opinions et leurs désirs : ainsi, nous pouvons vous donner davantage ce que vous souhaitez ! En prenant le temps de me remplir, vous aiderez les braves gens de chez Burns Baldwin à vous aider. Prenez la liberté d'inscrire votre propre philosophie de la vie dans l'espace ci-dessous.

. . *Tout regretter et toujours vivre dans le passé.* . . . .

À sept heures, Alex avait liquidé le vin et entamé une bouteille de bourbon, qu'il sirotait comme une fille. Il se mit à regarder une pub. Une demi-heure plus tard, il la regardait encore. Il s'était fourvoyé, et maintenant il était en retard. Il enfila un ersatz de tenue de soirée (tee-shirt blanc, jean noir), quitta la chambre. L'ascenseur n'était plus à sa place. Il n'était pas à gauche après le tournant, son dernier domicile connu. Il n'était pas à droite non plus. Toutes les flèches indiquaient des sorties ou des escaliers de secours lugubres, et, même s'il était seulement au deuxième étage, Alex refusait jusqu'à l'*idée* d'escalier dans un hôtel. Le principe d'un hôtel, c'était la facilité. Toujours la facilité. Même si c'était le genre de facilité qui rend les choses difficiles.

Il finit par trouver l'ascenseur, à gauche et après trois tournants successifs, en un point d'où il apercevait très nettement le numéro de sa propre chambre. Une flèche s'alluma.

« Y a encore une petite place pour moi ? » gazouilla Alex, convaincu d'être correctement affable et très américain. Il battit des mains. Dans l'ascenseur, il y avait une équipe de reportage, quatre hommes avec oreillettes et matériel, et une fille avec une écritoire. Sans un sourire, ils reculèrent d'un pas, tous en chœur.

« Vous descendez ?

— *Nan*, dit un cameraman. On monte. »

Alex regarda sur sa droite et vit le numéro trente-sept brûler d'une flamme ambrée. Il appuya sur Hall.

« Vous savez, dit-il à un perchman, quand on demande aux gens de choisir un nombre de un à cent, la plupart choisissent trente-sept. »

La perche glissa et rebondit sur l'épaule d'Alex. L'homme s'excusa. Dans le silence qui suivit, Alex se demanda quelle part de lui-même avait envie d'apparaître dans leur documentaire. Une part importante ? Au douzième étage succéda directement le quatorzième.

« C'est sur qui ?

— Je vous demande pardon ? » dit un homme. Comme les autres, il avait le mot ÉQUIPE inscrit sur le devant de son tee-shirt.

Alex s'approcha et repéra son badge plastifié, le visage d'une célèbre adolescente.

« Shylar, dit Alex en approuvant de la tête. Elle est *vraiment* bien. C'est incroyable, ce qu'elle arrive à faire avec son... » Alex désigna sa propre brioche. Il la fit onduler vers la droite, puis vers la gauche. « Presque impossible. »

Ils atteignirent le vingt-cinquième étage. Dorénavant, se dit Alex, toute chute serait à cent pour cent insurvivable. Une simple éclaboussure, tandis qu'une bague ou un collier conserverait sa noble forme métallique, car nous ne sommes pas aussi solides que les choses. Les choses l'emportent. L'ascenseur trembla, s'arrêta et s'ouvrit. Une femme et sa fillette trouvèrent une petite place. Alex était à présent serré contre le perchman, face à lui, tandis que le micro flottait au-dessus de sa tête comme si c'étaient les paroles d'Alex qu'il voulait enregistrer. Il s'aperçut de la forte odeur d'alcool qui émanait de sa propre bouche.

« Les trois plus... j'ai lu ça quelque part, c'est vrai... les trois mots les plus tapés... tapés, c'est-à-dire *entrés* dans les ordinateurs quand ils sont... bref, vous comprenez, les trois mots les plus bidulés sont : Dieu », dit Alex en brandissant un pouce dressé, « Shylar et... » C'est alors qu'Alex poussa un juron obscène, et la matrone américaine, dans une fière exhibition de technique gestuelle puritaine, marqua deux temps dans le silence qui suivit, émit un son de dégoût et plaqua ses grosses mains roses sur les oreilles de l'enfant.

Elle était spectaculaire. En fourreau de satin prune cette fois, à la manière de la célèbre actrice Rita Hayworth. Les gants étaient de satin noir et montaient jusqu'au coude. Ses cheveux paraissaient complètement différents de ceux de la veille. Quinze centimètres plus longs, avec des mèches châtain.

« Tu es *magnifique*, dit Alex en s'affalant sur sa chaise.

— Merci, dit Honey d'un ton mutin, en tapotant sa robe. Ça ne m'a guère pris que cinq heures. Il y a eu des moments pénibles, et le reste du temps c'était simplement chiant. Quel plaisir d'être une femme. Et toi, t'as une sale gueule : délicate attention.

— C'est la faute à Gilda. Alors, dit Alex en prenant un grand bout de carton, qu'est-ce qu'on mange ?

— Tout un tas de petites crottes empilées les unes sur les autres en forme de tour.

— Tant mieux. On *adore* bouffer des gratte-ciel. Je prendrai le plat le plus haut du menu.

— Ça, c'est la carte des vins, mon chou. Et tu la tiens à l'envers. Qu'est-ce qui ne va pas ? Pourquoi t'es si *nerveux* ?

— Je suis pas nerveux.

— Je suis pas nerveux, le singea Honey avec un accent assez réussi. Mon *cul*.

— Je crois, et tu t'en rendras bientôt compte, que tu confonds deux états : "nerveux" et "bourré". »

Alex prit un glaçon dans un verre qui en regorgeait et le serra dans sa main, un vieux truc pour dessaouler.

« Une journée plutôt bizarre, hein ?

— À vrai dire, j'en ai connu de plus bizarres.

— J'ai examiné l'écriture. C'est celle de Krauser, à 100 %. Enfin, il suffit de regarder.

— Ouais, je m'en doutais, dit Honey en reposant son vin avant qu'il ne parvienne à ses lèvres. *Bon Dieu*, c'est quand même triste, non ? Je trouve ça tellement *triste*. Pour l'un comme pour l'autre. *Bon Dieu de bon Dieu*. Elle, on ne peut rien lui dire : elle refoule complètement. Visiblement, elle ne *veut* pas savoir. Si c'est pas vivre dans le mensonge, ça... Bon Dieu de *merde*. »

Elle avança la main sur la table et la posa sur celle d'Alex.

« Honey ?

— Oh-mon-Dieu, je t'en *prie*, ne dis pas "Honey" comme ça, on se croirait dans un mauvais téléfilm. Quoi ? Qu'est-ce qu'il y a ? S'il y a quelque chose, dis-le.

— Je ne veux vraiment, vraiment pas que tu le prennes mal. »

Honey fronça les sourcils et retira sa main.

« Laisse-moi te dire un truc. On peut pas prendre quelque chose bien ou mal. Il y a juste des mots, et ces mots ont un sens. Sois américain. Dis ce que tu penses. »

Alex posa les coudes sur la table. « Je voulais juste... enfin, je veux m'assurer... ou plutôt, je veux établir clairement que ce n'est pas... parce que, comme tu sais, je pars demain, et il y a quelqu'un qui... donc je voulais, pour qu'il n'y ait pas de malentendu, établir que ce n'est pas... »

Honey lui empoigna la nuque, tira son visage vers le sien et lui donna l'un des baisers les plus capiteux qu'il ait jamais connus. Il avait la sensation de manger. On lui offrait un mets riche et rare.

« Non, dit-elle en se retirant et en levant la main pour appeler le serveur. Ceci n'est pas une soirée d'amoureux. Ne sois pas si vaniteux. C'était juste histoire de pointer à la fin d'une journée pas comme les autres. » La phrase provoqua une brève et inhabituelle rupture de leurs communications transatlantiques. « Mais si, *pointer*, tu sais bien ? Quand on termine une phrase par un petit truc noir ? Comment tu dis, toi ? J'ai *failli* le faire, là, sauf que c'était une question, alors c'est pas tout à fait... et là, ça marche pas non plus ; mais maintenant je vais le faire, attention, c'est pour de vrai, à la fin de ma phrase. »

Elle entoura de ses mains l'espace vide devant elle et opina énergiquement.

« Ah ! tu veux dire : mettre un point final.

— C'est comme ça qu'il faut dire ? » Elle sourit. « C'est joli. Et c'est plutôt à ça que je pensais. »

Juste après l'arrivée du dessert, Alex constata que l'hôtel penchait et que tout l'air disparaissait de la pièce. Honey lui parlait d'une galerie qui exposait « des trucs juifs » qui, selon elle, pourraient lui plaire, mais à part elle tout le monde dans la salle était aspiré vers un vide qui venait de surgir au bar avec son entourage.

« Ma fille l'*adore* », dit la serveuse en renversant le café. Alex se souleva de quelques centimètres sur sa chaise. Il apercevait la minuscule jeune fille, un garde du corps de la taille d'un buffle d'eau et une quinzaine de ce que les magazines appellent des « assistants ». De fait, l'aura était efficacement assistée. La jeune fille n'était qu'à une trentaine de mètres d'Alex, mais elle paraissait à des années-lumière.

« Elle pourrait quand même s'offrir un hôtel un peu plus

huppé, dit-il, étrangement offensé qu'elle se rende si aisément accessible à lui.

— *Absolument*, approuva la serveuse.

— Si je t'*ennuie*, dis-le-moi », fit Honey d'une voix forte. Alex scruta le trou noir, sa nature inhabituelle. Tout le monde savait qu'il était là, et, de fait, il était là, en pantalon corsaire et débardeur réglementaires ; tout le monde était déjà dedans (dans la peau de la fille, ou dans un orifice quelconque, en train de baiser la fille), mais pas un seul d'entre eux ne le regardait directement.

« On devrait pas la zyeuter comme ça », dit Alex, qui avait un jour passé trois heures à zyeuter des photos de la tête de cette fille greffée sur le corps nu d'autres filles.

« Mais *arrête*. Tu parles sérieusement ? Tu ne sais donc pas ce que *c'est*, ça, là-bas ? demanda Honey en finissant par se tourner. C'est de la merde sèche sur un bâton. C'est le cyprès dans le jardin. C'est deux kilos de lin. Bouddha est Bouddha est Bouddha est Bouddha. Alors franchement, est-ce qu'y a de quoi s'exciter ?

— Le vortex sexuel, dit Alex qui en ressentait les effets au même titre que n'importe qui. Le vortex sexuel symbolique, accru par sa répétition à l'infini, et par le vernis télévisuel. Pas forcément plus jolie que la serveuse. Ou que toi. Ou que moi. C'est pas la question. Elle *incarne* toute la puissance des dix-sept ans. Tu te rappelles la puissance des dix-sept ans ? Une véritable énergie nucléaire. Elle a dix-sept ans pour le monde entier. »

Honey balança sa serviette sur la table. « Je sais qu'une jolie fille peut tout avoir en Amérique, pendant quelque temps. Jusqu'au jour où elle ne peut plus. Symbole, mon cul ! *MU !* Allez, on se casse. »

En traversant le hall de l'hôtel, ils passèrent à côté de l'équipe de tournage, qui préparait un plan du portier souhaitant la bienvenue à Shylar, même si cela faisait déjà trois jours que Shylar logeait à l'hôtel.

« C'était Honey *Smith* », dit le cameraman à la fille à l'écritoire en frappant d'une main le comptoir de la réception.

2

Voici la ville. La voici. La voilà. À la télé. Dans un magazine. Écrite sur une serviette. Sur une photo accrochée au-dessus du lit en noir et blanc mélancolique, tandis que vous êtes assis dans la chambre au milieu de cette ville en Technicolor. La revoilà. Sur la chaîne neuf, sur la vingt-trois, brièvement sur la sept, en dessin animé sur la quatorze et perpétuellement sur la une, qui est la chaîne de la ville. Et elle est aussi dehors, à en croire ce qu'on entend par la fenêtre. Klaxon, cri en espagnol, rires de femmes, rythme syncopé, aboiements. Une sirène de flics qui fond sur vous comme un oiseau préhistorique. Ici, alignés le long du lit, se trouvent les secrets du minibar, bouteilles multicolores rangées par ordre décroissant : on en finit une, on la renverse par terre. Dix bouteilles vertes. Et encore, c'est juste les bières. Qu'est-ce qu'on rigole ! Honey s'est retirée dans sa chambre. Mais les femmes, on s'en passe très bien. Regardez-moi cette télé. La chaîne histoire propose l'Histoire en segments d'une demi-heure bien découpés. Il n'y a qu'une histoire : l'histoire de Hitler. La chaîne divertissement divertit, implacablement. Elle a besoin de vos rires. Elle ne reculera devant rien. La chaîne du sexe a l'apparence du sexe et fait le bruit du sexe, mais il lui manque les odeurs. C'est important, les odeurs. La chaîne nostalgie montre des morts qui marchent, heure après heure, perpétuellement. Ils racontent des blagues vaseuses, ils se cramponnent au rideau et ils pleurent, parfois ils font des claquettes. La chaîne nostalgie, c'est la chaîne des vieux films et — mon Dieu — la voilà ! La voilà. Là, sur l'écran. Et telle était sa beauté et voici des perles qui furent ses yeux, et, oui, vous savez bien que les problèmes de deux individus ne riment pas à grand-chose dans ce monde en folie, mais quand même. Mais *quand même*. Voici votre manteau, et ça ce sont vos chaussures, et ça c'est la porte.

Et ce n'est pas un projet sérieux, bien sûr, jusqu'au moment où vous vous retrouvez devant l'hôtel, vacillant légèrement, un peu éméché, et horrifié par le froid, par la neige. Il est une heure du matin. D'où vient tout ce truc blanc ? Sur la chaîne quinze, c'était la fin de l'été, les feuilles commençaient tout juste à se recourber et à rougir. Le portier, qui comprend l'impuissance, vous appelle un taxi.

Dans la ville où vous vivez, un trajet en taxi de nuit, c'est une morne boîte renfermant vos pensées. Dans une autre ville, c'est le seul voyage possible. Il n'y a pas assez de lumière pour vous servir de vos yeux de touriste. Rien n'est visible jusqu'à ce qu'on soit à ses pieds ou à côté : il n'y a pas de panoramas, rien que des formes qui deviennent elles-mêmes sous vos yeux. Les réverbères ne sont qu'une seule bande continue. Les taxis parcourent la ville comme une perfusion, conduisant des gens saouls dans des bars. Il s'étonne lui-même de faire une chose pareille. Mais Honey l'avait prédit, et elle s'y connaît en Autographistes. Par définition, ils ont du mal à lâcher prise.

Il se penche en avant et demande à un homme qui s'appelle KRYCHEK, GARY de faire un détour par une place célèbre pour ses musées et ses prostituées. Une place, s'aperçoit Alex pour la première fois, au nom presque métaphysique. Il y a même un imposant compteur électronique au sommet d'une tour, qui égrène le compte à rebours vers une date zéro impossible à envisager quand on est aussi saoul. Il se rend compte que toutes les portes des musées sont grandes ouvertes. Art byzantin, sculpture de la Renaissance, armures françaises du Moyen Âge. La ville organise un festival pour promouvoir la culture en ouvrant les musées (selon l'expression consacrée) vingt-quatre heures sur vingt-quatre et sept jours sur sept. Mais les vraies foules sont quand même dehors, laissant ces misérables cristaux liquides faire le compte à rebours de leurs vies. En attendant, les gens mangent du pop corn et regardent les nouvelles défiler à l'angle d'un gratte-ciel. Un président est mort : ce n'est pas le leur. La neige s'est faite plus timide, elle tombe en flocons légers qui ne survivent pas au sol humide. Juchés sur un cageot, quatre adolescents noirs parlent en hurlant de la réincarnation. Les publicités brillent et bougent et parlent et se transforment. Sur toute la longueur d'un immeuble, l'image mobile et titanesque d'un chat blanc qui lape un bol de lait. C'est très beau, comme un rêve que tout le monde ferait en même temps. Les jours des musées sont comptés. Une pute rousse et joufflue dissuade le taxi d'Alex d'oser lui couper la route d'un simple mouvement de cul. Elle leur fait le Signe Universel du mépris (majeur dressé) et s'achemine en trottinant vers une exposition de peinture chinoise ancestrale.

« Vous voyez, c'est pas vraiment le coin idéal à visiter en voiture, dit Krychek, pince-sans-rire. Beaucoup de piétons. Avec un gros cul.

— À Roebling, alors », dit Alex-Li, sur quoi Krychek éclate de rire et arrête le taxi, et Alex est obligé de lui donner vingt dollars pour qu'il accepte de redémarrer.

Et c'est ainsi qu'ils traversent un pont et ses eaux.

3

Toutes les entrées en matière qui lui viennent à l'esprit réclament une partenaire plus jeune (« *Je ne pouvais pas partir sans vous revoir* », « *Il faut qu'on parle* »). Il se retrouve planté sur le seuil, la bouche ouverte. Mais ils ne font aucun bruit, ni l'un ni l'autre, il n'y a que le chuintement sifflant d'un peignoir de soie tandis qu'elle le fait entrer et le conduit au salon. Elle prend une montre de gousset posée sur un secrétaire et la tient au creux des mains comme un oisillon.

« Une drôle d'heure, je trouve. Pour rendre visite à une dame. Mais je suis peut-être démodée. »

Alex plisse les yeux, essaie d'y voir plus clair.

« Max est ici ? Vous allez me jeter dehors ?

— Pfui ! À vous entendre, on croirait que je suis une force de la nature.

— C'est ce que je crois », dit-il d'une voix qui se brise, et il doit envoyer balader ses chaussures avant que l'humidité ne le rende fou. Ses jambes se dérobent, le sofa le rattrape. Kitty s'assied en face de lui. Ils demeurent ainsi une bonne minute : Alex, inconscient, la tête appuyée au mur, les yeux fermés, la bouche une grotte béante ; et Kitty qui l'observe. Elle lui prend le pied, enlève la chaussette et lui masse la plante.

« Non, murmure-t-elle. Vous vous trompez : c'est la nature qui est *fascista*. La grosse brute, c'est la nature. Moi, je suis le contraire. Je ne suis pas la plus forte, et je ne survivrai pas. Je suis cultivée. Je fais semblant d'être calme quand je reçois des inconnus dans ma petite maison à une heure vingt-six du matin. »

Alex ouvre un œil à grand-peine. « C'est mon pied. Quelle heure il est ? Oh bon Dieu, je suis désolé... » — il reprend son pied, elle a les mains sèches —, « je suis un peu saoul, je n'aurais pas dû...

— Oh, fait Kitty d'un air espiègle. Je vois. Vous n'êtes pas venu pour un massage des pieds ? Vous êtes venu pour la passion ? »

La porte de la chambre s'ouvre toute grande et une bande de lumière jaune enveloppe le couloir, sentier lumineux pour un animal haletant et trottinant, chaud et vivant, et soudain parmi eux.

Kitty pivote sur son tabouret et écarte les bras pour le recevoir.

« Lucia, regarde qui vient nous rendre visite, oui ! Oh ! *Lucia, Lulu, Lo-Lo*, oui, on te réveille en faisant du bruit... et regardez comme elle vous aime, elle aussi... il faut la prendre dans vos bras et lui faire la cour, elle est prête à se *prostituer* pour un peu d'affection, n'importe quel genre d'affection... non mais, regardez comment elle se jette dans ses bras ! »

Alex, qui se retrouve avec une masse musculeuse de chien dans les mains, l'empoigne solidement pour qu'elle arrête de se tortiller et regarde bien en face ce visage si singulier. Les yeux, énormes et globuleux, sont d'un noir huileux, avec des points sanglants dans le vitré. Ils sont couverts d'une pellicule de mucus, comme deux créatures encore en gestation.

« C'est mon petit ange, bien sûr... », dit Kitty en entrecroisant les doigts. Elle a du mal à se retenir de toucher sa chienne. « Et on est bien contentes que vous soyez là : la vérité, c'est qu'on ne dort pas si bien. Café ? »

Et les revoilà dans la cuisine. Elle lui demande d'où il vient, ce qu'il est exactement. Quand il lui explique, elle dit eh bien, c'est vrai que vous *avez l'air* juif. L'un des grands goyismes de notre temps, sans réponse possible. Mais Alex n'est absolument pas capable de se fâcher contre elle. Il persiste à voir son visage de jeune fille. Peut-être qu'il n'est là que pour ça : voir son visage de jeune fille à sa place.

« Lucia est chinoise aussi, dit-elle en lui tendant un plateau. Dans sa famille, ils étaient tous chiens impériaux, depuis le fond des âges. C'est ce que le vendeur me dit, en tout cas. Et c'est intéressant, je trouve, qu'elle soit une grande fan de canard laqué. Ça la rend *folle*, vraiment ! »

Alex prend les biscuits qu'on lui tend, se laisse poser une serviette sur le bras.

« C'est... mignon.

— Je ne sais pas si c'est mignon, mais en tout cas ça revient cher. Et maintenant on va regarder la télévision », dit-elle en le bousculant, Lucia sur ses talons, lui dansant dans les pieds. « Vous connaissez la télévision américaine ? On dirait tous les meilleurs plats de toutes les cuisines du monde mis ensemble dans un seau et remués avec un bâton. Venez. »

Coïncidence ou répétition en boucle, ils regardent la même publi-info qui tout à l'heure avait induit Alex en erreur.

« Vous m'excuserez, dit Kitty en s'enveloppant les épaules d'une couverture et en se glissant dans le lit. La moindre brise me tuerait : j'ai fini par atteindre l'âge des brises mortelles. Quand je pense à mes *assommantes* tantes russes qui passaient leur temps à se plaindre de ça, se plaindre, se plaindre : elles ne pouvaient pas s'asseoir ici, elles ne pouvaient pas s'asseoir là, et je n'avais pas de pitié, aucune, et maintenant j'arrive à cet âge terrible. Non, non, restez là, ne vous inquiétez pas. Je me demande vraiment comment des gens peuvent croire qu'un pot de crème va vous arranger les seins comme ça. Vous voulez bien prendre le contrôle du bidule ? »

Elle lui tend la télécommande, et il glisse du bord du lit jusqu'au sol, où il s'assoit en tailleur. Même si la télé refuse de rester stable dans son champ de vision (il la voit en triple, ou bien elle fait quelques entrechats d'ivrogne vers la gauche), Alex fait de son mieux pour maîtriser la situation. Il zappe. Il atterrit. Le célèbre acteur Jimmy Stewart serre désespérément dans ses mains deux poignées de papiers en regardant dans la direction divine.

« Je déteste cette chaîne, dit Kitty avec véhémence. Pour moi, c'est trop morbide. Le cimetière de mes amis. »

Alex s'agenouille et jette un coup d'œil à la tête du lit. Une lampe de chevet mal élevée met en relief les plaques de cuir chevelu entre les cheveux clairsemés, puis surprend son expression accablée, sans tendresse ni compassion. Il la protégerait des gros plans. Lucia est blottie contre la poitrine de Kitty comme un bébé.

« J'ai déjeuné avec lui, un jour.

— C'est vrai ? »

C'est une position fatigante. Alex pose la tête près des pieds de Kitty.

« Oui, c'est vrai. On avait un ami commun, Charlie Laughton, et puis sa femme Elsa, qui était charmante. Un physique bizarre, mais pas jalouse ni rien. Ils étaient tous les deux très anglais, très élégants, ce qui était important pour moi, parce que tout le monde à Hollywood était terriblement *vulgaire* et que j'avais le mal du pays, et puis ils connaissaient un peu Capri et tout ça... bref, un jour, M. Stewart est venu au Texas, je ne sais pas pourquoi, et moi j'y étais aussi, pour épouser un *imbécile*, et M. Stewart, il ne connaissait personne, et Charlie, il se rappelle que je suis là, et il lui donne le numéro de mon hôtel, et on se retrouve pour déjeuner. Un homme très grand, avec une élocution vraiment inhabituelle. Il était un peu amoureux de moi, je crois : mais j'étais trop flattée, sérieusement, pour savoir quoi faire. Et puis il y avait ce mariage avec ce pétrolier ridicule qui avait des pieds horribles... »

Et c'est l'instant sacré. Ils parlent des films, de moments précis dans les films, de gestes. Il va dans le salon et regarde à l'endroit qu'elle lui a indiqué et en revient avec une cassette. D'une main experte, il appuie sur avance rapide jusqu'au photogramme exact.

« Ça ? s'exclame-t-elle en chaussant des lunettes. Qu'est-ce que c'est ? Qu'est-ce qu'il y a de si spécial ? »

Sur l'écran, Joey Kay, agent et mari, est sur scène avec May-Ling Han, et ils reçoivent les applaudissements après la première de son premier film. Le rideau est un paysage de plis de velours rouge. On lance des fleurs, de grands lis à gorge déployée. Même l'orchestre, dans sa fosse, a posé ses cuivres pour applaudir. Elle est une star ! Et il tend la main vers elle, le visage débordant d'amour, mais elle ne se retourne pas. Son regard est maintenant rivé sur les trois premiers rangs. Quelque chose a changé. Une minuscule pulsation agite ce poignet qu'il saisit. Plus éloquente qu'une bible. Elle a fait son choix. Entre un homme qu'elle a aimé et tous ces gens merveilleux, là-bas dans le noir.

« Je ne vois rien, dit Kitty en scrutant l'écran. Rien que de la pantomime. D'ailleurs, c'est un film ridicule. J'ai l'air aussi chinoise que ma chaussure. »

Ils parcourent les films ainsi, avance rapide, arrêt sur image. Kitty a un rire franc, mal assorti à sa petite bouche. Des histoires de vedettes lascives, de metteurs en scène sadiques, de caprices de divas hystériques.

« Vous êtes ma vraie bibliothèque, dit-elle en secouant la tête tandis qu'il extrait une autre cassette de son boîtier. Personne ne vous a demandé de constituer une bibliothèque. Surtout de ces absurdités !

— Une dernière », supplie Alex.

Plus tard, le jour perce.

« Mon Dieu, vous voyez ça ! La nuit est finie. Je dois baisser le store. » Elle repousse la couverture et se relève lentement. Il en voit plus qu'il ne devrait : un bout de cuisse, la peau grumeleuse et blanche comme de la bougie, sans muscle, toute flasque sur l'os. Des veines mauves, épaisses comme des crayons. Elle referme son peignoir. Alors qu'elle passe devant la télé, Alex repère une scène. Kitty en maillot, qui se sèche les cheveux. Elle s'immobilise. Domine l'image, qu'elle toise sous un angle oblique, presque méprisante.

« Regardez-moi ça. Vous vous rendez compte ?

— Vous êtes *tellement* belle. Au-delà de...

— Non, non, non, non. Vous ne pouvez pas savoir ce que ça fait de voir ça.

— C'est extraordinaire. On pourra voir ça, toujours. C'est sur pellicule. Pour ainsi dire, vous serez vivante à...

— Là, c'est vous qui êtes ridicule, dit-elle sévèrement en traversant la pièce pour gagner la fenêtre. Les gens ne disent pas la vérité. Comme si on passait facilement de l'une à l'autre. De la jeunesse à la vieillesse. Non : ce n'est pas vrai, on est *entraîné*. Et la *peur* : pour ça aussi ils mentent. Je n'arrive pas à dormir, rien que de penser que c'est presque fini. Ma vie. Et je partirai seule. Et en Amérique. Ça, je ne l'avais pas prévu. Personne avec moi, à part Max.

— Kitty, vous ne croyez pas que Max... qu'il a, *bon Dieu*... peut-être un peu trop de contrôle sur...

— Je suis tellement fatiguée maintenant, marmonne Kitty en retournant au lit. Il faut me pardonner.

— Je vais dormir ici », dit Alex d'un ton sans réplique. Il se dit qu'il va monter la garde, ouvrir l'œil pour stopper l'approche de la mort. Il éteint la télé. Elle baisse le store. Un gris tiède et flou emplit la pièce, les réduisant à deux silhouettes noires et indistinctes, ombres d'eux-mêmes.

« Bien sûr que vous dormez ici », dit Kitty avec la même fermeté, avant de lui chuchoter des indications pour trouver une couverture et des oreillers. « Et votre gente dame ? demande-t-elle. Vous n'allez pas lui manquer ? Elle était peut-être un peu trop grande pour vous, j'ai trouvé.

— Pourquoi, demande Alex en balançant une couverture sur son épaule, est-ce qu'on chuchote tout d'un coup ? »

Kitty se met au lit et désigne Lucia, qui a mystérieusement effectué une translation complète et gît comme un traversin au pied du lit. Alex prépare son lit. Kitty se couche. Alex se couche. Leur respiration se fait synchrone, car il guette ses inspirations et se calque exactement sur elles. Le cœur d'Alex se fige au moindre toussotement ou sifflement. De toutes les morts possibles qui traquent chaque jour chacun de nous, c'est celle de Kitty qui à cet instant paraît la plus intolérable. Ce doit être ça, se dit-il avec satisfaction, l'alpha et l'oméga de l'amour.

Il est cinq heures du matin. En un geste passionné et dramatique, il se lève, dans son caleçon gris qui refuse de se conformer à la passion et au drame de la scène (collé à une jambe et s'enfonçant dans les fesses) et il lui dit qu'elle doit partir avec lui et quitter cet endroit parce qu'il n'y a pas d'autre moyen pour elle d'être libre, et que, en plus, il a un plan. Il a préparé son discours pendant une heure dans le noir.

« On discutera au petit déjeuner, hmm ? » dit-elle de la voix la plus neutre possible, avant de se retourner pour le découvrir agenouillé à son chevet dans une panique artificielle, le visage empreint d'une expression à laquelle elle a donné bien souvent la réplique. « Maintenant, on dort. Il est terriblement tard ; trop tard pour jouer une série B. »

Elle se détourne de lui et agrippe le couvre-lit. Elle a les doigts tout froids. Même du temps où elle tournait ces films, où elle n'était qu'une oie blanche qui ne connaissait rien de la vie, elle dormait mal à cause de ce soupçon : combien sont-ils au juste, ces gens, ces spectateurs, qui empruntent une réplique, un regard, et les recyclent auprès d'un être aimé.

CHAPITRE SIX

Le retour sur le dos du taureau

1

Le parc ressemble à une perspective russe. Une basilique orthodoxe à feuilles d'or se dessine à travers les arbres, une piste cendrée s'étend au centre du parc. Des monticules de glace grise et sale se tassent contre les troncs d'arbres et les bancs et autour de la fontaine, et sur la piste il y a une île de glace égarée qu'enjambent les joggers. Alex n'aurait jamais cru qu'on puisse faire du jogging en février, et pourtant. Il est exactement 11 h 00. Peu à peu, Roebling s'est mué en un ailleurs, et il est en chemin vers un métro qui le ramènera en ville. Il a fait des projets pour aujourd'hui, et des achats : de quoi manger, un billet d'avion, un livre édifiant. Il a eu, comme aiment à le dire les publicitaires, une matinée d'enfer.

Il trouve une place sur un banc et regarde un mélange de Beatniks et de Polonais dessiner en rythme un cercle parfait. Les Beatniks courent en jogging éponge, des marques cultes des années soixante-dix, avec bandeaux assortis. Idem pour les Polonais, mais l'esprit est différent. Ces deux groupes ne se rencontrent pas sur la piste, ne bavardent pas près de la fontaine, ils restent entre eux. C'était la même chose, a remarqué Alex, à l'épicerie où il a acheté son muffin. Hareng, latkes, kilabsa et pirojki d'un côté, café latte, falafel et cheesecake de l'autre. Et à la librairie, toute une étagère pour le célèbre écrivain Charles Bukowski, face à une table où s'amoncelaient des Bibles en polonais.

Dans la rue, les Polonais ont l'air de comprendre le froid et de s'habiller en conséquence. Les Beatniks, eux, pensent pouvoir se débarrasser du froid à coups d'accessoires, ou se contentent de l'ignorer. Les jeunes Polonaises ont la peau cireuse et des yeux de chat. Elles ne s'aperçoivent même pas de l'existence d'Alex. Les jeunes filles beatniks sont joufflues et ont des coiffures hasardeuses, et elles pourraient s'intéresser à lui, pour peu qu'il s'intéresse à leurs créations artistiques. Même si ça ne fait que vingt minutes qu'il est dans le coin, Alex se sent habilité à explorer plus avant cette étrange cohabitation du Beatnik et du Polonais, à sonder leurs relations, les lois qui les gouvernent. Est-ce que c'est comme ci ou comme ça ? Il sirote son café. Il en rapporte les conclusions suivantes :

Le Royaume du Comme-Ça

1. Les Polonais ont besoin des Beatniks car les Beatniks injectent de l'argent neuf dans le quartier.

Le printemps arrive, l'herbe pousse d'elle-même.

2. Les Beatniks ont besoin des Polonais car les Polonais sont la preuve que les Beatniks — malgré leur stabilité financière accrue — mènent encore une vie de bohème. La cohabitation avec les Polonais représente pour les Beatniks leur dernier signe d'authenticité.

La montagne bleue ne bouge pas.

3. Les Beatniks sont des Polonais. Les Polonais sont des Beatniks. Les Polonais vendent des tee-shirts rétro de stations-service des années 50. Les Beatniks mangent du hareng en saumure.

Les nuages blancs vont et viennent.

Satisfait, Alex étendit les bras sur le banc froid. Dans sa poche, un billet d'avion, sur ses genoux, un livre ouvert.

« Yitgadal ve'yitkadash », lut-il à haute voix, avant de répéter la même expression en anglais avec plus d'assurance. Il foudroya du regard les caractères araméens, dont il ne saisissait que les formes les plus élémentaires (*yod, tav, gimel, dalet, lamed*), mais aucun des points et des traits qui les accompagnaient. Exaspérant. Il posa les mains sur le texte. Respira par le diaphragme. Il n'y avait aucune raison valable de faire ça, à moins d'admettre que c'était justement cette absence de raison qui en faisait l'intérêt : logique juive par excellence. Mais ce n'était pas la vraie raison. Elle avait dit quelque chose, voilà la vraie raison.

Il se trouvait sous la douche et elle devant le miroir de la salle de bains, à le regarder ouvertement. Et ça paraissait presque normal. Elle se maquilla, l'interrogea sur sa famille.

« Mon père aussi, répondit-elle au reflet d'Alex, même si à mon âge, évidemment, on s'y attend davantage. Mais je sais ce que ça fait. Ma mère, elle est morte quand j'étais très jeune, onze ans. C'était ma bien-aimée. »

Alex se disposa à échanger les consolations télévisuelles automatiques que tous les gens de sa génération connaissent par cœur. Mais, sans s'interrompre un seul instant, Kitty avait déjà entamé une histoire, comme si tout ce qui avait précédé n'était que prologue à sa narration.

« Une *Roumaine*, dit-elle d'un ton lourd de sens. Horrible ! Je la détestais tellement ! C'est la femme, vous comprenez, avec qui il s'est remarié. Comme dans un roman ou un conte de fées : voilà l'ampleur de sa méchanceté. Une voleuse, une adultère et une *parvenante*, socialement. Et elle me *haïssait*. J'étais tellement jolie, bien sûr, et elle, elle était *atroce*, comme une gargouille ou je ne sais quoi. Elle me battait dès qu'il avait le dos tourné. Mais le pire, c'est qu'on avait un *palais* d'été, pour ainsi dire, à Saint-Pétersbourg... eh bien, qu'est-ce que vous croyez ? Quand il est mort, elle a tout emporté, des tableaux jusqu'aux meubles, jusqu'aux soucoupes anglaises roses sous les tasses ! Tout a été vendu au plus offrant, la vérité, c'est comme ça que ça s'est passé ! Des choses qui étaient dans ma famille, certaines depuis trois cents ans, vous vous rendez compte ? »

Le détail concernant les soucoupes, évoqué avec tant d'horreur, provoqua chez Alex un sourire involontaire, et il tourna le visage vers le mur. Kitty l'infatigable continua de parler, penchant la tête vers une épaule puis l'autre pour mettre une paire de boucles d'oreilles en perle. Alex ferma le robinet de la douche et esquiva les dernières gouttelettes froides.

« Et vous voyez, ça c'est l'un de mes biens les plus précieux, juste devant vous, dit-elle en se retournant et en pointant le doigt. C'est le fruit de ma quête. »

Alex regarda la miniature du dix-septième siècle, circulaire, encadrée d'or, appuyée à la fenêtre. L'arrière-arrière-arrière-arrière-arrière-grand-mère russe de Kitty, légèrement endommagée par les flammes, avec un œil manquant. Kitty avait passé toutes ces dernières années à payer Max pour qu'il paie d'autres gens à sillonner l'Europe afin de recouvrer les objets de son enfance.

Alex accepta la serviette qu'elle lui tendait.

« Et c'est là-dedans qu'est passé votre argent.

— Bien sûr, dans quoi d'autre ? Je n'ai pas de champagne, pas de gigolos. C'est très étrange, pour moi, parce que je crois depuis toujours que je déteste mon père pour avoir épousé cette femme, et maintenant je consacre mon temps et tout mon argent à sauver ses biens. Et la plupart, je ne les aime même pas. Mais, en un sens, c'est un geste, je crois. Jusqu'à ce que ça arrive, on ne sait jamais ce qu'on doit aux morts. »

« Magnifié et sanctifié, dit Alex à voix haute, soit Son nom glorieux. »

Il constata à regret qu'il avait dit cette phrase avec la voix du célèbre acteur James Earl Jones, une basse profonde qui surgissait souvent de sa gorge quand il s'essayait à la religion. Il leva les yeux de son livre.

Ce qu'on doit aux morts.
    Ce qu'on doit aux morts.
        Ce qu'on doit aux morts.

Une jeune Beatnik radieuse, aux longs cheveux jaunes, avec sac à dos et rollers, volait autour de la piste comme une déesse. Puis elle s'agenouilla à un mètre de lui pour renouer son lacet. Elle portait une célèbre jupe des années quatre-vingt. Elle avait les genoux écorchés et couverts de bleus. Alex jugeait hautement improbable qu'elle ait jamais à se demander comment pleurer un père mort depuis quinze ans dans une langue morte.

« YITGADAL VE'YITKADASH ! » dit-il d'une voix trop stridente, et la fille piqua un fard et s'excusa. Elle s'enfuit en rollers avant qu'il ne puisse s'expliquer. Il la revit quelques minutes plus tard, sortant du parc en tennis, redevenue humaine, une humble mortelle sur deux pieds humains.

2

Mais rembobinons un peu : qui se réveilla en premier ? S'étaient-ils vraiment, conformément aux apparences, réveillés en même temps, ranimés par le même frémissement de rideau, la même intrusion de lumière assassine ? Alex avait espéré la surprendre au lit, s'était imaginé entrant avec un plateau de jus d'orange fraîchement pressé et d'œufs au plat baveux, avec une rose dans une flûte à champagne et tous les accessoires de cinéma, mais, au moment où ses yeux s'ouvrirent, ceux de Kitty firent de même. Ils se redressèrent tous deux. Et puis, d'un seul coup, elle avait sauté du lit sans qu'il puisse la retenir (« Vous imaginez, à mon âge, si on ne fait pas les choses tout de suite on ne les fait pas du tout ! »), et elle avait disparu. Il la trouva dans la cuisine, en train d'ouvrir une boîte de sardines pour une Lucia frénétique dont la langue pendait, haletante et recourbée.

« Arg », fit Alex, se tenant la tête pour empêcher sa cervelle de lui couler par l'oreille.

« À Karloff, vous ressemblez », dit Kitty.

Ils mangèrent des œufs à la coque et des bols de céréales sur les banquettes du salon, près de la fenêtre, en regardant un jeune couple se disputer dans l'immeuble d'en face. Alex prit les deux paracétamols que lui avait donnés Kitty et les laissa choir dans la flaque de lait qui avait survécu à son muesli.

« Vous voyez, elle est habillée en tailleur, dit Kitty en tapotant la vitre d'une phalange, et lui en pyjama. Elle a *beaucoup* de succès, dans l'édition je crois — regardez, il y a des livres dans tous les coins —, et lui, je le vois toujours au lit, jusque dans l'après-midi. De temps en temps, il s'assoit sur une natte pendant trois heures et il croise les jambes. Vous vous rendez compte ! Et une fois par semaine ils ont une grosse dispute, et parfois il fait mine de faire ses valises, mais il ne part jamais. Mais il a un corps *incroyable*… alors on lui pardonne, je crois.

— Je veux que vous veniez à Londres avec moi », dit Alex.

Kitty poussa un rire strident, comme si on l'avait chatouillée. Elle se leva pour débarrasser le petit déjeuner, mais il lui saisit la main. Elle se rassit et leva froidement un sourcil.

« Et qu'est-ce que vous voulez que je vous réponde ? »

Alex lâcha prise et, boudeur, s'attaqua de nouveau à ses céréales.

« C'est juste que…

— Qu'est-ce que c'est juste ?

— Vous disiez que vous vouliez revoir l'Europe.

— Et je voudrais aussi avoir de nouveau vingt-six ans. Mais la vie n'est pas un miracle. »

Alex leva les yeux, se pencha vers elle et lui prit les coudes. « Rien que pour changer d'air. Échapper à Max, à cette maison où vous êtes cloîtrée à longueur de journée. Juste pour des vacances. C'est pas la fin du monde. C'est facile. On part ce soir.

— Vous êtes très gentil, dit Kitty en souriant et en se relevant, et très instable. On dirait Trevor Howard ou je ne sais qui. Et avec vous, tout se fait à la vitesse maximum. Je vous connais depuis exactement vingt-quatre heures. Passez-moi ça et le coquetier, s'il vous plaît. »

En face, une énorme fenêtre à guillotine s'ouvrit d'un coup sec et la jeune dame en tailleur projeta la main au-dehors en désignant la rue.

« Dehors ! hurla-t-elle. Dehors, dans la vraie vie ! »

« Ouh la la, dit Kitty en sifflant et en gagnant le couloir. Finalement elle explose.

— Écoutez-moi, dit Alex en lui emboîtant le pas. Je sais que vous n'avez pas d'argent. Mais vous en *avez*, enfin… vous pourriez en avoir. Si facilement. Posez ces trucs, attendez… posez-les rien qu'une seconde. »

Dans un grognement bienveillant, Kitty posa le plateau sur le secrétaire. Alex parcourut la pièce du regard à la recherche d'un stylo, en trouva un sur la cheminée. Il saisit un vieux magazine.

« Écrivez-le ici : votre nom. »

Kitty lui prit le magazine et le stylo et les balança sur le canapé.

« Oh, *Alex*. C'est ça, votre plan ? Vous croyez que je n'y pense jamais ? Mais est-ce que je vais vendre mon propre autographe, cinquante dollars par-ci, par-là, une brocante de ma vie... Max me parle de ces affaires sordides... je suis désolée, Alex, mais ça manque par trop de dignité. Regardez comment je vis, toute seule, à prendre le petit déjeuner avec un inconnu. Ma vie est déjà assez indigne comme ça.

— Attendez, *attendez*. *Cinquante* dollars ? C'est ça que Max vous a dit ? Il dit *n'importe quoi*. J'ai vu des gens payer huit mille dollars pour une lettre de vous, Kitty. Huit *mille*. »

Cette fois, elle se tut. Elle ouvrit la bouche, la referma. Elle s'assit.

« *Huit mille* ?

— Huit mille.

— C'est sérieux, comme somme. Je pourrais faire beaucoup de choses avec ça. Et vous, murmura-t-elle en levant les yeux vers lui et en ramenant une mèche rebelle derrière son oreille. Vous aussi, vous êtes sérieux, je crois. »

Alex s'assit auprès d'elle. « J'y ai réfléchi. Toute la nuit. Ça n'a rien d'absurde. »

Ils entendirent la fenêtre d'en face se refermer, avec une nuance définitive. La fin de quelque chose là-bas, le début de quelque chose ici.

« Mais qu'est-ce qu'on peut faire ? Ça doit être illégal. Et d'abord, comment je pourrais vendre mes propres...

— C'est ce que je vous dis. Vous, vous ne faites rien du tout. C'est moi qui ferai tout, je m'occupe de tout. Il n'y a rien de louche là-dedans. Je prendrai un pourcentage, comme n'importe quel agent...

— Ha ! Ça, je l'ai déjà entendu, et puis ils partent avec tout...

— Seulement 10 %, le pourcentage standard. Je veux vous aider...

— Vous voulez aider *quelqu'un*, siffla-t-elle en s'écartant de lui. Vous vous sentez coupable de quelque chose. Je vois ça en vous : je suis catholique, je m'y connais aussi en culpabilité. Ça vous donne la maladie du Samaritain ! Je ne veux pas la charité !

— C'est bon, d'accord, alors vous me devrez juste un billet d'avion. Écoutez-moi, je vous en prie. C'est pas de la charité. C'est un cadeau : je vous redonne un peu de ce que vous m'avez donné. Et surtout, ça vous ferait de belles vacances. Et un peu d'argent. Et ensuite, si vous vouliez, vous pourriez vivre n'importe où. Vous pourriez vivre en Italie. N'importe où. Si on s'y prend bien.

— Lucia, s'il te plaît » — le chien se précipita sur ses genoux —, « tu entends cette histoire invraisemblable ! Et toi, c'est quoi ton rôle dans ce plan, hein ? Et puis Max... oh la la ! Max adorerait tout ça, non ?

— Max, il nous les *caxe* », dit Alex, avant de pousser quelques jurons hauts en couleur, ce qui fit rire Kitty. « C'est juste pour une semaine, à peu près. On racontera tout à Max à votre retour. Il ne se plaindra plus quand il verra l'argent. Et si vous voyagez en première classe... eh bien, ça dépend de la taille de Lucia. Elle tient dans un sac, non ? »

Lucia prit ses aises sur les genoux de Kitty et émit un son approbateur tandis que la peau flasque de son cou était pétrie par deux doigts attentifs.

« Kitty ?

— Oui, j'écoute, j'écoute. Mais ça fait beaucoup de choses à absorber d'un coup. Et ça veut dire quoi, " si on s'y prend bien " ? Ça veut dire comment ?

— De façon parcellaire.

— Ce mot-là, je ne le connais pas.

— Lentement. Par petits bouts. Si on inonde le marché, la valeur s'effondrera. On signera des vieilles photos ; on peut même essayer de vieillir l'encre, mais généralement les acheteurs privés ne vérifient même pas. Et des vieilles lettres, si vous en avez. Je passerai par le marché officiel, les ventes aux enchères, Internet, des intermédiaires... »

Le plan, pour Alex, se dessinait à mesure qu'il parlait. Et il gagnait en ampleur à mesure qu'il parlait. La conscience de son propre héroïsme emplissait la pièce comme un airbag géant. Il ne voyait vraiment pas quelles conséquences néfastes il pourrait y avoir pour Kitty ou pour lui.

3

Déjeuner tardif au piano-bar de l'hôtel. Lovelear et Dove, perchés sur des tabourets de supplice, attendaient que deux serveuses blondes et négligées finissent leur service. Ils plaidaient leur cause auprès des deux femmes, apprit Alex, depuis le petit déjeuner. En témoignait une pile de corbeilles de raphia vides tapissées de serviettes en papier, baignant dans les suintements de trente ailes de poulet au piment, qui attendaient d'être débarrassées. Auxquelles venaient s'ajouter, grâce à Alex l'industrieux, une bouteille vide de vin rouge, trois verres rendus collants par un résidu de whisky, un cocktail dont seule la cerise avait survécu et une boîte de bière où gisait une cigarette. Un bras rouge et potelé et un début de décolleté cireux apparurent brusquement, pour récupérer le ketchup.

« C'est quelque chose, ces deux-là, hein ? » dit Lovelear.

Alex endura en silence un violent coup de coude de Lovelear dans les côtes, puis émit un rot musical, car lui seul était le Maître Zen. Il se tapota le ventre. À l'autre bout de la salle, un très vieux monsieur nommé Mister Martins prolongea tragiquement les derniers accords de « Some Enchanted Evening », dans l'espoir d'arracher quelques applaudissements à son reste de public : trois hommes ivres, deux serveuses et un serveur. Alex applaudit vaillamment et avec une certaine précision, compte tenu de son état. Le vieux bonhomme se tourna et s'inclina, rien que pour Alex. En tirant sur son smoking mauve élimé comme un maître d'hôtel. Et voilà ce que c'est qu'un public, quand on va au fond des choses, se dit Alex, un échange banal et sinistre. L'absence de talent applaudie par l'absence de goût. Martins referma le couvercle de son piano d'une main mal assurée, retira le carton à son nom et le remplaça par un autre qui disait JE REVIENS À 17 H 30 ! L'une des serveuses de Lovelear amena sur un chariot une sculpture de glace fraîchement taillée. Une Vénus aux hanches lourdes sortant de sa coquille.

« On va aller patiner, dit Lovelear en se léchant les doigts pour traquer les derniers vestiges de sauce, quand Della et Maude auront fini leur service. On y va tous. C'est notre dernier après-midi. Tu viens aussi. On va patiner et puis, très vite, on va baiser, et puis on chope l'avion, donc il va falloir les aimer et les quitter. *Littéralement*. C'est ça le plan. »

Alex ne leur avait pas parlé de son propre plan ; la perspective du redoutable enthousiasme de Lovelear était au-dessus de ses forces. Et il ne pensait pas pouvoir compter sur leur discrétion. Hormis ces deux points, Alex n'avait pas avancé d'un pas. Il avait réservé une place pour Kitty sur un vol qui partait une heure avant le sien. Il comptait la déposer à l'aéroport et la récupérer à l'arrivée. Dans l'intervalle, comme aiment à dire les consultants, le patinage paraissait une option viable.

« Oh. Très bien, dit Lovelear, pris de court par le manque de résistance. Alors, il va te falloir un pull.

— Très bien.

— Et une partenaire : tu ne peux pas avoir les nôtres. Amène Honey Smith, comme ça, si les nôtres font les mijaurées, tu vois, on peut toujours la convaincre de... »

Dove, qui adorait le burlesque, avait déjà commencé à ricaner avant même qu'Alex tende la main vers un porte-parapluies tout proche. Il en extirpa un, de la race parapluie de golf, et s'en servit pour infliger à Lovelear une bastonnade.

« T'as une cervelle de chien, dit Alex, brandissant toujours le parapluie tandis que Lovelear le regardait fixement comme au cinéma. Une cervelle de chien. Tout ce que tu sais faire, c'est hurler à la lune. Et courir après ta queue. C'est tout toi. C'est ça, un chien, tu vois », bredouilla Alex, dont l'alcool inondait la rectitude morale, « un chien — comme dans le mot *chien* —, et qui court, qui court après sa queue : c'est exactement toi.

— Tu m'étonnes, que je cours après ma queue », confirma Lovelear en glissant de son tabouret et en reportant toute l'attention de ses yeux morts sur Della, la grosse, qui venait de lancer son tablier par-dessus le bar.

Dans sa chambre, Alex se lava les mains et la tête. Avec les cheveux mouillés, il avait un petit côté moine russe. Ils tombaient, ses cheveux, en deux pans noirs inégaux et aplatis, à travers lesquels perçaient ses oreilles de fanatique, pointues et proéminentes. Incapable de faire mieux, il sortit et frappa à la porte voisine.

« Patiner ? s'enquit Honey en reculant. Avec toi ?

— Avec moi et d'autres, oui.

— Tout va bien ? Tu as une drôle de tête.

— Oui. J'ai les cheveux mouillés. Je te retrouve dans le hall dans dix minutes. Prends un chandail.

— Un quoi ?

— Un pull. La neige n'arrête pas de tomber. Oh, comme elle tombe.

— Mm-mm. Il est un peu tôt pour être aussi bourré, non ?

— Non, non, *non*, madame la bouddhiste, laisse-moi te poser une question à *toi*. Est-ce que tu savais que dans un livre écrit par un Juif célèbre, il y a quelqu'un qui demande à quelqu'un d'autre comment il s'appelle et l'autre répond "Noir" ?

— Je te demande pardon ?

— Tiens, voilà une autre question, dit Alex en se penchant dans l'embrasure : tu crois que, sous prétexte que tu es une femme d'origine... non, je recommence : je veux dire, une femme noire, qu'à cause de ça je ne peux pas comprendre, tu vois, ce que tu *es* ou je ne sais quoi ? »

Honey lui enfonça un doigt de caoutchouc dans le sternum et poussa. « Tu veux pas essayer de reculer un peu ton haleine ? S'il te plaît ?

— Parce que, tu sais, il se trouve que ma copine est noire. Et mon meilleur ami aussi. Tu vois ? Donc. C'est quelque chose. À considérer.

— Félicitations, dit Honey en souriant. Eh bien, j'imagine que ce sont les dernières heures que nous passons ensemble, *chéri*. Je te retrouve dans le hall dans dix minutes, O.K. ? D'ici là, essaie de te repasser la tête sous l'eau. »

À son retour, Alex remarqua ce qui lui avait échappé précédemment : sa chambre avait été rendue à son état pré-Tandem. Deux jours parfaitement rembobinés.

Les filles se révélèrent peu douées pour le patinage. Della était la pire des deux : elle s'effondrait régulièrement, de manière spectaculaire, sur Lovelear, qui à grand-peine recollait les morceaux de cette glousseuse tremblotante, comme s'il remettait de la gelée dans son moule. Maude, dans les bras raides et adultérins de Ian, levait chaque pied comme si elle marchait dans la gadoue, et poussait un cri strident d'oiseau si jamais il tentait de l'attirer hors d'atteinte de la barrière de sécurité. Honey n'avait pas besoin d'Alex. Patineuse majestueuse, elle faisait le tour de la patinoire avec fluidité et sans incident, exécutant à l'occasion une pirouette élégante et précise. Quant à Alex, il restait assis au bord à fumer une cigarette. Les lames des patins sont très fines et très coupantes, se disait-il, soit l'exact contraire des pieds humains. Il faut une nature optimiste pour en chausser. Le patinage n'est pas une entreprise à prendre à la légère.

Mais la patinoire n'en offrait pas moins des plaisirs au non-pratiquant. Lui que les panoramas laissaient généralement froid, il ne pouvait s'empêcher d'admirer cet ingénieux projet d'urbanisme, offrant tant de vues du haut de sa colline. Il vous procurait une sensation qui vous manquait sans le savoir : celle de patiner au sommet du monde. D'ici, il apercevait Roebling. Il pensa à une valise ouverte, à Kitty penchée, pliant sa chemise de nuit. Il apercevait l'aéroport, le haut de l'hôtel. Il considéra brièvement sa facture de minibar. Il apercevait les quartiers où vivaient les Juifs, et puis les Polonais et les Hispaniques et les Noirs et les Russes et les Indiens et les Punks et les Dames Chic. Il apercevait des drapeaux de soie portés par la brise.

Sur la glace, il apercevait Honey au milieu d'une foule de gamins. Ils tiraient sur ses vêtements. L'un d'eux ne cessait de lui coller dans la figure un objet long et pointu. Alex leva la main pour s'assurer que tout allait bien, mais d'un geste elle refusa son aide en souriant. Deux gamins s'affalèrent sur la glace et enfin il put voir ce qu'elle faisait. Elle signait des autographes. Ils étaient une dizaine à se disputer un stylo et à chercher des tickets de caisse sur lesquels écrire. La foule grossit. Des maris arrivèrent, puis leurs femmes. Elle dut patiner jusqu'à la barrière et les organiser en une vague queue désordonnée. Alex sentit quelque chose d'humide et abaissa la main. Au creux de sa ligne de vie avait atterri un des ces improbables flocons, gros comme un bonbon. Il le regarda fondre. Éclata de rire. Il riait comme un dément. Et d'un seul coup les arbres furent des rois vêtus de blanche hermine, et chaque immeuble un chef-d'œuvre, et le soleil ordonna aux nuages d'avancer, et la lumière fit de chacun une star de cinéma, et les seins de Della devinrent deux merveilles, et le ciel vira au rose, et Sinatra chantait ! Sinatra faisait une liste des choses qu'il aimait. Le coin du feu. Les chips. Les bons livres.

Les conditions étaient propices. Alex jeta sa cigarette achevée dans un buisson, laça sa botte et piétina jusqu'à la glace. À peine avait-il fait un pas que Honey surgit derrière lui et qu'il fut emporté.

« T'as vu ça ? lui demanda à l'oreille son souffle chaud.

— Ces enfants, j'ai craint un moment pour leur vie. J'ai cru que tu allais les poignarder avec leurs stylos.

— Nan, j'ai décidé de les laisser tranquilles. C'est juste un nom, ajouta-t-elle en les guidant tous deux sous l'arche formée par les bras tendus d'un autre couple. C'est pas *moi*. Ça ne m'enlève rien. C'est juste de l'encre.

— C'est une attitude très éclairée, mademoiselle Richardson.

— C'est ce qui m'a semblé. Bien. Monsieur Tandem. Si seulement vous restiez en ville, ça pourrait être le début d'une belle amitié, vous ne pensez pas ? »

Là-dessus, ils décrivirent une dernière et parfaite révolution, ininterrompue, réalisant ce vieux fantasme d'envol. Ils savaient tous deux que c'était leur façon de se dire adieu, et au bout du compte il y avait là quelque chose de divin, et voici la liste (partielle) d'Alex :

La voix de Sinatra entre 1948 et 1956
Le pied droit de Donald O'Connor
L'ancien chemin de l'école par un matin de mars
La lettre א
Être en elle avec ses jambes croisées autour de mes hanches
Les gens qui tombent
Les histoires drôles
Les chats trop gros
La nourriture
Les films de Kitty Alexander
Les relations où n'interviennent ni le sang ni les autres fluides

Le tabac
Dire aux enfants que toute vie est souffrance
L'alcool
Dieu
L'odeur de la cannelle
Esther

4

Dernier appel. Ce moment critique où seul le bon papier vous autorisera à faire un pas de plus.

« Alors c'est sûr, dit-elle en lui tenant le menton, vous serez là, ça vous me le promettez.

— Je serai là. Une heure plus tard. Je serai là.

— Une heure, vous vous rendez compte ? Qu'est-ce qu'on peut bien faire dans un aéroport pendant une heure ?

— Regarder les gens arriver, suggéra Alex. Regarder les gens partir. »

Kitty frissonna. « Ça, je l'ai déjà trop vu, y compris dans la version où ils ne reviennent pas. »

Alex déposa un baiser sur son front poudreux. Elle sentait le maquillage de théâtre. Elle portait un tailleur rouge, des diamants aux oreilles, et une étincelle de vert sur les paupières. Et les cheveux frisés. Dans son fourre-tout, même Lucia arborait une superbe veste tartan. Toutes deux sont d'une époque où le voyage était encore un spectacle.

« Pauvre Lucia. Sept heures dans un sac. Ce n'est pas décent pour une dame de voyager de cette façon.

— Tout se passera bien pour elle, dit Alex en glissant une main pour caresser le dos de Lucia. Il faut juste la faire taire.

— Max a déjà dû appeler les services de police. Il va croire que le maniaque m'a enlevée pour me violer ou une autre folie du même genre.

— Je m'occupe de Max », dit Alex, et, sans aucune confiance dans cette dernière affirmation, il l'embrassa encore et lui dit au revoir.

Une heure plus tard, coup de chance : il fut promu en classe affaires. C'était la première fois et, même s'il concevait qu'il était censé l'accepter de bonne grâce, il ressentait une vague terreur. Tout cet *effort* qu'on avait fait. Simplement pour identifier et affirmer quelques différences infimes : entre les jus d'orange, les serviettes (coton contre papier), dans l'épaisseur des couvertures, la finesse des crayons. Les distinctions entre classe économique et classe affaires lui paraissaient des manifestations ici-bas de la conception goy du paradis. C'est-à-dire un endroit fait pour les enfants qui n'apprécient leur cornet de glace pyramidal que lorsque celui de leur ami tombe par terre.

D'un autre côté, en classe affaires, il y avait le téléphone. Alex inséra sa carte de crédit et, à neuf dollars la minute, écouta Esther lui raconter que, pendant qu'on l'opérait, dans un moment de lucidité, elle avait senti la présence du père d'Alex au pied de son lit.

« J'suppose, dit-elle d'une voix faible, presque méconnaissable, que ça paraît complètement délirant. »

Alex garda le silence. Esther avait ses phases de ce qu'elle appelait « spiritualité », qui allaient d'une confiance éphémère dans les horoscopes des magazines jusqu'à des discussions créatives avec ses ancêtres africains par le truchement de la poésie. Dans ce domaine, Alex réservait son avis. Il était à peine capable de foi. Face au spiritualisme, il ne trouvait à répondre que par l'humour.

« Vas-y, lança-t-elle. Dis-le. Dis ce que t'as à dire.

— Non, je… rien. Juste une chose. *Mon* père ? Pas *ton* père ?

— Ton père. Il me tenait les pieds.

— Ah, bien sûr, puisque dans la vie c'était un grand teneur de pieds, les pieds étaient très importants pour…

— Oh, laisse tomber. Laisse tomber. Écoute, je peux pas élever la voix, je suis meurtrie de partout. Je te laisse. »

Une hôtesse colla son visage à celui d'Alex et lui demanda s'il voulait un chocolat chaud.

« Esther, attends. Attends. Tu sors quand ?

— Ce matin. Bientôt. Je suis prête. J'ai envie de sortir.

— J'ai un truc incroyable à te dire.

— Garde ça pour demain. J'ai un tas de points de suture à te montrer. Comme ça, on pourra jouer : tu me dis, je te montre. T'es où, d'abord ?

— En route pour Mountjoy, direct. Je suis au-dessus de l'eau. Au cas où on s'écrase, qu'est-ce qui vaut mieux, d'après toi : l'eau ou la terre ferme ?

— Alex, ça va pas, non ? Touche du bois, vite.

— Y en a pas : je suis en classe affaires, tout est high-tech. Super-moderne.

— *Touche du bois*.

— O.K., O.K., on se calme. Un dérivé de bois, ça ira ?

— On dira que ça va. »

Alex toucha son menu, qui lui proposait cinq variétés différentes de champignons.

CHAPITRE SEPT

Le taureau transcendé

1

C'était un divan à trois places, tendu de velours rouge. Le rabbin Darvick en tenait un bout et le rabbin Green l'autre, tout en poursuivant une conversation animée. Tandis qu'Alex approchait, ils placèrent la chose directement devant le monument aux morts de Mountjoy, le posèrent et s'y assirent.

« Et ce qu'il y a de plus merveilleux, bien sûr, disait le rabbin Green en désignant la route engorgée de voitures, c'est qu'ils ont tout fait en studio. Toute une rue construite à partir de rien ! »

Ce fut Darvick qui le premier repéra Alex. Il se leva pour lui serrer la main.

« Tandem ! De retour ! Sacrée ville, hein ? Alors ! Bonjour, ou devrais-je dire » — il consulta son poignet nu — « bon après-midi ?

— Où est Rubinfine ? demanda Alex en regardant autour de lui.

— Eh bien, en fait, il se trouve que le rabbin a pris la voiture pour faire une course, une course pour *vous* », dit Green, et, sans se lever, il s'empara de la main d'Alex, que celui-ci n'avait pas retirée assez vite. « Il est parti à la synagogue de Mulberry Road pour parler au rabbin Burston. À propos de jeudi. Et de l'organisation.

— Il n'avait pas à faire ça, dit Alex, agacé. J'aurais pu le faire.

— Oui, bien sûr, dit Green en souriant. Sauf que vous ne l'avez pas fait. »

L'horloge de la gare sonna midi, et une chenille turbulente d'écoliers passa en dessous. Les arbres, fraîchement élagués, tendaient leurs poings tordus vers le ciel. Alex voyait bien que c'était Mountjoy, mais Mountjoy avait des contours étranges, plus nettement découpés, comme s'il sortait de chez l'opticien.

« Vous avez mauvaise mine, dit Darvick en sifflant. C'est le décalage horaire. Vous feriez mieux de vous asseoir un peu.

— En fait, je file faire des courses...

— Asseyez-vous un peu, je vous en *prie* », dit Green en tapotant la place libre sur le sofa entre lui et Darvick. Alex obéit, mais s'assit en tailleur et garda les yeux fixés sur ses pieds.

« Nous — le rabbin Green et moi-même —, nous nous joindrons au minyane jeudi soir, vous êtes au courant ? dit Darvick en posant la main sur le genou d'Alex. De même que beaucoup de vos amis. Partout des visages familiers.

— C'est super, dit Alex en essayant de se rappeler la marque de pâtée pour chiens que Kitty l'avait envoyé chercher. Vraiment. J'apprécie votre geste, parce que, franchement, un minyane avec moins de dix personnes, ça le fait pas. C'est pas casher. Enfin, de mon point de vue. Donc, merci. Remerciez Rubinfine de ma part.

— C'est bien mieux pour vous que l'autre truc, dit Darvick dans un murmure de conspirateur. *Ça*, c'est de la vraie foi. C'est *accomplir* quelque chose.

— Oui. Je vois bien, dit Alex en se levant pour partir.

— La vie, dit Green, dont la voix s'envola vers les aigus de la citation, ce sont les pauvres restes de la mort. Vous connaissez le poète ?

— Je ne lis pas de poésie, rabbin. Je n'ai pas le temps.

— Prenez soin des morts, dit Green, d'un ton bien différent, glacial.

— Je ferai ce qu'exige mon devoir, dit Alex avec une égale froideur.

— Et que devient votre livre ? s'enquit Darvick, très jovial dans la voix, mais inflexible à tous autres égards. Celui sur ceci est le contraire de cela, blablabla, gnagnagna.

— J'en ai eu marre, je l'ai fini », dit Alex en exécutant une révérence parodique avant de s'en aller.

Une fois rentré, il lui tendit un café et s'excusa une fois de plus de l'état de son appartement.

« En Iran, dit Kitty toute pimpante, je vis sous la tente pendant trois semaines. En Éthiopie, dans une maison faite avec rien, avec des déchets d'animaux ! Vous ne le savez pas, mais je suis une grande voyageuse. Quand le cinéma s'est arrêté, je traîne mon troisième mari autour du globe, parce que je m'ennuie. Alors votre chambre, ce n'est pas vraiment l'aventure, croyez-moi. La seule chose qu'on veut savoir, Lucia et moi, c'est où se trouve votre fameux chat.

— Je ne peux pas vous expliquer, dit Alex, prenant place en face d'elle, à quel point ça fait bizarre de vous avoir ici. Ici. *Ici.* »

Kitty posa les jambes sur son fauteuil et secoua la tête.

« Qu'est-ce qui est bizarre ? Dites-vous que c'est comme une grand-mère qui vous rend visite. Et maintenant, s'il vous plaît, assez de faux-fuyants : où est ce chat juif ? Vous en parlez si vigoureusement dans le taxi ! Je pressens la possibilité », dit-elle en hochant la tête et en regardant Lucia, occupée à décrire des cercles frénétiques autour de la table basse, à la poursuite d'une souris de chiffon à la nuque brisée, un jouet de Grace, « d'une amitié entre les contraires, entre le yin et le yang, c'est-à-dire quelque chose... »

C'est alors que le téléphone du couloir réclama l'attention, et Kitty, de ses mains impérieuses, le congédia hors de la pièce.

« *Alex*, fit la voix d'Adam, comme s'il venait de le retrouver dans un labyrinthe. T'es de retour. Juste à temps. On déjeune ensemble. Joseph passe te prendre, il est déjà sorti du boulot.

— Joseph ? Quoi ? Non, je peux pas déjeuner avec vous, Ads : je suis occupé. Je suis complètement... non, écoute... je peux te rappeler plus tard, peut-être ? »

Trois coups résonnèrent dans l'écouteur : Adam, exaspéré, cognait le combiné contre la table.

« Allô ? Monsieur Blaireau ? Non, tu ne peux pas me rappeler plus tard. Tu déjeunes avec nous. C'est une réunion au sommet que j'ai convoquée, et tout le monde sera là. Y compris Grace : il faut que tu la récupères, on en a marre l'un de l'autre.

D'ailleurs, il est trop tard, Joseph sera chez toi d'un moment à l'autre...

— Non, Ads, écoute, je peux pas... déjeuner, c'est vraiment pas... je dois... eh bien, voir Esther, sans parler du reste... », commença Alex, et il eut la révélation déplaisante que c'était la première fois qu'il pensait à elle depuis l'atterrissage.

« Elle est chez elle, elle fait la sieste. Laisse-la dormir. Viens déjeuner.

— Écoute, il s'est, comme qui dirait, passé un truc. Il faut que je te parle...

— Mais tu *es* en train de me parler.

— En personne.

— Alors viens déjeuner, bordel ! »

Le téléphone bascula dans son humiliante tonalité.

« Mais allez-y, bien sûr, dit Kitty en rougissant, aussitôt qu'il apparut à la porte. Allez déjeuner. Avec le décalage horaire, je n'allais pas tarder à me retirer, de toute façon. Allez-y, je vous en prie, allez-y. Emmenez Lucia : elle meurt d'envie d'une promenade. Elle est terriblement surexcitée. »

Pris d'une frénésie d'excuses, Alex agrippa la rampe et regarda Kitty monter l'escalier. Lucia, trottinant derrière elle, parvint à mi-hauteur avant qu'il l'empoigne, la serre contre sa poitrine et lui maintienne d'une main la gueule fermée.

« C'est comme ça qu'il faut faire. Soyez un homme, sinon elle ne prend rien au sérieux. La laisse est pendue à la rampe. »

La sonnette, dont la pile déclinait, fit entendre son gémissement étranglé.

« C'est à qui, ce chien ? » demanda Joseph. Il portait un costume gris, un long manteau noir et une serviette noire. Il avait les cheveux plaqués en arrière, les joues impeccablement rasées. Il ressemblait à un croque-mort.

« À moi, dit Alex en fixant la laisse. J'ai senti que l'heure était venue. D'avoir un chien.

— Intéressant, comme décision, dit Joseph en refermant la porte derrière eux. Ça me fait plaisir de vous voir tous les deux. Il s'appelle comment ?

— Endelmann.

— C'est joli. »

Joseph descendit l'allée et ouvrit le portail. « Allez viens, Endelmann, on y va, t'es un bon chien. »

Tous trois traversèrent la rue.

« Surprise », dit Joseph d'une voix neutre, en se dirigeant directement vers la portière avant d'une somptueuse MG rouge. Il mit la clef dans la serrure.

Alex ramassa Lucia, collant sa tête et celle de la chienne à la vitre.

« Joseph, elle est à qui, cette voiture ?

— À toi », répondit Joseph en ouvrant la portière. Il se figea, leva les yeux et regarda par-dessus Alex. « Dis-moi, Alex, c'est qui cette vieille dame à la fenêtre ?

— Tu sais bien..., fit Alex d'un ton vague, en faisant un signe de la main à Kitty, qui faisait signe à Lucia. La maman de maman. Ma grand-mère, quoi. Elle est à qui, cette voiture ?

— À toi. On la refait encore une fois, ou ça suffit comme ça ?

— Réparée ? » murmura Alex en reculant, tandis que Lucia plongeait au sol pour renifler les roues.

« Non, neuve. Adam est un prophète. Il avait assuré l'ancienne, il y a trois semaines, auprès de moi, chez Heller. Il ne t'en a pas parlé, parce qu'il voulait te laisser mariner un peu dans ton jus. Et celle-là, il l'a eue pour pas très cher, à ce que j'ai compris, donc il reste un peu d'argent. Pour un homme aussi pieux, il a vraiment la bosse des affaires. Je vais conduire, toi tu prends la place du mort : le jet-lag et les grosses machines, ça va pas bien ensemble. On va ouvrir le toit, qu'est-ce que t'en dis ? Et écouter du rap, d'accord ? »

« C'est immoral, bien sûr, dit Alex quelques minutes plus tard tandis qu'ils paradaient dans la grand-rue de Mountjoy sous les regards admiratifs. L'idée même d'assurance. Les choses se cassent. Les gens meurent. C'est du paganisme, fondamentalement : l'assurance, c'est le rite mystique que nous opposons à l'inévitable.

— Tu te trompes. L'inévitable, dit Joseph en tournant à droite, inclut le besoin de compensation. C'est un péché de l'obtenir, mais un acte de foi de la vouloir. Et c'est là que se trouve Dieu. Dans ce vouloir.

— Mais c'est quand même un mensonge, s'entêta Alex.

— C'est un moment de grâce, comme la santé, ou comme une femme. Ce n'est pas un droit : c'est un prêt, une maigre contrepartie de la misère quotidienne.

— On va où ? » demanda Alex, grognon et un peu rouillé en matière de controverses juives.

Dans les haut-parleurs, le rappeur expliquait son attitude envers la Vraie Vie. Il lui était attaché. Il n'y renoncerait jamais. Alex posa le pied sur l'arrière-train de Lucia pour l'obliger à s'asseoir. « Pourquoi on déjeune, d'abord ?

— Un restaurant russe de l'East End. On déjeune parce que ça fait un bail, j'imagine. Parce qu'on en attend un et qu'il y en a trois qui déboulent d'un coup. Parce qu'Adam apprend le russe. Parce que quand il pleut pas, il mouille. Etc.

— Ça serait sympa d'être prévenu un tout petit peu à l'avance. Au lieu d'être carrément *convoqué*. Comment va Boot ? » demanda cruellement Alex en détournant les yeux. Joseph rougit.

« Les choses n'ont jamais progressé, dit-il d'une voix sourde. Je lui ai écrit quelques lettres. Plus j'écris, moins je me décide à agir, on dirait. Dans cette affaire, j'ai juste réussi à me ridiculiser, si ça peut te faire plaisir.

— Bien sûr que non, ça me fait pas *plaisir*, marmonna Alex, soudain tout honteux. C'est vraiment dommage. Elle est sympa, Boot. Et d'ailleurs, c'est *quoi* le problème, entre toi et les femmes ? On dirait que ça décolle jamais. »

Il ne reçut aucune réponse. Alex se tourna un peu sur son siège et regarda les piétons se faire aspirer par l'endroit qu'ils venaient de quitter. Lucia poussa un jappement.

« Je sais pas ce qui cloche entre toi et moi depuis quelque temps, finit par dire Alex. Tu te conduis… bizarrement. »

Joseph eut un sourire amer. Il tapota le cuir du volant.

« On est devenus des abstractions l'un pour l'autre, c'est flagrant, dit-il d'un ton assez autoritaire. Chacun a peur de l'autre comme s'il était le symbole de quelque chose. On ne se dit pas la vérité.

— Écoute, dit Alex, exaspéré, c'est exactement ce genre de trucs, c'est exactement à *ça* que je fais allusion. Je ne sais pas de quoi tu parles. Une bonne partie du problème, c'est ta façon de t'exprimer. Avant, on était amis. Il n'y avait pas tout ce... tout ça. Avant, c'était simple, entre nous.

— Avant, j'étais Autographiste, dit Joseph froidement, en ajustant le rétroviseur extérieur. Et ce chien n'a pas d'organes mâles. Et ta grand-mère est morte le jour où les Allemands sont entrés dans Paris. »

Il quitta complètement la route des yeux pour regarder Alex.

« Eh bien, je crois que tu m'en veux, crâna Alex d'une voix égale sans croiser son regard, parce que je ne souffre pas autant que toi, ou je ne sais quoi. Surtout ces derniers temps. Je t'ai toujours sur le dos, j'ai l'impression d'être jugé. Et puni. J'ai l'impression que t'es furieux contre moi parce que j'ai la possibilité de faire ce truc, de faire ce truc que j'*aime*, enfin, en tout cas, même si c'est pas de l'amour, tu vois... un truc que je trouve *vivable*. Et je sais que toi aussi, c'est un truc que t'aimais faire, enfin, quand même, c'est *toi* qui m'as branché là-dessus, et maintenant t'es coincé dans ce bureau. Mais c'est pas ma *faute*, Joe. C'est pas ma *faute*, bordel. »

L'un des mots prononcés par Alex continua de flotter dans l'air, exaspérant, aussi sûrement que s'il l'avait placé dans une bulle de BD. Et puis Joseph ôta une main du volant et la risqua sur celle d'Alex, restaurant, par ce seul contact, un savoir qu'Alex possédait depuis le commencement. Une responsabilité qu'il n'avait jamais voulue, jamais assumée.

« Je ne t'en veux pas, c'est tout le contraire », dit Joseph tout bas, et sa voix se brisa. « C'est le contraire de la rancœur. C'est de l'*émerveillement*. Tu ne t'en rends pas compte. Tu as le *pouvoir* sur les choses. Moi, j'archive les actes de Dieu. Je verse l'assurance quand les choses tournent mal. Mais toi, tu es *dans* le monde, avec les choses. Tu les vends, tu les échanges, tu les brasses, tu les identifies, tu les nommes, tu les classes » — Alex dégagea sa main et frappa le tableau de bord en signe de protestation, stupéfait, comme la plupart d'entre nous, d'entendre quelqu'un d'autre décrire en termes élogieux cet accident que nous appelons notre vie —, « tu écris un *livre* dessus, putain. Ce qui m'horrifie un peu, d'ailleurs : tu es tellement décidé à donner une forme à ce qui pour moi est fondamentalement sans forme. Et le plus drôle, c'est que tu ne t'en rends même pas compte. T'es toujours là à parler de désespoir, mais tu sais même pas de quelle couleur il est. Sans même parler du reste, tu as Esther. Tu *as* quelqu'un. Essaie pour voir, dit Joseph avec un rire suffoqué, quinze ans d'amour à sens unique.

— Il y a un million d'autres filles dans le...

— À sens unique, répéta Joseph d'une voix forte. Pour un homme qui sait à peine que tu existes. Essaie un peu pour voir. »

Ils s'arrêtèrent au feu rouge. Alex, pour l'essentiel, avait toujours prêté la sourde oreille à toute histoire où il n'était pas la victime, mais cette fois la pierre bascula et il regarda à l'intérieur de la grotte. Un défilé de souvenirs indigo traversa le carrefour en même temps que les voitures, instantanés d'une amitié passionnée et difficile, menée presque entièrement par gestes au fil des années (deux garçonnets dans une salle de bains rouge, penchés sur un lavabo empli de photos en cours de développement ; deux adolescents poussant sur la corde de velours pourpre à l'entrée d'un cinéma, cramponnés aux poteaux de cuivre, attendant une star ; deux hommes tournant simultanément les pages de deux albums verts reliés de cuir, échangeant ceci contre cela et réciproquement). Dans toutes ces réminiscences, Joseph semblait toujours décadré, les mains ouvertes, à attendre que quelque chose vienne à lui. Rien ne s'était produit ces dernières années, sinon que les gestes s'étaient espacés, moins fréquents et donc plus violents. Quelques photos pour terminer la pellicule.

« Je viens de vivre, dit Alex en baissant la tête, la semaine la plus étrange de ma vie. »

Joseph laissa échapper ce terrible rire sans joie qui commençait à le caractériser. « C'est incroyable, c'est du mélo. Mais t'es pas bon public, ça gâche tout. Si seulement tu savais comment t'habiller pour l'occasion. *Monsieur De Mille, je suis prête pour mon gros plan...*

— Mais c'est tellement masochiste, Klein, balbutia Alex, qui ressentait enfin toute la tristesse de la chose. De me choisir, *moi*. Le pire choix possible.

— Voilà bien une chose, Tandem, dit Joseph en appuyant sur l'accélérateur avec un morne sourire, que tu n'as jamais été :

masochiste. Depuis le jour où je t'ai rencontré, même dans la pire merde, tu as toujours recherché le plaisir, pas la douleur.

— Tu vois, ça recommence, c'est ça qui m'énerve vraiment : genre, je ne souffre pas, donc ça fait de moi un goy, un *putz*...

— Non, dit Joseph d'un ton passionné, je n'ai jamais dit ça, je ne l'ai jamais ressenti. La vie est déjà une négation. C'est absurde et vain de nier la négation. Moi, je suis vain. Adam m'a dit dès le début...

— Adam est au courant ?

— Adam a deviné. Rien ne lui échappe. Il savait déjà, quand on était gamins. Il m'a dit qu'il faut que je trouve quelqu'un d'autre à aimer, c'est tout. Ce n'est pas un accident. C'est une décision que j'ai prise, d'après lui. La décision vaine de souffrir. »

Devant eux, une voiture ralentit, à la limite de l'immobilité, et Joseph se tourna de nouveau pour regarder Alex, qui trouva ce regard au-dessus de ses forces. Tous deux détournèrent les yeux, bêtement, vers le chien.

« Et Endelmann, alors. Il en a besoin ? D'amour ? »

Alex pria tous les dieux qu'il connaissait d'ôter ce mot de la bouche de Joseph.

Il ramena Lucia sur ses genoux, d'où elle entreprit de manger la boule de cuir du levier de vitesse.

« Je crois plutôt qu'en la matière il est gâté pourri.

— Tant pis, dit Joseph en se passant la main dans les cheveux et en évacuant tout d'un seul souffle. Bieeen, soupira-t-il. C'est fait, c'est fait, c'est fait. Ça suffit pour aujourd'hui, à mon avis. Essayons de nous concentrer. Surveille les panneaux. On cherche celui qui dit Vers l'Est. »

2

« Ça ? dit Joseph en se glissant sur la banquette en demi-cercle. C'est Endelmann. L'eunuque.

— Est-ce qu'il veut rencontrer Grace ? s'enquit Adam en poussant du pied un panier à chat fourré sous la table. Ou est-ce qu'il la remplace ? »

Rubinfine se serra pour laisser Alex s'asseoir à sa gauche. Il portait un jean serré, aux exigences cruelles, et un sweat-shirt célébrant les Championnats de Danse israélienne de Mountjoy 1989, où il avait rencontré Rebecca et terminé troisième.

« Est-ce que je me révélerai un *monstrueux* béotien culturel, demanda Rubinfine à l'assemblée, si je vous fais remarquer qu'il y a un œuf dur qui flotte dans cette soupe ?

— *Alex* », dit Adam en tendant par-dessus la table deux mains impétueuses. Alex lui offrit les siennes.

« Ads. *Comment* ça va ?

— Bien. T'as bonne mine, mon frère. Je crois qu'il va te plaire, ce restaurant. Les serveurs sont de vrais Russes. Je crois bien que c'est la première fois qu'ils accueillent un individu d'obédience colorée. J'ai commandé les entrées, et quand j'ai ouvert la bouche l'un d'entre eux a failli en tomber dans le bortsch... oh, regardez, ça arrive ; O.K., O.K., de la bière, ça vous va ? Joseph, une bière ? Izvinitye... da, O.K., dva botillky peevo, pojalsta... spasiba, spasiba, da. Alors, dit-il en se retournant vers la tablée, prêts pour jeudi ?

— La voiture, Ads... », commença Alex, mais il dut en rester là, et terminer par un sourire.

Adam haussa les épaules. « La voiture, c'est la voiture. Le plus important, c'est ce truc qu'on va faire jeudi : ça va être d'enfer, vraiment, vraiment *super* ; tout est organisé, y a plus qu'à se pointer. C'est même pas la peine d'en discuter, on peut rester là à boire de la vodka. O.K. ? C'est cool ? »

Alex acquiesça et prit un bout de pain dans un bol de porcelaine d'une propreté douteuse, bordé du motif de feuilles d'or à moitié effacé qui ornait le moindre objet de la salle. Il mordilla le pain, puis le brandit en demandant comment ça s'appelait en russe.

Adam émit une grotesque explosion de gorge.

« Pourquoi t'apprends cette langue ? Ça demande vraiment trop de *glaires* », lança Rubinfine, dégoûté. Il rendit son bol de soupe intact à un serveur qui passait.

« Rubinfine, dit Alex en éprouvant une bouffée de bienveillance et en lui tapant dans le dos, ça fait un bail. Alors comme ça, on me dit que j'ai une dette envers toi. Merci d'avoir organisé… enfin, Green et Darvick m'ont dit que t'avais travaillé en coulisses, etc. Le rabbin Burston, c'est bien ça ?

— Je fais de mon mieux, dit Rubinfine pieusement, renversant la tête et se cognant par inadvertance contre un samovar géant. Il est censé être à un mariage ce jour-là, il est très demandé ; ça n'a pas été facile. Il a fallu offrir des faveurs. »

Adam, qui à table n'était pas du genre à perdre son temps en bonnes manières, enfonça son couteau à beurre dans un petit pot d'œufs de poisson iridescents et en déposa une ligne directement sur sa langue.

« Oh, *tant mieux*, dit-il, soulagé, je suis bien content que tu n'aies pas d'objection contre le rabbin Burston… enfin, y a aucune raison d'objecter, d'ailleurs… c'est un peu la galère pour y aller, mais personne à Mountjoy n'était vraiment disponible, et puis c'est un progressiste, donc les femmes ne sont pas un problème, et on devrait le remercier d'avoir accepté dans un délai aussi court et tout ça. »

Joseph parut réprimer un gloussement, et Alex, qui s'affairait à libérer Grace de son panier, leva les yeux.

« Objecter ? Objecter à quoi ?

— *Justement*, à rien, vraiment ; je savais que tu serais de cet avis. Joseph, mon frère, appelle le serveur : il va bien falloir que le chien ait autre chose à manger que le chat. »

Grace tournait en rond sur les genoux d'Alex, laissant traîner une patte pour provoquer Lucia. Puis elle s'étira et lécha le nez d'Alex de sa petite langue râpeuse.

« Je ne comprends pas. Y a un problème avec Burston ?

— Mais Green ne t'a pas… ? Ou bien… »

C'est alors que survint un serveur à la mâchoire épique, qui négocia avec Adam en russe en désignant sporadiquement les animaux.

« Ouh-litsa, murmura Adam tandis que le serveur pivotait sur un talon et regagnait les cuisines d'un pas martial. Ça, ça veut dire "rue", j'en suis sûr. N'empêche, j'aimerais vraiment savoir ce que c'était que ce mot interminable : je crois que ça devait vouloir dire zoo, ou ménagerie, comme dans *ce restaurant n'est pas une…*

— Adam, c'est quoi le problème, avec le rabbin Burston ?

— Sérieusement, y a pas de problème, dit Joseph, dont les yeux noirs douloureux retrouvaient un peu de la malice de son enfance. Je l'ai rencontré dimanche à la kermesse, et il m'a paru très compétent, très intéressant. On a eu une discussion sur Preston Sturges, et il avait un tas de choses intéressantes à dire sur le sous-texte juif dans les films hollywoodiens de l'époque, j'ai trouvé ça vraiment très stimulant...

— Qu'est-ce qu'il foutait à la kermesse ?

— Tu sais ce qu'il m'a dit, Al ? dit Adam en s'essuyant la bouche sur une serviette. On avait ce vieux débat sur la Kabbale, mais il a dit ce truc fantastique : *Dieu est un verbe*. Il a dit, je suis d'accord avec vous sur un point : Dieu est un verbe. C'est *génial*, non ?

— Et en plus, c'est le roi de la danse folklorique, dit Joseph. Je te jure. Il a volé la vedette à tout le...

— C'est un nain, c'est ça ? » en conclut Alex en laissant son menton retomber sur sa poitrine.

Un silence s'abattit sur la table.

« Non, en fait, il a juste eu une croissance... », commença Rubinfine, mais Alex leva la main pour le faire taire.

« Petit comment ? Allez, dites-moi, petit *comment* ?

— Ça reste très raisonnable, je t'assure, mon pote, dit Adam, lançant un œil inquiet vers l'autre bout de la pièce d'où approchaient le premier serveur et un homme au front patronal. Je ne crois pas qu'il fasse tellement moins de... disons 1,35 m ? »

Lucia se précipita pour accueillir le patron, et lui lécher les chaussures, qui sentaient la cuisine. Un incident s'ensuivit. Adam les supplia de se cantonner au russe, car c'était là une merveilleuse occasion de mettre en pratique ses connaissances à l'oral, mais le visage du patron se mit à arborer un air de pessimisme inconditionnel quant à la rationalité d'autrui, cet air qui est la prérogative héréditaire de tout Russe digne de ce nom. D'un mouvement de poignet, il congédia un second serveur qui se dirigeait vers leur table en tenant à bout de bras un plateau de bières et de blinis.

« Et c'est maintenant, dit-il en exploitant sa prédilection d'étranger pour la conjugaison au présent, que je vous demande de partir. »

« Ça sera comme une attraction, suggéra Joseph en guise de consolation une fois qu'ils furent dans la rue. Tu vois. Comme ça, personne ne risque d'oublier. Ça sera une cérémonie mémorable.

— C'est pas Disneyland, dit Alex d'un ton pincé, en lui enlevant des mains le panier de Grace. C'est le Kaddish. Je ne veux pas d'attractions. Moi, je ne risque pas d'oublier, n'est-ce pas ? Hein ? Pas vrai ?

— Je suis bien content de te l'entendre dire », lança Adam en nouant son bras au sien et en les dirigeant vers des restaurants de repli.

Il se mit à pleuvoir très fort. Après que deux autres restaurants eurent refusé de servir d'arches de Noé, le déjeuner perdit quelque peu de son attrait. Joseph devait retourner travailler, Rubinfine voulait s'acheter une paire de chaussettes à semelles anti-irritantes.

« Ainsi donc, on m'abandonne ? demanda Adam en secouant ses minuscules dreadlocks mouillés.

— Je peux te déposer ? » dit Alex en ouvrant la porte de...

« Au fait, s'écria-t-il en déposant Grace sur la banquette, il me faut un nouveau nom. C'est une nouvelle voiture.

— Kitty. Elle s'est toujours appelée Kitty. Si elle s'appelait Greta, c'est uniquement parce que tu avais peur que ce soit trop évident. L'évidence, c'est pas un défaut. C'est un réconfort.

— Oh, commence pas. Il pleut. Alors, je te dépose ou pas ?

— Non, dit Adam en ramenant son manteau sur sa tête comme un bossu de pantomime. Je crois que je vais aller dans l'autre sens, vers la bibliothèque. Je vais prendre le métro. Dis à Esther que je rentrerai tard. »

Alex s'installa au volant en se demandant pourquoi il ne lui avait rien dit.

3

En ouvrant le portail pour Lucia, il vit un rideau s'agiter. Il était à mi-chemin lorsque Anita Chang sortit, arborant un sac à main, accessoire maladroit destiné à créer l'illusion qu'elle allait quelque part.

« Alex ! dit-elle sans plaisir.

— Anita, dit-il sans espoir.

— Comment t'as trouvé New York ?

— Le pilote connaissait le chemin. »

Son sourire figé garda un tracé plat.

« C'est *ton* chien ?

— C'est *un* chien.

— Un chien qui t'appartient ?

— Un chien qui vient d'arriver en ville. Il visite des amis dans le quartier. Il essaie, dit Alex tandis que Lucia s'attaquait au parterre de jonquilles d'Anita, la cuisine locale.

— Je vois.

— Et moi j'entends. Et Endelmann, c'est le chien, il touche. Et Grace sent, mais ça tu le sais déjà. On n'a plus qu'à trouver quelqu'un qui goûte, et on pourra monter un groupe. »

En ôtant son manteau dans le couloir, Alex entendit deux voix mêlées, deux voix opposées, et si radicalement distantes dans son esprit que son cerveau se refusa un instant à les concilier. Et puis, au seuil du salon, l'évidence se manifesta : ce n'étaient pas des voix dans sa tête, mais deux personnes de ce monde, bien vivantes. Il ne s'agissait plus de les concilier.

« Salut, étranger », dit Esther.

Elle était allongée par terre devant Kitty, et vêtue, trop légèrement pour la saison, d'une jupe-culotte couleur crème et d'un mince gilet de cachemire rouge.

« Voici, dit-elle en se soulevant sur une hanche, la femme la plus extraordinaire du monde. »

Kitty se pencha pour lui frotter son crâne rasé de frais.

« Elle écoute mes histoires, voilà tout. Je crois qu'elles lui plaisent. Je lui raconte tout sur notre rencontre à New York, et sur ton ami américain si grand, *Harvey*, dit Kitty, ravie de cet élémentaire subterfuge. Mais, *Alex*, jamais tu n'as prévenu qu'elle était ainsi, une telle beauté ! La regarder provoque des catastrophes : je suis étonnée que tu survives.

— À grand-peine », dit Esther, à voix basse et en souriant,

essayant de lancer à Alex un regard rien que pour lui. Il se détourna.

« Qu'est-ce que c'est ? demanda Kitty en portant la main à son oreille.

— Elle a dit : à grand-peine », répéta Alex brutalement. Il ressentait ce froid insensé qu'on éprouve parfois à la vue d'un être cher longtemps absent, une sorte de *mé-reconnaissance* : est-ce que c'est vraiment elle ? Est-ce qu'on s'aime vraiment ? Est-ce là que je place toute ma vie ? Est-ce qu'elle me connaît ? Est-ce que je…

« Le thé », dit-il, et il quitta la pièce.

Dans la cuisine, il alluma la bouilloire et plaqua les deux mains sur le plan de travail.

« Tu es fâché ? »

Il se retourna et la vit sur le seuil.

« Non, Es, bien sûr que non. C'est juste que… »

Elle croisa les bras.

« C'est rien. C'est juste que j'en ai même pas parlé à *Adam*. Et ça fait un peu trop d'un coup. Te voir, toi, et puis… Écoute, tu vas bien ? Comment va ton doigt ?

— Déplâtré. Tout va bien. Ça n'était qu'une fracture, rien de plus.

— Et… ?

— Endolorie, c'est tout. » Elle posa la main sur la poitrine et appuya doucement. « Ils ont fait du bon boulot. Ils ont tout remis à la bonne place, comme ils l'avaient trouvé. *Alex*, reprit-elle en mettant les mains derrière la tête et en écarquillant les yeux. Kitty Alexander est assise dans ton salon. Dans *ton* salon.

— Ouais, je suis au courant.

— Et alors, c'est un secret ? Tu ne vas pas le dire à Adam ? Enfin… *merde*, bon Dieu : qu'est-ce qu'elle *fout* ici ? À *Mountjoy* ?

— Es, s'il te plaît, *s'il te plaît*, dit-il en tendant la main vers elle comme un aveugle, laisse-moi juste… on ne peut pas parler de tout ça plus tard ? Enfin, j'ai pas droit au moins à un bisou ? Tu m'as *manqué*.

— Allez, viens ici », dit-elle enfin. Il s'avança et elle l'enveloppa de ses bras si minces. « Je ne comprends pas : tu devrais sauter au plafond. *Qu'est-ce* qui ne va pas ?

— Presque tout ? »

L'odeur était immuable : beurre de cacao, un parfum qu'elle utilisait depuis la fac, et l'after-shave qu'elle s'appliquait sur le crâne.

« Al, je lui ai parlé tout l'après-midi. Elle est tout simplement *incroyable*. Tu savais, dit-elle entre deux baisers, qu'elle avait couché avec Clark Gable et Carole Lombard ? *En même temps* ?

— Mmm... Ça en fait, de la star, pour un seul lit. Embrasse-moi ici.

— Mais... je ne comprends pas... enfin, ça fait quel *effet* ? dit-elle, ses lèvres prune faisant bourdonner chaque mot contre son oreille. Elle est *ici*, tu l'as rencontrée. Depuis que je te *connais*, tu as toujours voulu...

— Viens t'allonger avec moi, murmura-t-il en glissant la main dans sa jupe et sous un élastique de culotte récalcitrant. Il n'y a que moi, mais on pourrait appeler des acteurs...

— Alex, arrête... Elle est tellement plus *gentille* que je ne l'imaginais ! Dans les films, elle ressemble vraiment à une *diva*, mais en fait elle est tellement *normale* ! En même temps, elle a un franc-parler incroyable, et c'est une féministe : vraiment, je te le dis, elle est *exemplaire*. Et les trucs qu'elle raconte... je pourrais l'écouter *toute* la... *Alex !* »

Le doigt d'Alex essayait de franchir une barrière de coton pour la toucher *là*. Elle s'écarta de lui et rajusta ses vêtements.

« Écoute, je vais y retourner. C'est vraiment très impoli de la laisser comme ça toute seule. Et puis... *s'il te plaît*, range ta chambre correctement. Elle ne va quand même pas dormir là-dedans. Y a des saloperies partout. C'est quand même une *star*, merde. En fait, j'arrive pas à y *croire*, dit Esther en perdant tout contrôle, déployant son sourire fantastique, les yeux comme des flashs. Kitty Alexander. Kitty Alexander ! Kit-ty-Al-ex-an-*der*. Dans ton salon. Dans *ton* salon. C'est *irréel*.

— Oui », dit Alex, incapable de partager cette joie.

Elle l'embrassa sur le nez. Dix ans, ça fait long, lorsque la même personne vous embrasse aux mêmes endroits, mais il éprouvait encore une part du frisson d'antan. Et de la gratitude.

« Hé ! fit-il alors qu'elle tournait les talons. Tu as vu mon scoop. Je veux voir le tien. On s'était mis d'accord, non ? »

Elle se figea, et il s'approcha, saisissant le gilet par son bord élimé et le soulevant lentement au-dessus de sa tête. Lorsqu'elle leva les bras pour l'aider, la petite boîte fit un bond en avant, tirant sur la peau. Il voyait des points de suture, la silhouette d'un fil. Il posa une main sur son sein droit, l'autre sur ce cœur tout neuf. Quant à la bouilloire, comme Bogart, elle savait siffler.

C'est un fait : les femmes ont une propension illimitée à l'anecdote. Les hommes, eux, préfèrent les blagues et les histoires. Alex n'avait rien contre aucun des trois genres, tant que c'était lui qui racontait ; mais Kitty et Esther étaient parties sans l'attendre, dans leur bus à impériale, pour une visite guidée de la nostalgie. Elles faisaient le tour des plateaux désertés des vieux studios, des suites d'hôtels défunts. Il n'y avait aucune pause, aucune possibilité pour Alex de monter à bord. Sa sortie, à l'issue d'une bouderie prononcée, passa inaperçue. Ce n'est que lorsqu'il revint, cinq minutes plus tard, pour réquisitionner Grace, qu'il obtint quelque attention.

« Oh, gémit Kitty, mais Lucia et elle, elle s'aiment. »

Alex empoigna une Grace réticente qui pointait la tête sous son aisselle. « Elle aime bien être en haut avec moi. Elle aime bien me regarder travailler.

— *Travailler ?* » répéta Esther en riant. Il la foudroya du regard, la détestant quand elle était comme ça, à faire son numéro, estimait-il, pour une tierce personne.

« Préparer, répliqua-t-il sèchement.

— Vous appellerez ? suggéra Kitty, tendant les bras dans l'espoir d'une étreinte, telle une grand-tante. Peut-être vous pourrez appeler Max pour moi. Juste pour dire que je vais bien. Je laisse le numéro sur le panneau de la cuisine. Appelez-le, oui, c'est ça. Assurez-vous qu'il n'est pas fâché contre moi.

— Pas de problème », dit Alex en reculant et en refermant la porte derrière lui.

À l'étage, Alex souleva sa valise et la vida sur le lit. Les vêtements, il les rassembla en un tas puant qu'il balança dans le panier à linge de la salle de bains. Les livres, il les posa par terre puis les groupa dans un coin, à coups de pied, en une pile acceptable. Il tria la paperasse à la main, en jetant une bonne moitié à la poubelle, y compris toutes les factures, car il avait décrété depuis longtemps qu'il préférait renoncer aux déductions d'impôts plutôt que de s'abaisser à devenir un homme qui ne se rappelle une belle journée que par les dépenses qu'elle a occasionnées.

La carte de visite d'un confrère. La signature d'une Playmate. Un ticket de patinoire. Une enveloppe jaune. Alex en extrait la lettre du maniaque et la relit. Ce pauvre fou de Max. Mais Alex est saisi par le ton : il y a là quelque chose de familier. Un immense amour, de l'adoration, oui. Mais aussi un ressentiment cautérisé. Cette qualité est également présente dans les lettres d'Alex, quoique mieux dissimulée. Au début, il ne s'en était pas rendu compte. Jusqu'à cette révélation d'adolescence : lors d'une avant-première extrêmement pluvieuse, coincé contre une barrière métallique, trempé jusqu'aux os, il avait regardé l'actrice française pour laquelle il était venu dévaler le tapis rouge sous un parapluie géant, sans même poser les yeux sur lui. Il avait relaté l'épisode dans son livre au sous-chapitre : « Célébrité juive et *fanité* goy ».

Les groupies haïssent les musiciens. Les cinéphiles haïssent les stars. Les Autographistes haïssent les célébrités. Nous aimons nos dieux. Mais nous n'aimons pas notre assujettissement.

Alex s'assit et alluma la boîte à malice. Il recensa mentalement, en une liste hâtive à compléter plus tard, les divers sites d'enchères éthérées où il vendrait Kitty. À New York, elle lui avait donné accès à huit cartons de sa correspondance privée, stipulant qu'il pouvait prendre tout ce qu'il voulait, sauf les lettres à sa famille. Pour tout le reste, elle n'avait aucun attachement sentimental. Sur le bureau d'Alex s'étalait à présent un florilège de lettres d'amour. Elle avait eu une liaison avec un acteur célèbre, et à sa mort la veuve lui avait rendu ses lettres. Sans parler du contenu ! Dans une lettre, elle décrit une chambre d'hôtel à Las Vegas, au petit matin, avec un autre amant, un acteur noir. Elle se rappelle la couleur de l'uniforme de la femme de chambre qui est entrée sans frapper et a craché sur l'édredon. Alex n'osait même pas imaginer la valeur d'une telle pièce, la valeur de l'ensemble. De New York, il en avait déjà envoyé un lot de quatre à sa salle des ventes londonienne. Les enchères auraient lieu demain. Il lutta contre une image mentale transcendante : lui-même, assis face à la foule, avec le Scoop Autographique du siècle.

Ce n'était pas l'argent qui l'exaltait. Pas uniquement. Il se disait que c'était la joie de faire un don, un cadeau à Kitty, pour la remercier de tout ce qu'elle lui avait donné. Mais ce n'était pas tout à fait exact. En fait, c'était *l'accomplissement de la vision*. L'Autographiste consacre sa vie à la quête de la célébrité, de son aura, et toute valeur découle du degré de proximité atteint. Mais à présent, il *avait* l'aura. Emprisonnée dans une bouteille. Il la possédait. Elle faisait partie de lui, ou presque.

CHAPITRE HUIT

Le taureau et le moi sont tous deux transcendés

1

Ils avaient connu une nuit mémorable, c'était bien là le plus tragique. Le nirvana devrait être évalué non par la qualité de passions vulgaires, mais par l'apaisement ultérieur, et ils avaient dormi ensemble admirablement, enroulés l'un à l'autre sur le sofa comme s'ils étaient partie intégrante du meuble. Il s'éveilla, le visage blotti à sa juste place, au creux de l'omoplate d'Esther, les cheveux collés à sa peau. Il était heureux ! Le jour enflait derrière un volet clos. Il lui serra doucement la taille, l'embrassa sur la nuque. C'était ça, le bonheur ! Mais c'est alors qu'elle s'étira, et que sa main se glissa dans une faille du sofa.

« Qu'est-ce que c'est que ça ?

— Mmm ? Quoi, ça ? »

Elle l'extirpa avec une lenteur théâtrale. Dans la pénombre, Alex avait l'impression qu'elle pelait un serpent.

« Alex, c'est à qui, ça ? »

Alex ouvrit la bouche.

« Ne me dis pas que c'est à Kitty », dit Esther d'un ton ferme, et là-dessus c'en fut fini de leur proximité, elle s'arracha à lui et se redressa brusquement. « Ce sont des collants résille. Les vieilles dames ne portent pas de collants résille. »

C'était indéniable.

« Es, attends… »

Elle poussa un juron, d'une voix sourde et expressive, et empoigna la télécommande. La télé trembla en s'animant, presque gênée de déranger. Elle remit sa culotte. Un meuble parlant comblait le silence de bonne grâce, remplissant ainsi l'une de ses fonctions les plus utiles. Alex ouvrit la bouche.

« Et s'il te plaît, dit Esther en fourrant les pieds dans ses chaussures avant même d'enfiler un pantalon, n'emploie pas l'expression *explication bien innocente*. Ou bien *c'est juste une amie*. Ne me dis pas que tu *ne ferais jamais rien qui puisse me blesser*. S'il te plaît. Essaie de ne rien dire qui sorte tout droit de la télé. »

Dans la partie moyenne de l'Orient, un homme était monté dans un bus en serrant une bombe contre son nombril. Au Parlement, un homme en accusait un autre de mensonge. Un enfant avait disparu. Ses parents vacillaient, déglutissaient, n'arrivaient pas à finir leurs phrases. « Tu crois vraiment que tu peux *jouer le jeu jusqu'au bout* ? » demanda-t-elle. Ses larmes ne demandaient qu'à couler. Debout devant l'écran. Il ne savait pas ce que ces mots signifiaient. Il savait, en revanche, ce que signifiait son corps, nu hormis la culotte et les chaussures. La courbe farouche des muscles de ses cuisses : elle risquait de le quitter. Elle allait le quitter.

« Ça n'arrivera jamais, ce moment, tu ne comprends donc pas ? demanda-t-elle en frappant l'accoudoir. Le moment où tu auras eu toutes celles que tu veux, où tu en auras fini, où tu te *fixeras* avec moi. Les gens ne se *fixent* pas avec quelqu'un. Ils prennent la décision d'être avec quelqu'un. Ça demande de la foi. Tu traces un cercle autour de toi dans le sable, et tu acceptes de t'y tenir et d'y croire. C'est de la foi, imbécile. »

C'était la dernière représentation d'une comédie musicale. Plusieurs chansons ne seraient plus jamais chantées sur cette scène.

« Et donc, disait la télé, après cinq mille représentations...

— Boot, concéda Alex en marmonnant, assis aux pieds d'Esther dans une pose simiesque, poilu, les bras ballants, les mains traînant au sol. Celle d'avant. Sauf qu'il n'y a plus rien entre nous. Elle a dormi ici, c'est tout.

— Je vois », dit Esther.

Le plafond était mince. En haut, ils entendaient le pas pressé de Kitty, suivi de celui de Lucia, comme un bégaiement. Esther s'habillait comme si elle se bagarrait avec ses vêtements.

« Es, calme-toi... rien qu'une minute...

— Ma chère, fit la voix de Kitty sur le palier. Esther, je me demandais si vous pourriez m'aider, peut-être, juste une minute ? C'est un peu délicat... Lucia, arrête, s'il te plaît... *Esther ?* »

Avec une chaussure au pied et l'autre à la main, Esther bouscula Alex et s'engagea dans l'escalier. Grace, en qui il espérait trouver un soutien, n'attendit qu'une indécente dizaine de secondes avant de la suivre à l'étage.

Alex se retourna vers la télé. Il s'assit par terre et tenta de réaliser la posture dite *vajrasana* mais, à moins de se briser les os et de les recomposer, il ne voyait pas comment y arriver. Il se contenta donc d'un demi-lotus. Sur la moquette, il trouva un bonbon à la menthe couvert de poils et se mit à le sucer. Les nouvelles se firent financières. Des nombres défilaient sur un bandeau. Alex ferma les yeux et essaya de se remémorer les règles de la méditation.

1. S'asseoir en silence et adopter la posture de la méditation.
Oui, se dit Alex, oui, c'est bon, c'est déjà fait, merci. Oui, je suis assis en silence, bordel. Alors ? Ensuite. *Ensuite !*

2. Prendre conscience du présent, de l'ici et maintenant, et se détendre en se déployant dans cet espace.
Se détendre dans l'ici et maintenant ? Se détendre en s'y *déployant* ? Mais je suis déjà dedans, non ? C'est ce que je *fais*, putain, je suis dans le présent, je me détends, bordel. Et *merde.*

3. Entreprendre de se défaire de ses pensées, de ses rêves d'avenir, de sa nostalgie du passé, du ressassement de ses problèmes etc.

Enfin quelque chose qui offrait une prise. Alex ouvrit un œil, tendit un bras et saisit un fond de bouteille de rouge sur la table basse. Il le vida d'un trait et se remit en position. *J'entreprends*, se dit-il, *de me défaire de mes pensées*.

« Et pour finir... », dit la télé.

Alex tenta de se défaire de toute nostalgie du passé. Chaque fois qu'il éprouvait la nostalgie du passé, il recommençait ses respirations pour se punir, en partant de un et en comptant jusqu'à dix avant d'expirer. Si bien qu'il ne tarda pas à friser l'hyperventilation.

« Alex, fit la voix d'Esther, Alex, arrête ça, c'est chiant. Écoute, je dois partir à la fac : il faut que tu achètes une serviette de bain pour Kitty, elle n'a rien de propre là-haut... Alex, je te parle ! Tu veux bien arrêter, s'il te plaît ? Quand tu fais ça, t'as l'air d'un... » La voix d'Esther s'évanouit. Quand elle revint, Alex n'arrivait pas à la localiser dans la pièce. Ce n'était plus qu'un chuchotement.

« Oh mon *Dieu*, dit-elle.

— ... s'est éteinte paisiblement hier soir à New York..., disait la télé.

— Alex, Alex... *ouvre les yeux*... Alex, regarde ! Non mais, tu *entends* ça ? »

Alex sentit un coup de pied à la hanche, mais refusa de le laisser briser sa concentration. Car Alex-Li Tandem était un Maître Zen. *Je me défais*, pensait Alex, *de mes rêves d'*...

Pendant ce temps, la télé, très consciente de la moyenne d'âge de ses spectateurs, ne consacrait qu'une minute à peine à cette nouvelle mort, la 152 460e de la journée. Voici une photo de l'actrice jeune :

Voici l'un des hommes qu'elle a aimés (aujourd'hui brisé, et dans un fauteuil) :

Voici la scène la plus célèbre de son film le plus célèbre :

Vivait en recluse depuis quelques années. Un grand talent. De la joie à des millions. Obsèques dans l'intimité. Une perte irréparable. Et maintenant la météo.

« Oh mon Dieu, dit Alex.

— Oh mon *Dieu* », dit Esther. Ils étaient assis, tous les deux, par terre côte à côte, en arrêt sur image. Une femme séduisante en profita pour tenter de leur vendre un désodorisant.

« C'est Max, dit Alex, exprimant enfin à voix haute une conclusion à laquelle il était déjà parvenu en silence. Il est fou. Il a dû leur dire qu'elle...

— Il faut que t'appelles quelqu'un, dit Esther sans l'écouter, en allant chercher le téléphone. Il faut que tu arranges ça. C'est *terrible*, il ne faut surtout pas qu'elle voie ça. Comme mauvais karma, on peut pas faire *pire*.

— Non... attends, laisse-moi *réfléchir*.

— Comment ça, *non* ? Réfléchir à quoi, bordel ? Elle est *en haut*. »

Kitty rappelait Esther, discrètement, comme en s'excusant, du haut des escaliers.

« J'arrive ! Tiens, voilà le téléphone. Appelle les journaux. N'importe quel journal. Tu leur dis juste qu'ils ont fait une boulette, c'est tout. C'est pas difficile. »

Alex prit le téléphone sans fil et se releva. Il referma la porte derrière Esther. Il jongla d'une main avec le téléphone une bonne minute, absorbé dans ses pensées. Puis il composa un numéro, écoutant les chiffres chanter une chanson à onze notes qu'il connaissait par cœur. Esther refit irruption dans la pièce.

« Elle voulait juste savoir où est le shampooing... tu les appelles, là ? »

Alex plaqua la main sur le téléphone et lui fit signe de se taire.

« Allô ? Oui, est-ce que vous pourriez me passer la salle Columbard, merci. Non, écoute, dit-il en couvrant de nouveau le micro, écoute, Es, laisse-moi t'expliquer...

— Alex, c'est qui ? Pourquoi tu appelles...

— Non, Es, attends. Avant que tu... c'est pas pour moi. Je pourrais lui faire gagner un paquet d'argent aujourd'hui...

— Je te demande *pardon* ?

— Mais non, *réfléchis*. C'est ce qu'elle voulait. Pas vrai ? Il faut qu'elle puisse être indépendante... surtout de ce taré... et moi je peux lui donner cette indépendance. »

Esther s'assit dans un fauteuil, la bouche grande ouverte. Elle fit le Signe Universel de l'incrédulité (les yeux fermés trois longues secondes, puis rouverts, les pupilles dilatées).

« *Esther ?* C'est pas *absurde*.

— Foutaises ! se raidit-elle. Tout ce que tu veux, c'est ton jour de gloire. Tu veux juste montrer à tous ces tarés...

— Écoute, dit Alex, demain on pourra faire le grand déballage de la vérité et tout le monde devra regarder ses péchés en face et un duc se pointera à la fin pour célébrer les mariages et tout le bastringue : c'est *promis*. Es, ces trucs que j'ai mis en vente hier : leur prix va avoir *triplé*. Ça va être... attends, allô ? Oui, c'est Martin ? Est-ce qu'il est là ? Martin Sands ? Oui, de la part d'Alex-Li Tandem, merci, oui je reste en ligne. *Es*, il faut qu'on garde le secret rien qu'un jour. Ça ne fera de mal à personne, et c'est à elle que ça profitera le plus, vrai ou pas ? Vrai ou pas ? »

Du téléphone parvint un de ces machins pour violoncelle de Bach qui pour Alex représentaient toujours la musique du Jugement dernier. Esther dit quelque chose. Quelque part, le portable d'Alex sonnait. Il s'arrêta, puis ce fut le tour de celui d'Esther, puis celui d'Alex se remit à sonner. Ce qu'autrefois faisaient les vautours à la lisière d'un village est aujourd'hui une affaire de télécommunications, de satellites. Ce qui vient après la mort se passe au téléphone.

« Qu'est-ce que tu disais, Esther ? J'ai pas entendu.

— J'ai dit d'accord », répéta Esther, qui lui parut vaincue, diminuée et méconnaissable dans le fauteuil d'Alex. « Bien reçu, manifestement : pas pour toi. Pour elle. Pas pour toi. Mais pas question de laisser les gens y croire plus longtemps que nécessaire. Elle a peut-être de la famille, tu n'en sais rien. Dès que la vente sera terminée, tu...

— *Merci*. Et s'il te plaît, emmène-la faire un tour, sors-la de la maison, ne la laisse pas voir la télé. S'il te plaît, merci. On parlera plus tard, posément. Merci. »

Il lui lança les clefs. Il lui dit quelque chose qu'il ne lui avait pas dit depuis longtemps.

« Je sais. Et je vais en crever », répondit-elle.

2

C'était quasiment un comité d'accueil qui attendait Alex cet après-midi-là à la salle des ventes. Les fumeurs rassemblés sur le drôle de perron sifflèrent et tapèrent du pied et le huèrent lorsqu'il se gara devant eux en toute illégalité.

« Le cadavre n'est même pas froid ! » cria un homme qu'il n'avait jamais aimé. Un nombre appréciable d'Autographistes de sa connaissance se tournaient les uns vers les autres en faisant deux gestes possibles : soit ils fouillaient dans leurs poches, soit ils montraient leurs paumes vides.

« *Tandem*, gémit Lovelear, apparu à la vitre, côté passager. Eh bien, j'avais parié contre. J'aurais jamais cru que t'étais un mercenaire. Je pensais que t'attendrais au moins une *semaine*. Je suis trop sentimental, faut croire. Tu viens de me faire perdre vingt-cinq livres, mon pote. »

Alex coupa le moteur et descendit de voiture. « Ça a déjà commencé ? Tu as vu le catalogue ? On en est où, de la vente ?

— Salut, Lovelear, dit Lovelear en tentant de calquer son allure sur celle d'Alex, qui entrait dans l'immeuble au pas de course. Ça fait plaisir de te voir, comment ça va ? Ça va très bien, Tandem, c'est gentil de me poser la question.

— Pas maintenant ; plus tard. »

Ils foncèrent dans le couloir.

« J'ai une nouvelle un peu triste, dit Lovelear, hors d'haleine dans l'escalier. J'ai essayé de t'appeler, tout à l'heure, mais...

— *Plus tard*. »

Alors qu'ils bifurquaient à gauche au niveau de la cafétéria, un bras agrippa Alex, attaché à Baguley. De l'autre main, Baguley ôta son chapeau et le tint contre sa poitrine. Son visage, grotesquement tordu, évoquait le risque des larmes. Pour s'en protéger, Alex lui offrit son plus large sourire, pour autant qu'il pouvait sourire à Baguley.

« Baguley. Ça fait plaisir de te voir. Tu viens ?

— Et la mort, dit Baguley en levant les yeux, inexplicablement, vers la fausse fresque du plafond, ne connaîtra pas de règne. »

Il posa la main sur l'épaule d'Alex et la serra à lui faire mal.

« Quand j'ai appris la nouvelle, dit Baguley, ma première réaction, ç'a été de revoir *La Loterie du bonheur*, et, bon, je sais bien que c'est pas son meilleur film, mais je l'ai quand même regardé et quand on la voit comme ça si jeune et si belle... eh bien, je peux te le dire, je l'ai senti : *la mort ne connaît pas de règne*. Elle sera vivante à jamais, littéralement. Dans nos cœurs, et dans nos esprits. Et dans les films, bien sûr : c'est ça, le plus important.

— Magnifique, dit Lovelear. Et maintenant, si tu veux bien nous excuser...

— Bien sûr, poursuivit Baguley, nos pensées vont à sa famille, naturellement. Elle était jeune, en fait. Objectivement. Nos pensées vont à ses proches. Personnellement, je trouve que la décence la plus élémentaire impose d'attendre un peu avant... on ne peut quand même pas se précipiter. D'ailleurs, j'attends encore l'expertise de mes pièces, alors... Mais je crois que ce qu'on retiendra de tout ça, c'est que, eh bien, un jour on est là, à jouer dans le film de sa vie, et le lendemain on est rappelé par le grand metteur en scène qui trône... »

Cette fois, en désespoir de cause, Alex simula une violente quinte de toux. Baguley l'enveloppa de son corps, lui frictionnant et lui claquant le dos en alternance.

« Il est bouleversé, tout simplement bouleversé ; comme nous *tous*, chuchota Baguley à Lovelear. C'est toujours difficile, d'autant plus, bien sûr, qu'il l'avait *rencontrée*... »

Alex se redressa et regarda Baguley d'un air dubitatif. La simple vue de cet homme provoquait chez lui des suées d'angoisse, des palpitations cardiaques. Baguley était une hallucination collective. Un mets avarié que le monde avait mangé.

« Où étais-tu, reprit Baguley en baissant la voix, les bras croisés, quand tu as appris la nouvelle ?

— J'avais encore le flingue à la main », dit Alex en enlevant sa veste. Il était loin d'avoir assez bu, pas encore en tout cas, mais malgré tout il se sentait capable de frapper cet homme, ne serait-ce que par curiosité. Et puis et puis le flot d'Autographistes s'acheminant vers la salle Columbard devint un raz de marée et Alex se laissa emporter. Il faillit même être soulevé du sol par deux impressionnantes bedaines. À la porte, il tomba sur

Dove qui tortillait son catalogue en un cône, tout en se dévorant la lèvre inférieure. Il était à peine plus de trois heures, mais l'odeur de sherry bon marché lui collait à la peau.

« Ça fait des *plombes* que j'attends, putain ! éclata-t-il en un *falsetto* involontaire. J'ai réservé des places là-bas. Tes lots sont en vente, Tandem. Ça va pas tarder.

— Et maintenant », rugit le commissaire-priseur.

« C'est pas Dieu *possible* », gémit Lovelear un quart d'heure plus tard. Il se tourna vers Alex et le dévisagea comme s'il le voyait pour la première fois. Il n'était pas le seul. Tandis que les enchères continuaient leur ping-pong entre un homme obèse assis au premier rang et un mystérieux acheteur au téléphone, de plus en plus de regards — abasourdis, incrédules — se portaient sur Alex, et ce murmure unique d'un hôtel des ventes, celui qui ressemble à de l'argent qu'on compte dans une salle des coffres, se répandit une, deux, trois fois dans la pièce en ondes concentriques. Alex n'arrivait pas à rester dans son corps, le picotement était trop fort. Esther avait raison, il avait passionnément voulu cela, sans savoir à quel point. Dix ans ici à regarder les gros poissons. Il voulait tellement être un gros poisson, ne serait-ce qu'une demi-journée. Il voulait savoir quel *effet* ça faisait. Et, l'espace d'un instant, ça lui fit un effet incroyable. Il se sentit s'élever, littéralement *s'élever*. Il faisait partie de ce chiffre insensé que le commissaire-priseur venait de proclamer, et du suivant, et encore du suivant, et une part de lui-même s'intégrait aux enchevêtrements compliqués d'hexagones au plafond, à la peluche bleu royal de la moquette, au regard des autres. Mais l'effet ne fut agréable, ne fut transcendant qu'un instant, et en un instant il se transforma.

Au bout de dix minutes, il sut qu'il avait envie d'annuler toute l'affaire. Il avait envie de se lever et de leur dire que ce n'était même pas son argent, mais il en fut incapable, il se contenta de rester assis et de recevoir cette célébrité qu'on lui offrait, son quart d'heure de gloire où l'émerveillement se mêlait à la haine. Il avait envie de lever les bras au ciel et de dire *Hé, les mecs, les mecs : je suis encore l'un d'entre vous, ce n'est pas ma… il ne faut pas croire que c'est ma…*

Mais il se contenta de rester assis, la tête entre les genoux, tandis que les chiffres grimpaient. Plus haut, toujours plus haut. Et il savait qu'il devrait être heureux, à la pensée de Kitty, qui pouvait désormais voguer vers la liberté sur ces flots d'argent qui ne cessaient d'enfler. Sauf qu'il se sentait devenir, aux yeux de l'assistance, un symbole du rêve collectif de son siècle : Plus jamais il n'aura à travailler. Une grande part du rêve de gloire ; la plus grande part peut-être. Le billet de loterie, la bonne fortune, l'espoir insensé que le destin dispense à jamais un homme de vivre la vie de tous les hommes nés avant lui...

Il les entendait : non pas les murmures dans la salle, mais les murmures dans le monde. C'était si triste, ce chœur de gémissements. Car la chance est comme une insulte au monde. C'était Li-Jin qui avait dit ça. Le cinéma regorge de pères dispensant leur sagesse, mais Alex ne s'en rappelait qu'un seul exemple : enfant, alors qu'il regardait à la télé des images d'un tremblement de terre en Chine, il s'était tourné vers son père pour le féliciter de sa chance d'être ici plutôt que là-bas. Li-Jin l'avait giflé pour le punir de son insolence, en lui disant que la chance est une insulte au monde. Les morts malchanceux vous en veulent pour ça. Et à présent il les *entendait*, dans la salle, cette douloureuse communauté de fantômes (Li-Jin était-il l'un d'entre eux ?) qui ont souffert et sont morts en essayant d'obtenir ce qui allait maintenant échoir à Alex-Li Tandem avec une écœurante facilité et sans aucune justification.

Pour la quatrième fois, le commissaire-priseur abattit son petit marteau sur le cœur d'Alex. C'était fini. La photo dédicacée qu'elle lui avait envoyée avait été adjugée à quinze mille. La lettre d'amour à une star, à trente-huit mille. Une autre à quarante. Et le dernier lot, la copie d'une lettre (au contenu sexuel sulfureux) envoyée à J. Edgar Hoover, avait atteint soixante-cinq mille livres. L'envoyé d'un journal du soir londonien lui ordonna d'avoir l'air surpris et le prit en photo.

Toute vente aux enchères hollywoodienne un peu mouvementée s'achevait invariablement chez Dante, où les Autographistes se retrouvaient pour pinailler et décortiquer les gros coups. En cette occasion, Alex ne put se joindre tout de suite aux fidèles. Le gros coup, c'était *lui*. Il avait encore des affaires à régler avec les commissaires-priseurs. Il y avait des formulaires à signer, un chèque à recevoir. Il s'exécuta comme un homme qui rêve qu'il se fait passer pour un rabbin. Des gens lui parlèrent, parmi lesquels un journaliste, et dans toutes ces transactions il ressentit un nouveau degré d'imposture. Non seulement il n'était pas celui qu'ils croyaient (riche, chanceux, rusé), mais il n'était pas non plus celui qu'*il* croyait être (inutile, déglingué, maudit). La vérité se situait quelque part entre les deux, et pour la première fois de sa vie il comprit qu'il ne la détenait pas.

Lorsque enfin on le relâcha dans le monde, la grande foule de ses semblables s'était clairsemée — plus personne n'était debout sur le trottoir, une bière posée sur un rebord de fenêtre —, mais chez Dante l'atmosphère était encore bruyante et conviviale, du moins jusqu'à ce qu'Alex-Li Tandem fasse son entrée. Dissipons tout de suite les malentendus. Cela ne veut pas dire que les gens cessèrent de parler, ni même qu'ils le dévisagèrent ouvertement. Le juke-box, qui jouait sa sélection restreinte et habituelle de grands tubes d'opéra, ne se tut pas brusquement. On n'était pas à la télé. Simplement, la qualité d'attention se trouva modifiée. La *vibration* (un mot qu'il n'avait jamais jugé utile d'employer jusqu'à aujourd'hui) changea. Changea de direction. Au lieu de suivre ses voies naturelles, nombreuses et chaotiques, elle se canalisa. Toutes les flèches pointèrent vers Alex. Il était le pôle d'attraction du désir. Il était un tant soit peu célèbre. Il était le centre de tout.

Sentant poindre un nouveau type de solitude, plus difficile à dissiper que l'ancienne, Alex se fraya un chemin vers le bar. Tous les gens qu'il frôlait le félicitaient ; d'un seul coup, il n'y avait plus d'autre sujet de conversation que son succès, d'autre mode d'échange que ces félicitations purement formelles qu'on entend aux bar-mitsvas et aux mariages, celles qui font un bruit de cloches. Mais, en réalité, ce ne sont que des adieux, pensa Alex avec horreur. Des adieux déguisés sous d'autres atours ! Ces gens me disent au revoir. Je ne suis plus l'un d'eux. Je suis mort pour eux. Je suis passé dans un autre monde. Et de fait, une fois parvenu aux sous-bocks et aux pompes à bière, il se sentait vidé, essoufflé de tant de claques dans le dos. Il essaya de commander un triple gin tonic, mais cette fois c'était Dove qui le tirait par la manche.

« Tandem, susurra-t-il en puant les amphés accumulés, qu'est-ce tu fous ici ? Tu devrais être dans un endroit plus chic qu'*ici*. Tu peux plus boire *ici*. C'est un endroit pour les *losers*, mon pote.

— Pour moi, ça sera un seau de champagne, grand homme », dit Lovelear, apparu à sa gauche. Il avait loué un sourire à quelqu'un, et ce n'était pas la bonne taille.

« Lovelear, dit Alex d'une voix sourde, en sentant tout son corps s'excuser. Eh ben. C'était un peu bizarre, tout ça, hein ? »

Lovelear siffla. Il continuait à arborer son sourire d'extraterrestre. Ses mouvements tentaient maladroitement d'atteindre à la conception lovelearienne de la *jovialité*.

« Cent cinquante *mille*. C'est pas un peu de bizarre, mon ami, c'est carrément *beaucoup* de bizarre.

— Ouais… C'est bizarre. C'est très…

— Moi, je trouve ça génial, dit Lovelear avec emphase. Je trouve ça *vraiment génial*. Enfin, si tu veux mon avis, y a personne qui le méritait autant que toi. Je te le dis comme je le pense.

— *Merci*, Lovelear. Vraiment, ça me fait très plaisir que tu dises ça. Du champagne, c'est ça ?

— Mmm ? Ah, ouais, fit Lovelear en frappant du poing sur le comptoir. Enfin, tu l'as bien mérité. Pas de doute là-dessus. Ça fait combien de temps que tu fais ce métier ? Et t'en as jamais tiré grand-chose, hein ? Et d'un seul coup ! Je trouve ça incroyable : quelle histoire ! Tu sais quoi ? Je crois qu'on devrait tirer un trait sur cet endroit, mon vieux. Là-dessus, je suis à 100 % d'accord avec Dove. Ça convient vraiment pas à ton nouveau statut, plus maintenant. T'as changé de catégorie. C'est un tout autre monde.

— Il se trouve que j'aime bien cet endroit », dit Alex, regardant autour de lui et se demandant si ç'avait jamais été vrai. Il regarda la seule femme des lieux, la barmaid slovène, se faufiler entre les pinceurs de fesses en tenant un saladier de raviolis au-dessus de sa tête. Elle le déposa sur une table tout au bout, où un homme était assis, le visage aplati contre la nappe, sans émettre aucun bruit audible mais probablement, supposait-on, en train de pleurer. Un chapeau était assis à côté de lui. Ses vastes épaules étaient secouées d'énormes vagues.

« C'est pas Baguley, là-bas ?

— Si, bien sûr. Il n'a pas ta chance. Il se trouve qu'il a acheté non pas un, mais *cinq* faux Kitty au Suédois, à huit cents dollars pièce. Mark Sands lui dit qu'ils sont à peu près aussi authentiques que les carnets d'Adolf. Le Suédois a disparu. Volatilisé. Il a pris son vélo et il est parti en pédalant vers le soleil couchant. En laissant Baguley avec un mouchoir brodé et ses yeux pour pleurer.

— Bien fait, dit Alex en agrippant un barman par la manche. Un triple gin tonic, s'il vous plaît, et tout ce que voudront boire ces deux...

— Qu'est-ce que tu veux dire au juste par "bien fait" ? demanda Lovelear en perdant son sourire.

— Je veux dire *bien fait*. Tu sais bien. C'est bien fait pour Baguley s'il s'est fait baiser.

— Oh, je *vois*, dit Lovelear en acquiesçant à l'adresse de Dove. Alors comme ça, quand les gens se font baiser, c'est bien fait pour eux ? C'est donc ça ? Tant que *toi* tu te fais pas baiser. »

Alex haussa les épaules, décontenancé. « C'est Baguley, dit-il. On est contents que Baguley se fasse baiser. Le baisage de Baguley nous procure de la joie. Vous ne vous rappelez pas ? Ç'a toujours été comme ça. Depuis la nuit des temps etc.

— Y en a à qui ça plaît, dit Dove d'une petite voix.

— Je te demande pardon ?

— Le journal te prend en photo, hein ? commença Lovelear en opinant frénétiquement du chef, comme atteint du syndrome de Tourette. Et du coup tu te prends pour un *caïd*. Tu piétines tous les gens, tu les fais se sentir tout petits, c'est ça ? Je veux bien croire que tu te prends pour le *caïd*. Je parie même que t'en as en réserve, des Kitty. Planqués quelque part. Bien sûr, il n'était pas question de nous laisser la rencontrer, *nous*, c'est toi-même qui nous a dit, à *nous*, qu'elle t'avait même pas signé le moindre truc, mais bon, tu peux bien nous mentir, à *nous*, on n'a jamais rien fait pour toi, *nous*, pas vrai ? Mais bon, Tandem, je suis vraiment vachement content pour toi. Pas toi, Dove ? T'es pas vachement content ? »

Alex engloutit un peu de gin et se prépara à lâcher une bordée de noms d'oiseaux soigneusement choisis, les alignant sur sa langue comme s'il dressait une table de seder. Mais brusquement il se sentit étrangement oppressé ; même si le bruit dans le bar n'avait pas diminué, il savait que des gens l'écoutaient. Il faisait un esclandre. Rien d'inhabituel à cela. Sauf que cette fois on le regardait faire.

« Écoutez, commença-t-il d'un ton plus raisonnable, je ne tiens pas particulièrement à finir comme...

— Quoi ? Comme moi ? Comme Dove ? C'est un coup de bol que ces lettres d'amour soient tombées du ciel, alors, hein ? Plus besoin de jouer les gagne-petit avec des autographes à vingt livres, hein, *monsieur* Tandem ! Alors... attends, explique-moi : maintenant, t'es au-dessus de... »

Alex posa violemment son verre sur le comptoir. « Mais qu'est-ce que vous *racontez*, à la fin ? Vous croyez que j'ai fabriqué des faux ?

— Ça, c'est à toi de me le dire, mon pote.

— Mais *bon Dieu*. Écoutez, on reprend du début. C'est pas la peine de se disputer. C'est que cent cinquante briques, après tout, ça veut pas dire...

— Non mais écoutez-le ! roucoula Dove par-dessus sa pinte. *Que* cent cinquante briques !

— Tout ce que je voulais dire, réessaya Alex, c'est que c'est un métier assez... vous savez, assez incertain. Or, en l'occurrence, il se trouve que je sers juste d'intermédiaire pour ces Kitty, croyez-le ou pas... », beugla Alex par-dessus un tourbillon de Signes Universels d'incrédulité. « Écoutez, j'en fais pas tout un plat ; mais, effectivement, si ça me permet de jouer dans la cour des grands, eh bien, va pour la cour des grands. Faut bien essayer de gagner quelque chose, à ce jeu, pas vrai ? C'est pas un sacerdoce. Je veux pas finir comme ce pauvre Duchamp ou je ne sais quel minable, bordel, sans même un pot pour pisser dedans. »

D'un coup, la vibration changea encore ; elle changea distinctement. Le silence se fit. Pas seulement entre eux trois, mais dans un rayon de quatre ou cinq mètres.

« Quoi encore ? » demanda Alex.

Lovelear secoua la tête et roula des yeux. Dove se mit à arborer une certaine expression typiquement anglaise qui est le timide équivalent insulaire de l'indicible dégoût du poing espagnol, ou du pétrifiant regard italien, ou de la suffocation française, ou du gémissement russe. Cette expression qui dit : *Dites-moi que je rêve, je vous en prie !*

« *Quoi* ? Qu'est-ce qu'il y a ? demanda Alex.

— En fait, j'ai essayé de te le dire tout à l'heure, répondit Lovelear d'un ton pincé, en détournant les yeux. Mais le caïd ne s'est pas donné la peine d'écouter.

— Tu veux bien...

— Duchamp est en train de mourir », dit Dove.

3

Alex, comme tout le monde, éprouvait envers les hôpitaux la terreur, l'aversion la plus haute et la plus pure. Y entrer avec une protubérance et en ressortir avec un bébé : telle est la seule grâce que puisse offrir un hôpital. Pour le reste, il n'y a que de la douleur. *La concentration de la douleur*. À cet égard, les hôpitaux occupent une place unique. Le monde ne comporte pas de zones vouées à la concentration du plaisir (les parcs d'attractions et consorts sont une concentration des *symboles* du plaisir, non du plaisir lui-même), il n'y a pas d'édifices voués au rire, à l'amitié ou à l'amour. Ils seraient sans doute assez sinistres, s'ils existaient, mais est-ce qu'ils pueraient le combat entre la pourriture et le désinfectant ? Est-ce que les gens en arpenteraient les couloirs en pleurant ? Est-ce que les boutiques n'y vendraient que des fleurs, des pantoufles et des bonbons à la menthe ? Est-ce que les lits (présage terrible entre tous !) auraient des roulettes ?

« Brian, dit Alex en s'installant dans le pathétique fauteuil en plastique, trop bas, trop orange, je t'ai apporté des bonbons à la menthe. Et des fleurs. Des jonquilles. » Au-dessus de la poitrine, le vieil associé d'Alex demeurait pratiquement inchangé, mais en dessous il se rétrécissait brutalement. Quand vous êtes foutu, vos jambes d'enfant vous reviennent, mais elles ne peuvent plus vous emmener nulle part. Celles de Brian n'étaient que des brindilles blanches sans poil ni muscle.

« J'ai fait un rêve, dit Brian d'une voix faible. À moins que… et Kerry, l'infirmière, elle se mariait avec Leon, quelque part en Hollande, ou en Belgique. Il y avait des fleurs partout, et du fromage, et des gâteaux. Ce genre-là. Superbe. Un vrai festin. Ça durait des jours, en tout cas c'est l'impression que ça donnait. Elle avait une robe couleur pêche… lui, j'arrive pas à me rappeler. Mais t'étais pas là, toi ! Y avait pas grand monde, en fait. Pas assez. Des fleurs et des cloches et des fromages. Magnifique.

— Des jonquilles », dit Alex, désemparé. Il était accablé par tous ces tubes. Qui entraient, qui sortaient. Et ces machines qui bipaient. Et cette mare de sang séché coincée par de l'adhésif transparent, au creux du cou palpitant de Brian.

« C'était marrant, dit Brian en ouvrant un œil. Je croyais qu'il était pédé, tu comprends. Mais là, il était avec elle, à danser dans la salle ! Avec des fleurs par terre ! »

Il se lança alors dans une succession de rots, chacun suivi d'une terrible grimace. Il avait les mains posées sur la poitrine, qui trituraient les poils, ultime toilettage. Il rota pour la dixième fois, celle de trop, apparemment ; il gémit — un pur concentré de douleur — et enfouit son visage dans l'oreiller.

« Tu veux que j'appelle quelqu'un, Brian ? Tu veux que… »

C'était une salle commune et mixte, et Alex se releva pour y chercher de l'aide, car il était encore de ce monde où la douleur, même la plus infime suggestion de douleur, fait les gros titres. Elle mérite une attention universelle, elle exige l'imposition des mains. Alex allait voir le Dr Huang dès qu'il avait mal au genou, dès qu'il *sentait* qu'il allait avoir mal au genou, dès qu'il sentait un *frémissement*. Et puis on bascule dans un monde où la douleur de Duchamp, si aiguë soit-elle, est relativisée, ramenée à sa juste valeur par rapport à cet homme, près de la fenêtre, qui ne peut plus respirer sans assistance. À cette femme qui regarde la télé et qui n'a plus de seins. Ici, au service de cardiologie, on trouvait de tout. Des gens qui suivaient jusqu'alors leur propre chemin de douleur — cancer, accident de la route, accident cérébral — étaient réunis dans une même souffrance, à présent que leur cœur avait décidé de s'arrêter ou d'avoir des ratés ou d'exploser. Brian Duchamp, comme l'avait expliqué à Alex l'infirmière en chef dès son arrivée, était en train de subir l'ablation de son seul rein restant et cancéreux lorsque, dix minutes avant la fin de l'opération, son cœur s'était mis à objecter. « Une chance, vraiment, avait-elle dit en tendant la main vers un téléphone qui sonnait. Au moins, maintenant, on sait qu'il est cardiaque. Sinon, on ne l'aurait jamais su, pas vrai ? » Une *chance* ?

« Excusez-moi... », tenta de dire Alex à une infirmière qui passait, mais quelque chose bipait à l'autre bout de la salle et elle se précipita dans cette direction. Brian rota de nouveau, gémit et saisit la main d'Alex.

« J'crois pas qu'j'pourrai être là jeudi, mon pote », dit-il en fermant les yeux. Un très joli jeune homme vêtu de blanc s'approcha et s'arrêta auprès d'eux, observant une machine suspendue au-dessus du lit, où la douleur de Brian, relayée par divers tubes, était traduite en lignes et en chiffres et en bips.

« Il fait des drôles de rots », dit Alex d'un ton suppliant. Le jeune homme se tourna, sans hâte. Son badge indiquait LEON. Il avait un air maniéré au sens strict du terme, en ce qu'aucun de ses gestes n'était nécessaire ni même utile. Avec un défaut de langue prononcé, il expliqua à Alex que, faute de rein, les sucs gastriques n'ont nulle part où aller. Les toxines attaquent. Plus tard, une machine viendrait nettoyer le sang de Brian à sa place.

« Quand ça ? Quand est-ce qu'elle va venir ?

— Quand le médecin le dira.

— Mais il a mal. Il a très mal.

— Il a un bouton. Pour déclencher les analgésiques. Il n'a qu'à appuyer.

— Mais il *appuie*, enfin ! Et visiblement c'est pas *suffisant*, bordel.

— Si c'était suffisant, ça serait trop », dit le jeune homme d'un air pincé, avant de s'en aller.

« C'était juste un rêve, pour Leon, dit Brian tristement.

— Qu'est-ce que tu dis, Brian ? » fit Alex, foudroyant toujours du regard le pli impeccable du pantalon de Leon, et toujours tenté de foncer à travers la salle, un extincteur à la main, pour creuser un trou fort peu seyant dans le crâne du jeune homme.

« J'suis pas allé en Belgique. J'sortirai plus de ce lit, Tandem.

Pas dans cette vie, en tout cas. C'est un fait. Ça s'est échappé du rein, tu sais. C'est sur tout le corps. *Dans* tout le corps, j'devrais dire. Soi-disant qu'ils d'vaient trouver un r'mède, j'me souviens », dit-il en tentant de sourire. Il expulsa un autre de ces rots puants et brutaux. « Oooh... oh, *bon Dieu*. Y a des années, ils devaient guérir ça. Qu'est-ce qui s'est passé, hein ? Les poumons d'acier, les cœurs de porc, les remèdes miracles. Qui c'est qui a déconné ? »

Il sortit un bras de sous la couverture, et Alex fut de nouveau horrifié à la vue d'une meurtrissure proliférante, mauve au centre, jaune sur les bords, qui recouvrait le dessous de l'avant-bras. Brian l'étudia, ainsi que la fistule qui enflait sous la peau, d'un œil détaché.

« Va au marché, dit Brian d'un ton agressif. Dis-leur que mon stand, ça reste mon stand, et qu'ils me gardent la place, c'est tout.

— Bien sûr, Brian. Je m'en occupe. Bien sûr.

— Alors, qu'est-ce qu'elles racontent sur moi, les infirmières ? »

Rien de bon. Le jeudi soir, comme l'expliquait l'infirmière Wilkes, il était tombé chez lui dans l'escalier. Le même soir, il était hospitalisé. Le vendredi, on lui avait fait un scanner. Le samedi, il en était au dernier stade de l'insuffisance rénale (on n'y est pas, à vrai dire, tant qu'on ne *sait* pas qu'on y est). Le dimanche à cinq heures, on avait entrepris l'ablation du rein cancéreux. C'est pendant cette opération qu'il avait eu une crise cardiaque. Et aujourd'hui mercredi, le cancer faisait la tournée de son corps. Ses chances de devenir un patient sous dialyse permanente (ce qui n'est au demeurant qu'une moitié de vie, une vie à moitié vécue par une machine) étaient minimes. Et Alex, assis sur un sofa criard dans un coin tranquille (« Retirons-nous dans un coin tranquille ») à écouter cette énumération accablante, ne pensait qu'à une chose : une guerre de religion. C'était la Jérusalem des cellules. Le Belfast de l'abdomen. L'escalade. La concentration de la douleur.

« Elles disent que tu t'en sors bien. Elles disent : Duchamp, il... il va s'en sortir. Avec un peu de dialyse et... »

Une matière jaune s'échappa de la bouche de Duchamp, assez

consistante pour ramper comme un ver le long de son menton. Alex lui tendit des kleenex et, avec un haut-le-cœur, les reprit roulés en boule un peu plus tard. Faute de poubelle en vue, il les mit dans la poche de son manteau.

« Ouais, c'est ça, comme un flocon de neige dans un incendie, je vais m'en tirer, putain », dit Brian en éclatant d'un rire bientôt interrompu par un énorme grognement et une secousse brutale. Il regardait vers son sexe avec une panique non feinte, et Alex, en réaction, se souleva sur son siège, survolant des mains la zone correspondante de la couverture, comme si ça pouvait servir à quelque chose.

« Un tuyau dans la bite », expliqua Brian lorsque la crise fut passée, et Alex n'insista pas pour en savoir davantage.

« Vous avez choisi votre menu pour le déjeuner, monsieur Duchamp ? demanda une infirmière pulpeuse qui s'était matérialisée au pied du lit. Vous savez ce que vous avez envie de manger ?

— Tes nichons », répondit Duchamp en riant de bon cœur. Malgré lui, Alex ne put s'empêcher de rire à son tour.

Les infirmières sont célèbres pour leur stoïcisme, mais cela ne veut pas dire pour autant qu'elles soient imperméables à la rancune. Le visage de celle-ci laissait clairement entendre qu'il y aurait un prix à payer, plus tard, après le départ d'Alex, une humiliation physique quelconque. Duchamp lui-même parut s'en rendre compte, et il baissa la tête.

« Non, sérieusement, madame l'infirmière, rien, rien, rien. Peux pas. Ça descend pas.

— C'est ce qu'on va voir », dit-elle sèchement, avant de poursuivre sa tournée. Alex regarda le visage de Duchamp achever sa métamorphose, de satyre brutal en enfant apeuré.

« Elles sont gentilles ici, dit Brian d'une voix humble, en appuyant sur le bouton. Elles font de leur mieux, tu sais. Mais je préfère les Noires, quand même. Plus joyeuses. Oh mon *Dieeeu… aaah…* »

Alex resta assis sans rien dire pendant encore dix minutes, au prix d'un effort de volonté colossal. Il aurait préféré être n'importe où plutôt qu'ici. Il était incapable de détourner son regard ou ses pensées du voisin de lit, qui était beaucoup, beaucoup trop jeune pour être là. C'était un véritable affront à l'identité d'Alex que ce jeune homme si peu à sa place. C'était obscène. Il y a un temps et un lieu pour la jeunesse, et ce n'est certainement pas dans un service de cardiologie. *Excusez-moi* — c'est ce qu'on avait envie de demander à l'infirmière la plus proche —, *mais pourquoi exactement ce jeune homme est-il mourant ? Il n'a vraiment rien de mieux à faire ? Il ne devrait pas être en classe ?* Les hôpitaux s'appellent toujours Sainte-Marie, Saint-Étienne, Saint-Machin. Ils devraient tous s'appeler Job. Job est le vrai saint patron des hôpitaux. Job a des couilles. Job demanderait : pourquoi ce jeune homme ? Pourquoi le service pédiatrie ? Pourquoi (et cette dernière question est presque intolérable) ces bébés en soins intensifs ? Pourquoi des bébés sont-ils intensément malades ? Qu'est-ce qui se *passe* ici ?

« Brian, dit Alex en tentant de reprendre son souffle après cette escalade mentale, Brian, il faut que j'y aille, je crois. »

Brian venait encore de conclure une minuscule séquence de sommeil, ce truc qui s'intercale entre deux douleurs. Il ouvrit les yeux.

« Tandem. Avant qu'j'oublie. La Kitty. T'as fait du bénef sur la Kitty ?

— Oui », dit Alex. Où avait pu passer cette Kitty-là, il n'en avait aucune idée. Elle s'était évaporée. Envolée en spirale, comme du papier calciné dans une cheminée, avec tout le reste de la semaine.

« Ah ouais ? T'as réussi à la vendre, alors ?

— *Oui* », dit Alex avec emphase, en tendant la main vers sa besace. Il sortit son chéquier d'une des poches et fourragea dans les ténèbres de l'armoire de Brian à la recherche d'un stylo.

« Combien ? Beaucoup ?

— Quinze mille.

— Quinze *mille* ?

— Oui. Elle est morte hier.

— Hier ?

— Oui. Les prix ont flambé. Je suis allé à la Columbard. Aucun problème pour la fourguer. J'aurais dû t'en parler plus tôt.

— *Quinze mille* ?

— Quinze mille.
— Oooh *putain.* »
L'espace d'un instant, ils étaient redevenus des Autographistes. Absorbés par leurs affaires.
« Donc, quinze, moins mes quinze pour cent…
— Oh là ! Dix, tu veux dire.
— C'est vrai. T'as raison, Brian. Tu sais quoi ? On laisse tomber ma commission. Moi aussi, j'ai réussi un gros coup aujourd'hui.
— T'en es bien sûr ?
— Certain.
— Vingt *dieux* ! Et ils s'en sont pas rendu compte ? Ils se sont doutés de rien ?
— Pas une seconde. T'es trop fort, Brian. »
Alex remplit le chèque. Le signa. Le brandit au-dessus du visage de Brian.
« Quinze mille livres et zéro pence, lut Brian, lentement, solennellement. Oooh *putain*. Payable à l'ordre de Brian Duchamp. C'est moi. Même si *Dieu* sait quand j'aurai l'occasion de les dépenser. Signé Alex-Li Tandem, poursuivit-il, soulevant un doigt et l'appuyant doucement sur le poignet d'Alex. C'est *toi*. »

4

Pas le courage d'affronter le métro, les lignes souterraines, l'idée d'*être sous terre*. Et pas le courage d'affronter un taxi, ces théâtres obscurs où se jouent des monologues cockneys. Recraché par l'hôpital en plein milieu de nulle part, Alex tombe en revanche sur une ligne aérienne qui le rapprochera raisonnablement de Mountjoy. Le quai n'est que cigarettes et collégiennes. On a vraiment l'impression de voyager. Le train ne se contente pas d'*apparaître*, comme il le fait sous terre. Sous terre, on s'impatiente du retard, parce que profondément on ne croit pas que le métro ait vraiment une distance à parcourir. Il devrait simplement *être* ici, et ensuite *être* là-bas. Mais avec le métro aérien, on attend, on attend même assez gaiement, et on sourit quand on la voit arriver, la rame, négociant le virage sous le vaste ciel azur, faisant tchouk-tchouk le long des arbres et des maisons.

Les portes s'ouvrent. Tous les gens du Nord de Londres connaissent cette ligne affectueusement rebaptisée le Train de la Liberté. Il n'y a pas de composteurs, et jamais personne ne paie. Les ados y fument, les clodos y vivent, et les fous aiment à s'y asseoir en lotus et à engager la conversation. Il vous emmène jusqu'aux grands parcs tout en haut de la ville, et jusqu'aux ghettos tout en bas. Les profs le prennent parce qu'ils peuvent étaler leur paperasse et leurs copies sur les nombreux sièges vides et s'y plonger calmement. Les infirmières y dorment. Les musiciens qui font la manche donnent des concerts sans être interrompus. Les chiens sont les bienvenus. Parfois, quand vous montez dans un wagon, les nuages de marijuana vous piquent les yeux. À regarder le monde qui défile par les fenêtres, on croirait que la ville n'est que forêts et écoles, stades et piscines. Les noires usines sataniques doivent se trouver ailleurs. L'endroit tout entier ressemble à la Terre promise.

Alex appelle Esther et parle à Kitty. Il lui annonce la nouvelle.

« Mais c'est *incroyable* ! suffoque-t-elle, poussant des jurons en italien. Pourquoi autant d'argent ? Mon *Dieu* ! Vous êtes comme le Magicien d'Oz, ou je ne sais quelle créature incroyable. J'en reste complètement sans voix. Complètement. Je ne trouve pas une seule chose à dire ! C'est *extraordinaire* ! Je n'entends jamais une chose pareille ! Je vous embrasserais sur-le-champ si vous étiez là ! Mais je ne comprends pas... *comment* c'est *possible* ?

— Kitty... », commence Alex, mais il n'y a plus personne. Il attend.

« Alex, dit Esther, je ne peux plus continuer à la balader comme ça. Il fait froid. Il faut que tu rentres. Il faut que tu lui dises. Si tu lui dis pas, moi, je vais lui dire. J'aurais jamais dû accepter, c'est carrément ridicule : tu imagines ce qu'elle va ressentir, quand on lui dira ? Correctif : quand *tu* lui diras. Ça me rend malade d'avoir dit oui à ce plan. Écoute, faut que j'y aille. Rentre à la maison *tout de suite*. »

À mesure qu'Alex se rapproche de Mountjoy, il sent une ombre envahir son cœur. Peut-être qu'il pourrait descendre à une autre station ? Et recommencer à zéro ? Il n'y a pas de Kitty à Larkin

Green, par exemple, pas d'Esther ni de promesses intenables, pas de *gâchis*, pas de vie de Tandem avec ses réalités et ses obligations. Il sort son paquet de tabac et pose les pieds sur le siège d'en face. Il est envahi d'un sentiment très inhabituel, un sentiment qu'il n'a jamais éprouvé de sa vie. Il ne veut pas rentrer chez lui.

À Mulberry Road, une femme monte dans le train avec un VTT. Environ un an après la mort de Li-Jin, Adam s'était pointé chez les Tandem, à l'ancienne maison, visiblement amusé.

— Quoi ? Qu'est-ce qu'il y a de si drôle ?

Alex n'avait cessé de harceler Adam tandis qu'il traversait la maison en silence jusqu'à la cuisine. Sarah lui offrit une tasse de thé. Il prit place à la petite table en plastique qu'ils avaient à l'époque, sans cesser de sourire. Et personne n'avait osé sourire dans cette maison, pas depuis un an, pas depuis l'événement. Alex se rappelait à quel point il avait été choqué de voir ce sourire.

— *Allez*. Crache le morceau. Maman, dis-lui de cracher le morceau. *Qu'est-ce qu'il y a ?*

— C'est juste que... j'étais dans le métro, le Train de la Liberté. À l'instant.

— Et alors ?

— Alors y a un type qui monte avec un vélo auquel il manque une roue. Et puis, à la station d'après, y a un autre type qui monte, dans le même wagon, avec une roue de vélo, mais pas de vélo. Tout le monde a remarqué. Tous les passagers. On était pliés de rire. Sauf ces deux blaireaux. Ils se sont même pas *regardés*.

— *Et alors ?*

— Et alors rien !

Alex se remémorait à présent ce rire rayonnant. L'aurore répétée de ce sourire. Il avait du tact, Adam, et même à cet âge il savait que l'aptitude à la joie peut blesser ceux qui en sont privés. Sarah et Alex, encore transpercés, encore *ébranlés* de chagrin, ne lui rendirent qu'un regard vide. Adam avait fait de son mieux pour aplatir ce sourire, mais il ne cessait de se redresser.

CHAPITRE NEUF
Atteindre la source

1

Les hommes qui ne veulent pas rentrer chez eux vont dans un bar. Alex le savait, car il avait vu ça dans les films. Ils vont dans un bar, et le barman, qui est américain, qui est new-yorkais, fait un certain geste de réticence — un froncement de sourcils, suivi d'un haussement d'épaules discret et indulgent — lorsqu'on lui demande de verser un autre whisky. Alex voulait un bar de ce genre, mais Mountjoy n'en offrait pas un seul. Si les gens y buvaient, c'était en mangeant des plats chinois, assis à une table, une serviette sur les genoux.

Il n'y avait que Bubbles, en haut de la grand-rue, avec ses fenêtres bouchées et ses fréquents changements d'identité (on pouvait facilement deviner l'âge d'un habitant de Mountjoy rien qu'à sa façon de désigner ce bar. C'était Bubbles, la Montagne, Chez Ben ou Follies pour les moins de trente ans, c'était le Bar Zéro pour les nouveaux venus, et il y avait même quelques âmes vénérables qui se rappelaient y avoir mangé des gâteaux ou posté des lettres). Ça avait une mauvaise réputation, Bubbles. On murmurait des histoires de drogue. Les gens qui y buvaient ne savaient pas s'arrêter. Et, presque tous les soirs de semaine, on pouvait voir l'unique célébrité de Mountjoy en ressortir titubant, le visage cramoisi, le nez fleuri. (Un « trésor national » que cet homme : un merveilleux acteur, très physique, un ours qui avait passé trente ans à conférer les gestes tragiques de Marc

Antoine, de Brutus, d'Othello à une succession de policiers, de médecins et de paysans du petit écran. Un jeudi soir, il avait fait son roi Lear écumant dans la grand-rue, maintenu d'aplomb par la poigne de fer de deux producteurs de télévision fort peu amusés, expressément dépêchés par la chaîne pour l'arracher à Bubbles et le ramener au studio, de préférence dégrisé.)

Comme la plupart des habitants de Mountjoy, Alex n'avait jamais franchi la porte de Bubbles. Il ne savait absolument pas à quoi ça pouvait ressembler à l'intérieur (à l'extérieur, son enseigne était célèbre par ses efforts héroïques pour s'allumer, et par ses échecs répétés et chaque fois différents : il manquait tantôt la tige du verre, tantôt les bulles roses qui débordaient en gargouillant, tantôt la cerise rouge lumineuse). À vrai dire, il n'en sut pas davantage en ouvrant la porte. Il faisait tellement sombre. Il était cinq heures de l'après-midi sur le trottoir, éternellement minuit à l'intérieur. Quatre ou cinq personnes évoluaient parmi les ombres Pas de musique. Une minuscule et lugubre boule à facettes tournoyait, et ses millions de petits projecteurs grimpaient le long des murs, cherchant en vain ces millions de danseurs qu'ils avaient saupoudrés de poussière d'étoile vingt ans plus tôt. Ailleurs, on avait eu des velléités de fresque balnéaire : une beauté brune aux seins nus n'était colorée que jusqu'au nombril. Ses jambes étaient creuses, tout juste ébauchées. Les huit larges feuilles du palmier scintillaient de paillettes vertes en nombre tristement réduit. Dans un autre recoin, un trou dans le mur pour le DJ, muré par des planches. Quelque chose qui ressemblait à un barman et à un bar. Alex prit cette direction-là et commença.

Qui avait eu l'idée de boire par ordre alphabétique ? Ce n'était pas dans cette intention qu'Alex avait franchi la porte de Bubbles. Il était juste venu boire un verre, peut-être des verres, peut-être *desss verresss*. Mais, après cinq whiskys rondement engloutis, l'idée s'était comme *présentée* d'elle-même. Et Roy, qui était le barman et portait donc une part de responsabilité, Roy n'avait opposé ni froncement de sourcils ni haussement d'épaules réticent. Oh, non.

Roy avait dit : *Vas-y, mon garçon.*

Et Tommy, un Irlandais lourd de sens et de graisse, et qui d'ailleurs avait peut-être lancé l'idée, avait renchéri : *J'te pârie vingt sâcs qu'tu dépâsses pâs le Hâche, beûrdel.*

Ce qui était un défi. Et les hommes ivres relèvent les défis comme ils respirent.

Une absinthe, donc, pour démarrer en fanfare. Alex sentit un nuage couleur de mûre envelopper chacun de ses globes oculaires, et se lança dans une discussion avortée sur les artistes célèbres et l'absinthe.

« Pasqu'en un sens, tu vois, Roy, l'art et l'absinthe étaient genre *inextricablement entremêlés*, pas vrai ? Ça faisait venir la muse, ça leur enflammait l'esprit...

— Ça leur bourrait la gueule, oui, c'est tout ce qu'ils y gagnaient. »

La bière et le Cointreau traversèrent son organisme comme une lourde brique orange. À ce stade, Roy le prudent tendit la main par-dessus le comptoir, examina le portefeuille d'Alex et secoua la tête. Quelques minutes plus tard, Alex se retrouva au coin de la rue, tanguant impatiemment en faisant la queue au distributeur. Il faisait encore jour, au-dehors, et il n'était pas prêt, et il tomba à la renverse. Deux femmes, la mère et la fille, le regardèrent faire en échangeant des signes de tête. De retour chez Bubbles, égratigné mais riche, il fit claquer sa liasse de billets sur le comptoir.

« D..., marmonna Roy, qui à présent se piquait au jeu. D, Phil ? T'as une idée pour D ? »

Phil, un homme vieillissant, en blouson de cuir, ses lunettes suspendues à son cou au bout d'une chaîne, émergea très lentement du coin des machines à sous, laissa traîner son regard sur son taxi noir délaissé, garé devant la porte, et, enfin, s'approcha du bar.

« D ? Non, j'ai pas d'idée, Roy. Pas d'idée pour D.

— Daïquiri, dit Alex en se frappant la paume avec son poing.

— Demi pression », corrigea Roy d'une voix douce.

La bière réapparut sous un nom de marque pour F, juste avant le Gin, familier et malveillant, suivi d'un Hot Whiskey volcanique, concocté par Tommy qui (avec un athlétisme inattendu) bondit par-dessus le bar pour le préparer.

Le I leur donna à réfléchir. Le I les fit caler un moment.

« Ibérie… *Ibérien…*, se hasarda Phil, qui faisait des mots croisés.

— Je pourrais faire un *Iced* quelque chose, proposa Roy. Avec de la glace pilée. Ou autre chose. »

Mais ce fut un Irish Whiskey, la chaleur réconfortante d'une bougie dans la gorge. Une autre bière au nom allemand fit office de J, et le Kahlúa, épais et sucré, lui recouvrit la langue d'une couche de peinture impossible à enlever. La Lager et le muscadet furent versés dans un même verre à la manière d'un blanc limé. Et puis les choses se gâtèrent. Tommy, qui avait bu du whisky tout du long, rendant à Alex coup pour coup, se mit à expliquer que le problème avec ces connards de Juifs c'est qu'ils veulent toujours tout diriger. Alex lui balança un coup de poing, manqua sa cible et s'étala par terre, où il resta gisant quelque temps à vitupérer son catholicisme. Après quelques échanges, Tommy convint qu'il n'y avait pas plus malfaisant que les bonnes sœurs et que d'ailleurs, personnellement, il détestait Dieu. Roy fit un discours assez émouvant sur la tolérance (« Tout ça, c'est rien que des conneries, d'abord, enfin, *sérieusement* »), et Tommy offrit à Alex un Irish Whiskey, et Alex en offrit un à Tommy. Et puis une femme entra. Elle avait la quarantaine et pas beaucoup de chair sur les os, mais cette chair (comme disait l'acteur Spencer Tracy de son grand amour), c'était du premier choix. Elle avait une coupe de cheveux millésimée, et ses nombreux atours de denim étaient tous farouchement étroits et délavés. Elle faisait l'effet à Alex d'un grand stylo feutre bleu, presque à court d'encre, et surmonté du mauvais capuchon (jaune, en l'occurrence).

« Ça alors, une f… », confirma Alex en claudiquant vers les toilettes pour se refaire une beauté. À son retour, il avait les cheveux mouillés et il ressemblait à Raspoutine. La femme était derrière le bar.

« Stella, Alex, Alex, Stella », dit Roy, tandis que Stella essuyait lugubrement un verre comme s'il y en avait cinq mille autres à venir. « Elle vient pour le coup de feu. »

Une demi-heure plus tard, ledit coup de feu — quatre clients du bookmaker d'en face — encourageait Alex depuis l'extrémité du comptoir pendant que Stella alignait devant lui un rhum, un sherry et un Tia Maria.

« Pourquoi tu fais ça, au juste ? » demanda Stella.

Aucun des hommes présents n'avait jugé bon de poser la question.

« Je veux dire, poursuivit Stella en s'appuyant sur un coude rose et pointu, pourquoi tu rentres pas chez toi, tout simplement ?

— Pasque, dit Alex en se dressant sur le rebord du bar et en agitant l'index, *j'veux pas* rentrer chez moi. SAMINTRESSPÔ DRENTRERCHMOI MFAIRGUEULERDSSUS PRUNEFEMME *KEUM TOUEU*.

— Comme tu voudras », dit Stella.

La controverse sur le U s'égara dans des méandres, comme un fil décousu dans la conversation. On finit par l'oublier lorsque Phil mit en marche le juke-box, et Alex tourmenta Stella jusqu'à ce qu'elle danse avec lui, ou plus exactement jusqu'à ce qu'elle le laisse sombrer dans l'inconscience sur son omoplate tandis qu'elle répartissait le poids silencieusement d'un pied sur l'autre.

« Demain, c'est la yaar-tsaïte de papa ! dit-il en se réveillant sans crier gare et en redressant brusquement la tête.

— Alors c'est ta dernière soirée de quoi ? » demanda Stella, qui s'écarta à la vitesse d'une femme qui en a vu d'autres avant qu'Alex glisse jusqu'au sol.

Il avait sa fierté ; il gagna les toilettes sans assistance et y vomit dans la quiétude d'une cuvette. À son retour, Roy était debout en plein milieu de la salle, le portable d'Alex à la main.

« Adam, dit Roy d'une voix crispée en déchiffrant l'écran miniature. B... Boot ?? Carl. Docteur... Huwang ? Écoute, qui c'est que je dois appeler pour venir te chercher ? »

Ils vinrent, ils vinrent. Au fond de lui, par-delà l'alcool, il comprenait ce que ça signifiait, leur venue. Qu'ils viendraient toujours. Et qu'il y avait là quelque chose de saint. Il se sentit submergé d'une grande vague d'émotion ; comme la plupart des jeunes gens, il en fut effrayé, et la convertit en agressivité.

« Amis ! s'écria-t-il tandis que Joseph s'emparait de sa jambe gauche, Adam de la jambe droite. Romains ! Autographistes ! Prêtez-moi de l'argent. »

Ils le transportèrent ainsi, comme un homme sur une chaise invisible, jusque dans la rue.

« Ne me traite pas d'Autographiste, *moi*, dit Adam d'un ton bourru. C'est *ton* truc. Et le sien. Mais pas le mien. T'as une idée de *l'heure* qu'il est, mon ami ?

— C'est *çaaa*, ouais, ouais, ouais, *bien sûr*... non, parce que toi tu vaux *mieux que ça* : toi, tu veux juste l'autographe de *Dieu*. *S'cusez-moi* d'vous déranger, j'en ai pour une min... Tu veux qu'il se pointe avec son bidule... son doigt de foudre, son doigt avec de la foudre dedans, comme un éclair... et BLAM ! Zzzzzz ! Ha ! Hahahahahaha ! Et qu'il te l'écrive sur le front !

— Non, dit Adam en soutenant patiemment la tête bringuebalante d'Alex qui basculait en arrière en direction du sol. Ça ferait de moi un golem. Alex, lève-toi. *Lève. Toi.*

— Alex, dit Joseph, aide-nous à t'aider. D'accord ?

— *Aide-nous*, répéta Alex, *à t'aider ? Aide-nous à t'aider* ? D'où tu sors ça ? T'as appris ça chez Heller ? Genre, ils te disent, tiens, apprends ça, dans le manuel du parfait petit assureur ou je sais pas quoi ? Le guide pour apprendre à parler comme un crétin ? *Nous pouvons littéralement vous changer la vie. Nous voulons que vous dormiez tranquillement en sachant que vos proches sont protégés. Aidez-nous à vous aider*.

— C'est toi le crétin.

— Ah, c'est *moi* le crétin ?

— Oui, Alex, en ce moment c'est toi le crétin.

— Moi.

— Toi.

— Je vais devoir te demander de sortir pour qu'on s'explique.

— On est déjà dehors. »

Alex pivota pour enfin faire face à Adam, qui lui agrippa la nuque à deux mains, autant pour l'équilibre que par tendresse.

« Qu'est-ce que t'en penses ? Je me bats avec lui ?

— Dans quel but ?

— Dans le but de lui casser sa gueule de con.

— Et tu crois vraiment que t'as une chance ? lui dit Adam en détournant la tête hors de portée de son haleine. Une chance d'y arriver ? »

La tête d'Alex retomba, et son cerveau glissa vers l'avant pour s'immobiliser sur ses yeux. Il les ferma. Il se faisait tard.

« J'crois qu'j'devrais rentrer », dit-il tendrement, en tendant un bras vers Joseph, qui le prit non moins tendrement et le passa par-dessus son épaule.

« Alors, dit Adam tandis qu'ils s'engageaient dans la grand-rue, tu arrosais quoi, au juste ?

— La peur, et... », dit Alex, qui réfléchit quelque temps.

« Le dégoût ? proposa Joseph.

— Oh *oui*. Certainement. *Certainement* le dégoût, oui. »

La grand-rue était morte et méconnaissable, même si les nouveaux restaurants, les boutiques de tissus, la disparition de la boulangerie Levinsky étaient autant de tragédies vieilles d'au moins cinq ans. Ce n'était plus exactement la banlieue qu'avait connue Alex. Seul le sol était inchangé, et il n'avait jamais cessé de le trouver inexplicablement beau : les pousses vertes qui percent entre les pavés, les noms et les empreintes des téméraires qui jadis avaient défié le ciment humide. Et puis les revêtements hétérogènes, dos à dos, monument à l'esprit de contradiction des municipalités successives : des pavés noirs et pommelés, rouges et jaunes, des dalles grises solennelles, vieillissantes et craquelées. Et les préférés d'Alex : des *z* tricotés, à la riche patine bordeaux, comme un chemin qui mène au sommeil. *Arg*. Est-ce que tout le monde dormait ? Les manoirs de Mountjoy, aux façades plates, étaient visibles à plus d'un kilomètre, toutes lumières éteintes. Ils paraissaient dormir, mais Alex savait que chaque allée recelait un projecteur prêt à s'allumer à la moindre intrusion humaine ou botanique. Et, à l'intérieur, chaque maison était quadrillée par ces lasers invisibles qui entrecroisaient leur toile dans les escaliers et sur les paliers. Un piège pour n'importe quel ado de quinze ans essayant de se glisser...

« Tu te rappelles ? demanda Alex en reniflant, se fiant à l'illusion éthylique que ses pensées étaient audibles. Quand Rubinfine sortait avec cette fille indienne... Bal-quelque chose...

— Baljit, dit Adam en souriant. Un vrai *canon*.

— *Baljit*. Et il était passé par la fenêtre, Rubinfine... et il allait repartir par le même chemin... mais ils venaient de passer à l'acte... c'était la première fois, non ?

— Je crois, ouais.

— Et il était tout *étourdi* d'amour... alors... *Arg*... En fait, je peux pas la raconter, trop bourré... Vas-y, Adam, *raconte*...

— D'accord, d'accord, alors il s'est dit : *Je vais juste aller aux chiottes me débarrasser de ça*... la capote, mais y a des lasers plein la maison, et bien sûr il ne le sait pas. Deux minutes plus tard : sirène d'alarme, et puis la police, les pompiers, le père de Baljit un couteau à la main...

— Un couteau à la main ! répéta Alex, au cas où Joseph aurait manqué ce détail.

— Et voilà Rubinfine avec sa kippa, dit Adam en riant si fort que son rire résonnait dans la rue, et une poignée de sperme et de caoutchouc... »

Alex gargouilla de plaisir et cessa de parler ; c'était une joie d'entendre cette vénérable histoire si bien racontée.

« Et il essaie de convaincre M. Baljit que, malgré cet *incident quelque peu malencontreux*, il n'y a aucune raison pour qu'il cesse de confier sa comptabilité à Rube senior. *En slip*, il disait ça. Avec un couteau sous la gorge et la police dans l'escalier.

— En fait, je l'ai *déjà* entendue, celle-là », dit Joseph en allumant une cigarette. Comme il n'avait pas grandi à Mountjoy, qu'il ne s'y était installé qu'à vingt ans passés, on supposait souvent qu'il ignorait ou avait oublié les vieilles légendes locales. En conséquence, il les entendait plus souvent et les connaissait mieux que quiconque.

« Chuuut..., fit Alex en posant un doigt sur ses lèvres. Continue, Ads, continue, mon frère.

— Eh bien, vous comprenez *pourquoi* il disait ça... c'était à cause de son *père*, dit Adam patiemment tandis qu'ils atteignaient le monument et s'y arrêtaient. Il a toujours été *terrorisé* par son père, je vous jure. Il avait plus peur de Jerry et de sa langue que du père de Baljit et de son couteau. Parce que Jerry, c'était, enfin, *c'est* encore une *terrible* brute. Vous n'imaginez pas.

— Avec le père que j'ai, j'imagine très bien, merci, dit Joseph en exhalant la fumée.

— *Ouais*, c'est vrai. Et Jerry est pareil. Il a forcé Rubinfine à devenir rabbin, tout en sachant qu'il n'était pas fait pour ça ; mais impossible de le faire revenir sur sa décision. Alors que Mark aurait passé tout son temps avec ton père à *toi*, Al, s'il avait pu. Il adorait Li-Jin, c'est ce qu'il *voulait*, c'est ce qu'il lui fallait, un père comme ça, tu sais ? Il ne serait peut-être pas devenu aussi taré si on lui avait simplement donné un peu de...

— Ouais, bref, dit Alex, soudain épuisé.

— Je regrette de... » Joseph s'interrompit en lançant à Adam un regard circonspect.

« Non, non, vas-y, continue, dit Alex en se relevant pour la première fois sans aide extérieure.

— Rien... c'est juste que... je regrette de ne pas l'avoir connu, ton père. Enfin, j'aurais aimé avoir plus de temps pour...

— Oh, tu sais..., dit Alex, s'asseyant sur le rebord du monument et sortant de son imper le matos pour un joint. Tu l'as connu le jour de sa mort. Il était en forme, ce jour-là. »

Le monde est composé de lettres, de mots. Sous chaque amitié se dissimule une phrase pénible qui doit être prononcée, si l'on veut survivre à cette amitié.

Cette phrase, c'était la leur.

2

Une histoire drôle de Mondō

Q. Que dit la maîtresse gonflable au petit garçon gonflable qui est venu à l'école gonflable avec une aiguille ?

R. [*"Gros soupir"*].

Cette histoire, racontée par Joseph timidement et sans y croire, fut saluée comme la blague du siècle. Nonobstant les effets délirants du mélange d'alcool et d'herbe, Alex considérait ce fou rire, qui lui déchirait à présent la poitrine, comme absolument sans précédent. Ça faisait quatre minutes qu'il riait et, chaque fois qu'il croyait en avoir fini, un nouveau gargouillement montait en lui, comme l'eau dans un évier bouché. Et puis, brusquement, ce fut terminé. Il exhala longuement, méthodiquement. S'aperçut qu'il avait froid. Il allait pleuvoir.

« Ça va ? » lui demanda Adam en remarquant qu'il frissonnait.

Alex acquiesça. Il tenta de se lever. Rien à faire. Il prit la main qu'Adam lui tendait.

« Je suis désolé pour Kitty, dit Adam, sentant que le moment était moins risqué. Je suis désolé de ce qui est arrivé. Je sais que tu l'avais rencontrée... Je sais ce qu'elle représentait pour toi. J'ai essayé de t'appeler ce matin quand j'ai appris... j'avais peur que tu fasses une bêtise. Je regrette de ne pas t'avoir chopé plus tôt. Je crois vraiment... tu aurais dû les *garder*, ces trucs, Alex, mon frère... T'aurais pas dû les vendre. C'était précieux. Tu les regretteras.

— Hein ?

— On a vu ça dans le journal », dit Joseph. Il se leva, s'étira, bâilla. « Écoute, ne fais pas attention à Adam, il croit que tu collectionnes des reliques ou je ne sais quoi... c'est juste des autographes. Y a pas de problème. C'est ton boulot. Faut pas que t'aies des regrets : c'est ton métier. Tu viens de réussir un des plus gros coups autographiques de la *décennie*. Alors *profites-en*, bordel, moi je dis.

— Nnng ? »

Adam passa un bras autour des épaules d'Alex et le serra très fort.

« T'as eu les honneurs du journal du soir, mon pote, page huit. Si je peux te poser une question... enfin... qu'est-ce que tu vas faire de tout ce pognon ? Ça fait un sacré paquet, mon frère. Parce que la shul... enfin, je veux pas te mettre la pression, mais bon... on en reparlera demain. Même *toi*, t'arriveras pas à tout boire — enfin, je dois reconnaître que ce soir t'as fait de ton mieux... »

Alex s'était mis à dévaler la rue à toutes jambes. Du moins, il avait ordonné à ses jambes de courir, mais le message avait été mal transmis. Il ne contenait pas l'idée d'équilibre, de stabilité, de station debout. Au coin de la rue, il lui arriva malheur et il tenta de se reconstituer sous un porche. En une seconde Joseph et Adam l'avaient rejoint, les mains sur les genoux et les yeux au ciel, car il s'était mis à pleuvoir.

« Y a une urgence ? demanda Adam en reprenant son souffle.

— Vous... suivez-moi... , dit Alex en recommençant à courir. Elle est dans la maison. *Elle est dans la maison.* »

Et voilà que tous les trois s'étaient mis au jogging, tandis qu'il se préparait à pleuvoir sérieusement.

« *Qui* est dans la maison ? Pourquoi on court comme ça ?

— *Elle*. Kitty », dit Alex en accélérant, son imper se déployant comme une cape derrière lui.

« La cassette ? cria Adam à Alex qui avait pris une bonne avance. T'as qu'à me la rendre demain. C'est pas un *problème*.

— NON. ELLE. *KITTY*. DANS LA *MAISON*.

— *Alex* », hurla Adam en longeant le vidéoclub, tandis qu'Alex disparaissait derrière le mur arrondi de la banque, à l'entrée de sa rue. « Alex. Ne fais pas de *folie*. »

À cette heure, la rue d'Alex était sépulcrale, résidentielle, et Adam et Joseph s'y engagèrent en silence, craignant de réveiller les parents de leurs amis, sans parler de leurs amis devenus parents, car ces garçons n'étaient plus tout jeunes.

« Alex, *s'il te plaît* », dit Joseph en se jetant enfin sur le portail, à l'adresse du Raspoutine qui s'était lancé dans une quête frénétique de ses clefs. « Du calme. Relax. »

Dans un cri de victoire, Alex extirpa les clefs du tréfonds de la doublure déchirée de son imper.

« C'est *quoi*, cette histoire, Tandem ? demanda Adam, qui dégoulinait dans l'allée.

— Elle. Là-dedans. Kitty. Elle est dans ma maison. En ce moment. »

Il ouvrit la porte et fit le Signe Universel du silence demandé.

« Elle est dans le salon, dit-il dans un chuchotement bruyant et maladroit. Avec Esther. En train de bavarder. Elles aiment bien bavarder. »

Il s'enfonça dans le couloir à pas de loup, ouvrit solennellement la porte du salon ; lorsqu'elle tourna sur ses gonds, il fit une profonde révérence. Et, sitôt dans cette position, il eut la nausée.

Joseph le prit par les coudes et le conduisit au refuge le plus proche, l'évier de la cuisine, où il vomit copieusement, par vagues successives. Il fallut dix longues minutes pour que le flot se tarisse enfin, se réduise à une toux douloureuse, un pur réflexe d'où rien ne sortit, pas même de l'air. Quand il eut enfin terminé, Joseph lui lava tendrement le visage avec un peu d'essuie-tout humide, et voulut lui donner un somnifère extrait de sa prodigieuse collection de médicaments à usage personnel. Il sortit de la poche intérieure de sa veste un petit pilulier d'aluminium et l'ouvrit : des bonbons dans un coffre-fort. Mais Alex refusa. Il avait du sommeil en réserve. S'il avait quelque chose à revendre, c'était bien du sommeil.

Adam entra, soupira, prit son ami par les épaules et le reconduisit au salon.

« J'ai préparé le canapé. Esther doit être en haut — son sac est ici — mais elle voudra pas de toi, tu schlingues. Dors ici, le temps de cuver.

— Mmm.

— Y a pas de nécro, dit-il en désignant le journal du soir sur la table basse. Ça paraîtra demain, j'en suis sûr. Essaie de dormir, maintenant, n'y pense plus.

— Hnng… arg.

— Écoute bien : demain, à dix heures, t'as rendez-vous avec le rabbin Burston, juste pour récapituler. Et ensuite, le service est à six heures. O.K. ?

— Adam…

— Dors, Al. On se voit demain. Demain. À plus, mon frère. »

Et ils partirent. Ils partirent. Il perdit connaissance. Les hommes ne le croyaient pas. Quant aux femmes… les femmes s'étaient liguées contre lui.

3

Il fit un rêve. En *temps-réel*, dans la *vraie-vie*, ce rêve ne dura qu'une minute ou deux. Mais il fut profond, comme souvent les rêves les plus courts. Comme un plongeon vertical dans une piscine. Il se trouvait dans un jardin fabuleux. Un jardin à la française, au vieux sens du terme, autrement dit un pastiche de beaucoup de choses. Il y avait des parterres de roses anglaises, un décor pseudo-indien, un cercle de cyprès, des tamarins. Il y avait des haies strictement taillées, à l'européenne, modelées en froides imitations d'animaux et d'arbres, et un coin japonais où des pierres dessinaient des motifs sur d'autres pierres. Des treillages de bambou encadraient les larges allées et, alors qu'Alex traversait un parterre de fleurs très élaboré, il se dit qu'idéalement il faudrait le voir du haut des fenêtres d'une grande demeure : et voici qu'elle apparut, la grande demeure, une fraction de seconde après y avoir pensé, derrière lui, blanche et majestueuse. Mais déjà il était ailleurs. Un labyrinthe attendait qu'Alex découvre le secret tapi en son cœur : une Diane nue, bandant son arc. Au loin, un lac artificiel se nichait entre deux collines non moins artificielles, simulacre de vallée toscane. La touche finale, c'était le saut-de-loup, cette astucieuse tranchée creusée pour donner l'illusion que le jardin se prolongeait à perte de vue, ou plutôt qu'il n'y avait pas de jardin du tout. Qu'il ne faisait qu'un avec la campagne environnante. Que tout cet ordre était le fruit du hasard, de rivières suivant leur cours et de fleurs poussant à leur guise…

Alex était dans ce jardin. Et lui seul. Les fenêtres de la grande demeure palpitaient au soleil, et quelque part dans cette direction il entendait un quatuor à cordes, le tintement des verres et des rires, contrepoint habituel d'une garden-party réussie. Mais le jardin lui-même était désert, et cela le troublait. Il cherchait fébrilement les jardiniers. Il voulait parler aux hommes qui avaient creusé le lac, planté les arbres, taillé les haies. Il savait obscurément qu'ils n'étaient pas invités à la fête. Où étaient-ils donc ? Il sentit monter la frustration à arpenter ainsi les mêmes chemins encore et encore, sachant que ce n'était qu'un rêve, voulant passionnément se réveiller. Et puis, entre deux sapins dressés en sentinelle, le décor changea. C'était toujours le jardin, mais une autre partie, plus secrète, une féerie des eaux, où s'alignaient bassin sur bassin, parsemés çà et là de monuments, des monolithes de pierre blanche. Dans chaque bassin, parfaitement synchronisés, des hommes nus bondissaient hors de l'eau comme des phoques, exécutant des retournés et des sauts périlleux disciplinés et improbables, et prenant des poses de m'as-tu-vu avant de replonger. C'était magnifique. Alex, en larmes, s'approcha du premier bassin. Il apercevait Esther sur l'autre bord, assise nue sur un siège hybride, mi-chaise de maître nageur mi-fauteuil de metteur en scène, son nom inscrit sur le dossier. Elle ne fit pas un geste, ne prononça pas une parole. Alex s'intéressa de nouveau aux hommes. Des hommes ? La moitié d'entre eux étaient jeunes, dix-sept, dix-huit ans, de véritables Adonis, à un détail près. Une membrane de peau, telle une bourse fermée, leur recouvrait le sexe. Les autres étaient très vieux, mais présentaient la même zone inintelligible sous leur estomac flasque. Mais ils bondissaient ! Ils bondissaient tous ! Plus haut qu'avant, ajoutant une vrille, une impressionnante extension du bras ou de la jambe. Parfois même un cri de joie, une note limpide chantée, puis brusquement engloutie lorsqu'ils perçaient la surface de l'eau. Alex le joyeux se déshabilla complètement et s'avança jusqu'au bord. C'est alors qu'Esther (sans parler, sans bouger) fit savoir que nul homme ne pénétrait dans ce bassin sans avoir déchiffré l'inscription. L'inscription ? Évidemment, Alex se retrouva nez à pierre avec un monument, à essayer de décrypter quelques vers qui y étaient gravés. Mais dans *quelle* écriture ? Hébraïque, latine, copte, russe, japonaise, charabia... les lignes partaient dans un sens puis dans l'autre, en boucles, en courbes, en traits, en points... Les hommes éclatèrent de rire lorsqu'il dit qu'il n'arrivait pas à lire. Esther refusait de lui parler ou de l'aider. Les hommes ne le croyaient pas. Quant aux femmes... les femmes s'étaient liguées contre lui...

Il s'éveilla avec sur la langue un unique phonème essoufflé, et la sensation qu'il allait mourir. Il essaya de rejeter la couverture, mais se retrouva au contraire prisonnier d'un enchevêtrement compliqué, s'acharnant à donner des coups de pied jusqu'à ce que la couverture admette enfin que le divorce était la meilleure solution pour tous les deux. Il percevait sa propre odeur. Il empestait. Certes, nous sommes tous attachés à notre puanteur intime, mais en l'occurrence elle virait au *toxique*. Il y avait de l'hydrogène sulfuré dans la formule. Et sa morve se faisait circulaire, elle avait ouvert une piste entre les trois trous de son visage, et son passage était facilité par des larmes muettes. Pourquoi les femmes s'étaient-elles liguées ainsi ? Qu'avait-il donc *fait* ? Alex et sa schlinguerie quittèrent la pièce et s'engagèrent dans l'escalier. Mais l'escalier n'était pas comme dans son souvenir. Un escalier, découvrit-il, ça ne vous emmène pas plus haut. Contrairement à un escalator. Il faut faire tout le travail soi-même, avec ses petites jambes ; l'escalier, lui, se contente de rester *assis*. Et il n'avertit pas non plus qu'on arrive au bout (il fait noir et la couverture a obtenu la garde des lunettes d'Alex) ; il n'y a qu'Alex, qui sent son pied se projeter violemment dans le vide ; pendant une longue seconde, il bascule en plein dans un nuage, et puis le sol revient, inflexible, indéridable. Le couloir, ça va encore. C'est une ligne droite, il y a deux murs, et Alex a eu la présence d'esprit, bien des années plus tôt, de ne rien y installer sur quoi on risquerait de trébucher plus tard. Toute décoration est un obstacle à venir.

La porte. Le cœur d'Alex fait son grand numéro de cris dispersés, battant quand il veut, où il veut : le gros orteil, le pouce, la cuisse, la poitrine. Alex s'efforce de ne réveiller personne. Il abaisse tout doucement la poignée. Une légère poussée du pied et c'est parti, la lente rotation. Les *voilà*. Il les distingue à peine. Tout juste des silhouettes. Elles sont étendues côte à côte — tête-bêche, c'est comme ça qu'on dit ? Chaque groupe d'orteils pointe hors du duvet à une extrémité opposée, comme deux fillettes en camping improvisé chez une copine. Non. L'image n'est pas bonne. Il est encore trop bourré pour s'en tirer à si bon compte. Comme deux femmes sur la plage ? Non, non. Ça ne marche pas. Son cerveau est fermement décidé à déconner. Comme deux cadavres à la morgue. C'est presque ça. Comme deux cadavres à la morgue dans un *film*. Il ne manque plus que l'étiquette (nom, date de naissance et le reste) attachée à un doigt, le plus humble de tous, de leur vivant : le gros orteil. C'était donc ça ? Le fétichisme de l'orteil ?

Tu regardes trop de films est l'une des grandes phrases de la modernité. Elle contient un début de lucidité quant à ce que nous étions autrefois et à ce que nous sommes devenus. Et il y a peu de gens à qui elle s'applique aussi bien qu'à Alex-Li Tandem, Autographiste émérite. Par conséquent, il était approprié, il était *juste* que sa première pensée soit : *elles sont mortes*. Ça y est. Elles sont mortes. Cette idée (même si elle le traversa et le quitta en moins de temps qu'il n'en faut pour le dire) le vida complètement. Elle l'affronta et en sortit vainqueur. Et puis, la seconde d'après : *Non, non, bien sûr que non*. Les parents connaissent le sentiment, l'avant et l'après. L'horreur, la redescente de l'horreur. Mais ensuite, du moins pour Alex, il y a le prolongement. C'est le prolongement qui est mortel. Car il implique que ce n'est que partie remise. Que ce diagnostic n'était pas faux, seulement prématuré.

Ils n'étaient pas morts.
Mais ils le seraient.
Tous ses proches, tous ses amours.

Les morts sont parmi nous. Il était avec eux dans le métro. Il avait bu avec eux ce soir. Ils l'avaient ramené chez lui ; il les regardait à présent. Sur les murs, en noir et blanc, mais aussi dans ce lit, en Technicolor rutilant. Un enfant sait cela, et on lui dit de vivre avec. Un célèbre Irlandais le savait, il s'était réconcilié avec cette idée et a dit tout ce qu'il y avait à dire à ce sujet. Mais l'idée continuait de hanter Alex. Si élémentaire qu'elle puisse paraître, elle persistait à lui poser problème. Dix ans plus tôt, la sœur de Sarah était venue en visite avec ses jeunes enfants, et Naomi, la cousine d'Alex, avait refusé de dormir dans cette chambre parce qu'elle avait peur des « morts sur les murs ». Tout le monde avait ri, au petit déjeuner. Alex avait ri. Tout le monde avait ri. Parce qu'il ne faut pas, dit tout le monde, prendre les choses trop à cœur, en faire une affaire personnelle : et donc il avait obéi, c'était *un homme*, après tout, il était *adulte* (expressions stupides, mais, se disait-il, voilà sans doute ce que tout le monde entend par là : *ne prends pas ça trop à cœur, n'en fais pas une affaire personnelle, l'âge adulte, être un homme*). Il n'en avait pas fait une affaire personnelle, et ce pendant des années. Il en avait fait une affaire cinématographique, ou télévisuelle, ou pas une affaire du tout. Mais voilà que ça revenait — il tenta de s'agripper au chambranle pour se maintenir debout —, voilà que venait le coup de la mort, la gifle de l'infini, et sa puissance était dévastatrice. Il se détourna violemment, serrant dans sa main quelque chose qu'il avait involontairement arraché du mur, la bouche béante comme si on lui avait creusé un trou dans la figure à coups de pied. Mais il ne fit pas de bruit. Il ne voulait pas réveiller les morts. Il gardait le contrôle, malgré tout. Il trouva un endroit où on ne pourrait pas l'entendre, un endroit chaud et sec et plein de serviettes, et il dit son Kaddish sans geste ni rituel : un chant humide entre ses mains.

CHAPITRE DIX

Dans le monde

1

On sonna à la porte. Alex descendit l'escalier en rampant. *Littéralement* en rampant. Terrifié par son élan irrépressible mais appréhendant la bipédie, il rampa, puis, quand ses genoux demandèrent grâce, s'aplatit de tout son long et termina en glissade. Il ouvrit la porte d'entrée à quatre pattes, le bras tendu vers la poignée.

« B'jour, dit Marvin.

— Marvin, dit Alex en se remettant sur ses pieds.

— Comment c'était, New York, mon frère ?

— Grand. Fatigant.

— Effectivement, t'as l'air fatigué.

— J'ai dormi dans l'escalier.

— Mm-mm », fit Marvin en sortant son carnet.

Quelque part, un oiseau chanta les quatre premières notes de « Ain't Misbehavin' ». La lumière était blanche, la rue surexposée. Personne n'aime plus évoquer la première journée de printemps, elle est perçue comme du sentimentalisme délibéré de la part de la nature. Mais, pour Alex, aujourd'hui avait un goût de printemps. Avec le soleil, on sentait venir, tout proches, presque à portée de main, Pessar et Pâques et un long week-end cossard à regarder des mauvais films avachi dans un canapé. Le jour tout entier était en fleurs.

« Tandem ? dit Marvin, levant la tête et suivant le regard d'Alex, qui montait droit vers le ciel délavé.

— Mmm ?

— Tu passes ta commande ou quoi ?

— Sacrée journée, non ?

— *Chaque* jour est une sacrée journée.

— Qu'est-ce que tu veux *faire*, Marvin ? coassa Alex, avant de recracher la grenouille en toussant.

— Je te demande pardon ?

— À part être agent laitier. Je veux dire, qu'est-ce que tu veux faire de ta *vie* ? »

Marvin poussa un grognement éloquent, tel un universitaire déçu, et se frappa le front. « Je vais te dire un truc, d'accord ? C'est une question idiote, d'accord ? C'est la vie qui va me faire des choses à *moi*. Et tout est là. Et tout est bien. Des yaourts ?

— Non, non... juste du lait. »

Marvin émit le même son désappointé. Il mit les mains sur les hanches. « Écoute. Je t'ai vu dans le journal, d'accord ? J'allais même pas t'en parler, parce que ces trucs-là, ça me branche pas, pas du tout. J'ai ce qui me revient, je cours pas après le bien des autres. Je suis pas comme tous ces brothers complètement envieux. Mais, en même *temps*, je dois dire que je partais humblement du principe que dorénavant tu serais peut-être *un peu plus* aventureux dans tes choix laitiers. Maintenant que la situation a changé. Car malgré tous nos rêves, poursuivit Marvin, la mine sombre, ce monde reste quand même un marché, mon frère. Et me voilà obligé de mettre les points sur les *i* parce que c'est toi qui m'obliges à te faire un dessin, tu vois ce que je veux dire ?

— Je vais prendre, dit Alex en regardant, par-dessus l'épaule de Marvin, sa camionnette, des trucs, là, genre milk-shake, un de chaque, quelques yaourts, ce drôle de fromage italien que t'as essayé de me fourguer l'autre fois, et puis tout ce qui peut me plaire, d'après toi.

— *You*-hou ! Le retour du fils prodigue », dit Marvin en sifflant, et il redescendit l'allée d'une démarche de maquereau, en claquant des doigts.

Quelques minutes plus tard, les bras chargés d'un carton

contenant divers stades de lait fermenté, Alex rentra dans sa maison, éprouvant comme un regain d'espoir. Il ferma la porte d'un allègre coup de postérieur. Esther était dans le couloir. Flottant dans un peignoir chinois de soie noire qui appartenait à Alex, ouvert sur son corps. Dans un geste de protection, elle en rapprocha les deux pans et les maintint fermés en croisant étroitement les bras contre sa poitrine.

« Te voilà », dit-il, et il avança vers elle, mais elle recula. Le visage d'Esther était un modèle de transparence économique : il ne rapportait jamais que ce qu'on y avait investi. Et, en cet instant, c'était l'image même de la douleur.

« Laisse-moi poser ça », dit-il en désignant le carton d'un mouvement de tête. Il entra dans la cuisine et le déposa sur le plan de travail. Quand il se retourna, il y avait deux femmes sur le seuil.

« Je suis fatiguée, dit Esther. Je suis assez en colère, aussi, et même *très* en colère, mais avant tout je suis vraiment… *fatiguée*. Il faut que tu écoutes. Et que tu écoutes sans rien dire. »

Alex se lança dans son bruit favori, la première personne du singulier, mais elle tendit la main pour l'arrêter.

« Je crois qu'il faut d'abord que tu écoutes Kitty, Alex, d'accord ?

— Bonjour, Alex », dit Kitty d'une voix calme. De tous les trois, elle était la seule déjà habillée.

Alex réessaya d'émettre son bruit favori, ce *Je* insistant, mais Esther secoua la tête.

« Vous savez ce que je fais ce matin ? dit Kitty en dépliant un journal qu'elle tenait à la main. Je me réveille très tôt, et je vous enjambe. Et je descends et je prends le journal sur le paillasson. Et je lis ma propre nécrologie. Et ça, dit-elle en souriant sans conviction, c'est ce que j'appelle une façon assez rude de commencer la journée.

— Kitty, je…

— Dans laquelle il est dit, entre autres choses, qu'au bout du compte ma carrière a été plutôt insignifiante, et que… ah, voilà : *"elle n'aura finalement marqué l'histoire du cinéma que pour les collectionneurs, sur lesquels son autographe exerçait une fascina-*

tion quasi mystique". C'est joliment dit, non ? Apparemment, c'est toute ma vie résumée en une phrase.

— Oh, Kitty, je suis désolé. Je suis tellement désolé. Je pensais... c'était juste pour un jour... j'ai pensé que ça valait le coup...

— On y dit également, continua Kitty en essuyant une larme, que, malgré mon talent naturel, j'ai gâché mon potentiel dans des frivolités... suit une évocation de diverses frivolités décrites de la manière la plus *vulgaire* possible... et puis, où est-ce déjà ?... ah, oui, que je suis devenue *plus célèbre à Hollywood pour les hommes et les femmes avec qui j'avais couché que pour les films que j'avais faits*. C'est idiot d'être bouleversée pour ça », ajouta-t-elle en portant à présent les deux mains à ses yeux, laissant tomber le journal. « Je suis trop vieille pour ce genre de vanité... mais je ne sais pas. Je ne me suis jamais prise pour Joan Crawford, comprenez-moi bien. Mais vous vous rendez *compte* ? Lire *ça* ? Vous vous rendez *compte* ? »

Alex ouvrit la bouche, se ravisa.

« Et le pire, c'est que c'est écrit soi-disant par un ami à moi, ces cochonneries, c'est incroyable. » Kitty jeta le journal dans l'évier avec un petit bruit de dégoût. « On espère toujours que les autres... enfin, qu'ils auront de vous une meilleure opinion que vous-même.

— Tout ce que je peux faire, dit Alex lentement, c'est vous demander pardon. C'est tout ce que je peux faire. »

Kitty acquiesça. Esther l'entoura d'un bras protecteur, mais Kitty ne tarda pas à se dégager.

« C'était malhonnête, Alex, dit-elle en le regardant droit dans les yeux et en faisant un pas en avant.

— Je l'avais *prévenu* que c'était une très mauvaise idée, s'écria Esther d'un ton véhément. Le *pire* karma possible.

— Et plutôt déloyal envers moi, dit Kitty d'une voix adoucie, comme si elle s'adressait à un petit garçon.

— *Complètement* déloyal, renchérit Esther avec une véhémence (Alex s'en rendait compte à présent) qui s'étendait visiblement à d'autres questions. Il faut rendre cet argent *immédiatement*.

— Ah, attention, je vous prie, une petite minute, dit Kitty en émettant un bruit délicat de désapprobation, et en posant un doigt sur la main levée d'Esther. Il ne s'agit pas non plus de se comporter comme des *fous*. »

Cette fois, Alex s'avança vers Kitty et la prit par les épaules. « Cet argent est à *vous*, dit-il, et ça n'aurait aucun sens de le rendre. Même quand ils s'apercevront que vous n'êtes pas... alors ça n'en aura que plus de valeur, parce que désormais vous serez l'actrice que tout le monde a crue morte et dont l'autographe s'est vendu à prix d'or le jour où tout le monde vous a crue morte... et ainsi de suite. C'est comme ça que ça marche. Tout ça, c'est absurde, de toute façon. Prenez cet argent, Kitty. Prenez l'oseille et *tirez*-vous avec.

— C'est un argument intéressant, répliqua-t-elle en se léchant le doigt et en enlevant un peu de sommeil de l'œil gauche d'Alex. Je pourrais me laisser persuader sur cette base. Alors... que faire ? Je garde l'argent, je vois. Moins vos 10 %, naturellement. » Kitty souriait. Alex lui rendait son sourire.

« Je les ai déjà déduits. Quinze mille à peu près. Merci.

— Vous êtes un *bon* garçon, dit Kitty en lui tapotant la joue. Je suis très heureuse qu'on se rencontre. Vous êtes un réaliste, comme moi. C'est bien. Vous me tuez, mais ensuite vous me ressuscitez. Et donc vous êtes pardonné. »

Kitty fit le signe de croix, déposa un baiser sur le bout de ses doigts et tendit la main pour lui ébouriffer les cheveux.

« Vous restez ? Vous partez ? demanda Alex.

— Je *reste*, dit Kitty, paraissant prendre sa décision à l'instant même où elle l'annonçait, encore une semaine ou deux, peut-être. Pas de panique, pas de souci : maintenant que j'ai les moyens, je crois que je vais déménager de votre chambre. Le service n'est pas à la hauteur. Et il faut séparer Lucia et Grace avant qu'elles ne deviennent *complètement* obsédées l'une par l'autre. »

Alex lui baisa la main.

« Eh bien », dit Esther, se mordillant la lèvre tandis qu'une larme parcourait l'arête de son nez, avant de rester accrochée quelque temps tout au bout, « il faut appeler qui de droit pour démentir l'information, et puis il me faut les clefs de la voiture si je veux être à cette putain de fac avant...

— Je vous *laisse* », dit Kitty avec un clin d'œil d'actrice et un parfait sens du timing. Parvenue à la porte, elle reprit : « Je sais qu'il y a un autre grand événement ce soir, c'est bien ça ? »

Alex, les yeux rivés à ceux d'Esther, opina en silence.

« Je ne peux pas venir, malheureusement ; sinon, je crois que le pape me tuerait. Mais peut-être qu'on peut dîner ensemble après, hmm ? Oui, on fait ça. »

Ils se retrouvèrent seul à seul. Esther rompit l'échange de regards et leva les yeux vers le plafond.

« Ouais, donc... Il me faut les clefs de la...

— Tu crois que j'ai fait ça pour moi ? C'est ça le problème ?

— Je n'en sais *rien* », dit-elle en portant vivement les mains à son visage pour mettre un terme à ses pleurs, remettre les pleurs à leur place. « En fait, ça n'a plus vraiment d'importance.

— Tu crois que j'ai fait ça pour la gloire, pour ma gloire personnelle ? C'est ça ? »

Esther ferma la bouche et parla à travers ses dents, un cri staccato gardé en cage. « La question, c'est pas ce que je *crois* que t'as fait. C'est comme pour la fille du canapé : la question, c'est pas ce que t'as fait ou pas fait. C'est ce que je *ressens* à cause de ça. C'est *l'effet* que ça me fait. Tu comprends ? Je vais me faire opérer et pendant ce temps-là toi t'es avec une *fille*. Comment tu *veux* que je réagisse ? »

Il avait désespérément envie de lui toucher le crâne, de l'attirer contre lui. Pour les sauver l'un comme l'autre de ces dialogues minables, ces trucs qu'engendre l'amour, ces trucs d'amoureux. Mais il était en pleine dispute, et on n'a pas le droit de toucher pendant une dispute, même si neuf fois sur dix c'est ce qu'on a le plus envie de faire.

« Je t'en prie, dit-il en renchérissant et en gesticulant, ça fait dix ans qu'on est ensemble. Au cas où tu aurais oublié. Et c'est *ça* que tu penses de moi ? »

Pour le coup, elle l'injuria en l'accusant de manipulation grossière, mais il insista. Et il n'y avait rien de neuf dans cette discussion. Ils en avaient interprété de nombreuses versions depuis six ans. Ça durait, ça durait. C'est ça, les histoires de couple : des spectacles qui durent, qui durent, d'une représentation à l'autre, jusqu'à en être vidés de toute vie, jusqu'à ce qu'il ne reste que les gestes.

« À t'entendre, lâcha Alex, à t'entendre, on croirait que j'ai une morale de rat d'égout, ou pire encore.

— Ne me parle pas de morale, dit Esther avec fermeté. Surtout pas. »

Elle hocha la tête, par trois fois, comme si elle confirmait une question silencieuse. Elle quitta la pièce. Quelque chose céda en Alex, au creux du ventre, quelque chose comme une trappe. L'amour, le retrait de l'amour. Est-ce que c'était ça ? Maintenant ? La métamorphose ? Ce jour où le combat livré à deux, cette guerre contre les accoudoirs en plastique et les hypocrites et les imposteurs et la télé et la bouffe empilée en gratte-ciel et les triples emballages plastiques et les sondages auprès des consommateurs et les chansons d'amour et toutes les religions constituées, où ce combat, donc, devient singulier ? Où il faut tout faire en *solo* ? Ce jour menaçait depuis plusieurs années. Et parfois Alex en rêvait. Le reste du temps, cette seule perspective le faisait mourir de peur. Cette fois, il ne parvint à l'escalier que mû par une poussée d'adrénaline et s'interposa entre Esther et la marche du dessus. Il lui posa la question. Très fort. Plusieurs fois. Est-ce que c'est ça ? Est-ce que c'est ça ? La Fin ?

« On est encore en vie, tous les deux, on est encore là, dit-elle d'une voix lasse, en s'enveloppant de ses bras. La fin, je la vois plus... sanglante. Le poignard, la fiole de poison, tout ça. Tu connais la chanson. Pour le moment, on a évité le pire. Pour la suite... je ne sais vraiment pas, Tandem. On verra bien. »

Elle le contourna et reprit son ascension.

« Écoute, dit-elle, enflammée, et lisant dans son regard l'appel à la clémence, prends une douche, mon bébé. Tu pues. Et va voir Ads. Les journaux, je m'en charge. Je serai à la cérémonie. Et ensuite, on retrouvera Kitty. Ne reste pas ici, ne reste pas dans mes pattes. »

Pas de retrait, alors. Juste une suspension.

2

Sans tenir compte du conseil d'Esther (il était curieux de tester les limites de sa puanteur), Alex prit le bus pour la synagogue de Mulberry ; il s'assit à l'étage, sur les sièges de devant, afin de jouir de cette charmante illusion d'enfance : celle de voler au-dessus de la rue.

« Pas retiré ! lança-t-il à une famille qui faisait ses courses. Juste suspendu ! »

« Je vous souhaite bien le bonjour ! » hurla-t-il à un pasteur.

Tu ferais mieux de travailler, maugréa un vieil homme dans le bus.

« SALUT, BEAUTÉ ! s'écria-t-il en passant le bras par la mince épaisseur de la fenêtre et en faisant signe à une collégienne.

— Va te faire foutre, Humbert Humbert », rétorqua-t-elle en remontant son sac à dos pour mieux lui adresser un salut à deux doigts.

Il descendit à Mulberry Central et demanda à deux Hassidim le chemin de la synagogue progressiste, qu'ils lui indiquèrent avec force regards de pitié. Tout en chantant « Old Man River », une chanson qui lui avait toujours donné le courage dont il avait besoin, Alex s'aventura dans les avenues feuillues de Mulberry. À chaque carrefour ou presque, semblait-il, un Hassid l'attendait pour lui donner le sentiment de n'être qu'une moisissure polluant cette planète. Ils pouvaient donc le humer ? Ou bien est-ce que, plus simplement, ils le *reconnaissaient* ? Percevant, grâce à leurs rayons X spirituels, son âme pathétique, sa foi fermentée. Alex décida de contre-attaquer en les saluant de la main. C'était bon. C'était bon de les saluer. N'obtenir *aucune* réponse à un salut amical, offert le cœur sur la main, voilà qui vous enhardit moralement.

À la synagogue, le service du matin venait de s'achever. Alex apercevait la foule des fidèles et un édifice de béton tout simple dont le vitrail, frappé d'une étoile de David, était scellé dans l'alignement du mur : une shul sans ornement, mais non sans charme. Un couloir de verdure y menait, agrémenté d'un système de sécurité déprimant mais nécessaire, y compris des caméras montées sur pied, tels des périscopes dans un bassin portuaire. Alex sonna et salua le vidéophone. On le laissa entrer.

Le rabbin Burston était dehors, au soleil, à bavarder avec un troupeau de femmes ; du moins, c'est ce qu'Alex supposa. En tout cas, il y avait une meute de femmes, en cercle, qui parlait et qui regardait vers le bas. À l'approche d'Alex, le cercle se brisa et, quoique minuscule, ce fut incontestablement la silhouette, reconnaissable entre toutes, d'un rabbin arrogant qui avança vers lui à grands pas. Alex sentit se dissiper ses derniers résidus de nervosité; c'était rassurant, c'était un réconfort, c'était au moins une chose sur laquelle on pouvait toujours compter : un rabbin n'est jamais timide. Alex avait connu des pasteurs craintifs qui semblaient mortifiés de leur propre existence : comment trouver la foi auprès d'un homme qui a honte de sa foi ? En comparaison, Alex ne pouvait se défendre d'une certaine admiration pour la vocation rabbinique. Les rabbins vous donnaient toujours, toujours leur maximum.

« Salut ! » cria le rabbin Burston. Il devait avoir quarante ans, et il était d'une beauté utopique pour un homme grand comme un enfant de neuf ans. Il portait un jean et une chemise blanche. Il était tout près d'Alex, à présent, et il lui arrivait à la ceinture, et Alex entama un combat qu'il pressentait long et difficile pour ne pas fixer des yeux le rabbin Burston avec plus d'insistance qu'il ne l'aurait fait s'il avait eu une taille normale. Combat perdu d'avance, tant il était fasciné par ce torse incroyablement puissant, cette barbe noire bouclée, ce physique d'hercule si violemment caricaturé par cet homme minuscule.

« Salut.

— ALEX-LI, C'EST BIEN ÇA ? » cria de nouveau le rabbin. Le cercle de femmes couvait Alex de sourires indulgents, et un enfant le montrait du doigt.

« Oui.

— VOUS PRÉFÉREZ DISCUTER DEDANS OU DEHORS ?

— Dehors, c'est très bien.

— TANT MIEUX. MOI AUSSI, JE PRÉFÈRE DEHORS. SUR CE BANC, ÇA VOUS VA ?

— O.K. Dites-moi, il y a une raison... je veux dire, pourquoi vous criez comme ça ?

— C'EST UN TRUC QUE J'ESSAIE PARFOIS, POUR FAIRE DIVERSION » — il se désigna de la tête aux pieds d'un mouvement de poignet —, « PENDANT LES PREMIÈRES

MINUTES. J'AI REMARQUÉ QUE ÇA AIDE, PARFOIS. EST-CE QUE ÇA AIDE ?

— Pas vraiment.

— Oh, fit le rabbin Burston en souriant et en se grattant la barbe. Eh bien, ça ne marche pas avec tout le monde. Je vous en prie, Alex, entrez dans mon bureau. »

Le rabbin contourna un arbre en sautillant et se hissa sur le banc, battant des pieds très loin du sol.

« Bien, Alex. On y va. Le Kaddish. Vous comprenez ce que ça signifie ? Je veux dire, vous comprenez *vraiment* ?

— Oui. Je crois.

— O.K. Expliquez-moi.

— Eh bien, quand je dis que... Enfin, je crois avoir compris en gros...

— SANCTIFIER PUBLIQUEMENT LE NOM DE DIEU EST LE DEVOIR HISTORIQUE DU JUIF ! » hurla le rabbin Burston en agitant en l'air ses deux petites mains. Puis il les abaissa et adressa à Alex un sourire placide. « Enfin, c'est ce que disent les livres. Et c'est vrai. Mais je ne veux pas que vous l'envisagiez comme un devoir. C'est un *plaisir*. C'est un *cadeau* que vous offrez à votre père. Vous entrez dans la shul et vous offrez un cadeau. Et autrefois, quand vous étiez petit et incapable de vous débrouiller tout seul, quand vous faisiez un cadeau à quelqu'un, c'est votre mère qui l'achetait pour vous, vous vous rappelez ? Et elle vous faisait signer la carte, ou elle vous plongeait simplement la main dans de la peinture rouge et elle vous faisait barbouiller. Ça vous est déjà arrivé ? »

Alex n'offrit en réponse qu'un haussement d'épaules neutre.

« O.K. ! » s'écria le rabbin Burston, et puis il se tut. Dans son effort pour ne pas le fixer du regard, Alex leva les yeux dans la même direction que le rabbin, vers les premiers bourgeons timides d'un cerisier, abusés par la clémence du temps.

« J'ai une idée, dit le rabbin après une minute de néant. On va marcher. On va faire le tour de la shul et revenir à cet arbre. Tope là ? »

Le rabbin tendit les mains, et Alex, momentanément perplexe, finit par comprendre non sans horreur qu'il devait le prendre dans ses bras pour l'aider à descendre.

« Ben quoi ? Vous n'avez jamais pris un rabbin dans vos bras ? Je rigole. C'est une blague, dit le rabbin Burston, qui glissa agilement au bas du banc. O.K., on va jouer aux péripatéticiens. On va jouer à Socrate. »

Alex s'était promis au préalable de marcher très lentement en cas de promenade-avec-un-rabbin-nain, mais en fait c'est le rabbin qui le distança d'emblée, et Alex dut presser le pas pour rester à sa hauteur.

« Ce qu'il faut comprendre, dit le rabbin tandis qu'une troupe d'enfants s'écartait de son chemin, c'est que le Kaddish n'a pas été conçu pour la shul. C'est une prière prévue pour la salle d'étude, très informelle. C'est une prière qui est née d'un *besoin*. Ce qui est très rare. Elle n'est pas imposée d'en haut, par les rabbins. Elle est *réclamée* par les fidèles, c'est un cri de *besoin*, un besoin humain. J'imagine que vous croyez encore aux besoins humains, vous n'êtes quand même pas irrécupérable ?

— Non, non : pour ce qui est des besoin humains, je vous suis. J'en ai. J'en vois tout autour de moi.

— O.K. *Bien*, c'est bien. Donc. Vous remarquerez que dans la prière de l'endeuillé on ne trouve pas *Adoshem*, on ne trouve pas *Elohim*, on ne trouve pas de noms solennels pour désigner Dieu. Dans le Kaddish, il n'y a que l'informel, l'intime : *Kudsha Brich Hu*, le Très Saint, béni soit-Il, et puis *Avihun di bizshmaya*, leur Père aux cieux. On voit même *HaShem*, Le Nom, transformé en *Shemo*, Son Nom. Le Kaddish est une conversation entre le Juif et Dieu, entre le fils et le père absent, vous me suivez ? Ça se fait seul à seul, et même si la communauté est essentielle — quand je dis le Juif, je veux dire *les Juifs* — ça reste *un moment d'intimité privilégié*. »

Soudain, le rabbin Burston bondit en l'air et agrippa le bord d'un muret qui entourait le petit jardin de la shul. Il fit pivoter son corps, posa les pieds à plat sur la brique et se redressa. À présent, il faisait à peu près 1,70 m, contre 1,85 m pour Alex.

« Qu'est-ce que vous voulez savoir d'autre ?

— Euh... O.K... des trucs pratiques. Genre : c'est moi qui commence...

— C'est vous qui commencez, et ensuite le minyane répond. À ce propos, je sais que vous n'avez encore que huit personnes, mais je peux vous fournir deux volontaires : ce seront des inconnus pour vous et pour votre père, mais pas pour Lui, et c'est ça qui compte. Donc : vous parlez, vous parlez, vous parlez, vous parlez, et puis on répond. Vous recommencez à réciter, on répond, encore une fois, et puis tout le monde parle en même temps. Vous connaissez votre texte ?

— Presque. En gros.

— Alors on a fait plus de la moitié du chemin, dit joyeusement le rabbin en battant des mains.

— Mais comment ça marche ? Moi, je ne *ressens* rien, balbutia Alex, soulagé de le dire enfin.

— Dans les bras, s'il vous plaît. Cette fois, c'est sérieux : jusqu'à l'autre bout de mur. »

Alex prit le rabbin par les aisselles et lui fit franchir la brèche. Une fois bien campé sur l'autre mur, le rabbin mit les mains derrière le dos et reprit sa promenade en altitude.

« Bien. Donc vous ne ressentez rien. Ça a le mérite de la franchise. Alors vous voulez que je vous convainque, c'est ça ? Est-ce qu'il faut vraiment en passer par l'histoire d'Akiva ? Encore ? Le père et la corvée de bois et les flammes du tourment ?

— Non, non. J'ai bien compris l'idée que je peux apporter à mon père le repos éternel, etc. ; mais ça n'a pas grand sens, puisqu'il n'était pas juif.

— Ah, mais *vous*, vous êtes juif. Mais vous n'êtes pas idiot, vous le savez déjà ; c'est bien pour ça que vous êtes ici. »

Deux enfants passèrent auprès d'eux en courant et en jouant bruyamment à chat, puis, voyant le rabbin Burston, ils se turent et continuèrent à se taper en catimini, chacun rejetant la faute sur l'autre.

« Alex, c'est pas la peine d'avoir l'air si malheureux », dit le rabbin Burston avec une moue désapprobatrice. Il atteignit le bout du mur, s'y assit, puis se lança dans le vide. Il atterrit un peu maladroitement cette fois, dérapant légèrement sur le gravier, mais sans rien de comique ni d'indigne. Ce qui énerva Alex, lequel désirait et espérait par-dessus tout voir les gens perdre leur prestige. Sans quoi, comme dans le cas d'Adam ou d'Esther, on s'attachait trop à eux. Et cela ne faisait que multiplier les risques de douleur future.

« Rabbin, quand même, je… je comprends ce que vous dites, mais je ne vois pas l'intérêt. Pas en ce qui me concerne. »

D'un coup de pied, le rabbin Burston envoya valser quelques gravillons dans le jardin.

« Mm-mm, fit-il en acquiesçant énergiquement. C'est déprimant, de ne pas voir l'intérêt des choses, je sais bien. On a l'impression d'avoir toujours quinze ans. C'est pas un âge idéal.

— J'ai connu mieux. »

Ils franchirent ensemble une grande étoile de David floue, l'ombre du vitrail, qui parcourait lentement le jardin à mesure que le soleil montait.

« Alex. Votre ami Adam m'a dit que votre métier, c'est de collectionner des autographes. Vous voyez l'intérêt ?

— Non, pas particulièrement. Mais…

— Mais ça vous donne du plaisir.

— Un peu.

— Donc vous collectionnez, vous accumulez des choses. Des objets célèbres appartenant à des célébrités. Et dans cette activité, est-ce que quelque chose a le statut d'un don ?

— Comment ça, d'un don ?

— Je veux dire : est-ce que quelque chose, dans votre vie quotidienne, a le statut d'un don ?

— Eh bien, j'y travaille, dit Alex en pensant à Kitty avec défiance. C'est l'idéal laïque, non ? L'amour, l'art, la charité peut-être. Voilà des dons.

— Oui, dit le rabbin Burston en souriant. C'est l'idéal laïque.

— Je ne vois vraiment pas le rapport. Je vous parle de rituel.

— Très bien, alors, fit le rabbin Burston en boxant dans le vide. Allez-y. Parlez-moi de rituel.

— Eh bien, dit Alex tout penaud, d'accord. Donc je l'ai récité hier, le Kaddish, un peu pour m'entraîner… » Ils pénétrèrent dans les ténèbres projetées par le toit de la shul et, privée de la chaleur superficielle du soleil, la température dégringola. Alex frissonna et resserra son manteau. « Je l'ai récité et je n'ai rien ressenti. Enfin, je ressentais déjà quelque chose, mais le Kaddish ne m'a pas aidé.

— Vous étiez tout seul ? »

Alex opina.

« Enfin *voyons*. Est-ce que vous jouez au foot tout seul ? Au hockey ? Est-ce que vous allez au théâtre tout seul ? Est-ce que vous dansez le tango tout seul ? Est-ce que vous faites l'amour tout seul ? Euh... en l'occurrence, je préfère ne pas savoir. »

Alex rit jaune.

« Au bout du compte, dit le rabbin tandis qu'ils parvenaient au cerisier déphasé, c'est *Tsidduk Hadin*, l'acceptation du jugement divin. Au lieu de maudire Dieu pour notre deuil, nous nous élevons et nous le glorifions. Nous acceptons le jugement. Il a donné, il a repris. Nous acceptons.

— Mais pas moi. Moi, je n'accepte pas, marmonna Alex, englouti par un abattement bien trop familier. Ça ne marche pas pour moi. Pour moi, c'est obscène. Toute cette souffrance. Je ne peux pas souscrire à ça, je ne peux pas. »

Une femme, qui depuis une minute rôdait dans les parages en agitant des papiers, prononça à voix basse le nom du rabbin Burston.

« Oui, madame Bregman, j'arrive. Un instant, je vous prie. »

Le rabbin se retourna vers Alex et renversa complètement la tête en arrière, bravant le soleil éclatant pour regarder Alex droit dans les yeux. « Alex. Je suis très occupé, vous savez ? Faites-moi plaisir. Pointez-vous ici à six heures, dites ce qu'on vous a demandé de dire et offrez le cadeau. Vos amis et moi, on a écrit la carte, acheté le cadeau et barbouillé votre main de rouge. Je vous demande juste de vous pointer avec votre main toute rouge, d'accord ? »

3

Chez Adam, sur la passerelle extérieure, en hommage à ce soleil improbable, on prenait le brunch. Les chaises avaient été installées de manière à pouvoir poser les assiettes sur le muret, et les Bruncheurs étaient alignés, leur bière à la main, comme des routiers à un comptoir. Joseph et Rubinfine avaient leur serviette malicieusement fourrée dans le col de chemise, tandis qu'Adam planait au-dessus d'eux avec une poêlée d'œufs brouillés sertis de petites lanières roses de saumon fumé. Sans un mot, Alex se hissa sur le muret près de Rubinfine et s'assit, les jambes pendantes.

« Avant que tu ne poses la question, dit Joseph en regardant droit devant lui par-dessus les toits, c'est la première fois en six mois que je me fais porter pâle.

— Il envisage de démissionner, expliqua Adam. Mais il continue à claquer son salaire. C'est lui qui a payé le saumon. Tu veux une assiette, Al ? » Et, sans attendre de réponse, il partit lui en chercher une.

« J'envisage de démissionner, confirma Joseph d'un ton languide, en repêchant une mouche noyée dans ses œufs. C'est le soleil. Le soleil a provoqué une drôle de révélation.

— C'est toujours le problème avec ce soleil à la con, dit Rubinfine en le désignant de sa fourchette et en fronçant les sourcils.

— C'était quoi, la révélation ?

— Mmm… quelque chose du genre : impossible passer reste vie dans malheur total.

— Ouais. C'est de la bonne.

— Je trouve aussi.

— Qu'est-ce que tu comptes faire, à la place ? demanda Alex en acceptant une assiette surmontée d'une généreuse portion d'œufs et de toasts.

— Être irrémédiablement inemployable. C'est mon projet, pour le moment.

— J'ai eu le même projet, autrefois, dit Rubinfine, mélancolique. Mais ça n'a mené à rien.

— C'est parce que t'es un dégonflé. » Joseph leva sa bière au ciel. « Moi, je compte bien aller jusqu'au bout. Oh *putaaain*, dit-il en se tournant vers Alex pour la première fois, t'as vraiment une *sale* gueule.

— Je crois », dit Alex en s'adressant, par-dessus Joseph et Rubinfine, à Adam, le guettant, guettant sa compréhension, « qu'Esther risque de me quitter. »

Adam eut un regard affolé, puis détourna les yeux, comme s'il venait de surprendre ses parents dans leur intimité. Joseph ouvrit une bière et la lui tendit. Rubinfine dit : « Tout le monde quitte tout le monde, à la fin. »

Alex se rembrunit. « Oui, mais c'est *pas* la fin, espèce de blaireau. C'est bien ça le problème, non ? Je crois qu'elle va me quitter à *mi-chemin*.

— Seul Dieu est constant, affirma Rubinfine en arrachant le poivre des mains de Joseph, qui était en plein saupoudrage. Et ce qu'il nous a donné, ce sont des fins. Les choses finissent, ici-bas. Elles ne finissent pas, *là-haut*. » Il désigna le ciel. « C'est le don qu'il nous a fait : les fins. Maintenant, vous allez peut-être me dire : *Ouais, c'est super comme cadeau, mais je peux pas le rapporter au magasin pour l'échanger ?* Et à cela, moi, je vous répondrai…

— Roob, épargne-nous le reste, tu veux bien ? gronda Joseph. C'est pour qui, ce laïus ?

— Pour mon groupe de heder. C'est la semaine prochaine, dit Rubinfine en se rongeant un ongle qu'il recracha par-dessus le muret. Les dix-quatorze ans. Ça te plaît pas ? Enfin, ce n'est qu'une petite partie…

— C'est pas que ça me *plaît* pas… Roob, si quelqu'un t'avait parlé comme ça quand t'avais quatorze ans… Non, sérieusement, c'est pas si mal. C'est juste que t'exprimes tout avec tellement de maladresse… écoute, t'as un stylo ? On va revoir tout ça ensemble, histoire de l'arranger un peu.

— Il nous faut encore des œufs, dit Adam, qui paraissait ruminer quelque chose. Alex, viens m'aider à refaire des œufs. »

Mais il ne s'arrêta pas à la cuisine, et Alex le suivit dans le salon. Devant l'alphabet, Adam le saisit par les épaules. Ses yeux étaient l'essence même d'Adam : ce regard qu'on espérait toujours recevoir de lui, qui survenait de temps à autre et qu'on attendait avec ferveur. Clair, douloureusement honnête, malicieux, en quête de joie et pleinement déterminé à endosser vos souffrances et à les faire siennes. Alex mit les mains dans les poches comme un écolier embarrassé par un éloge inattendu.

« Tu es prêt ? demanda Adam.

— Pour quoi ?

— Pour ce soir.

— Oh… ouais, bien sûr, évidemment.

— T'as vu le rabbin Burston ? Ça t'a aidé, non ? »

Alex fit une grimace d'impuissance, et à son tour le regard

d'Adam s'effaça, remplacé par la même déception blessée que sa sœur avait manifestée à Alex quelques heures plus tôt.

« Ça ne représente pas autant pour moi, dit Alex en sortant les mains de ses poches et en se laissant tomber sur le sofa. Pour moi, c'est un geste, tu vois ? Rien de plus. »

Adam parut perplexe. « Quoi de plus important qu'un geste ? » demanda-t-il.

Adam s'agenouilla sur place, et l'espace d'une seconde Alex craignit qu'il ne lui demande de méditer ou de prier, car il savait désormais — avec plus de certitude que jamais auparavant — que ces deux actes étaient hors de sa portée. Non, bien plus encore : il n'en *voulait* pas. Il voulait être dans le monde, de ce monde, et prendre tout ce qui allait avec, les fins locales et universelles, les points finaux et les pointages, les regards de déception blessée et la guerre quotidienne. Il *aimait* la guerre quotidienne. Voilà son menu, avec des frites. À emporter.

« Qu'est-ce que… ? T'as laissé tomber quelque chose… oh, c'est ton billet d'une livre », dit Adam en le ramassant. Il vint s'asseoir sur le sofa. « Il est tout chiffonné, dit-il en le donnant à Alex. Je comptais apporter le mien aussi, ce soir. Moi aussi, je trouvais ça approprié. »

Alex se rappelait à présent, très vaguement, l'avoir arraché du mur la nuit dernière. Il le prit des mains d'Adam et le défroissa du poing contre la table.

« Elles sont *semblables*, non ? dit Adam d'un ton fervent. Je veux dire, vous avez vraiment la même écriture. »

Alex fronça les sourcils. Il prit un stylo et le programme télé, qui traînait à portée de main, et inscrivit soigneusement sa signature au dos du magazine.

« Regarde comme elles se ressemblent, murmura Adam. Son *T* est exactement le même que le tien ; et puis ce drôle de *M*.

— Au début, je copiais la sienne, dit Alex en touchant le billet et en se souvenant. Je lui demandais de signer pour pouvoir l'imiter. Je le faisais signer encore et encore, pour observer le mouvement de sa main. Sa petite main. Il avait de si petites mains, c'était bizarre et… »

Alex ne put empêcher cette trappe de se remettre à battre. Il s'empoigna les cheveux. « Je croyais…, dit-il d'une voix tremblante, tu m'avais dit que tout ça m'aiderait à me sentir *mieux*. Je ne me sens *pas* mieux. Et parler de Boot à Esther, ça ne m'a *pas* aidé. Et le truc de ce soir, parler au rabbin Burston... Rien. Tout ça, ça ne résout rien, ça ne guérit *rien*. Il me manque. Il me manque toujours. Tout le temps. Il me manque tellement. Je n'arrive pas à *aller mieux*.

— Je t'ai dit que ça *serait* mieux, pas que ça *irait* mieux, dit Adam avec un sérieux absolu. *C'est* mieux, même si tu ne le ressens pas. »

Alex éclata d'un rire sombre et s'attaqua à un cuticule à coups de dents. « Il n'y a pas d'autre bien que le bien qu'on *ressent*, dit-il en secouant la tête. Ads, c'est *ça*, le bien. C'est ce que tu n'as jamais compris. Ce n'est pas le symbole d'autre chose. Le bien, il faut le ressentir. C'est le bien *en ce monde*. »

Adam renonça à discuter, en écartant les mains, mais comme toujours rien ne changea dans cette carapace silencieuse, rigide et iridescente qui recouvre les croyants, cette maison qu'ils transportent avec eux, partout.

Alex soupira et se leva pour aller chercher la boîte à skunk d'Adam sur son étagère, où elle dissimulait le bas du petit arbre à autographes.

« Je pensais, commença Adam d'un ton précautionneux, prendre un autographe de Kitty pour compléter l'arbre, si tu es d'accord, et s'il t'en reste. En signe de respect. Ça serait une façon de le mettre à l'abri, au cas où tu serais tenté de vendre tes biens les plus précieux. Enfin, n'hésite pas à me dire si tu trouves que c'est une mauvaise idée, mais... »

Alex éclata de rire. Adam fronça les sourcils et pencha la tête, et au même instant le soleil frappa les stores et divisa la pièce en phrases d'ombre et en paragraphes de lumière poussiéreuse. Si quelque chose doit vous donner la foi, c'est bien ce genre de truc. Le timing. La coïncidence.

« Je les ai tous vendus, dit Alex d'un ton satisfait, préférant laisser les faits à leur place pour le moment. Il n'en reste aucun. Ads, tu as un halo. »

Alex ouvrit la boîte et y fourragea, à la recherche d'une petite boule brune. Adam se leva brusquement et referma le couvercle.

« C'est pas une bonne idée, mon pote. Vaut mieux avoir les

idées claires aujourd'hui. Être là. Être complètement là, tu crois pas ?

— Mmm », fit Alex. Il avait l'esprit — comme aiment à le dire les enseignants — ailleurs. Le soleil avait purifié le mur et donné aux choses une allure différente. Une sensation différente. C'est ça, le problème, avec le soleil.

« Et quand tu verras Esther... Elle veut qu'on arrête de fumer, tu sais. Elle a peur de t'en parler, mais je sais que c'est ce qu'elle veut. Ce qu'elle attend de nous deux. Mais moi, j'hésite, à vrai dire. C'est raide, comme exigence. C'est là que j'ai trouvé l'illumination, dit Adam en faisant le Signe Universel de la transcendance (bref mouvement de tête vers le haut, les yeux fixés au plafond). C'est comme ça que la Shechinah s'est ouverte à moi, que les choses me sont apparues clairement. C'est comme ça que je m'élève. »

Il prit délicatement la boîte des mains d'Alex et la remit sur l'étagère.

« Mais pour aujourd'hui elle n'a pas tort. Je crois qu'aujourd'hui il faut qu'on soit présents, pleinement présents. Alex ? »

Alex se pencha lentement pour ramasser le billet d'une livre, se redressa, et subtilisa une minuscule pincée de gomme adhésive au dos de l'autographe de Jimmy Stewart. Il en appliqua un petit point à chacun des quatre coins du billet et colla Li-Jin dans l'espace vide décoloré par le soleil, à mi-distance — et au-dessus — du célèbre philosophe Ludwig Wittgenstein et de la célèbre romancière Virginia Woolf.

ÉPILOGUE

Kaddish

Supposons qu'on m'interdise les gestes que font les gens quand ils ne savent pas quoi faire d'autre : faire cliqueter la boucle de mon bracelet-montre, déboutonner et reboutonner ma chemise, me caresser les cheveux. Au bout du compte, je n'aurais plus rien pour me soutenir, je serais perdu.

Peter Handke
Le poids du monde

Debout, l'Autographiste, Alex-Li Tandem. De l'endroit où il se tenait, il les voyait tous. Il voyait tout ce qu'ils faisaient. Assis, ses amis Adam Jacobs, le rabbin Mark Rubinfine et Joseph Klein, son amie Esther Jacobs, le rabbin Green, le rabbin Darvick, le rabbin Burston et sa mère Sarah Tandem. Également assises, deux personnes inconnues de lui, Eleanor Loescher et Jonathan Verne.

Magnifié et sanctifié (dit Alex-Li, mais avec d'autres mots)
Soit Son nom glorieux
Dans le monde qu'Il a créé
Selon Sa volonté,
Rubinfine arrachait la peau de son pouce droit avec l'ongle
De son index gauche,
Et que Son Règne arrive
De votre vivant et de vos jours
Et du vivant de la maison d'Israël,
Joseph se grattait le nez avec une phalange
Puis essayait de se retenir, puis recommençait,
Rapidement et bientôt,
Et que tous disent Amen !
Esther lissa sa jupe
Avec les mains et tordit la couture jusqu'à
Ce qu'elle soit bien alignée !

Amen ! (dirent les gens assis, mais avec d'autres mots)
Que Son nom glorieux soit béni
Toujours et à jamais !

Béni (dit Alex-Li, mais avec d'autres mots)
Loué
Et Glorifié
Le rabbin Burston battait des pieds
Sur un tempo intérieur,
Et élevé
Et exalté
Le rabbin Green renifla,
Et honoré
Et magnifié
Le rabbin Darvick ferma les yeux
Puis les rouvrit deux fois plus grand,
Et vénéré
Soit le nom du Très Saint
Adam sourit et dressa
Discrètement les pouces,
Il est béni !
Au-dessus de toutes les bénédictions,
De tous les cantiques, les louanges et les consolations
Prononcés dans le monde
Et que tous disent Amen !

Qu'une paix parfaite venue du ciel —
Et la Vie ! —
Nous soient accordées et à tout Israël,
Sarah pleura sans même essayer
De dissimuler ses larmes,
Et que tous disent Amen !

Que Celui qui fait la paix dans Ses sphères élevées
Eleanor Loescher tenait son petit
Ventre des deux mains.
(Et Alex se demanda ce que cela signifiait)
Nous donne la paix ainsi qu'à tout Israël,
Jonathan Verne bâilla sans vergogne.
(Et Alex se demanda ce que cela signifiait)
Et que tous disent Amen !

Sources

Ce volume comprend des extraits des œuvres suivantes : *The Essential Lenny Bruce*, copyright © 1967, Douglas Music Corp., tous droits réservés ; *Howl* de Allen Ginsberg, trad. Robert Cordier et Jean-Jacques Lebel, Bourgois, 1977 ; « Can't Help Lovin' Dat Man », paroles d'Oscar Hammerstein II, musique de Jerome Kern, copyright 1927, T. B. Harms Company Inc., USA, Universal Music Publishing Limited, Elsinore House, 77 Fulham Palace Road, London, W6 8JA, used by permission of Music Sales Ltd., tous droits réservés ; « Mercredi des Cendres » de T. S. Eliot, in *Poésie*, trad. Pierre Leyris, Éditions du Seuil, 1969 ; *Le Zohar : Le Livre de la Splendeur*, Gershom Scholem (éd.), trad. Édith Ochs, Éditions du Seuil, 1980 ; *Casablanca*, Warner Bros. ; *Kaddish* de Leon Wieseltier, trad. Jean-François Sené, Calmann-Lévy, 2000 ; *Le Zen en chair et en os* de Paul Reps, trad. Claude Mallerin et Pierre-André Dujat, Arista, 1988, Albin Michel, 1993 ; « L'Œuvre d'art à l'époque de sa reproductibilité technique » in *Œuvres* de Walter Benjamin, trad. Maurice de Gandillac et Rainer Rochlitz, Gallimard, 2000.

N.d.T. : *Certaines traductions ont été modifiées pour le présent ouvrage.*

LIVRE PREMIER

Mountjoy

LIVRE DEUX

Roebling Heights

Composition et impression Bussière
à Saint-Amand (Cher),
le 10 janvier 2005.
Dépôt légal : janvier 2005.
Numéro d'imprimeur : 44174-043459/4.
ISBN 2-07-076644-6./Imprimé en France.

12642